Story Gallery

Story Gallery

印度漂鳥

印度說故事大師——普列姆昌德的天上人間

The Best Short Stories of Premchand 2

普列姆昌德（Munshi Premchand）—著
劉安武—譯

Story Gallery.3

印度漂鳥

原書作者　普列姆昌德（Munshi Premchand）
翻　　譯　劉安武
美　　編　吳佩真
特約編輯　簡淑媛
主　　編　高煜婷
總 編 輯　林許文二

出　　版　柿子文化事業有限公司
地　　址　11677台北市羅斯福路五段158號2樓
業務專線　（02）89314903#15
讀者專線　（02）89314903#9
傳　　真　（02）29319207
郵撥帳號　19822651柿子文化事業有限公司
E-MAIL　service@persimmonbooks.com.tw

初版一刷　2013年03月
　　二刷　2013年03月
定　　價　新台幣320元
I S B N　978-986-6191-34-3

國家圖書館出版品預行編目資料

印度漂鳥 / 普列姆昌德(Munshi Premchand)
作 ; 劉安武翻譯. -- 初版. -- 臺北市 : 柿子文化,
2013.03;　面 ;　公分. -- (Story Gallery ; 3)
ISBN 978-986-6191-34-3(平裝)

867.57　　102000193

名人推薦

普列姆昌德的敘事口吻……就像一個面無表情的護士，雖然你不喜歡他用尖利的針頭扎進你的肉裡，但事後，你仍然會忍不住讚美他的快、狠而且準（摘自《自由時報·四方集》，2003/12/25）。

——**袁哲生**，知名作家

為我們揭去了那層紗似的暗影，而顯示出深沉的、澄明的印度靈魂。普列姆昌德無疑是印度也是東方偉大的作家之一，他所描寫的不是歡唱的印度，而是嗚咽的印度（摘自《普雷姜德小說集·序》）。

——**張秀亞**，知名作家

身為一個現實主義的作家，要從社會生活中提取素材、剪裁故事、衍生情節、刻劃人物，創作出短篇小說，似乎不是一件很困難的事。然而，要將故事情節編寫得真實可信、人物性格生動活潑，從而使讀者產生共鳴，並且感受到其中的某種意義和啟示，這就不那麼容易了——普列姆昌德是在這方面非常成功的小說家！

——**劉安武**，北京大學東方語言文學系教授＆《印度漂鳥》譯者

他的幽默之處像契訶夫，但又比契訶夫更加粗獷具有野性。

——**井伏鱒二**，太宰治尊為終生之師的文學家

讀者迴響

看著看著，我就像是一個躺在床上睡不著覺的小孩，只想聆聽普列姆昌德娓娓訴說一篇又一篇精采動人的床前美妙故事；聽著聽著，我彷彿成為一隻漂鳥，在內涵深刻動人、無限深長寓意與高超意境的天上人間翱翔，將目光放在對人生的思考與對社會的反思。

——**小霖**

本書的分量不輕，不過因為都是短篇，所以讀起來沒有負擔，但篇篇都有很強的寓意，絕對值得細細品味。

——**毛毛牙**

以寓言為主的小說體裁通常篇幅不長、用字簡單明白並且主題明確，僅管帶有著說理諷刺的意味卻趣味盎然，要將短篇故事寫得出色讓人印象深刻，絕非一件容易的事，除了將想傳達的哲理不著痕跡的置入，讓它隨著情節的展開慢慢揭示，還得題材生動傳神，人物善惡美醜的特質醒目強烈、形象鮮明，而最重要的條件，我認為還是淺顯易懂。

《印度漂鳥》兼具這些元素，就算對印度的社會文化、宗教信仰、風土民情認識不深，也不會因此成為融入劇情的阻礙，因為作者書寫的是人類皆擁有的情感——人性與生俱來的愛恨嗔癡、貪慾忘念；人生裡的無常際遇——不可避免的生老病死和難以預料的結局。

——猴紐

《印度漂鳥》是一部充滿濃厚民族色彩以及作者創作風格的成人寓言。大師高超的說書功力，再加上擔任中譯的劉安武教授深厚的中印文學底子加持下，一路讀來欲罷不能，感覺很棒，非常享受。二十七篇簡短故事看似平實卻充滿寓意，光明與黑暗並存、人性與信仰拉扯，有堅持有無奈也有無力，有溫暖有悲涼也有喟嘆，有深情有自私也有絕情，有荒謬的可憎的也有可恨的。你會發現這些故事也絕非印度專屬，而是面對情感時的普世人性，輕易就能從中找到共鳴。

這本書就跟《27個傻瓜》一樣，可以當成睡前儀式單純享受故事，也可以細細深究背後蘊藏的人生哲理，從路人甲變成主角挑戰思維，當然，後者絕對是首選。

——湛藍

在這個充滿眾多變數的世界裡，人們能夠擁有的抉擇也不多，其中大部分都受限於我們的環境，即使是活在世界的基層小人物也不例外，而《印度漂鳥》這本書談的說的都是小人物的故事，寫著他們的堅持和無奈，他們的生活裡總是很難順心如意，他們要煩惱的事太多了，從窮人的哭喊自己的權益被富人奪走、女兒出嫁需要嫁妝、妻子愛上浮華不實的首飾而捨棄了愛情、選擇放棄生命讓陌生的女人獲得永生的幸福、女兒比起兒子來得孝心、為了留下婆家答應嫁給年幼的小叔……這些女人和男人的人生故事自有一種不可思議的魔力。

——**蒼野之鷹**

普列姆昌德的敘事不慍不火，不帶過多情緒，冷靜剖析現實中的形形色色，幾近冷眼旁觀，細細咀嚼，卻有書寫不盡的無可奈何，難掩字裡行間對種姓制度、現實不可逆轉的輓歌式吟誦。愛的悲與喜、繁華起落、命運橫逆、問天怨天亦謝天酬神、人性晦暗與善美高潔，都在他的筆下化作低沉迴響，是乍看涼淡，實則深情婉轉的短篇集錦。

刻劃小人物的同時，作者常點到為止，剛開始閱讀，宛如觀賞單元劇，知道有那麼回事，貼近至悲至喜，卻不必有太多的壓力及負擔。讀著讀著才發現，作者不加著墨，未趁勢追擊，留天留地留空白，反留下更多餘韻供讀者反芻。

你讀到一個負心的人，想起另個人的有情有義，你讀到一個可恥的傢伙，驀地想起另一位的慷慨壯烈，故事相互呼應唱和，於是你明白，沒有唱得盡的曲調，沒有寫得絕的故事，沒有一語道盡的人生，沒有一篇堪稱為整體文化表率，就是要有無數人世滄桑，方才交織出當時當代的浮世樣貌。

——**嘎咪**

《印度漂鳥》這本書裡總共提供了二十七則人生故事讓人閱讀，感受生命中不同階段的意義，以及不同的選擇、人心所帶來的影響——每一則故事都會讓人產生不同的共鳴，相信看的人不同，就會產生不同的共鳴。

——**閱讀飛翔**

《印度漂鳥》充滿了許多富有教育意義的故事，同時可以體驗在大英統治底下印度人的生活情景，著迷於印度的讀者們千萬不要錯過。

——**黯泉**

《印度漂鳥》講述的二十七個故事，在今日仍值得人們思量，警惕自己身而為人應該勇敢堅持的某些原則，並思索、尋找自己生命的真諦……

——**Astraes**

二十七篇小故事，就像一幅幅細膩的生命即景耐人尋味，作者普列姆昌德以多元的視野切入意念的核心，入微的文化習性與人性心態堪稱是現實社會縮影，以時而犀利、時而調侃的純熟筆法，道出這一篇篇蘊含人生智慧的作品。

——**jrue**

我喜歡看這樣的書，書中故事作者娓娓道來，似曾相識卻又不鄉愿，可細細品嚐並不急於追求故事結局，就似微風一般，觸動人心，卻不吹亂頭髮，是沉淨心靈的好書。

——Olivia

每個故事看似輕描淡寫，平實記述角色們的某段人生切片，但在這些日常生活柴米油鹽之中，卻隱藏著一股動人的力量，我想，那也許就是生命的力量吧！

——vernier

目次

我的腳上沒有鞋子，
身上也沒有足夠的衣服……
可是，
我一直有那麼一股勁兒！

——普列姆昌德

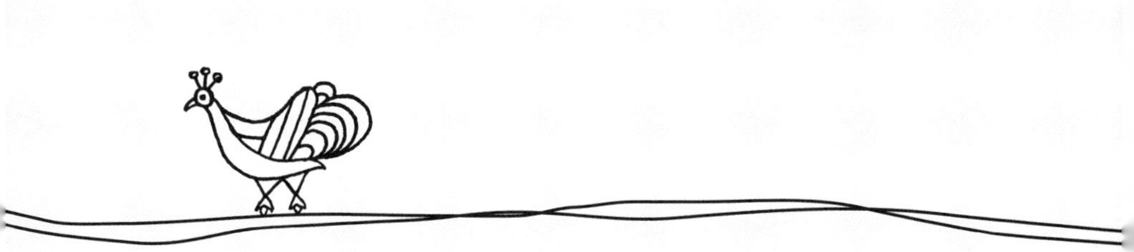

孟伽的復仇

納耿從睡夢中驚醒，
她看見睜著紅眼睛、露出鋒利尖牙的孟伽，
正騎在她的胸脯上。

1

拉姆・塞沃克怒氣沖沖地從家裡跑出來說：「若要這樣活下去，還不如死了好！」許多人經常這樣主動邀請死神的光臨，要是祂一概應允的話，世界上的人早就死光了！

拉姆・塞沃克是江德布爾村的一個財主，也具有財主的一切特點——他的生活就是建立在人們懦弱性格的基礎上。他在法院從事律師的工作，經常打開文件包，端坐在法庭院子裡一棵樹下斷裂的平臺上。

不管颳風還是下雨，甚至下冰雹，他總是坐在那裡一動也不動。從來沒有任何人看見他參加過相關案件的辯論或為某一事件辯護，但是所有人都稱他「律師先生」。當他從家裡出發去法院時，村子裡的人們會成群結隊地跟著他，人們都懷著信任又尊敬的目光望著他。他非常有名，大家都說他能言善辯，好像智慧之神就待在他的嘴裡。

可是，不論他的職務叫作律師或是辯護人都好，其實也只是維護門第體面的一種手段而已。沒有人懷疑他不精通法律，可是周圍發生的一些糾紛他卻無能為力，所以工作上的收入不多，別說什麼銀幣，就是銅幣也不那麼經常看見。反正不管怎麼樣，他這份工作只是維護體面的一種手段，他的生活主要還是仰賴附近那些無依無靠但有吃有穿的寡婦們以及老實又富裕的老頭們對他的信任——寡婦們把自己的錢存在他家，老頭們因為害怕自己的不肖子孫而把財產交託給他。只是，錢一旦落進他的手裡，就休想再出來了。在必要的時候，他甚至還向人家借錢——一個人會借錢可是一種本事！

早上借的錢說好傍晚歸還，可那傍晚永遠不會來！

總之，拉姆・塞沃克會借錢，卻沒學會還錢，這也是他家的老規矩，所以錢這方面的麻煩事經常干擾他生活的安寧。不過，他可一點也不畏懼法律和法庭，假使有人要在這方面和他作對，就等於在水中與魚兒為敵。話雖如此，一旦有存心不良的人和他吵架，對他的誠實表示懷疑，甚至在他面前說些不三不四的話，拉姆・塞沃克反而會受到極大的打擊——事實上，這樣不幸的事件經常發生。

這種存心不良的傢伙本來就到處都有，人家受到侮辱時他們最開心。一旦有這樣的人在背後慫恿，一些小人物就敢和律師先生「打起仗」了，要不，一個賣菜的低等種姓女人怎麼敢跑到他的院子裡，當面說些難聽的話呢？拉姆・塞沃克是她的老主顧，多少年來一直買她的菜——只是沒給錢。她本來也應該要感到滿足的，反正這些錢她遲早會拿到。但近兩年來，這個心裡藏不住話的女人著急了，竟為了幾個錢羞辱律師先生這樣一個體面的人物，使他為此忿忿不平，甚至準備讓自己變成死神的點心。這很難責怪他⋯⋯

2

在這個村子裡，住著一個名叫孟伽的婆羅門[1]寡婦，她的丈夫原本在英國人管轄下、駐緬甸部隊裡，擔任印度兵中隊裡的一個班長，在一次戰鬥中被打死了。為了報答他的功勳，政府發給孟伽五百盧比[2]的撫恤金。寡婦孟伽考慮到時代風氣的險惡，於是把所有錢都交給拉姆・塞沃克，每個月從他那裡取出一點錢過活。

有好幾年，拉姆・塞沃克都忠實地履行自己的職責，可是當孟伽老而不死時，他擔心起來了。

也許這個老太婆根本就不想留下一半的錢當作辦理喪事的費用哩！

於是有一天，拉姆・塞沃克對孟伽說：「孟伽，妳是打算死呢？還是不打算死呢？妳清楚回答我。我看，妳還是自己處理死後的問題吧！」

這下子，孟伽的眼睛終於擦亮了，她如夢初醒般地說：「那就把我的帳算一算吧！」

拉姆・塞沃克早就把帳目準備好了，寄存的帳上現在連一塊錢也不剩。

孟伽死命抓住他的手說：「我知道你手裡還扣著我的二百五十個盧比，我一塊錢也不會放過的！」

可是，無依無靠的人再憤怒也不過是爆竹的響聲，只能嚇唬一下孩子，什麼作用也沒有——在法庭上孟伽只能束手待斃，她既沒念過書，身邊也沒什麼帳目明細可以當證據，不過，她對村子裡的長老會[3]倒抱有一線希望。

1：印度四大種姓是婆羅門、剎帝利、吠舍、首陀羅。

2：在印度過去的幣制中，一盧比等於十六安那，一安那等於四派薩。盧比、安那、派薩都是硬幣。

3：長老會是印度農村中一種傳統組織，一般由五人組成，負責處理民事糾紛。

長老會召開了，幾個村子的長老為了孟伽的事而聚集在一起。

拉姆・塞沃克心思敏捷，頭腦清楚，他在會上對眾長老說：「兄弟們，你們個個都熱愛真理、出身名門，我是你們的僕人。對於你們的寬宏大量、仁慈、同情和愛護，我萬分感激。難道你們以為我會侵吞這個無依無靠的寡婦的錢財嗎？」

長老們異口同聲地說：「不會，不會，你不可能做出這樣的事來。」

拉姆・塞沃克說：「如果各位認為我手裡扣著她的錢，那麼我除了投河把自己淹死以外，再也沒有其他的路可走了。我不富有，也不誇口自己很慷慨大方，不過託我一枝筆的福，託你們大家的福，我還不用向任何人乞討。難不成我會如此卑鄙，賴掉一個孤苦伶仃的婦女的錢嗎？」

長老們異口同聲地說：「不會，不會，你不可能做出這樣的事來。」

長老們所發表的見解都是見風轉舵，最後長老會放過了拉姆・塞沃克。長老會散了，孟伽深深地嘆了一口氣，她看破了，心想——

好！這一輩子討不回就算了，下一輩子看他往哪裡逃！

3

沒有一個人聽她訴苦，沒有一個人幫助她，即便如此，所有因為沒錢而不得不忍受的痛苦，她都咬牙撐過去了。她的身子還算硬朗，如果願意的話，也還可以工作，但自從長老會開過會以後，孟伽發誓不再做事了，而是成天叨唸著她的錢。不論站著，還是坐著；也不管睡著，還是醒著。如今她關心的只有一件事，那就是為拉姆・塞沃克「祈求幸福」。從白天到黑夜，她一直坐在草房門口，真心實意地為他祝福，在她祝福的言詞裡，還經常蘊涵著一種詩意，甚至還使用了比喻，人們聽到後都大為詫異。

孟伽就這樣慢慢地瘋了。她披頭散髮、什麼東西也不披；她的雙眼發紅、手腳又乾又癟。現在她不待在草房裡了，而是光著身子、手拿著斧頭，跑到無人的地方坐著，或是跑到燒屍首的地方或河邊的廢墟旁邊走來走去。人們看到她這副瘋模樣，都感到十分害怕，現在再也沒有人會來逗她開心了。

女人看到她走進村子裡，就會把大門關上；男人們都盡量繞開她走；孩子們看到她就尖叫著逃跑，唯一看到孟伽也不跑開的小孩，就只有拉姆・塞沃克的兒子——拉姆・古拉默了。

若說父親還有一點不討人厭的話，他兒子也將此補上了。村子裡的其他孩子都討厭拉姆・古拉默；村子裡瞎了一隻眼的人或跛子，一看到他就生氣。那小子在挨罵後反而一臉得意的死樣子，也許連新到丈人家的女婿都比不上呢！

拉姆・古拉默會帶著狗跟在孟伽的後面拍手，只要她不走出村子，他就不放過她。

孟伽失去了錢財，也失去了理智，現在她還得到瘋子的稱號。她是真的瘋了！她常常獨自一人自言自語地坐上幾個小時，然後開始強烈地表示要吃拉姆・塞沃克的肉、啃他的骨頭、扒他的皮、挖他的眼睛、掏出他的心臟。一旦這種強烈的心願高漲到一個極限，她就會朝著拉姆・塞沃克家的方向大聲咆哮，並用可怕的聲音喊出——

「我要喝你的血！」

在寂靜的夜裡，女人們一聽到這種怒吼聲就瑟瑟抖個不停。更令人害怕的是她的狂笑聲，幻想喝到律師先生的血經常令她興奮得大笑不止，這種狂笑好像千百隻貓頭鷹一起在嘶喊，猶如魔鬼般的凶狠、野獸般的狂暴，聽到的人都覺得血液幾乎要凝固了。

拉姆・塞沃克是一個大膽勇敢、鐵石心腸的男人，既不害怕民事法庭，也不畏懼軍事法庭，但每次一聽到孟伽的聲音，他都會禁不住一陣膽顫心驚。

儘管我們有時候並不害怕人所做出的判決，但每一個人的內心裡，其實都害怕老天爺的判決。

拉姆・塞沃克的妻子納耿是一個很機靈的女人，常常在各方面替丈夫出主意。那些說律師先生的嘴裡住著一位智慧之神的人，其實說錯了，他的妻子才有這樣的本領，她善於說話，正如拉姆・塞沃克善於書寫一樣。這對夫婦經常會一起商議在無可奈何的情況下該怎麼辦的對策，然而，孟伽在可怕的夜晚到處遊蕩的行為，不只常常令拉姆・塞沃克感到恐懼，連他的妻子也害怕不已。

一天半夜，按平時的作息習慣，為了消除內心不安，拉姆・塞沃克在準備上床睡覺前，喝了幾口酒。睡夢中，孟伽突然來到他家的大門口，大聲地叫道：「我要喝你的血！」接著是一陣狂笑。拉姆・塞沃克被這可怕的狂笑聲驚醒了，因為害怕，他的腳開始發抖，心怦怦直跳。他一邊叫醒妻子，一邊壯著膽子打開房門，納耿生氣地說：「幹麼，你要做什麼？」

拉姆・塞沃克低聲說：「她站在大門口了。」

納耿坐了起來：「她說些什麼？」

「說要我的命。」

「到家門口來了？」

「可不是，妳沒有聽見聲音？」

納耿並不像丈夫那麼怕孟伽，卻有點畏懼對方那憤怒的雙眼，但她仍然相信，在口才上自己一定能勝過孟伽。她強自鎮定了一下，才開口說：「等等，我和她說說道理去。」可是拉姆・塞沃克制止了她。

兩人躡手躡腳地走到門口，從門縫裡往外一看，只見孟伽模模糊糊的身影正躺在地上，還聽到她發出急促的呼吸聲。為了要吃拉姆・塞沃克的肉、喝拉姆・塞沃克的血，她把自己的血和肉熬乾了，連一個孩子都可以輕易把她推倒，但是全村的人都非常害怕她——人們不怕活著的人，卻害怕死人。

夜晚過去了，大門一直關著，拉姆・塞沃克和納耿在門後坐了一宿。孟伽雖然不能鑽進屋子裡，但又有誰能阻擋她的聲音傳進來呢？孟伽的聲音比她本人更可怕。

大清早，拉姆・塞沃克走出大門，對孟伽說：「妳為什麼躺在這裡？」

孟伽說：「要喝你的血！」

納耿憤怒地說：「我要撕裂妳的嘴！」

納耿的威脅對孟伽一點也沒有用，她狂笑起來，笑得納耿整個人呆若木雞地楞在那裡。在孟伽的狂笑面前，納耿一句話也說不出來了。

拉姆・塞沃克又說：「從這裡滾開！」

「我不走。」

「妳要賴到什麼時候？」

「喝過你的血我才走。」

拉姆・塞沃克的生花妙筆在這裡一點也不管用，納耿那張像能噴火的嘴也只能冷卻下來。於是，兩人走進屋裡商量怎樣才能甩掉這個包袱，如何才能解除這場災難。

女神來了，只要飲過羊血就會離開，這個女妖精卻要喝人血？想想，當律師先生削竹子做筆桿時，要是不小心受傷，流了一點點血，就會使全家難過十天半月，甚至幾個月，說不定還會很快地傳遍全村！而現在，孟伽卻非要喝律師先生的血！難道她非得要喝到他的血，才能使自己乾癟的模樣重新變得容光煥發嗎？

這件事在村子裡傳了開來，大家都說孟伽在律師先生的大門口靜坐示威——村子裡的人都很開心聽到讓律師先生丟臉的事，所以他家大門口很快地就聚集了幾百個人圍觀。但拉姆・塞沃克的兒子拉姆・古拉默可不樂見今天這麼多人來，雖然他家大門口有時的確會圍滿人群。他對孟伽氣極了，若可以，他真想把她推到井裡去——想到這裡，拉姆・古拉默的手著實有點蠢蠢欲動了，他很努力克制自己不笑出聲，「啊！真的，要是她掉進井裡，那該是多麼開心的事啊！可是這個女妖精卻動也不動，怎麼辦呢？」

拉姆・塞沃克家裡有頭乳牛，他們天天餵牠油渣餅、豆子和草料，使牠長得膘肥體壯，又高又大。拉姆・古拉默把牛糞裝進一個桶子裡，倒入一些水之後，就把牛糞水一股腦兒兒潑在可憐的孟伽身上，有的還濺到看熱鬧的人。無辜的孟伽全身被淋得濕透，看熱鬧的人都跑了，大家都說：「這是律師先生父子的房子，他們就是這樣招待客人的。趕快走吧！要不，還有比這『更絕妙』的招待呢！」

人群離去之後，拉姆・古拉默回到家裡猛拍著手笑開了，拉姆・塞沃克誇獎孩子有本事，居然想出了這樣一個簡單又乾脆俐落的辦法來驅散無聊的群眾。只是，人群是散去了，可憐的孟伽卻仍然坐在那裡一動也不動。

到了中午，孟伽什麼食物都沒有吃；傍晚了，不論旁人怎麼好說歹說，她還是一點東西也不吃。村長跟她講好話，拉姆・塞沃克甚至還向她作揖拜託，她依舊沒有回心轉意。最後，拉姆・塞沃克也只好放棄，他走進屋裡說：「飢餓一定會使生氣的人回心轉意的……」只是，這一夜孟伽還是不吃不喝，而拉姆・塞沃克和他的妻子也依舊一夜無法闔眼。

不過這一回，卻整晚都很少聽到孟伽的怒吼聲和狂笑聲，拉姆・塞沃克全家都以為麻煩過去了。沒想到，大清早打開大門一看，只見孟伽一動也不動地躺在那裡，嘴角上已經有蒼蠅嗡嗡地飛來飛去——她早就一命嗚呼了。她就是要死在他們家的門口，她把自己的命也交給了那奪走她一生全部財產的人，她把自己的肉體也獻給了他。

人是多麼愛財！財產比生命更可愛，人到老年尤其如此，還債的日子愈近，它的利息也愈高。

已經沒有必要敘述這件事是怎樣轟動整個村子，而拉姆・塞沃克又是怎樣令人不齒了，反正這件事在這個村子裡所引起的轟動，要比往常發生這種不尋常的事所引起的騷動強烈得多就是了。拉姆・塞沃克所受到的鄙視，絕不會比他應該承受到的少，這件事使他僅有的一點點面子也全丟盡了。現在，連村子裡的皮匠[4]也不願喝他接觸過的水、不願接觸他這樣的人了。

4：皮匠在印度屬於最低等種姓，被認為是賤民。

在村子裡，要是誰家飼養的母牛死了，這家的人就得挨家挨戶乞討幾個月，理髮師不幫他家人理髮，挑水的也不替他家挑水，沒有人願意和他家有任何關係——這不過是死了牛的處罰和所做的懺悔，害死婆羅門的處罰卻比這嚴厲得多，所受到的鄙視也嚴重得多！孟伽懂得這一點，所以要死也一定要死在這一家人的大門口。她知道，活著的時候做不到的事，在她死後卻非常可能成功——當牛糞餅燒成灰以後，出家修行的人會將它視為聖潔的東西抹在額上；石頭被火燒紅之後，比火本身要厲害且致命得多。

5

拉姆・塞沃克懂得法律，法律並未判定他有罪——孟伽的死並不能依法律上的某一條條款定他的罪，全印度的刑法中也找不出相同的案例，所以那些想讓他懺悔的人根本就大錯特錯。

「不要緊的，挑水的不替我挑水，那就算了，我可以自己挑，自己的事親手來做有什麼好丟臉的？理髮師不幫我理髮，又有什麼關係？理髮是什麼了不起的大事嗎？要是討厭頭髮長，只要一個安那就可以買幾把剃刀，自己剃就是了。鬍子？鬍子還可以增加美觀呢！鬍子是男人的一種裝飾，可以增添一個人的光采。洗衣的人不再替我們家洗衣服，也沒有什麼大不了的，只要花幾個銅板，哪裡都能買到肥皂，一塊肥皂就可以把幾十件衣服洗得像白鶴的羽毛那般白淨，洗衣的人會洗得這麼乾淨嗎？他們拿衣服在石頭上捶打，把衣服都弄破了；他們還把你的衣服租給別人穿；他們用火來烤衣服，在洗衣板上搓衣服，把衣服搞得都不像樣了，一件上衣穿不了兩、三年。要不，爺爺為什麼五年中要做兩件上衣和兩件襯衣？」拉姆・塞沃克和妻子整天這麼安慰自己。可是一到傍晚，他們的自我安慰就沒什麼作用了……

一種恐懼感籠罩住他們的內心，隨著夜愈來愈深，恐懼也愈來愈厲害。外邊的大門敞在那裡忘了關，可是誰也沒有膽量去把它關上。最後，納耿手提著燈，拉姆・塞沃克拿著斧頭，拉姆・古拉默拿著鍘刀，三人躡手躡腳地來到大門口。拉姆・塞沃克十分用力地鼓起勇氣，壯起膽想走出門外，他全身顫抖，卻大聲對納耿說：「有什麼好怕的？難道她還躺在這裡不成？」但他那貼心的妻子硬把他拉進來，生氣地說：「你這樣孩子氣可不好！」三人關了門，得勝而回，走到廚房裡開始做飯。

孟伽時常出現在他們的眼前，好像她就坐在黑暗的角落裡，還是那一副骨瘦如柴的樣子，披頭散髮，瘋瘋癲癲，睜著可怕的雙眼……總而言之，孟伽的模樣從頭到腳都是清清楚楚的——他們就連看到自己的影子，也怕是孟伽的影子。

廚房裡有幾口裝糧食的大缸子，還有幾件破衣服扔在缸子旁邊。一天，有一隻老鼠餓極了，為了找從缸子裡掉出來的糧食而爬到了破衣服裡邊，發出了一點聲音，於是——破衣服的布條變成了孟伽的一條細腿。納耿看了大吃一驚，她大叫一聲，拉姆・塞沃克上氣不接下氣地衝向門口，拉姆・古拉默跑去抱住了他的腿。老鼠從破衣服裡鑽出來逃走了，看見是老鼠，三個人才定了定神。於是拉姆・塞沃克勉強鼓起勇氣走到缸子旁邊，納耿制止他說：「算了吧你，我可看到你的膽量有多大了。」

心愛的妻子對自己這樣蔑視，讓拉姆・塞沃克非常生氣。「難道妳以為我害怕了？有什麼好害怕的？孟伽不是死了嗎？難道她還待在這裡？剛才我不是到外邊去了？妳一直不讓我去，我根本就沒理會。」

拉姆・塞沃克的說法堵得納耿無話可說，適才他走到門外去，或者說試著走出門去，其實已經相當不簡單了，這已經證明他有勇氣，誰還能說他膽小呢？這不過是納耿的固執罷了。

飯後，拉姆・塞沃克一家三口一起走進臥室，可是孟伽還是跟著他們，他們拚命說話來轉移注意力。

納耿講了赫勒道爾王公和沙倫塔夫人[5]的故事，拉姆・塞沃克則講了幾件刑事案件，但即使這樣做，仍然無法使孟伽的影子從他們的眼前消失。只要稍有一點動靜，三人就都忍不住發抖，連樹葉飄動的聲響也會使他們毛骨悚然，甚至還有「我要喝你的血」的聲音，不時從地下深處隱隱約約傳入他們的耳膜。

後來，納耿懷孕了。一天半夜裡，納耿從睡夢中驚醒，她看見睜著紅眼睛、露出鋒利尖牙的孟伽，正騎在她的胸脯上。她尖叫了起來，發瘋似的跑到院子裡，接著突然跌倒在地，整個人嚇出了一身冷汗。拉姆・塞沃克也被她的尖叫聲驚醒了，不過因為實在太害怕了，所以他不敢睜開眼睛，只能像個瞎子一樣四處摸門，過了好一陣子才摸到門。好不容易來到院子，只見納耿躺在地上手腳亂動掙扎著，他把她扶進房間，可是她一整夜都沒有再睜開眼。

天亮時，納耿開始胡言亂語，不一會兒便發起燒來，全身像燒紅了的鍋子一樣。到了傍晚，她更是燒得昏迷不醒。午夜時分，當世界都沉寂下來之際，納耿離開了這個世界——對孟伽的恐懼讓她丟了性命。孟伽還在世時，一直很害怕納耿的氣焰，發瘋以後她也從未與納耿正面衝突過，但是在她付出自己的生命之後，也奪走了納耿的性命。

恐懼具有一種強大的威力，一個人憑空什麼也做不出來，但她卻憑空創造了一個恐怖的世界！

夜晚過去了，天色也愈來愈亮了，然而，即使過了好久好久，也沒有看到村子裡有人來抬納耿的屍體。拉姆・塞沃克挨家挨戶地哀求，就是沒有一個人出來。有誰肯到劊子手的家裡呢？又有誰願意抬殺人凶手的屍體呢？事到如今，什麼律師先生的威望，什麼他那一枝厲害的筆，還有他對法律的如何精通，通通都沒用了。

到處碰壁以後，拉姆・塞沃克只能回頭往自己家走去。他覺得家中一片黑暗，走到大門口後，拉姆・

5：這是印度兩個有名的歷史故事，作者也寫了同樣題材的兩篇短篇小說，見《27個傻瓜》第三十一頁〈沙倫塔夫人〉和第六十頁〈赫勒道爾王公〉。

塞沃克停了下來，沒有把腳邁進去，他不能站在外面，因為外面有孟伽，卻也不能到裡面去，因為裡頭有納耿。躊躇了一會兒後，他把心一橫，嘴裡唸著哈奴曼頌[6]，走進了家門。當時他心頭是什麼滋味，也只有他自己才知道，別人很難揣測。

拉姆・塞沃克的家裡停放著屍體。不早不晚，她竟然死在這個時候——今年的二月，他就已經邁入五十大關了——他當然可以再婚，可是要到哪裡去找這樣一個能幹又有口才的女人呢？真可惜。現在又有誰能和來要帳的人講道理呢？又有誰可以說得他們啞口無言呢？又有誰能像她那樣說出鋒利如箭的話，射中要帳者的心呢？又有誰可以像她那樣出色地管好放債和借貸的帳目呢？這樣的損失是誰也無法彌補的。

第二天，拉姆・塞沃克親自用手推車把屍體運到了恆河邊。

6

除了拉姆・塞沃克自己，還有他那寶貝兒子拉姆・古拉默之外，沒有其他人來送葬——連孟伽出殯時也沒有這麼冷清！

孟伽奪走了納耿的性命之後，仍然沒有放過拉姆・塞沃克。他心裡時時刻刻都放不下孟伽的身影，不管在什麼地方，他的注意力總是集中在這點上。要是他有什麼辦法讓自己開心一下的話，也許就不會這麼焦慮不安了，可是在村子裡，別說是人了，就連木偶也不願意來他家瞧上一眼。無計可施之下，他只好自己挑水，自己洗東西。思考、氣憤、擔心和害怕，一個腦袋怎麼可能應付得了這一切呢？何況他的腦袋每天還得應付有關法律的問題。

6：哈奴曼是史詩《羅摩衍那》中的神猴，力大無窮，這裡指念誦祂英勇事蹟的詩來壯膽。

像囚犯一樣，好壞也度過了十多天，到了第十四天，拉姆・塞沃克換了衣裳，提著一個袋子到法院。今天他的臉色看起來頗為開朗，他想像著當自己一到法院，委託人就會把他包圍起來，向他表示悼念，而他也將落下幾滴傷心的眼淚，然後，契約、字據和協議書就會源源不斷地送上來，或許還會得到一些賄賂；傍晚他或許會喝點酒，可等酒一醒，心情說不定又會煩躁起來……

就這樣一路想著想著，拉姆・塞沃克來到了法院。

可是，那裡並沒有源源不斷的契約和字據，也沒有被委託人包圍的熱鬧場面，有的只是像沙漠般令人失望的情景。他打開袋子坐了幾個小時，卻沒有一個人找上門，誰也沒有來問候他一聲說：「過得怎麼樣？」唉，可憐的命！別說新的委託人了，就連和拉姆・塞沃克有幾代世交的一些舊委託人，也同樣避著他——來來去去都把頭一扭，好像根本和他素不相識一樣。而拉姆・塞沃克經常嘲笑的那個既不中用又無能的拉姆加納，今天卻成了一個大紅人，其實他連怎樣寫好字也一竅不通。

拉姆・塞沃克就這樣過了一整天，在走回家的路上，心裡又失望又焦急，愈走近家門，孟伽的影子就愈在他眼前晃動。最後，當他走到家門口，打開大門的那瞬間，拉姆・古拉默關著的兩條狗突然從裡面逃了出來，嚇得他魂不附體，大叫一聲，撲倒在地上。

再也沒有任何其他力量能夠超越恐懼在人的心靈裡所產生的作用了——愛情、焦慮、失望和損失，雖然這一切都可以導致心靈的痛苦，卻小得像是微風吹拂，而恐懼卻是強烈的暴風雨。從那天以後，就更無從得知拉姆・塞沃克內心裡有些什麼感受了。有幾天，人們看到他到法院，也看到他從那裡垂頭喪氣地回家，雖然法院裡已經沒有什麼委託人要請他代勞，可是到法院是他的職責，這是一個好藉口讓他擺脫上門討債者的糾纏，並且避免做出還錢的許諾。

此後幾個月，人們都沒再見過他，他到本德利拉特[1]去了。有一天，村子裡來了一個出家人，身上塗抹著灰土，長長的頭髮，手中拿著缽，面孔很像拉姆・塞沃克，說話更沒有什麼區別，他在樹下燒了一堆香坐著。那天晚上，拉姆・塞沃克的家裡突然冒起了煙，接著還竄出了火焰，火焰熊熊地燃燒起來。村子裡有幾百人跑了過來，但他們不是來救火，而是來看熱鬧的。

一個窮人的哀號竟有如此大的影響啊！

拉姆・古拉默在父親失蹤以後到他舅舅家去了，在那裡住了幾天，但是誰也不喜歡他的行為舉止。有一天，他到別人家的田地裡拔了蘿蔔，人家打了他幾記耳光，讓他氣得暴跳如雷，於是，他在人家收了豆子以後的禾場上放了把火，把所有收割的莊稼都燒了，損失了幾千盧比。警察調查後逮捕了拉姆・古拉默。由於這一條罪狀，至今他還在糾納爾的地方監獄裡……

[1]：印度教的一個聖地名。

無情

媽，我好餓好餓哦！可是妳身邊卻什麼也沒有，
妳拿什麼東西給我吃呢？

1

三月，往常糧食堆成小山的禾場，如今成了牲口棲身的地方；往年唱著灑紅節[1]歌和迎春歌的家庭，如今在哭泣自己的命運。整整四個月未曾下過一滴雨，一直到了五月，才下了一場傾盆大雨。農民們心花怒放，播下了秋收作物，但也許老天爺一次就把一切施捨完了，禾苗出了土，成長了，可是又遇上乾旱，牧場的草也沒有長出來。天空有時候會出現雲朵，甚至是烏雲密布，好像滂沱大雨就要來臨，但這不是給人希望的雨雲，而是使人失望的浮雲。

農民們多方祈禱，拜了石頭和木頭做的各種神像，也殺了牲口做祭品。為了求雨，獻祭牲口的血都已經流滿了水溝，但老天爺卻始終沒有被感動。田地裡沒有禾苗，牧場上沒有青草，湖泊裡沒有水，人們面臨著極大的災難，到處都塵土飛揚，呈現一片貧困和饑饉的可悲情景。

一開始，人們先是典當首飾和用具，接著賣掉它，然後就賣掉牲口。最後，當任何維持生計的辦法都消失時，就算是再熱愛自己故鄉的農民，也不得不攜家

1：灑紅節即胡利節（Holi），象徵新的春天和一年的開始，是印度二月到三月間最重要的節日之一，大家在這一天會互灑紅粉。

帶眷出外做工。為了拯救災民，有些地方通過政府的救濟安排了一些工作，因此許多人會到那裡住了下來。凡是可以餬口的地方，就有人到那裡去。

傍晚的時候，疲憊不堪的加多拉伊一回到家就坐了下來，無精打采地對妻子說：「申請沒有核准。」他一邊說，一邊向後躺倒在地上了。他的臉色發黃，肚子餓得發慌，到今天已經有兩天沒有見到一粒米，家中所有的財產——首飾、衣服、器皿——都換成能吃的東西裝進肚子裡了。村子裡放債的債主像貞節的婦女一樣避開人們，唯一的寄託就是政府發放貸款，為此，他提出了申請，結果還是落了空。如今，連唯一一盞若明若暗的希望之燈也熄滅了。

德瓦吉用難過的目光看了一下丈夫，忍不住熱淚盈眶。丈夫在外頭奔走了一整天，疲憊不堪地回到家裡，但她要給他吃什麼呢？就是因為這樣內疚的心情，逼得她沒敢去打水來讓丈夫洗手洗腳，如果讓他洗了手和腳，當他那充滿希望的目光望向她時，她該拿什麼給他吃呢？德瓦吉自己已經有好幾天沒有看見糧食的影子了，可是現在她內心的難過和痛苦，卻遠遠超過自己感到飢餓時的好幾倍。

儘管這對自己也許並不公平，但妻子是家庭主婦，讓家裡的人有吃有喝是她的責任。面對這種窮得一無所有的家境，主婦精神上的痛苦，男人並無法體會。

這時，他們的孩子沙托從睡夢中驚醒，他抱著父親的脖子要糖吃。這個孩子早上吃過一小塊豆餅，到現在幾次醒來，又哭著睡著。四歲的孩子還不懂事，他不明白下雨和吃糖兩者之間的關係。

加多拉伊把孩子抱在懷裡，低下頭難過地看著他，內心的難受逼得他涕淚縱橫。

3

第二天，這一家人也離開了家，出走他鄉。正如自豪感不會從男子的內心去掉，害羞的特性不會從女子的眼底消失一樣，一個靠自己耕作過日子的農民也不該離鄉背井去外地做工，可是——罪惡的肚子逼得人什麼都做得出來！什麼講究體面和自豪，什麼慚愧和羞澀之心，這一切猶如燦爛星光一樣的精神，全都消失在罪惡的黑洞裡了。

清晨，這一對被災難折磨得透不過氣來的夫婦帶著孩子離開家了。加多拉伊把孩子背在肩上，德瓦吉把破舊不堪的衣服捆成一個包袱頂在頭上。兩人的眼裡都含著淚，德瓦吉一邊走一邊哭，加多拉伊則是一聲不吭地走著。在路上，他們還遇見幾個同村的人，可是誰也沒有問一聲：「你到哪裡去？」每個人心裡本來應有的同情心，如今全都沒有了。

當他們走到達拉爾耿吉時，已是晌午。他們一看，周圍一、兩里內全是人，每個人的臉上都露出飢餓和痛苦的神色。

熾烈的陽光猛烈燃燒，如火一樣的熱浪咆哮著，無數衣不蔽體、只剩下骨架的人正在挖土，就好像這裡是一片墓地，而一具具屍體正親手為自己挖掘墳墓。無論是老年人還是年輕人，無論是大人還是小孩，所有人都帶著失望和不得已的情緒做著工，好像死亡之神和飢餓之神正在眼前凝視著他們一樣。在這樣的災難裡，誰也不是誰的朋友或親人。憐憫、親善、友愛，這些都是人的感情，它們的創造者都是人；大自然只給了我們一種感情，那就是自私——人的感情往往就像個不忠實的朋友，會拋棄我們，但是自私這種自然的、神賜的感情卻從來離不開我們。

4

幾天後的一個傍晚，當天的工作已經結束。離帳篷不遠的地方有一個芒果園，加多拉伊和德瓦吉就坐在一棵芒果樹下，兩人的面容是如此憔悴，簡直讓人認不出來了——他們已經不再是農民，時間的變遷使他們成了工人。

加多拉伊把孩子放在地上躺著，孩子發燒了幾天，像荷花花瓣一樣的臉龐枯萎了。

德瓦吉慢慢地推推孩子說：「孩子，睜開眼吧！現在天已經快黑了。」

沙托睜開了眼，他的高燒已經降了一些。「媽，我們回家了嗎？」

孩子想家了，德瓦吉的眼睛也濕潤了，她說：「還沒有，孩子，等你好了我們就回家去。你坐起來看看，多好的芒果園。」

沙托扶著母親的手，站了起來。「媽媽，我好餓好餓哦！可是妳身邊卻什麼也沒有，妳拿什麼東西給我吃呢？」

德瓦吉的心被深深地刺痛了，但她仍然耐著性子說：「孩子，我身邊有好多東西給你吃哩！你爸爸打了水來，我很快就替你做鬆軟的餅。」

沙托把頭靠在母親懷裡說：「媽媽，要是沒有我，妳就不會這麼難受了！」說完，他大聲哭了起來。

這就是那個兩星期以前還鬧著要糖吃的懵懂小孩！痛苦和憂傷為這幼小的心靈帶來多大的傷害！這是災難造成的後果，多麼痛心！多麼可悲！

這時，幾個人提著燈籠來到那個地方，接著來了幾輛車子，上面裝著帳篷等東西。很快的，帳篷一個一個搭了起來，整個芒果園也變得熱鬧了。德瓦吉正在烤餅，沙托睜開眼睛站起身看了一看，接著慢慢地走到一座帳篷的前面，就這樣站在那裡。

5

神父摩亨達斯走出帳篷時，看到沙托站在那裡。他見沙托的樣子可憐，心生憐憫，於是把孩子抱進帳篷，放在一張軟椅上，給他餅乾和香蕉吃。沙托一生從來沒有吃過這麼美味的東西，本來除了發燒，飢餓感也折磨得他心神不安，現在他心滿意足地吃著。

他帶著感激的眼神望著神父，走到他的跟前說：「你每天都給我吃這樣的東西嗎？」

聽到孩子天真的話之後，神父笑了。「我還有好多比這更好的東西哩！」

沙托又說：「那我以後天天到你這裡來，媽媽哪有這麼好的東西？她只讓我吃豆餅。」

那邊德瓦吉已經烤好了餅，正呼喚著沙托的名字。

聽見母親的聲音，沙托走回她身旁說：「一位神父給了我很好的東西吃，神父好好！」

德瓦吉說：「我給你做了又鬆又軟的餅哩！來吃吧！」

沙托說：「我不吃了。神父說，他天天給我好東西吃，我要去他那裡。」

母親以為孩子只是隨便說說而已，她把他摟在懷裡說：「怎麼？孩子？要把我們忘掉嗎？你看，我多麼愛你！」

沙托嘟囔著說：「妳每天都讓我吃豆餅，其他什麼也沒有；神父會給我芒果和香蕉吃。」說完他又朝帳篷那邊跑去，而且晚上就睡在那裡了。

摩亨達斯神父在那裡住了三天，沙托整天都待在他身邊。他給沙托吃了一種甜味的藥，燒也全退了。老實的農民看到這種情形，都紛紛為神父祝福：「孩子好了，真好！願老天爺保佑神父幸福，是神父救了孩子。」

第四天晚上，神父就從芒果園離開了。

早晨德瓦吉起來，發現沙托不見了，她以為孩子是到園子裡去撿掉下來的芒果，但是隔了一會兒還不見人回來，便急忙對加多拉伊說：「孩子不見了。」

加多拉伊也說：「大約是找掉到地上的芒果去了吧！」

但是當太陽從東方升起，到了要上工時還不見人影，加多拉伊心裡有點不安了。他說：「妳就在這裡待著，等我把他找回來。」

加多拉伊把附近的園子都找遍了，十點鐘的時候，他失望地回來——沒有找到沙托。

德瓦吉「哇」的一聲哭了出來。

接著，兩人又去找孩子，一個想法突然浮現在心頭。德瓦吉認為是神父對孩子施展了什麼法術，迷住了孩子，但是加多拉伊對她這種想法有些懷疑。雖然孩子不可能單獨一人走這麼遠的路，可是兩人還是跟著馬車的車輪和馬蹄的痕跡向前找去。

他們甚至來到大道上，大道上有許多車輪的痕跡，再也分辨不出哪一條是原來的車輪，而到了一堆小樹叢的地方時，馬蹄印也消失了。現在，連最後的一點希望都破滅了。此時已是正午，熾烈的陽光和絕望的情緒逼得他們倆快要發瘋。他們在一棵樹下坐了下來，德瓦吉傷心地哭著，加多拉伊勸慰著她。

當熾烈的陽光稍微緩和一點的時候，兩人又繼續向前走去。但是，絕望終究取代了希望，隨著不見的馬蹄印，朦朧的希望也早已消失殆盡。

時至傍晚，到處都躺著半死不活的牛群。這對不幸的父母垂頭喪氣地待在一棵樹下，這棵樹上正好有一對八哥的窩，牠們的幼雛今天落到一個獵人的手裡，找了一整天，如今同樣失望地待在窩裡。

不過，德瓦吉和加多拉伊到現在仍然沒有死心，所以他們還急著繼續尋找。

連續三天，兩人一直不斷尋找失去的孩子。他們三天都沒有吃東西，渴得受不了時，就喝上幾口水。失望完全取代了希望，在他們的生活裡，除了痛苦和傷心以外，再也沒有其他任何東西了。然而，每當他們看到其他孩子的腳印時，心中又會再次萌發一種帶著恐懼的希望。

只是，他們邁開的每一個步伐，都把他們拉得離所期望的目標更遠、更遠……

6

這個事件過後，十四年的時間流逝了。在這十四年裡，周遭也發生了很大的變化，呈現出一片太平的景象。老天爺再也沒有表現得像那一年無情，土地也是如此——像漲滿水的河流一樣，糧倉裡裝滿了穀物；荒蕪的村子又興旺起來了，工人又成了農民，而農民又到處尋求更多的財富。

這實在是十分幸福的日子，禾場上的穀物堆成了小山；民間吟唱詩人和行乞者都歌唱著農民的富足興旺；首飾工匠門前，一整天……甚至到半夜都擠滿了顧客；裁縫師傅連抬頭的空閒也沒有；馬在很多人的家門口嘶叫；祭司們吃祭品吃得消化不良……

加多拉伊的日子也好了起來，他家的草屋頂已經改成屋瓦了，門口則繫著一對出色的耕牛，他現在常常坐著自己的牛車去趕集。不過，他的身材可沒有以前那樣勻稱好看了，幸福的生活讓他的肚子變大，髮絲也跟著時間的流逝而變白。

德瓦吉也加入了村子裡老太太的行列，她那尖刻的語言和嚴厲的評論在整個村子裡頗具影響力，人們常常來請教她為人處世各方面的事情；當她去一些鄰居家裡時，那些媳婦們看到她，一個個都顯得戰戰兢兢。她現在對穿細布已經不怎麼感興趣了，但對首飾的愛好卻不減當年。

加多拉伊和德瓦吉生活的另一方面，也並不比這遜色。他們又生了兩個孩子，兒子馬托現在已經開始幫父親忙田裡的活了。女兒名叫西瓦高利，經常幫媽媽推磨；她特別喜歡唱歌，對洗器皿不感興趣，但是做起飯來卻很俐落；她很喜歡玩泥娃娃結婚的遊戲，從來沒有玩膩過，最近還經常在玩，不過，她還細心考慮到泥娃娃結婚時不要太鋪張。即使日子很幸福，加多拉伊和德瓦吉時常想起失去的孩子沙托，每次一談起他，最後總得哭上一場；德瓦吉有時甚至會想得一天到晚愁眉苦臉、茶飯不思。

時間來到傍晚，耕牛在勞累了一天之後疲倦地垂著頭走回家；祭司在太古爾廟裡開始敲鐘，最近正好是收穫的時期，每天都在祭神。此時，西瓦高利正站在路上咒罵耕牛，因為牠們無視她搭起的泥屋，橫衝直撞，把它踩得稀巴爛；加多拉伊則坐在床上喝椰子水，一聽到鐘聲響了，便站起身去取敬神的神水。就在這時候，他突然看到一個青年，一面喝斥著汪汪叫的狗，一面推著一輛自行車走來了。

這個青年很快地跪倒在他的腳前，加多拉伊仔細一看，兩人便緊緊地擁抱在一起。馬托在一旁驚訝地看著自行車，西瓦高利則哭著跑進屋子裡，告訴媽媽說爸爸被一個神父抓住了。德瓦吉慌慌張張地跑了出來，青年一看見她就倒在她的腳邊，德瓦吉摟著他開始哭泣。村子裡的男女老少都聚集過來，熱鬧得好像廟會一樣。

——是沙托！

7

沙托對加多拉伊和德瓦吉說：「請原諒我這個不肖子所犯的一切過錯吧！由於自己的無知，我吃過很多苦頭，而且給你們造成很大的痛苦。但是，現在請讓我重回你們的懷抱裡吧！」

德瓦吉哭著說：「當你離開我們的時候，我們三天不吃不喝地找你。我們絕望之後，就只好哭自己的命苦，打那時起，一直到今天，我們沒有一天不想起你。我們已經哭過一個時代了，現在你終於是想起我們來了！孩子，你說，那天你是怎麼跑的？後來又是待在什麼地方？」

沙托很慚愧地回答：「媽，這一切該怎麼說才好呢？早在那天天亮以前，我就起床從妳身邊跑掉了。神父第二天要去的地方，我早在前一天的傍晚就打聽好了，所以一面問路一面走，中午就到了他那裡。神父勸我回自己的家，但是在看到我無論如何也不肯走之後，他就把我送到浦那去了。那裡有幾百個像我這樣的孩子，在那裡，就別提什麼餅乾和香蕉了。當我想起你們的時候，就只能不停地哭，但是畢竟年紀很小，我慢慢就和他們混得很熟了。當然，在懂事了以後，也就是能夠分辨自己人和外人的時候，我開始對自己的無知感到後悔。我日日夜夜都惦念著你們啊！由於你們的祝福，今天終於讓我碰上了這麼一個幸運的日子——我在外過了這麼多年，一直是無父無母的孤兒，現在讓我服侍你們吧！讓我重回你們的懷抱吧！我渴望得到父母的愛！多年來，我未能得到的幸福，懇請你們賜予我吧！」

村子裡的許多老人也聚集到這裡來了，其中有一個名叫傑格德的說：「孩子，這麼多的日子以來，你一直和神父在一起，那他們也把你變成神父了嗎？」

沙托低下了頭說：「是的，這是他們的規矩。」

傑格德望著加多拉伊說：「這是一件很麻煩的事……」

沙托說：「家族要我做什麼樣的懺悔，我就做什麼樣的懺悔。我對家族所犯的罪過，都是出於自己的年幼無知，我準備好接受所有的懲罰了。」

傑格德又用眼睛瞥了一下加多拉伊，嚴肅地說：「印度教中從來沒有發生過這樣的事。說來你的父母會把你留在家裡，因為你是他們的兒子，可是家族絕不會允許這樣的事！你說說，加多拉伊，讓我們也聽聽你的想法。」

加多拉伊左右為難，一邊是對自己兒子的感情，另一邊則是對家族的恐懼。為自己的兒子哭得眼睛都快瞎了，好不容易，今天兒子終於站在面前眼裡含著淚說：「父親，讓我重回你們的懷抱吧！」而他卻只能像一塊硬石頭般一動也不動地站著。多可悲啊！他該怎樣說服這些無情的同族兄弟呢？該怎麼做呢？什麼又不該做呢？

另一方面，媽媽的一顆慈母心再也受不了了！德瓦吉不耐煩地說：「我要我的兒子留在家裡，而且要像心肝寶貝一樣捧在懷裡。隔了這麼多年才得到他，我再也不要離開他了！」

傑格德生氣地說：「即使脫離家族也在所不惜，是不是？」

德瓦吉也怒氣沖沖地回答：「對，即使要脫離家族！一個人依靠的就是自己的兒子，一旦連兒子也沒有了，家族又有什麼用？」

她這樣一說，幾個老人睜大了眼睛。「妳太不把家族當一回事了。孩子走了什麼路，家族卻放任置之不理，也許真的是有些不對的地方，不過我們還是要清清楚楚地告訴妳，如果妳想將這個孩子留在這裡，那麼，家族也會表明它將採取什麼行動！」

傑格德經常向加多拉伊借錢，所以他溫和地勸德瓦吉說：「大嫂，家族並不是要妳把孩子從家裡趕出去。隔了多年孩子才回了家，他應該受到我們的器重，只不過在吃喝方面，在接觸的問題上，應該迴避一下。加多拉伊兄弟，你也說說話啊！你還想把家族逼到什麼地步呢？」

加多拉伊用極可憐的眼光望著沙托說：「孩子，既然你這樣真心地對待我們，就接受傑格德大叔說的辦法吧！」

沒想到，沙托卻用嚴厲的口吻回答說：「叫我接受什麼？難道叫我答應以外人的身分待在自己人當中受侮辱？甚至土製的器皿經過我一碰就成了不聖潔的東西？這我辦不到，我沒這麼無恥。」

加多拉伊對兒子這番激烈的言詞有點不快，家族的人都在場，他本來希望好歹能在大家面前先達成共識，今後再看有誰會那麼仔細觀察他們怎樣把兒子留在家裡？他生氣地說：「這辦法你非接受不可！」

沙托未能理解其中的玄機，只感受到父親話裡那殘酷無情的味道。他再度開了口：「由於對你的愛和孝心，我回到你身邊，回到自己的家。我是你的兒子，就要像你的兒子那樣生活在家裡，如果不能這樣，除了盡快離開這裡，我沒有其他任何選擇了。生活在這樣的殘酷無情之中，有什麼意義呢？」

德瓦吉哭著說：「孩子，我再也不會放你走了。」

沙托的眼睛裡充滿了淚水，但還是笑著說：「我要同你們一起吃飯。」

德瓦吉用慈愛的目光看著他說：「我用胸脯上的奶餵了你，當然得同我一起吃飯。你仍然是我兒子，又沒有成為外人！」

聽了母親的話後，沙托覺得自己好像融化了，母親的話多麼慈愛、多麼親切啊！他說：「媽，本來我的願望是再也不到任何地方去，但如果因為我的緣故，家族會遺棄你們，我絕對無法忍受。我看不慣這些土包子莫名其妙的傲氣，所以還是讓我走吧！以後有機會，我會常來看妳。妳的愛絕不會從我心裡抹掉，但要我待在這個家裡，卻只能一個人吃、一個人坐，這是不可能的！這一點請妳原諒。」

德瓦吉從家裡打來了水，讓沙托洗了手和腳。西瓦高利得到母親的示意後，怯生生地走到沙托身邊，馬托恭恭敬敬地給沙托行禮。沙托一開始還詫異地看看他們倆，當他看到自己母親的笑容時，就完全明白了，他擁抱了自己的弟弟和妹妹。三個兄妹親切地有說有笑，母親站在看著這一幕，一種滿足感使她心花怒放了。

吃了一點東西後，沙托向父母行過禮，又騎著自行車走了，前往那個曾經使他厭煩的地方，前往那個沒有任何親人的地方。

德瓦吉嚎啕大哭，加多拉伊眼中也含著淚水，心中更是一陣陣絞痛，他忍不住想：「唉！我的兒子，你離開我了；我也失去一個能幹而有出息的兒子——原因只在於我們是殘酷無情的人。」

一個盧比

赫爾特爾的兩隻手被反綁在柱子上，
抽抽噎噎地哭著，他全身都是灰土。

呵！童年，我永遠不能忘記你。那破舊的房屋，草蓋的屋頂，還有那光著屁股的身子，赤著腳在田地裡走或爬上芒果樹……這一切又都呈現在我的眼前。那時候，只要能穿上一雙鞋，那種高興的心情是現在穿上新皮鞋也比不上的；那時喝著熬過紅糖的熱甘蔗水，比現在喝玫瑰露還要有味；嚼著炒三角豆和酸棗比現在吃葡萄和奶糖還要開心。

小時候，我和堂哥赫爾特爾一同到鄰村的一個伊斯蘭教毛拉[1]先生那裡去讀書，當時我八歲，赫爾特爾（他現在已經不在人世了）比我大兩歲。我們兩人一大清早吃過前一天晚上剩下的麵餅，帶上準備當午餐——用豆子和大麥混炒的炒麵去上學，然後，這一整天就都屬於我們自己的了。毛拉先生那裡根本沒有點名簿，所以蹺課也不會受罰，這樣一來還有什麼可怕的呢？所以，我們有時站在警察局的門前看警察操練，有時跟著耍熊或耍猴的人到處遊逛，有時到火車站去看熱鬧——我們對火車行車時間的了解，可不亞於火車的行車表！

在去上學的那條路上，有一個城裡的商人在修建一所花園，同時修一口井，

1：對伊斯蘭教知識分子、學者的尊稱。

這也成了我們感興趣的遊戲。花園的園丁很親切地請我們進他的草屋裡坐，我們爭著要幫他工作，有時提水壺給花樹澆水，有時拿著剷子幫他做田埂，有時用剪刀替他剪枝……他一天才能做完的工作，我們一個小時就幫他解決了。事實上，我們做這些事時是多麼快活啊！園丁簡直就是一個兒童心理學家，他讓我們熱衷工作，卻彷彿在為我們做什麼好事似的。

現在那個園丁不在了，但是花園卻顯得更加鬱鬱蔥蔥，每次路過那裡的時候，我真想抱著那些樹哭一場，並對它們說：「可愛的樹，你忘了我，但是我忘不了你。在我心底，對你仍然記憶猶新，清新得正如你的葉子一樣，你本身就是純潔感情的活生生呈現！」

有時就算一連幾個星期都不去上課，我們在毛拉先生面前總還是能找出一些使他怒氣全消的藉口。如果現在有當時那種找藉口的想像力，一定可以創作出使人們驚豔到說不出話來的長篇小說，可惜真正的情況卻是，絞盡腦汁以後好不容易才能寫出一個短篇來……唉！這方面就不提了。

毛拉先生是一個裁縫，他做這一行只是興趣。我們堂兄弟倆常在自己的村子裡向農民和製陶工人拚命稱讚他，或者說我們是毛拉先生可靠的宣傳，一旦我們的努力真的讓毛拉先生得到了一些工作，心情就會高興得不得了——因為他就沒時間管我們了。

至於找不到好藉口的日子，我們會送點禮物給毛拉先生，有時拿一、兩斤豆莢給他，有時送他幾根甘蔗，有時拔一些生大麥或生小麥給他，毛拉先生一看到這些禮物火氣就全消了——只是當這些東西還沒有成熟的時候，就得想另外的辦法來逃避處罰了。

毛拉先生非常喜歡鳥，學校裡到處掛著夜鶯、八哥、雲雀等鳥籠。我想，不管我們是否能夠背誦課文，這些鳥兒絕對能背誦，因為牠們和我們一起上課。我們非常喜歡替鳥兒磨豆粉，但毛拉先生總是催著要所有的孩子捉飛蛾，因為鳥兒們特別喜歡吃飛蛾。所以囉！有時飛蛾會犧牲自己的性命，代替我們承擔了不幸，使毛拉先生的滿臉怒容變得喜笑顏開。

有一天早上，我們堂兄弟倆到池塘去洗臉，赫爾特爾手裡拿著一個白晃晃的東西在我面前晃了一下。我搶上去掰開他的手，原來是一個盧比。我驚異地問他：「你在哪裡撿到這個盧比的？」

赫爾特爾說：「媽放在牆洞裡的，我把床豎起來爬上去才拿到的。」

家裡沒有箱子，也沒有櫃子，所以錢通常都放在牆壁高處的洞裡。一天前叔叔賣了麻，就把錢放在牆洞裡，準備付給地主。赫爾特爾不知怎麼知道了，趁著家裡所有人都各自在做自己的事時，把自己的床豎起來，爬上去取下這個盧比。

在此之前，我從來沒有摸過盧比，所以初看到盧比時那種既高興又害怕的心情，至今仍然記憶猶新。對我們來說，盧比是很難得的東西，毛拉先生每一個月也只從我們這裡得到十二個安那，而且是在月底由叔叔親自把錢交給他。現在誰也很難想像當時我們得意的心情，但是害怕挨打的情緒緊接著向我們潑了冷水。家裡並不是有多到數不清的盧比，偷竊的事明擺著會被發現，雖然我沒有嘗過叔叔生氣後的苦頭，但是赫爾特爾可是曾經親身體驗過的！

說起來，世界上再也沒有像叔叔那樣老實的人，如果不是嬸嬸保護著他，隨便一個商人都可以在市場上把他賣掉。不過一旦叔叔火大了，他可是什麼都不管了，甚至嬸嬸也不敢在他生氣時去惹他。我們兩人對這些問題考慮了好一陣子，最後還是決定——到手的錢不應該讓它溜掉，一方面家裡的人也不一定會懷疑我們，如果被懷疑了，就打死不承認，說我們偷錢幹什麼呢？唉！如果當時再好好想一想，說不定就可能做出相反的決定，之後也不會出現那可怕的一幕，但那時我們根本還沒有冷靜思考的能力。

洗過臉後，我們倆回到家裡，提心吊膽地走進大門，如果那時要搜我們的身，那就只有由老天爺來作主了，但是家裡的人都在做自己的事，誰也沒有跟我們說話。我們沒有吃早點，也沒有帶豆粉，兩人把書包往腋下一夾，就上路到學校去了。

當時正是雨季，天空中布滿了烏雲。我們高高興興地向學校走去，即使今天當上了內閣部長大概也沒有那麼興奮。我們訂了好多計畫，構思了好多空中樓閣。我們想，碰上了天大的好運氣才有這樣的機會，也許一輩子再也碰不上了，所以很希望這個盧比能花很多個日子。在那個年代，五個安那可以買一公斤上等的糖果點心，而我們只要能吃上半公斤糖果點心就心滿意足了，但再想一想，吃了糖果點心，那一個盧比立刻就會花掉一大半，所以應該吃便宜一點的東西，才能吃得有味、飽肚子，而且花的錢又少。

最後我們發現了番石榴，兩人都同意用兩個派薩買番石榴。當時的東西都很便宜，兩個派薩買了十二個大大的番石榴，把我們的衣兜都裝滿了。當赫爾特爾把盧比放在小販的手裡時，他起了疑心，問說：「你是從哪裡得到一個盧比的？孩子，不是偷來的吧？」

我們早就準備好要如何回答了，書即使讀得不多，也總讀過兩、三本，多少有一點知識。我馬上說：「我們要交毛拉先生的學費，家裡沒有零錢，叔叔就給了我們一個盧比。」這回答消除了小販的疑心。

我們兩人坐在一座小橋上痛痛快快地吃了一頓番石榴，可是還有十五個半安那，該放在哪裡呢？藏一個盧比不是一件太困難的事，但現在這一大堆錢幣藏哪裡好呢？褲腰帶上沒有地方，口袋裡也裝不下，把這麼多的錢放在身邊就等於公開宣布偷了錢。想了好久，我們決定把十二個安那交給毛拉先生，其餘的三個半安那就買糖果點心吃掉算了。打定主意後，我們就到學校裡去了。

我們已經有幾天沒有上學了，毛拉先生一見我們就生氣地問：「這些天到哪裡去了？」

我說：「毛拉先生，家裡死人了。」

我一面說一面把十二個安那交給他，不用說，他一看到錢就咧嘴笑了。當時離月底還有好幾天，一般說來，要到月初他一再催促後好不容易才能收到學費，這一次那麼快就拿到了錢，他會這麼高興是很自然的。我們堂兄弟倆神氣十足地看了其他孩子一眼，好像在說：「你們在人家討的時候也不交錢，我們還提前交呢！」

課堂上，我們得知今天湖邊有廟會，毛拉先生要到廟會上鬥夜鶯，中午就放學。一聽到這個消息，我們都高興得不得了，十二個安那已經存起來，剩下三個半安那就該在看廟會時花！廟會很熱鬧，我們將津津有味地吃芝麻糖、油炸餅，還坐小摩天輪，一直玩到傍晚再回家。但是毛拉先生卻附帶了一個嚴格的條件，就是在放學以前每個學生都要背書，背不出來的，就不讓他放學。

結果，我背出來了，但赫爾特爾沒有背出來，被留了下來。還有幾個孩子也背出來了，他們都跑去看廟會，我也跟他們一起走了。我並沒有等赫爾特爾一起走，但我們早就商量好，他一放學就趕來，兩人一同看廟會。錢在我身邊，不過我承諾，只要他不來，我就一個派薩也不花。但是誰又知道，不幸的命運就將要發生在赫爾特爾身上了！

到廟會後，過了一個多小時，仍不見赫爾特爾的蹤跡。難道毛拉先生還沒有讓他走？或者說他不認識路？我睜大眼睛望著大路，覺得一個人獨自看廟會沒什麼意思。我還懷疑是不是偷竊的事已經被發現，叔叔把他抓回家去了。到了傍晚的時候，我只吃了一點芝麻糖，把赫爾特爾的那份錢裝在口袋裡慢慢往家裡走。路上我想了想，決定順便到學校看看，也許赫爾特爾現在還在學校裡，但是學校裡一片寂靜，只有一個孩子在那裡玩耍，他一看到我就大笑。「好傢伙，回家去挨打吧！你叔叔來過，把赫爾特爾邊打邊拉走了。哈！打得這麼厲害，一拳頭就把他打得撲倒在地，然後拖回家去了。你付給毛拉先生的學費，也被取回了。現在你得想個辦法，要不，肯定要挨打。」

我不知所措，身上的血好像通通凝固了，我擔心的場面果然出現了！腳步沉重得好像有幾十斤重，向家裡邁出的每一個步伐都顯得十分困難。凡是腦子裡記得的所有天神的名字，我都一一向他們許願，有的神許了糖果，有的神許了糕點，有的神許了蜜餞；當走到村子附近時，又誠心誠意地求告了土地公公一番，因為在村子裡，土地公公的意見很重要。

雖然做了這一切，但是離家愈近，心跳就愈厲害。

空中烏雲翻滾，好像天要塌下來似的。我看到人們都放下手裡的工作往家裡跑，牲口也一個個豎起尾巴往回飛奔，鳥兒正在歸巢——只有我仍然是那樣慢慢地走著、走著，好像一點力氣也沒有。我真希望自己突然發高燒，或者是什麼地方受了重傷，但是這一切都不是我說了就算，想把死亡請來也不一定請得來，更別說疾病了。就這樣，在無計可施之下，我慢慢地走呀走呀，最後還是走到家門前了。

現在該怎麼辦？我家門口有一株高大的羅望子樹，我躲在樹背後，想等天更暗之後再悄悄地走進屋裡，爬到媽媽房間的床邊待著，等大家都睡覺了以後，再把事情真相原原本本說給媽媽聽。媽媽從來不打人，如果在她面前好好哭上一場，那她會更捨不得。過了一個晚上，還有誰會再過問這件事呢？大清早大家的氣也都消了。如果這個打算能夠實現，我就與偷竊的事沾不上邊了。

但是老天爺的安排卻是另一回事，我被一個孩子發現了，他叫著我的名字逕直跑進我的家裡——現在對我來說，再也沒有躲掉的希望了。不得已，我走進了家門。接著，我突然從嘴裡發出一聲尖叫，就像一隻挨打的狗，看到有人朝牠走來而害怕得尖叫一樣。

此時，父親正坐在走廊裡。那些日子，父親的健康狀況很不好，還是請假回家休養的。很難說他有什麼病，但是他吃油炒豆子，傍晚時將一個瓶子裡的東西倒在一個玻璃杯裡喝，也許這是某一個有經驗的醫生給他開的藥。所有的藥都很苦又有氣味，父親的這種藥也不好聞，實在不知道他為什麼會那麼津津有味地慢慢地喝。我們喝藥的時候，總是把眼睛一閉，一大口就把藥喝下去，也許他這種藥就是要慢慢地喝，藥效才發揮得出來吧？父親經常和村子裡三、兩個或四、五個病人坐在一起，一連幾個小時不停地喝藥，最後就不起身吃飯了。

父親正在喝藥，其他幾個病人也坐在旁邊。一看到我，父親就怒視著我問：「到哪裡去了？」

我低聲地說：「哪裡也沒有去。」

「現在還學會偷東西了，你說，你偷了錢沒有？」

我沒有作聲，眼下的情況就像一口寶劍懸在我面前，嚇得我一個字也說不出來。

父親大聲吆喝地問：「怎麼不說話？你到底偷了錢沒有？」

我壯膽冒險地說了一句：「我哪裡……」

我還沒有把話說完，就見父親露出一副可怕的樣子，咬著牙舉著手朝我衝了過來，我開始大喊大叫起來，聲音之慘烈連父親都大吃一驚，高舉的手也垂了下來。他也許認為還沒有打就哭成這副樣子，要是真打下去也許連命都保不住了。我一見這辦法奏效了，就更加放開嗓子哭了起來，這時坐在父親旁邊的幾個人中，有兩、三個人把父親拉住了，並示意讓我跑開——孩子們在這種場合往往更固執，以致白白挨打，我還真的採取了明智的辦法！

不過，裡面的情景比外面更可怕，我的血液好像都不流動了。赫爾特爾的兩隻手被反綁在柱子上，抽抽噎噎地哭著，他全身都是灰土——也許他在整個院子裡都打過滾，簡直就像整個院子在他身上留下了淚痕。嬸嬸還在斥責赫爾特爾，而我母親正坐在那裡磨香料。嬸嬸最先看到我，她說：「好，那個也回來了。你說，盧比是你偷的還是他偷的？」

我毫不猶豫地回答說：「赫爾特爾偷的。」

我母親說：「是他偷的，那你為什麼不回家來說？」

這下子，不說謊要躲過去可困難了。我認為，當一個人生命處於危險時，說謊是可以原諒的，赫爾特爾習慣挨打了，再多挨幾拳也不會有更多的損害，我從來沒有挨過打，挨上幾拳也許就完了，何況赫爾特爾為了維護自己還曾盡力陷害過我呢！不然，嬸嬸為什麼問我：「盧比是你偷的還是赫爾特爾偷的？」不管從哪一條道理出發，這時我說謊儘管不值得稱讚，但肯定可以原諒，於是我脫口而出：「赫爾特爾說，要是我對誰說了，就打死我。」

我母親說：「看到了吧，不就是那麼一回事！我早說過，這孩子沒有這個壞習慣，從來沒有碰過錢，可是所有人都不相信我。」

赫爾特爾說：「我什麼時候跟你說過『你對誰說了，就要打死你』的話了？」

我說：「不是在那池塘邊說的嗎？」

赫爾特爾說：「媽，他說的都是謊話。」

嬸嬸說：「不是謊話，是真話，只有你說謊。全世界的人都說真話，你有說謊的臭名嘛！要是你的老子在外面工作，從外邊賺錢回來，有幾個人說他是正人君子，你或許就能成為說真話的孩子；而現在，只有你說謊。命裡注定吃糖果點心的人，他就會有糖果點心可吃，而你命裡卻注定要挨打。」

嬸嬸一面說一面替赫爾特爾解開繩子，並且拉著他的手走到裡面去了。由於母親維護我改變了整個形勢，要不，可憐的赫爾特爾還不知要如何挨打呢！我坐在母親旁邊喋喋不休地表明自己的無辜，我那單純而又善良的母親把我當成了真理的化身，她完全相信，全部的罪過都是赫爾特爾的。

不一會兒，我拿著紅糖和豆米粉邊吃邊走到大門外，赫爾特爾這時也一面吃著紅糖和豆米粉到外邊來了。我們兩人一同走出來，互相敘述了今天各自的遭遇。我是幸福的，他是痛苦的，但是，最後兩人都一塊吃著紅糖和豆米粉。

「你和我也有仇嗎？」
阿蒂伯爾·辛赫仔細地看了看他，問道：「你說對了，我要喝你的血！」

金德爾特爾的驚險旅程

1

婆羅門金德爾特爾是一個小學教師，但他始終對當教師這件事非常懊悔。如果是在其他部門當一名職員，那現在手頭也會有幾個錢，可以舒舒服服過日子；而在小學裡，等上一個月好不容易才看到十五個盧比的薪資，卻是一隻手進，另一隻手就花掉了——吃得不痛快，穿得也不舒服，還不如一個工人強。

有兩位先生是金德爾特爾的鄰居：一個名叫阿蒂伯爾·辛赫，是警察局的警官；另一個名叫拜傑那特，是稅務局的記帳員。他們兩人的薪資並不比金德爾特爾高，可是日子卻過得很舒服。傍晚從工作地點回來時，還能替孩子們帶上一些糖果，或者給他們一點零用錢；他們兩人都有雇用佣人，家裡椅子、桌子和地毯等物品，應有盡有。

阿蒂伯爾·辛赫傍晚多半會坐在搖椅上，抽著香噴噴的菸；拜傑那特則喜歡喝酒吃肉，他會坐在自己布置得很講究的房間裡，一瓶接一瓶地喝，當他有點醉意時，就開始彈風琴。

在整個住宅區裡，他們倆是很有威信的人物。一些商店的老闆看到這兩位先生走過，都會站起身來點頭致意。市場上的東西對他們有另外的價格，值四個派薩的東西，他們用兩個派薩就可以買到；生火用的木柴更是不花錢。金德爾特爾看到他們穿戴如此講究，心裡有些嫉妒，忍不住咒罵自己的命運。這些人「連地球是繞太陽轉，還是太陽繞地球轉」這種極普通的常識都不知道，可是老天爺仍然這樣眷顧他們。

不過，他們兩人對金德爾特爾倒是很照顧，有時送上一、兩斤牛奶，有時則送些蔬菜。所以，做為交換，金德爾特爾不得不照看阿蒂伯爾・辛赫的兩個孩子和拜傑那特的三個小孩。

阿蒂伯爾・辛赫說：「金德爾特爾先生，我的兩個孩子時時刻刻都很貪玩，請你多注意一下。」

拜傑那特說：「我的三個孩子快成流浪漢了，請好好管一管。」

這些話他們說得如此強硬，好像他是他們的佣人似的。金德爾特爾受不了這種態度，卻又不敢觸怒他們——得仰仗他們，他才能時而享用到牛奶、乳酪，時而嚐到醃菜或醬菜的滋味；不僅如此，他們還替他從市場上買些便宜貨回來，所以可憐的他只得嚥下委屈的苦水。

為了擺脫這種窘境，他付出了很大的努力。他曾經寫了辭職申請書，也跟長官說好話求情過，但是都未能如願。

最後，他只能承認——這一切都白費了。

當然，他努力工作不出差錯，按時上班，晚下班，用心教書，因此長官對他都很滿意，每年還會給他一點獎金；當有獎金的機會到來時，也總是特別照顧他，但是這個部門發獎金就像耕作荒地那樣困難，運氣好才能碰上機會。附近的居民對他也很滿意，小學生的數目不斷增加，孩子們很熱愛他，有的到他家裡替他挑水，有的會幫他家的牲口割青草，金德爾特爾對此很感激。

有一年七月，拜傑那特和阿蒂伯爾・辛赫兩人商議好要一起去朝拜阿踰陀聖地[1]。因為旅程較遠，所以出發前一星期他們就開始準備了。當時正逢雨季，全家都出門其實是有困難的，但是他們的妻子拒絕只讓兩個男人自己出發，最後不得已，兩位先生分別請了一個星期的假，各自帶妻小起程。他們強拉硬扯地把金德爾特爾也帶去了，在廟會那樣熱鬧的地方有幫手在身邊往往很有用。金德爾特爾剛開始有點左右為難，但當他們兩人同意負擔他的旅費時，也就不好再拒絕了，更何況，難得有機會可以朝拜阿踰陀聖地，這點的確令他非常動心。

火車晚上一點從比爾豪爾出發，一行人吃過晚飯後就到車站等車。火車一到，旅客不約而同地橫衝直撞了起來。成千上百的人搶著要上車，一片混亂中，拜傑那特被擠散了，金德爾特爾和阿蒂伯爾・辛赫在一起，他們一同走進一節車廂的一個房間[2]——在這困難的時刻誰也顧不得誰了。

車廂裡坐的地方不夠，阿蒂伯爾・辛赫走進的那個房間只有四個人，但四個人卻都躺在坐位上。阿蒂伯爾・辛赫想讓他們坐起來，這樣就可以騰出坐的空間，他不客氣地對一個躺著的人說：「坐起來吧！你沒有看見我們都站著嗎？」

躺著的旅客仍躺在那裡，他說：「為什麼我得坐起來？你坐的地方是我負責的嗎？」

阿蒂伯爾・辛赫說：「難道我們沒有花錢買票？」

旅客說：「你向誰買票，就向誰去要坐的地方。」

阿蒂伯爾・辛赫說：「說話給我小心一點，這個房間規定可以坐十個人。」

1：阿踰陀是史詩《羅摩衍那》中羅摩的父王的京城，也是他即位後的都城。

2：印度火車的各個客車車廂互不相通，就是同一節車廂的各個房間也不相通。

旅客說：「這不是警察局，請你說話客氣一點！」

阿蒂伯爾・辛赫說：「啊？你是誰呀？」

旅客說：「我曾經被你定為犯間諜罪，那時候，你以此向我勒索了十五個盧比才放了我。」

阿蒂伯爾・辛赫說：「哈！現在認出你來了。那時我還放了你，若真的起訴，還得判你的刑。」

旅客說：「所以我不是也放了你？讓你在車廂裡站著。要是把你一推，你就要掉下火車去，連屍骨都找不到！」

這時，另一個躺著的旅客哈哈大笑起來：「喂，警官先生，你怎麼不叫我坐起來？」

阿蒂伯爾・辛赫氣得滿臉通紅，心想：要是在警察局，非撕裂他的嘴不可，可惜現在處境困難。雖然他是一個有力氣的人，可是這兩個人也很魁梧。「把箱子放下來，不就有地方了嗎？」

另一個旅客也開口了：「你為什麼不坐在地上呢？有什麼好丟臉的嗎？這裡又不是警察局，還怕會影響你的威風？」

阿蒂伯爾・辛赫仔細地看了看他，問說：「你和我也有仇嗎？」

「你說對了，我要喝你的血！」

「我有什麼地方得罪你了？我見也沒有見過你。」

「你也許沒見過我，可是你的警棒卻見過我，就在昨天的廟會上，你打了我好幾棒。我安安靜靜地站著看戲，你卻狠狠揍了我一頓。當時我沒有反抗，但內心受了巨大的創傷，今天要給傷口上點藥！」

說完他把雙腳伸得更開了，睜著憤怒的眼睛打量著阿蒂伯爾・辛赫。金德爾特爾一直沒有作聲，生怕雙方動手打起來，所以只趁空檔勸了勸阿蒂伯爾・辛赫。火車到第三站一停下，當阿蒂伯爾・辛赫正打算把妻小帶出來到另外一個房間去時，那兩個傢伙立刻把他的行李一一扔到地上；在他下車時，他們倆還使勁推他一把，讓他摔倒在月臺上。當阿蒂伯爾・辛赫正要去找列車長來幫忙理論時，汽笛卻響了起來，他只好摸摸鼻子走進另一個車廂。

3

拜傑那特的情況更加糟糕，他整夜都沒有闔眼，連把腿伸直的地方也沒有。這天，他的身邊依舊帶著一瓶一瓶的酒，他每到一個車站，就買點菜餚來吃，結果導致消化不良，吐了一次，連肚子也開始絞痛。可憐的拜傑那特被弄得狼狽不堪，他認為自己無論如何都得躺下來好好休息，但是那裡卻連伸腳的地方也沒有。他好不容易才忍到勒克瑙，再往前繼續實在不行了，於是就在一個車站下了車。他連站都站不住，就地在月臺上躺了下來。妻子也著急了，連忙帶著孩子下車，隨身行李也搬了下來，但是匆匆忙忙地，卻忘記把箱子取下來，火車就已經開了。

警官看見自己的朋友處於這種情況，也跟著下了車。他原以為他是酒喝多了，但是一看，拜傑那特的病情已經惡化了，發燒、肚子痛、又抽筋，還上吐下瀉，很令人擔心。車站的站長見此情形，以為是得了霍亂，便命令他們把病人抬到車站外邊去，不得已，他們只好把他抬到一棵樹下。拜傑那特的妻子急得哭了起來，大家忙著找醫生，後來打聽到鄉公所那邊有一間小小的醫院，這才放下心來。他們還聽說醫生是比爾豪爾地方的人，這使他們更感到寬慰了。

警官趕到醫院，把詳細情況說給醫生聽，並要求醫生跟他一起回來看一看病人。

醫生的名字叫覺克拉爾，他其實是一個藥劑師，只不過人們出於尊敬，把他稱作醫生。聽警官先生描述病情之後，他冷冷地說：「沒有大清早就出診的前例。」

警官說：「那是不是得把病人抬到這裡來？」

覺克拉爾說：「對，如果你願意，可以把病人抬來。」

警官張羅了一頂轎子，把拜傑那特抬到醫院裡。當他們把他放到走廊上時，覺克拉爾一點也不客氣地開口：「不准把霍亂病人抬進來！」

拜傑那特當下仍然清醒著，聽到了聲音，認出是同鄉，便慢慢地說：「啊……這位先生是比爾豪爾的人吧？」他覺得名字很熟悉，應該是經常到稅務局來的人，接著繼續問：「你認識我嗎？」

覺克拉爾回答說：「是，我的確跟你『很熟』。」

拜傑那特說：「你認識我還對我這樣無情？我都快要死了，請你看一看吧？我到底是怎麼了？」

覺克拉爾說：「當然，我會看的，這就是我的職業嘛！請給手續費。」

警官說：「先生，醫院還要什麼手續費？」

覺克拉爾說：「先生，就像這位記帳員收稅時要的手續費一樣啊！」

警官說：「你說什麼？我一點也不懂！」

覺克拉爾說：「我的老家在比爾豪爾，我在那裡有一點土地，所以每年會回去兩次。每當我到稅務局繳土地稅的時候，這位記帳員一定會毫不客氣地向我索取手續費，要是不給，就讓人等到天黑，都還不讓登記。總之，他一會兒這麼折騰我，一會兒又那樣折騰我。所以，現在請先交出十個盧比的手續費，我好看病、給藥，要不，你們自己請便！」

警官驚訝地說：「十個盧比？」

覺克拉爾說：「對，十個盧比。要是想待在這裡，每天還得付十個盧比。」

不得已，警官只好向拜傑那特的妻子說要交手續費，她這才想起自己的箱子，悔恨地大哭了一場。警官身邊的錢也不多，但情況所逼，也只得先拿出十個盧比給覺克拉爾，對方才給了藥。吃過藥，一整天沒有什麼效，晚上終於稍微好轉了。第二天又需要吃藥，拜傑那特的妻子在街上賣掉了一件至少值二十多個盧比的首飾，才買到了藥。

直到傍晚，拜傑那特的病差不多好了，晚上一行人才又搭上前往阿踰陀的火車，他們在心中狠狠地咒罵了覺克拉爾一頓。

到達聖地阿踰陀之後，他們開始找落腳的地方。祭司們的家裡沒有空位，家家戶戶都住滿了人，找遍了整個住宅區，哪裡都沒有安身之地。最後，只好決定在樹下推開行李過夜，但是他們每到一棵樹下打算待下來時，都發現已經有旅客躺在那裡，看來，除了在露天的沙地上休息以外，再沒有其他辦法了。他們找了一塊乾淨的地方，鋪開行李躺下，好巧不巧的，天空突然烏雲密布，開始下起雨來。電光閃得刺目，雷聲大得幾乎要震破耳膜，孩子們都哭叫了起來，兩位婦女也害怕得直發抖，看來要在這裡待下去是不行的，可是到哪裡去呢？

突然他們看見一個人提著燈從河邊往這裡走來，這個人走近他們時，金德爾特爾向他望了一眼，覺得有點面熟，但記不起來是在哪裡見過。他走近那個人問說：「老弟，這裡沒有旅客安身的地方了嗎？」那個人停了下來，仔細地瞧了瞧金德爾特爾，然後說：「您不是金德爾特爾先生嗎？」

金德爾特爾高興地說：「是呀！你怎麼認識我呀？」

那個人畢恭畢敬地向金德爾特爾行了禮，才回答說：「我是您以前的學生，我叫格利巴・辛格爾。我父親曾有一段時間在比爾豪爾的郵局當過職員，那時我就在您教的班上讀書。」

金德爾特爾記起來了，他開心地說：「啊！你是格利巴・辛格爾，那時你是一個瘦小的孩子……大約已經有八、九年了吧！」

格利巴・辛格爾說：「是呀！快九年了。我離開那裡後，在這裡的中學畢業，現在我在市政府工作。您都好嗎？真是幸運，在這裡見到了您。」

金德爾特爾說：「非常高興見到你，你的父親現在在哪裡？」

格利巴・辛格爾說：「他已經去世了，母親還和我在一起。您什麼時候來這裡的？」

金德爾特爾說：「今天才來的。祭司們的家裡沒有地方了，不得已只好在這地上過夜。」

格利巴・辛格爾問道：「孩子們也帶來了吧？」

金德爾特爾搖了搖頭：「我沒有帶孩子，是單獨一人來的，但是和我一起的還有一位警官先生和一個記帳員先生，他們倒是把妻小都帶來了。」

格利巴・辛格爾繼續問：「總共有多少人？」

金德爾特爾說：「總共十個人。不過，只要有一點地方就可以了。」

格利巴・辛格爾說：「那怎麼可以？先生，你們需要寬敞一點的地方。我有一座房子是空著的，跟我走，舒舒服服地住上兩、三天吧！有機會能為您服務是我最大的榮幸。」

格利巴・辛格爾叫來了幾個苦力，讓他們背上了行李，他把金德爾特爾一行人都帶回自己家裡。

格利巴・辛格爾的家非常乾淨，他們才剛到沒多久，佣人很快就安置了幾張床，並開始炸油餅。格利巴・辛格爾甚至捲起自己的衣袖，像僕人一樣忙碌張羅著，高興的心情使他臉上閃閃發光，他的彬彬有禮和謙虛感動了他們每一個人。

吃過飯，喝過水，大家都睡了，可是金德爾特爾怎麼也睡不著，他在心裡回憶這次旅途中所發生的點點滴滴。在他眼前，火車上發生的糾紛、醫院裡的敲詐勒索，和格利巴・辛格爾的善良與謙恭形成鮮明的對照。

金德爾特爾今天體會到了教師的光榮，也感受到教師地位的崇高。

他們在阿踰陀待了三天，沒有遇到任何困難，格利巴・辛格爾帶他們拜謁了聖地的每一個地方。第三天當他們要離開的時候，格利巴・辛格爾送他們到車站。火車鳴了汽笛快要開離的時候，他含著眼淚向金德爾特爾行了禮：「希望老師不要忘記我這個僕人。」

回到家裡以後，金德爾特爾的想法有了巨大的轉變，從此，他再也沒有要求調到別的部門去了。

要是他結了婚，身體只會更快速地垮掉，
原來以月計的生命就有可能以日來決定了。

棄婚的男人

印度教社會的婚姻制度是這樣害人，是如此令人不安和害怕，真教人不知道該如何改革它才好。父母即使生了六、七個兒子以後再生一個女兒，也很少開開心心地歡迎這個女兒的出生。女兒一呱呱落地，雙親就開始為她的婚姻問題發愁，簡直就像墜入苦海之中。如今，這樣的情況更是惡化到了如此可悲和可怕的地步——竟有不少父母在女兒死後由衷地高興，好像是卸下了沉重的包袱。箇中原因其實就在於嫁女兒所花的錢財正不斷地成倍增加，就像雨季時的河水不斷上漲一樣。

在過去，陪嫁只花幾百個盧比就綽綽有餘了，而現在卻要花幾千盧比；不久以前，準備一、兩千盧比的陪嫁還只是大戶人家才必須做的事，一般人結婚花幾百到一千盧比就可以了，可是，現在連辦最普通的婚事，也至少得花上三、四千盧比——嫁女兒的花費是如此龐大，而大家對這種陪嫁制度的毒害卻毫無改革的意願，這會造成什麼結局，只有天知道。

兒子即使生了一打，父母也不感到擔心，他們並不認為自己頭上有推卸不掉的負擔。用學校裡的術語來說，對他們而言，這不是「必修課」，而是「選修課」——能幫忙結婚就籌辦婚禮，辦不到的話，就對兒子說：「孩子，好好生活、賺點錢，有能力了，再結婚吧！」

然而，女兒的婚事卻一定得辦，沒有辦法逃脫，女兒的婚事一旦辦晚了，家庭可就丟臉了。此外，兒子傷風敗俗的行為不會被認為是丟臉的事，不過女兒的行為要是越了軌，就會被認為是墮落的女人，還會被家族遺棄。她如果能保住情事的祕密那倒還好，這樣就不會有人隨便敗壞她的名聲，但若不幸祕密敗露了，她的父母兄弟在世上就再也沒臉見人了！沒有其他的恥辱比這更難以忍受，沒有其他的災難比這更可怕，總之，完全無法想像世上還有什麼打擊比這更厲害！

有趣的是，一些飽嘗嫁女艱辛的人，在兒子結婚時卻都完全忘記了自己被迫吞下的苦頭，一點也不同情別人。相反的，他們心裡盤算的竟是，要如何在自己兒子結婚時，把女兒出嫁所受的經濟損失連本帶利地全都撈回來。

有多少父母就是在這種折磨下過早死，有的則是出了家，還有的乾脆把女兒嫁給一個老頭子就交差了事，哪裡還有餘力去考慮女婿的好壞？

古爾扎利拉爾就是上述不幸父親中的一個。真要說來，其實他的經濟條件還不錯，他是律師，每月有二百到二百五十個盧比的收入。不過，他是個十分講究體面的人，平時為了表現出自己的慷慨大方——不招待親戚不行，不應酬朋友也不可能，而且老天爺還賞賜給了他三個女兒，要撫養她們，負擔她們的教育費用……有什麼辦法呢？

所以，即使再節省，吉爾扎利拉爾也省不出一筆可觀的錢來。

眼見女兒愈來愈成熟，她吃的是和男孩子們一樣的飯菜，可是男孩子像得了肺癆似的消瘦，女兒卻像上旬過後的月亮那樣愈來愈豐滿。吉爾扎利拉爾按自己的身分體面所費不貲地嫁了大女兒，但是嫁第二個女兒就難辦了，嫁給體面人家一般至少得花上五千盧比，但非得嫁給體面人家不可，要不，可是會惹人笑話的。可憐的父親奔忙了好一陣子，才找到一個年輕人，這個男孩子也受過很好的教育，他父親在酒業部門當職員，每月有四百盧比的薪資。

古爾扎利拉爾回來對妻子說：「男孩子倒是找到了一個，家世也無可挑剔，困難的是，男孩子說他根本不打算結婚。他父親盡力勸說他，我也極力勸說他，其他人也勸說他，但他就是不鬆口，說自己絕不結婚。他什麼原因也沒說，只說自己不想。真想不透他為什麼這麼討厭結婚！他是他父母的獨生子，做父母的最大的希望就是他趕快結婚，可是說不動又有什麼辦法呢？最後，他父母是先收下了定禮，可是卻對我說了但書，說孩子的脾氣很固執，如果真的不同意，以後會把定禮退回來。」

妻子問：「你沒有把那男孩子叫到無人的地方問一問隱情嗎？」

古爾扎利拉爾說：「當然問過了，但他只是坐在那裡哭，後來就站起來走了。唉！要我怎麼跟妳說？我都給他跪下了，可是他還是什麼也沒有說就起身走了。」

妻子說：「那我們只好看著辦了，看還要為這個女兒碰一些什麼釘子！」

古爾扎利拉爾說：「我想，其實也沒有什麼，還不是現在的年輕人都喜歡到處遊逛，他們在念英文書時讀到歐洲有很多人喜歡獨身生活——還不是這一點使他著了迷？他以為處於沒有衝突的情況就是幸福和平靜，以為所有的煩惱都是因為婚姻才產生的。不過，我也曾這樣，當初在大學念書時，也常常想著將來若能獨自一人生活，就可以舒舒服服地到處遊逛了……」

妻子說：「實際上也的確是這樣，婚姻是所有煩惱的根源。如果你不結婚，哪需要操這些心？要是我不嫁人，生活一定也會舒服得多。」

一個月以後，青年寫了這樣一封信給古爾扎利拉爾。

尊敬的大人：

您好！

今天我在苦惱中鼓起勇氣寫這一封信給您，請原諒我的冒失。

您走後，我的父母親一直逼我結婚。母親哭，父親生氣，他們認為我是出於固執而逃避婚事，說不定還懷疑我的道德已經墮落了。然而，我不敢講明實際原因，是因為怕他們難過，若他們因此而傷心致死，也沒什麼好大驚小怪的了！所以，現在我不得不把自己隱瞞的事向您講明白，還請您保守祕密，希望在任何情況下，都不要傳到他們的耳朵裡。該發生的事總會發生，何必提早讓他們傷心呢！

半年來，種種跡象證明我已經患了肺病，醫生們的看法也是這樣。我認識兩個最有經驗的醫生，也都請他們檢查了，而他們都明確地表示我患了肺結核。如果我把這個情況告訴父母，他們一定會傷心得要死。既然都確定我在這世界上活不久了，對我來說，連想像結婚都是一種罪過。經過特別療養，我或許還能活一、兩年，但在那種情況下結婚更可怕，因為如果有了孩子，不但孩子可能會因我而夭折，妻子也將成為這種疾病的犧牲品。不結婚所造成的不幸結局，只涉及到我一個人，但結婚後卻會有幾條生命跟著我一起毀滅。所以，我懇請您，不要堅持把我投入這羅網之中，不然您會後悔的。

您的僕人　赫加・里拉爾

看過信後，古爾扎利拉爾望了望妻子。「看了這封信妳有什麼想法？」

妻子說：「我覺得他是在編藉口。」

古爾扎利拉爾跟著點點頭，「沒錯，我也這麼認為。他以為藉口自己生了病，人家就會主動讓步。實際上，我看他一點病也沒有。我親眼見過了，臉上還閃閃發亮呢！要真有什麼，病容是掩蓋不住的。」

妻子說：「聽天由命地把婚事辦了吧？反正誰也不知道別人的命會怎樣！」

古爾扎利拉爾說：「我也是這樣想的。」

妻子接著又說：「要不，讓他去看看醫生。萬一他真有那種病，可憐的恩巴一輩子就被斷送了。」

古爾扎利拉爾輕喊：「妳難道也發瘋了嗎？這分明是推託之詞。我很了解這些年輕小伙子的心情，他們心中想著：現在可以自由地遊逛，結婚了，哪還能如此盡情享樂呢？」

妻子說：「既然這樣，就先看好吉日，再準備通知他們家吧！」

3

赫加・里拉爾陷於極大的苦悶之中，他的腳正被強迫銬上婚姻的鎖鏈，而他卻沒辦法做什麼。他已經把全部實情向女方吐露過，可是誰也不相信他的話。他沒有勇氣把自己的病情告訴父母，不知道他們知道後會怎麼想？會做出什麼事來？他有時想，或許可以找一個醫生開個證明寄給女方，可是考慮到他們還是可能不信，屆時又該怎麼辦呢？尤其現在請醫生開個證明並不困難，對方或許會猜測這是他向醫生行賄取得的假證明。一邊是家人硬逼著他結婚，而另一邊醫生們卻明確地告訴他，要是他結了婚，身體只會更快速地垮掉，原來以月計的生命就有可能以日來決定了。

結婚日期的通知送來了，婚禮的準備已經展開，客人也陸陸續續地來了，赫加・里拉爾在家總是安不下心。「到哪裡去呢？」一想到結婚他就嚇得要命。「啊！那個女子將來該怎麼辦？一旦她知道這件事，她會怎樣看我？誰來懺悔這場罪過呢？不，我不能對她這麼殘忍，我不能把她推入守寡的火坑。我的生命又值什麼？今天不死，明天死；明天不死，後天死。反正都要死，為什麼不今天就死呢？我今天就來結束自己這條生命，同時結束所有的擔心、所有的苦難。父親會哭，母親會尋死覓活，但是一個女孩子卻會很好地活下去，而我死後也不會有不幸的孤兒號哭。為什麼不去向父親說清楚呢？他會有幾天很痛苦，母親也會有幾天傷心到連飯也吃不下，但是這都算不了什麼！假使讓父母承受一點難過就能讓一個年輕姑娘得救，這難道是小事嗎？」

想好之後他慢慢地站起身子，走到了父親的面前。

時間是夜晚十點鐘，德爾巴・里拉爾正躺在床上吸水煙。今天他奔忙了一整天——帳篷準備好了，跟吹鼓手付了訂金，安排了放煙火的事，修整了花壇，並且和一些婆羅門「談判」了幾個小時[1]，現在正好在休息。赫加・里拉爾突然站在面前，讓他吃了一驚。兒子哭喪著臉，眼中含著淚，滿面愁容，看到他這副模樣後，做父親的開始不安了。「做什麼，孩子？身子還好嗎？好像很不舒服的樣子。」

1：這裡是指舉行婚禮時要請婆羅門到場，並宴請他們，談判的內容一般是參加人數、條件等。

赫加・里拉爾小心翼翼地開了口：「我想跟你談談，又怕你不高興。」

德爾巴・里拉爾說：「我知道了，還不是那句老話？除此之外，如果有其他事，你放心說好了。」

赫加・里拉爾說：「使我難過的是，我希望談一談這個問題。」

德爾巴・里拉爾回道：「你不是想說：『請不要把我投入羅網，我不配結婚，我承擔不了這擔子，這副鎖鏈會把我的脖子折斷。』不就是這些嗎？還有什麼新的？」

赫加・里拉爾說：「不，不是，有其他新的狀況。我是早就準備好要全按照你的意思行事了，不過有一件事我至今還瞞著你，現在我想跟你說清楚，在我說出口之後，不管你做出什麼樣的決定，我一定都奉命照辦。」

德爾巴・里拉爾答允了。「要說什麼，你就說吧！」

赫加・里拉爾很誠懇地把自己的意思和醫生的意見都說了，最後他說：「在這種情況下，我相信你不會勉強我結婚。」

德爾巴・里拉爾仔細地看了看兒子的臉，臉色一點也不發黃。他不相信兒子講的話，但為了掩蓋自己的懷疑，並表示出發自內心的難過，有幾分鐘的時間內，他表現得像完全陷於深深的不安之中，然後才用難過的口吻說：「孩子，在這種情況下就更要結婚了！唯願老天爺不會讓我們活著看到這不幸的日子，不過，結婚後你就會留下些什麼，如果老天爺賜給你一個孩子，這孩子就會成了我們老年時候的依靠；看到孩子的臉也會使我們的心得到安慰，我們也就有了生活下去的動力。至於以後到底會怎樣，誰又能肯定呢？醫生無法看出每個人的命中注定——老天爺的能力是無窮無盡的，醫生又怎麼會知道呢？你安心地待著，我們要做什麼，你就讓我們做。如果老天爺願意，一切都會很美滿。」

赫加・里拉爾再也沒說什麼了，他眼中飽含淚水，哽咽得說不出話來，然後一聲不響地走回自己的房間裡躺了下來。

又過了三天，赫加・里拉爾還是拿不定主意，結婚的各項準備工作已經完成，院子裡搭好了彩棚，給新娘子送去的衣服和首飾已經入箱，拜女神的儀式也舉行過了，門口吹鼓手熱熱鬧鬧地吹打起來，附近的孩子們都跑了來聽吹鼓手的演奏，高興得來回奔跑。

迎親隊準備今晚乘火車出發，於是到了傍晚時分，參加迎親隊的人都開始著手打扮了起來。有的找理髮師理髮，想把頭髮理得乾乾淨淨，好像從來沒有長過頭髮似的；老年人則想把白髮剃光，盡可能裝出一副年輕人的樣子……人們都搶著買頭油、肥皂和香膏，可是赫加・里拉爾卻坐在園子裡的一棵樹下發愁，他在考慮該怎麼辦。

現在是要做最後決定的時刻，連一點拖延的時間也沒有了。他能向誰訴說自己痛苦的心情呢？聽的人一個也沒有。

他想著，他的父母多麼沒有遠見啊！憑一時感情衝動就決定，完全沒有想到將來的新媳婦該怎麼辦？同時，新娘的父母竟然也這樣盲目行事，看到了還當作沒有看到，知道了也當作沒有那回事。

這還算得上是婚姻嗎？絕對不是。這叫作把女子往井裡推、往火爐裡扔，或者該說是用鈍刀割她的脖子？什麼樣的痛苦，都沒有像婦女守寡那樣難以忍受和可怕，父母卻一心一意地要把自己的女兒推進寡居的火坑，這算是父母嗎？絕對不是！他們是自己女兒的敵人，他們是屠夫、是殺人犯、是劊子手。難道他們這樣沒有任何罪過嗎？對那些有意讓自己的手染上可愛女兒鮮血的父母，難道真的沒有任何懲罰嗎？社會竟不懲罰他們，也沒有人譴責他們！唉……

經過這樣一番思索後，赫加・里拉爾站了起來，不聲不響地朝一邊走去。他的臉上閃著光芒，下定決心自我犧牲來解除這一痛苦，他一點也不怕死，他已經到達了把全部希望都寄託於死亡的境地。

從那天起，就再也沒有人看見過赫加・里拉爾的影子了，不知是大地把他吃了，還是青天把他吞了。人們用網子在河裡打撈、用竹竿在井裡掏、在警察局張貼畫像尋找、在報紙上登廣告打聽下落，但是哪裡也沒有找到。

幾個星期後，在車站兵營以西兩英里的鐵道上發現了一堆屍骨，人們推測赫加・里拉爾臥軌自殺了，但是誰也無法真正的肯定。

4

六月的蒂傑節[2]的那天，家家戶戶都在進行掃除，已婚的婦女們都打扮得整整齊齊到恆河去沐浴。恩巴沐浴後回來，便在羅勒樹下一個土臺的前面站著禱告。這是她到婆家後第一次過這樣的節日，所以是以興奮的心情在許願。突然，她丈夫走了進來，面帶微笑地看了看她，接著說：「德爾巴・里拉爾是妳的什麼人？這是從他那裡送給妳的節日禮物，剛才郵差送來的！」說完他把一個包裹放在床上。

恩巴一聽見德爾巴・里拉爾的名字，兩眼就濕潤了起來，她急忙搶上前來，拿起包裹看了又看，但卻沒有勇氣把它打開，過往的回憶又清晰地浮現在眼前，她心中對赫加・里拉爾又泛起了一陣崇敬的激情。「啊！我能夠擁有現在這樣的日子，都是那位菩薩心腸的人自我犧牲的結果。願老天爺讓他升入天堂，他不是凡人，而是天神，為了我的幸福，他甚至獻出了自己的生命。」

2：蒂傑節是已婚婦女為丈夫許願的節日，在節日裡，娘家一般還會送禮給女兒、女婿。

丈夫問她說：「德爾巴・里拉爾是你的叔叔嗎？」

恩巴說：「是我叔叔。」

丈夫繼續問：「信中提到的赫加・里拉爾是誰？」

恩巴說：「他是德爾巴・里拉爾先生的兒子。」

丈夫說：「是你的堂兄？」

恩巴說：「不是。對我說來，他是大慈大悲的救苦救難者，他給了我生命，他把我從無底深淵中拯救了出來，他賜給了我幸福！」

丈夫帶著好像回憶起往事的神情說：「啊！我明白了，他的確不是凡人而是天神。」

首飾vs.美女

一個奇怪的邪念在蘇勒西的心裡蠢蠢欲動：
難道不能通過某種辦法占有她嗎？

關於不合作運動[1]的不便我們勉強還能忍受，卻受不了女人像箭一樣無情和傷人的話語。儘管如此，我還是一定要說，為了滿足她們的願望所做的犧牲，如果運用得當，還是可以得到崇高的效益。

責怪首飾不是我們的目的，雖然從來沒有見過一個難看的女人會因為戴了首飾而變成美女，可是我們得承認，正如房間需要燈一樣，女人為了美的確需要首飾。只是，現在有那麼多人為了外在的光采，而使心靈變得如此灰暗、煩躁又汙濁，這大概是我們怎麼也料想不到的。在首飾的耀眼光輝面前，我們的視線模糊了，我們眼花撩亂了——首飾的光輝成了許多嚴重的嫉妒、仇恨、競爭、憂慮和奢望的根源！只要一想到這點，就令人毛骨悚然，實在不應該把這種東西稱作首飾，稱作禍根或許更為恰當。

要不，這麼會出現這種情況呢？

一個嫁到夫家才過了三天的新娘，竟然就這樣對自己的丈夫說：「我父親把

1：甘地呼籲以不合作的非暴力手段，抵制英國的殖民統治，包括：不納稅、不入公立學校、不到法庭、不入公職和不買英國貨等。

我嫁給你，等於是把我推到井裡。」這天，西德拉去看村裡大地主蘇勒西・辛赫家的新娘子，整個人在新娘子面前入迷了，但她目不轉睛注視著的不是新娘子的長相，而是對方首飾的閃光。直到回到了家裡，她仍妒意難消，所以丈夫一回家，她就向他發作了，滿腹的怨恨通過這句話一股腦兒發洩出來。

西德拉的丈夫名叫威姆爾・辛赫，祖上有一個時期也曾是大地主，當時這個村子完全是他家的天下，但是現在他家衰落了。另一方面，蘇勒西・辛赫的父親經營田產很精明，威姆爾・辛赫家的大部分土地都通過某種方式而落到他的手裡。現在威姆爾家連毛驢都沒有一頭，一天吃兩頓飯也感到困難，可是蘇勒西有大象、汽車，還有幾匹馬，大門口還經常有十個、八個外地人聽從他的使喚。

雖然兩人的經濟地位差別很大，可是他們的關係卻像兄弟一樣，結婚、生孩子等喜慶場合一定會彼此往來祝賀。蘇勒西愛好學習，在國內念完高等教育後還留學歐洲，和所有對雅利安文明抱持懷疑態度的人相反，他以雅利安文明最虔誠崇拜者的身分從歐洲回來了——歐洲的物質利益至上，以及不自然地追求享受和違反人性的目空一切，使他擦亮了眼睛。

過去，家裡的人一再要他結婚，可是他都沒有答應，認為如果不能和女方彼此了解，是不會產生愛情的。可是從歐洲回來以後，他對結婚的看法有了很大的改變，他和以前那個他不了解的姑娘結了婚，現在他認為結婚不是愛情的結合，而是天職的約束。今天西德拉就是為了看一看那位幸運的新娘子而和婆婆去蘇勒西家，見到對方首飾閃耀的奪目光芒後，她感到很傷心。

威姆爾痛苦地說：「如果妳跟父母說要嫁給蘇勒西，他會用首飾把妳包起來的。」

西德拉說：「為什麼要這麼損人？」

威姆爾回答她：「我不是損妳，而是說真話，妳父母把這樣漂亮的女兒嫁給我，真的太委屈了。」

西德拉說：「你不感到有愧，反而挖苦人！」

威姆爾說：「命運掌握不在我的手裡，我又沒讀多少書，不能找一份高級的差事賺錢。」

西德拉說：「為什麼不說是沒有愛情？有愛情就有黃金！」

威姆爾說：「妳很愛首飾嗎？」

西德拉說：「大家都愛，為什麼我不？」

威姆爾說：「妳認為自己很不幸嗎？」

西德拉說：「當然，如果不覺得自己不幸，看到別人為什麼要羨慕？」

威姆爾問她：「如果替妳打首飾，妳就會認為自己很幸福了，是不是？」

西德拉生氣地說：「你這樣問我，好像金匠就坐在大門口！」

威姆爾說：「不，我是說真的，我一定為妳打首飾！不過，還得忍耐一些時候。」

有能耐的人受了話的刺激，可以起身反抗，沒有能耐的人就可能鋌而走險。威姆爾・辛赫決定從家裡出走，他下定決心，要不就是把妻子用首飾包起來，要不就讓她被當寡婦的悲哀給包圍住，也就是說，西德拉要不戴首飾，要不就是想塗硃砂[2]而不可得。

威姆爾一整天都深陷在焦躁不安中，他曾希望愛情能使西德拉得到滿足，但今天他卻發現：女人的心用愛情的網子是網不住的，只有黃金的網子才有可能。天黑不久，他離開了家，沒有再回頭看一眼——儘

2：硃砂象徵已婚的有夫之婦，只有丈夫死後才抹去。

管是有意識地離開妻子，卻仍有留戀之情，只是這種由失望所造成的分離還是比較堅決。白天裡看到周圍的事物，他的心還可能動搖，如今在黑暗中，誰有膽量偏離所走的道路分毫呢？

威姆爾既沒有學問，也沒有任何技藝，他只能付出勞力以及艱難的犧牲。起初他來到了加爾各答替一個富翁看門，做了一段時間以後，他聽說在緬甸仰光能找到薪資高的工作，於是就前往仰光，開始在那裡的碼頭當裝卸工人。

由於艱苦的勞動、飲食的不當，加上氣候的惡劣，他生病了。他身體變得虛弱，臉上失去了光澤，可是在碼頭上他仍然是最勤勞的工人。其他的工人只不過是工人而已，他這個工人卻還是個苦行者——他心裡早就暗自下了一個決心，而實現它就是他此生唯一的目標。

他沒寫信告訴家裡自己的情況，只是在心裡反覆思索著：「家裡有誰會為我著想呢？和首飾比起來，又有誰理我呢？」他的智慧還不足以理解人性的奧祕——就算貪圖首飾，愛情還是可以和首飾並存。

其他的工人一早起來，就吃糖果糕點，整天不時地抽香菸和大麻，一有空閒就到大街上蹓躂；有好多人還養成喝酒的習慣，他們賺多少錢就花多少錢，有的人身上甚至沒有完整的衣服。

和這些人相反，威姆爾和少數幾個工人過著節制的生活，他們生活的目的除了吃、喝和死以外，還有其他更重要的事。在很短的時間裡，威姆爾身邊便積攢了一點錢，同時，他對其他工人的影響也增大了。幾乎所有人都知道，威姆爾的種姓是高等的塔古爾，所以大家都稱他為塔古爾先生。自制和品德是獲得尊敬的法寶，威姆爾成了工人的頭頭和大人物了。

就這樣，威姆爾在仰光做工一晃就是三年。一天傍晚，他正和幾個工人坐在海岸邊談天。一個工人說：「這裡所有的女人都是無情無義的。秦谷爾和一個緬甸女人同居了十年，任何人對自己正式結婚的妻子也沒有像他那麼愛她；而且他還很信任她，他賺了多少錢，都交到她手裡。昨天晚上，兩人一同吃了飯上床睡覺，既沒有吵，也沒有鬧，既沒有頂嘴，也沒有打架，夜裡，那個女人不知什麼時候起來了，也不曉得到哪裡去了，還扔下他們的三個孩子。可憐的秦谷爾坐在那裡哭，最困難的是，那最小的孩子才剛剛滿六個月，怎麼活啊？這只有老天爺才知道！」

威姆爾鄭重其事地問：「他替他女人打過首飾嗎？」

那個工人說：「錢都在那女人手裡，她要打首飾，誰捆住了她的手呢？」

另外一個工人說：「她的首飾才不少呢！走到哪裡，都叮叮噹噹的，聽得可清清楚楚了。」

威姆爾表示：「要是首飾也打了，還這樣無情無義，那就只能說她天生就是個忘恩負義的人。」

這時，有一個人走了過來。他對威姆爾說：「大哥，我剛才遇到一個警察，他在打聽了你的名字、老家，以及父親叫什麼名字。你認識一個名叫蘇勒西・辛赫的先生嗎？」

威姆爾有點遲疑地說：「對，是有這樣一個人。他是我們村上的大地主，也是我的族兄弟。」

那個人說：「他在警察局印發了通告，凡能提供威姆爾・辛赫下落的人，可得一千盧比的賞金。」

威姆爾問：「你如實告訴警察了嗎？」

那個人說：「大哥，難道我是土包子不成？我想其中必有蹊蹺，要不，誰願意花這麼多的錢？我告訴他：『我們這位大哥不叫威姆爾・辛赫，叫傑索達・邦德，父親名叫蘇庫，老家在昌西地區。』他又問：『在這裡有多久了？』我說：『十來年左右。』他想了想便走了。大哥，你和蘇勒西先生有何冤仇嗎？」

威姆爾說：「冤仇倒沒有，不過誰又知道他的良心變壞了沒有？是不是想給我安上一個罪名霸占我的房屋田產？你蒙混了警察，做得太好了！」

那個人說：「他對我說，要是我說出了真實的下落，就可以得到五十盧比的賞金。我想，他自己能夠撈上千，才給我五十盧比，就回絕了。」

一個工人說：「如果他說給你兩百盧比，你就一切如實告訴他了，是不是？真貪財！」

那個人不好意思地說：「不，就是給兩千盧比我也不說，別把我當成那種沒有信義的人，你要什麼時候考驗我都可以。」

工人中就這樣你一句我一句議論著，威姆爾來到自己的住處躺下，他開始想：「現在怎麼辦呢？連蘇勒西這樣有體面的人良心都變壞了，還有誰值得信賴呢？不，現在不回去不行了，回去晚了，自己就沒有容身之地了。但如果能在這裡再待兩年，就能積攢五千盧比，西德拉的心願也可以滿足了。現在只有三千盧比，是無法滿足她的願望的。好吧！我現在回去，半年以後再到這裡來，回去一趟至少可以保住自己的房屋田產，不，有什麼必要住上半年，來回一趟還得花一個月，我最多在家待半個月就行了。家裡誰會理我？有誰關心我是在家裡住還是到仰光來、是活下去還是死掉？西德拉愛的是首飾啊！」僅管思緒是如此千迴百轉，但第二天他還是從仰光出發了。

3

人們說：「和品德比起來，美貌是次要的。」我們倫理學的大師們也這麼說，但是實際上，這種說法多麼不正確啊！蘇勒西・辛赫的新娘子曼格拉善於持家，對丈夫百依百順，品行端正，循規蹈矩，說話又和氣，卻只因為長得不漂亮，就成了丈夫的眼中釘。蘇勒西動不動就生她的氣，但過了一會兒，他又會感到悔恨，向她表示歉疚，可是到了第二天，這令人不愉快的過程又會再次上演。問題的麻煩還在於，蘇勒西的作風不像其他紈褲子弟墮落，他仍然希望能在夫妻生活中得到世俗的與精神的歡樂、幸福、平靜和信任等——他認為一旦失去了家庭的幸福，生活都將變得枯燥無味、沒有樂趣和無所作為。

結果，曼格拉對自己愈來愈沒有信心，不論做任何事情，她都害怕丈夫會生氣。為了使丈夫高興，她開始掩蓋自己的過失，尋找藉口、說謊話，並想委過於僕人來保護自己——為了讓丈夫愉快，她無視自己原來的品德和美好的心靈；為了使丈夫臉上露出一絲親切的微笑，為了讓丈夫說出一句親切的話語，她那顆渴望的心一直焦灼不安著。雖然她每天都換新的飾品，卻離目標愈來愈遠——她在丈夫心目中的地位不但沒有提高，反而更降低了。

一個沒有姿色的女人並不是得到一把麵粉就可以滿足的乞丐，她還希望得到丈夫所有的愛情，這種願望甚至可能比美貌的女人還更強烈。因為曼格拉為此特別地努力，也下過非凡的功夫，所以在努力失敗以後更覺悲傷。

慢慢地，她對丈夫不再那麼崇敬了。一個只追求美貌的男子，不配得到愛情和尊敬——她斷定，對這樣殘酷無情、不可理喻的人，她也要以眼還眼、以牙還牙。

這樣的反擊使問題更加複雜了！曼格拉不僅對自己沒有姿色感到苦惱，就連西德拉的無比美貌也成了她實現美好願望的障礙——西德拉甚至還成了摧毀她希望幼苗的寒霜。

曼格拉雖然不漂亮，但她愛她的丈夫，人們無法背棄深愛自己的人，愛情的力量是無止境的！但是西德拉的身影一直守在蘇勒西心靈的門口，阻止曼格拉入內，即使她怎樣變換穿著和打扮都沒有用。蘇勒西很努力地想搬開西德拉的倩影，強行把它攆走，無奈比起財富的權威，美貌的權威更不容易推倒。自從西德拉到家裡來看過曼格拉後，蘇勒西一眼就瞥見那迷人美貌的光輝，這光輝好像是一種突擊行動，一下子就征服了他整個內心王國，並在上面建立起她的霸權。

蘇勒西單獨坐在角落，暗暗把西德拉和曼格拉兩相對照，目的是為了確定她們之間的差別。為什麼一個吸引著他的心，而另一個卻把他的心推開？不過，他內心受到吸引僅僅像是一個畫家或詩人那樣對美的欣賞，是純潔、不帶任何情慾的，西德拉的形象僅僅是他審美的愉悅來源。

他一再說服自己，一再下決心，今後一定要讓曼格拉高興。她長得不美，但她有什麼錯？只是他所有的努力總在曼格拉一走到自己面前就全部化為烏有，他用非常細緻的目光觀察曼格拉內心變化著的情緒，但是他就像一個半身不遂的人那樣，就算看到油罐倒了，他也想不到辦法去扶起它。將來結局會如何？他沒有勇氣去思考這個問題。後來，當曼格拉動不動就對他展開尖銳的批評、採取任性的態度時，他對她僅剩一點友好的心意也消失了。

雖然同在一個家裡，彼此卻不相往來。

一天傍晚，天氣非常熱，搧扇子攪動了熱空氣，更顯得灼人，身上的力量隨著汗液被排出體外。在公園裡散步的人一個也沒有，人們只能像屍體一樣待在家裡。

蘇勒西三不五時走動了幾步，又喘著坐了下來，他生僕人的氣，為什麼不趕快灑水。在這種炎熱的時候，說話聲就像被火烤過的鼓皮那樣嘶啞和刺耳；就連一般的交談都使人情緒激動，就彷彿森林中的樹木，稍稍摩擦就會起火。

突然，屋裡傳來歌唱的聲音，他吃了一驚，接著火冒三丈了起來，優美的歌聲使他的耳朵感到煩躁。多麼不合時宜的娛樂！在這種人家熱得透不過氣來的時候，她們竟然還想到唱歌！大約是曼格拉叫來的，肯定是她！人們說，女人生活的基礎就是愛情，這根本是胡扯！她們生活的基礎和所有人都一樣，就是吃飯、睡覺、歌舞玩樂！又過了一個小時，他忍不住想：「這歌唱得有完沒完啊？在那裡毫無意義地扯嗓子喊什麼？」

最後他受不了，走到女眷的臥室說：「妳們在這裡哇哇亂叫什麼！現在是唱歌的時候嗎？在外面教人坐都坐不下去了。」

房內瞬間一片沉寂，就像老師來到吵鬧的學生面前一樣，所有人都低下了頭，一陣惶恐不安。曼格拉立刻站起來，走到前面一間房間裡，並把丈夫叫去輕聲問：「為什麼生這麼大的氣？」

「這個時候我不願意聽人唱歌。」

「誰唱給你聽？難道你還有權管我的耳朵？」

「毫無意義的喧鬧！」

「與你有什麼關係？」

「我不允許在我家裡這樣鬧。」

「那我的家又在哪裡？」

蘇勒西沒有回答她的問題，只說：「妳跟她們說，另外找個時間再來好了。」

曼格拉問說：「因為她們來，你才不高興嗎？」

「對，就是因為這點。」

「那你就都做得讓我滿意了？你的朋友來，談天說笑的聲音也一樣傳到房裡，我從來都沒有說不讓他們來，現在你憑什麼干預我的事情？」

蘇勒西尖聲地說：「因為我是一家之主！」

曼格拉說：「你是外面的主人，這裡是我的王國！」

蘇勒西回說：「為什麼這樣廢話連篇，刺激我妳能得到什麼呢？」

曼格拉不聲不響地站了一會兒，揣摩著丈夫的心情，她說：「好吧，既然在這個家裡沒有我的容身之處，那我就不待了。以前我還在迷霧裡，今天你把迷霧撥開了，在這個家裡我從來就沒有權利，一個女人在丈夫的心目中沒有地位，她也不可能在丈夫的財產方面得到什麼。」

蘇勒西慚愧地說：「何必這麼節外生枝？我不是這個意思，妳完全理解錯了。」

曼格拉說：「一個人心底話往往會不經意地從嘴裡自然流露出來，但卻要異常小心才能隱瞞住自己的真情。」

蘇勒西對自己的粗暴行為感到非常後悔，但他怕自己愈是說好話，她會愈是諷刺挖苦個沒完，所以就讓妻子一個人待在那裡，自己走到外邊去。

隔天一大清早，吹著清涼的風。蘇勒西躺著，正在朦朧中做夢，夢見曼格拉從他面前走了過去。他驚醒了，一看，站在門口的真是曼格拉！幾個男僕站在一旁，家中的女僕們正用沙麗的邊角擦眼睛，所有人的眼睛都濕潤了，愁容滿面得像是要送女兒出嫁一般。

蘇勒西明白了，曼格拉是因為昨天的事傷了心，但是他並沒有站起身去問一問、說句好話勸一勸，他認為，這是在侮辱他，要使他低頭。「妳想到哪裡去，就到哪裡去，與我沒有什麼關係。」問也不問一聲就這樣離開，這意味著他不是她的什麼人，那還阻攔她做什麼，他算老幾！

他就像生了根一樣地躺在床上，曼格拉走了，連回頭看也沒有看他一眼。

曼格拉徒步出走，對農村一個大地主的妻子來說，不是一般的事，因此沒有人敢向她問什麼，男人們都讓開路站在一邊，女人們站在門口用又驚異又同情的目光看她，她們的眼睛好像在說：「啊！無情的男人，連轎子都沒能給她安排一頂！」

曼格拉從原本自己居住的村莊走到西德拉住的那個村子裡，西德拉聽說後站到大門口，對曼格拉說：「大姊，來坐會兒喘口氣吧！」

曼格拉走進去一看，房子有幾個地方倒塌了，過道上有一個老太婆躺在繩床上，到處都顯露出貧困的跡象。

西德拉問她：「這是怎麼啦？」

曼格拉說：「還不是命中注定的。」

西德拉疑惑地探詢：「蘇勒西先生說了什麼了嗎？」

曼格拉說：「就算嘴裡沒說，心裡的話也瞞不過人！」

西德拉回她：「喲，事情竟嚴重到這個地步？」

痛苦到了極點，就無所謂難為情了。曼格拉說：「如果願意，我也可以待下去，在那個家裡繼續過日子，可是，沒有愛情的地方，沒有人理和沒有尊重的地方，我再也待不下去了。」

西德拉說：「妳娘家在哪裡？」

曼格拉苦笑道：「我有什麼臉回娘家呢？」

西德拉又問了：「那妳打算到什麼地方去呢？」

曼格拉說：「我要到老天爺的公堂上去，我要問祂為什麼沒有把姿色給我，為什麼讓我長成這一副醜樣子，大約前世是女妖，這一生才成為醜婦。妹妹，對女人來說，沒有什麼比缺乏姿色更不幸了；有姿色才能得到愛情，再也沒有比愛情更難得的東西了。」

說完，曼格拉便拉站起身走了，西德拉並沒有挽留她。「能拿什麼招待她呢？今天家裡也不可能生火煮飯啊！」

曼格拉走了以後，西德拉獨自坐著思索了好久：「我是多麼不幸！這個可憐的女人因為得不到愛情而放棄了沒有愛情的生活，而我卻自己一腳把愛情踢開。她哪裡又缺首飾呢？難道那全部鑲了寶石的首飾能夠使她幸福嗎？她已經把它們拋棄了，而我卻為了它們而失去一切。啊！不知道我的丈夫現在在哪裡？又是怎麼一個樣子？」

她不知責備過自己那種對首飾的貪求多少次，今天看到曼格拉的情形，她更厭惡首飾了。

威姆爾離家已經兩年，西德拉心裡非常擔心；白天和黑夜，她的心裡都燃燒著悔恨和焦急的火焰。農村裡地主的大小事務是靠威脅、恐嚇、誘騙來完成的，威姆爾・辛赫的農活靠的是農民無償的付出勞力，他出走之後，田地都荒蕪了，找不到耕種的人，就是收成對分也沒有人願意耕作，因為擔心威姆爾中途一旦回來，可能會拒絕分成的條件。西德拉收不到地租，只得向高利貸借錢應付。第二年情況依然如此，但這一次高利貸不肯借錢了，於是西德拉只得拿出自己的一點首飾。第三年年終的時候，家裡所有值一點錢的東西都沒有了，他們開始餓肚子。婆婆、一個小叔、一個小姑和她自己，四個人的生活開支，加上還經常有親戚來……禍不單行的是，還冒出了一個大困難：西德拉的娘家發生了一件刑事案件，父親和大哥都被捲進去了，於是，她的兩個弟弟、一個妹妹，還有母親，四口人全住到她的家裡——生活的車輪原來就滾動得很艱難，如今更是陷進地裡去了。

每天從大清早起，糾紛就開始了，婆婆對母親、小叔和弟弟……全都纏在一起。有時由於沒有糧食而不能做飯，有時做了飯也因為爭吵而吃不成。幾個孩子跑到人家的田地裡偷吃甘蔗和豌豆，婆婆走到人家家裡哭訴自己的苦楚，抱怨家裡沒有男人，媳婦娘家的人主宰一切，每次爭吵總是他們占上風。

當西德拉好不容易弄到了小麥，誰去磨成麵呢？西德拉的母親左一句：「我只是暫時待在這裡，難道要我來磨？」婆婆右一句：「妳媽媽吃的時候就迫不及待，磨麵為什麼就像要她的命呢？」不得已，西德拉只好獨自磨麵。吃飯的時候還是鬧成了一團，讓西德拉這個端飯的人很為難，她有時跪在自己的母親面前，有時跪倒在婆婆腳前，但兩個人都責備她。母親說：「妳把我們接來，出了我們的醜。」婆婆則說：「妳給我找來一個死對頭，現在給我說好話來了？」

母親和婆婆，除了閻王那裡之外，看來是沒有任何出處的，但閻王似乎還不太願意接待她們。在這樣激烈的衝突中，西德拉早就忘記丈夫遠行的痛苦，一切不祥的猜疑都在這種衝突中平息了，現在她只擔心要如何從這種衝突中解脫出來。西德拉想了許多辦法，但就像一個走了一整天卻仍然在自己大門口原地踏步的旅客，她的思考力已經停滯了；她向周圍打量，看哪裡有庇護她的地方，但是哪兒也沒看到。

人們在困難的時候，在心情不寧或等待什麼的時候，和大門就有了感情。有一天西德拉帶著失落的情緒站在大門口，突然看見蘇勒西騎馬走過，對方的目光也剛好望向她，四隻眼睛碰在一起。西德拉不好意思地後退，關上了門，蘇勒西向前走了。

西德拉感到遺憾的是被蘇勒西看見了，她的沙麗很破，到處是補丁，他看了心裡不知會怎麼想。另一方面，蘇勒西則是從村人口中聽到威姆爾・辛赫家裡生活困難的消息，他本想暗暗地給他們一些幫助，但是看到西德拉後，一種不好意思的心情使他不敢在西德拉家門前稍作停留。今天是曼格拉出走三個月後他第一次從家裡出來，這三個月裡由於羞愧，他一直不敢出門。

毫無疑問，蘇勒西心裡一直欣賞著西德拉的美貌。曼格拉離開了以後，一個奇怪的邪念在蘇勒西的心裡蠢蠢欲動：「難道不能通過某種辦法占有她嗎？威姆爾早就不知下落，很可能現在已經不在人世了。」可是他的理智一直壓抑著這個邪念。聽到西德拉受苦的事實以後，想幫助她又有些害怕，誰知道，情慾也許就是以這為藉口來破壞一個人的理智和思想。

最後，慾望還是誘惑了他，促使他前往西德拉家裡去看望她。他在內心這樣為自己辯解：「一個女人處於危難之中，而我對她卻不聞不問，這是多麼對不起良心啊！」但是從西德拉家回來後，理智和判斷力更是所剩無幾，他就像是一艘船，在迷戀和情慾的無邊大海上下起伏著。啊！多麼迷人的姿色！多麼絕頂的美貌！

一時之間，他就像掉了魂那樣地自言自語：「我要把這個身子和這顆心獻給妳，人們要譏笑就讓他們譏笑吧！要說是罪過就讓他們說吧！我沒有什麼好擔心的。我不能放棄這個非凡的美女，她不會迴避我，我要從胸膛裡掏出我的心放在她腳前。威姆爾呢？看來他已經死了，沒有死，也會死的。什麼叫罪惡？沒有的事……她的眼睛脈脈含情，多麼溫柔、多麼迷人！」

忽然他停住了，好像記起了已經忘卻的往事。人的思緒中有一種不為人所知的理性，就像不知從什麼地方來的援軍，令從戰場上氣餒而逃的士兵重新振作、返回戰場。這種不為人知的理性使蘇勒西警醒，他振作起來，悔恨得雙眸淌下眼淚。有一會兒，他就像一個被判了刑的罪犯一樣，站在那裡激動不安地思索著。後來，他用勝利的歡快聲自言自語了起來：「多麼簡單啊！降服這變態的大象不需要獅子，只用螞蟻就行了——把西德拉稱作自己的妹妹，這一切變態不就都合理化了？西德拉妹妹，我是妳的哥哥！」

他立即寫了一封信給西德拉，信中說：「妹妹，妳忍受了這麼多苦，卻沒有告訴我，我不是外人，對此我感到很遺憾。好！今後如果老天爺願意，那妳就再也不會受苦了。」除了信之外，他還叫人送去了糧食和錢。

西德拉回信說：「哥哥，請你原諒。只要我活著，就一定會頌揚你的功德，你拯救了我們的沉船，使它靠岸了。」

5

過了幾個月，一天傍晚，西德拉正在餵一隻蘇勒西為她從尼泊爾帶來的八哥時，蘇勒西來到院子。

西德拉問他：「大哥，今天你從哪裡來？」

蘇勒西說：「到警察局去了一趟，還是沒有下落。以前從仰光打聽到一點線索，後來才知道，那是另外一個人。怎麼辦？把賞金再提高一些？」

西德拉說：「你身邊的錢要是太多了，就扔了吧！如果他想回來，自己就會回來的。」

蘇勒西問：「我想問問妳，妳能告訴我，他到底是為哪件事而生妳的氣？」

西德拉說：「沒什麼，我只是要他替我打首飾，他說他沒有錢，我說那你為什麼要結婚？說著說著就吵起架來。」

這時西德拉的婆婆來了——蘇勒西已經把西德拉的母親和弟妹們送回家，所以這裡現在平靜了——過去她曾聽過西德拉同兒子的談話，所以她用刺耳的口氣對蘇勒西說：「孩子，對你有什麼好隱瞞的？這位太太看起來是一朵玫瑰花，可是長滿了刺，她想的只是如何裝飾打扮，根本就不理會威姆爾。可憐的威姆爾很愛她，而她對威姆爾卻沒有好臉色，愛他就更談不上了，最後把他趕出家才鬆了一口氣！」

西德拉生氣地反駁說：「難道他出外是為了賺錢？東跑西顛本來就是男人的本性。」

蘇勒西說：「在歐洲，除了享受財富外，夫妻之間根本不存在任何關係。如果妹妹妳出生在那裡，那珠寶首飾會使妳全身閃閃發光。西德拉，今後妳求求天老爺，既然給妳美貌，也讓妳出生在歐洲吧！」

西德拉痛苦地說：「那些命好的女人，不也是生在這個國家嗎？她們全身都被金飾給包住了，不是所有人都像我這樣命苦！」

蘇勒西・辛赫覺得西德拉的神情已經變得陰沉，丈夫遠離了她，可她還是這樣羨慕首飾！

他說：「好吧，我替妳打首飾！」這句話是帶點輕蔑的口氣說出來的，但是西德拉的雙眼卻高興得充滿了淚水，她的喉嚨興奮得哽咽了。在她的心裡，曼格拉那戴著鑲有寶石首飾的身影浮現了。她用感激的目光看著蘇勒西，嘴裡沒說什麼，但是她身上的每個毛孔都在說——

「我是你的！」

6

杜鵑在芒果樹枝頭歡唱，魚兒在清涼水中自由嬉戲，小鹿在無邊的草原上跳躍，但牠們所表現出來的歡樂情緒，都還比不上戴了曼格拉的首飾後的西德拉。她高興得好像要飛起來一樣，成天站在鏡子前面，有時梳著頭髮，有時在眼角塗上烏煙。雲霧散開了，皎潔的月亮露了出來。家裡的事她一點也不做了，在她的性格中出現了一種奇怪的驕傲。

但是裝飾打扮是什麼？裝飾打扮是喚起情慾的巨大聲音，是使情慾衝動的祕訣，當西德拉從頭到腳都戴上首飾、打扮整齊後坐下來時，她多麼希望有人看她啊！她來到大門口站著，村子裡女人們的稱讚不能使她滿足；在她眼裡，村子裡的男人們都不懂得賞識裝飾打扮的美女，於是她只有請蘇勒西來，起初，他白天裡會來一次，但後來，西德拉怎麼請他也請不來了。

夜深了，其他人家都熄了燈，只有西德拉家裡的燈還亮著。她從蘇勒西的花園裡要來了茉莉花，這時正坐著編花環，不是為自己，而是為了蘇勒西。為了報答他，除了愛情以外，她還有什麼呢？

突然，一陣狗吠聲傳了過來，然後一瞬間，威姆爾•辛赫的腳跨進了家門。

他一隻手裡提著一口箱子，另一隻手裡提著一個包袱。他身體瘦弱，衣衫襤褸，臉色蒼白，頭髮亂蓬蓬，活像一個剛從監牢裡出來的犯人。看到燈光後，他逕直來到了西德拉的房間裡。

八哥鳥在籠中驚惶不安，西德拉吃驚地抬起了頭，慌慌張張地問是誰，接著便認出來了。她立刻用布把花藏起來，站起身低頭問道：「這麼快想起我們了？」

威姆爾什麼也沒有回答，他一臉吃驚，有時望著西德拉，有時望著房間，好像是到了一個新的天地。這不是那沒有適宜的氣候、花瓣已經枯萎的半開花朵，這是一朵在雨露的滋潤下而閃閃發光、隨著微風吹拂而搖曳著的盛開鮮花。

威姆爾以前就對西德拉的美麗十分著迷，但是現在這種美麗的光澤卻使他內心焦灼不安，令他眼中燃起痛恨的火焰；這樣的首飾、衣服以及打扮，使得他的腦袋都發昏了。他跌坐在地上，覺得坐在這一朵向陽花的面前很羞愧。

西德拉仍然呆呆地站著，她沒有跑著去端水，沒有讓丈夫洗腳，甚至沒有替丈夫搧扇，就像失去了知覺一樣。她幻想了一座美好的花壇，如今卻被風霜摧毀了，實際上她已經厭惡這個陰暗的面孔和半裸著身子的人了——這個家的主人已經不再是威姆爾，他已經成為一個工人，做粗活的人不可能不在臉上留下痕跡，工人即使穿上漂亮的衣服仍然是工人。

威姆爾的母親突然從睡夢中驚醒，她來到西德拉的房間，一看到威姆爾，充塞在胸口的母愛便讓她激動得把他摟在懷裡。她感到非常興奮，可是一句話也說不出來。威姆爾把頭靠在母親的腿上，熱淚從他的眼裡流了出來。

過了一會兒，威姆爾才喊了一聲：「媽！」從哽咽的喉嚨裡發出的聲音表達了他的懷疑。

母親理解了他的問題後說：「沒有，孩子，沒有這回事！」

威姆爾說：「看到這個樣子，要我怎麼相信呢？」

母親嘆說：「那女人脾氣就是這樣，有什麼辦法？」

威姆爾問道：「蘇勒西為什麼叫人記下我的外貌？」

母親回答他說：「那是為了找你啊！說真的，如果他不憐憫我們，你今天可能早就看不到家裡還有活著的人了。」

威姆爾說：「那才好呢！」

西德拉挖苦地說：「對你來說，你早已置我們於死地了——你又不是替我們鋪了花床後才走的！」

威姆爾說：「現在我看到妳已經鋪好的花床了。」

西德拉說：「是你主宰命運嗎？」

威姆爾・辛赫站了起來，氣呼呼地說：「媽，把我從這裡帶走，我不想看這個女妖精的面孔！我的兩眼氣得快出血了，我為了這個給家門丟臉的女人拚死拚活做了三年工，用這樣的苦行已經可以得到大神的恩典，卻不能得到她。」

說完他走出了房間，躺倒在母親的房裡。母親立即替他擦了臉，洗了手和腳，她在灶裡點了火準備煎餅，一面又向他敘說家中這幾年的苦難。威姆爾心中原來敵視蘇勒西的那種熾烈怒火平息了，心裡的熱度一下降，血的熱度就上升了，他突然發了高燒。幾年艱苦的勞動和苦行，加上旅途的勞累和疲乏，精神上的痛苦使他更難以忍受了。

一整夜他都處於昏迷狀態，母親坐在一旁，邊哭邊為他搧扇，但是他第二天還是沒清醒過來。

另一方面，西德拉片刻也沒來他的身邊，她心裡是這樣想的：「他給了我什麼了不起的好處，還要我低聲下氣去忍受他那副神氣？這裡的裡裡外外，可沒有看到什麼是他的錢打理出來的，他發了很大的脾氣離開家，拿回了什麼？」

傍晚時，蘇勒西・辛赫得到消息，馬上趕了過來，今天是他兩個月以來第一次走進這個家的大門。威姆爾睜開了眼睛，認出他了，眼中開始流淚。蘇勒西的臉上流露出對他的同情，威姆爾曾對他有過一種不當的懷疑，他現在正為此而責備自己。

西德拉一聽到蘇勒西來了，立即走到鏡子前面，整理了一下頭髮，裝著一副難過的樣子來到威姆爾躺著的房間裡。

威姆爾的眼睛原來緊緊閉著，像昏迷了一樣躺在那裡，但西德拉一來，他立刻睜開了雙眼，用那噴火的眼睛看著她說：「現在妳來了？後天妳來吧，那時妳還可以會見蘇勒西先生。」

西德拉轉身走了。

蘇勒西頭上像被潑下一桶冷水，心裡暗想：「她長得多麼美，然而又多麼心狠！她沒有心，只有追求裝飾打扮的慾望！」

病情危險了，蘇勒西請來醫生，但是死神並沒有聽任何人的請求，祂的心如鐵石，是怎麼也不會被軟化的，就算有人把自己的心掏出來放在祂面前，就算眼淚流成了河，祂依舊不會發善心的。殘酷無情的死神經常改變自己的面貌，有時化作閃電，有時成為花環；有時變成強有力的獅子，有時又化作狡猾的黃鼠狼；有時以火的面貌出現，有時又以水的面貌現身……然後摧毀人們建立好的家庭，讓綠油油的田園化為荒蕪。

第三天的後半夜，威姆爾精神上的痛苦結束了，胸中的熱度也降下來了。小偷在白天不偷東西，閻王的使者經常在夜裡避開人們的目光悄悄到來，竊走人們的生命之寶。天上星星的花朵枯萎了，地上的樹林寂靜無聲，但是都低著頭沉於悲哀中。夜晚是悲哀的外貌，夜晚是死亡的娛樂場，就在這樣的深夜裡，從威姆爾家裡傳出了哀痛聲——這正是死神渴望聽到的。

西德拉嚇了一跳，慌慌張張來到了威姆爾躺著的床邊，她看了看威姆爾的遺容，嚇得後退了一步，她感到威姆爾正用非常鋒利的目光看著她。從熄滅了的燈上她看到了可怕的火光，由於害怕，她不敢待在那裡，她從裡面走出來時遇見了蘇勒西•辛赫，她用激動的聲音說：「我在那裡感到害怕！」她還想哭倒在他的腳前，但是他卻走開了。

當某一個旅客走著走著，卻發現自己走錯路時，他會生自己的氣，為什麼這麼疏忽大意？然後很快地重新走上正確的道路。蘇勒西現在也急著要走上平靜之路。他記起曼格拉對他的細心服侍，心裡萌發出對真正內在美的珍惜。曼格拉多麼富於情感、自我犧牲的精神和寬恕的胸懷啊！有時，他一想到她對自己那種無限的崇敬，內心就非常不安。

「啊，我太對不起她了，我竟沒有重視這樣一顆寶石。當我躺在這裡一動也不動的時候，像財富女神一樣的曼格拉就從家裡出去了。」曼格拉走時和西德拉所講的那些話，他都從西德拉那裡知道了，但也不完全相信。曼格拉是一位性格沉靜的婦女，所以不會有放肆的行動；她有寬恕別人的胸懷，所以不可能那麼憎恨一個人。蘇勒西心想，她一定活著，而且很健康地活著。他曾經寫過幾封信給丈人家，他想，丈人家接到信後除了諷刺和嚴厲的話以外，還會有什麼呢？他在最後一封信中說：「現在我自己要去尋找那塊瑰寶了，要不是把曼格拉找回來，就是慚愧得投水河盡。」

回信來了，信中寫著：「那很好，你去尋找吧！不過請你從這裡走，這裡還有人和你一同去。」

蘇勒西．辛赫從話裡看到了希望的閃光，當天他就出發了，也沒有帶任何人。

在丈人家，誰也沒有親切地歡迎他，所有人都拉長了臉，岳父大人還針對盡丈夫職責對他長篇大論地說教了一番。

晚上當他吃過飯躺下來時，小姨子坐到了他的旁邊笑著說：「姊夫，如果有一個美人拋棄長得醜的丈夫，並且侮辱丈夫，那你把她稱作什麼？」

蘇勒西嚴肅地回答說：「壞女人！」

小姨子又問：「那拋棄難看妻子的男人呢？」

蘇勒西說：「畜生！」

小姨子提醒他：「但這個男子卻很有學問。」

蘇勒西說：「那是魔鬼！」

小姨子笑著說：「那我要跑了，我害怕你。」

蘇勒西說：「魔鬼也會懺悔的。」

小姨子說：「條件是懺悔必須真誠。」

蘇勒西說：「這一點那無所不知的老天爺瞭若指掌。」

小姨子說：「如果真誠，那一定會有成果，不過請你找到姊姊後帶她從這裡回去。」

蘇勒西的希望之船又動搖了，他哀求道：「妹妹，請看在老天爺的面上憐憫我吧！我很難過，這一年來，沒有一天不是哭著入睡的。」

小姨子站起來說：「自己所作所為，有什麼辦法？我走了，你休息吧！」

不一會兒，曼格拉的母親也來到他身邊坐了下來，她說：「孩子，你念了很多書，國內國外都跑過，你在哪裡看到有使人變美的藥嗎？」

蘇勒西很謙恭地說：「媽，請妳看在老天爺面上，不要羞辱我了。」

岳母說：「你要了我那可愛女兒的命，難道我曾經羞辱過你嗎？我曾暗自打算要好好地說說你，讓你一輩子記住，可是你是我們的客人，怎麼可以讓客人生氣呢？你休息吧！」

蘇勒西在懷抱希望又擔心害怕的情況下翻來覆去無法入睡，這時門口有人輕聲地說話：「為什麼不進去？他醒著的。」

一個聲音回答說：「真叫人不好意思！」

蘇勒西聽出聲音來了，口渴的人得到水了。瞬間，曼格拉來到了他的面前，低頭站著，蘇勒西從她的臉上看到了一種奇妙的光采，像是一個病人已經恢復了健康。樣子還是原來的，然而眼睛不同了。

八卦的老太婆

城裡的每一個婦女，
都有幾件祕密被她掌握著。

1

如果世界上有一種人的眼睛，可以看透人的內心深處，那麼，能夠在他面前面不改色的人就會很少了。婦女聯合會的裘格努・巴伊就被人們公認能看透人的內心深處，她沒有什麼高知識和修養，還是一個窮老太婆，外表看起來十分直爽、和氣，但是就像一個高明的校對員能一眼就發現差錯一樣，她的眼睛也能看出各式各樣的醜行來，城裡的每一個婦女，總有幾件祕密被她掌握著。

她那矮小的個子、花白的頭髮、圓圓的嘴、凸出的兩腮和細小的眼睛，都掩蓋了她尖酸刻薄的性格，但要指責某一個人時，她的臉色就會變得很嚴厲，眼睛睜得很大，聲音也變得尖刻。她的行動像貓那樣謹慎，總是輕手輕腳地慢慢走著，然而一旦發現獵物的動靜，她隨時會準備好伸出爪子撲上去。

裘格努只不過是婦女聯合會裡的佣人，但是婦女們一看到她的影子就發抖。這在聯合會裡已經形成一種恐怖的氣氛——只要她一走進房門，大家嘴角的笑意立刻就變成了要哭的樣子，嘰嘰喳喳的聲音頓時消失，好像她們的臉上都暴露出了以往的祕密。有誰不希望把以往的祕密——自己過去不檢點的行為——像禁閉可怕的野獸一樣封藏起來呢？有錢人由於害怕小偷而睡不著覺，有臉面的人同樣小心地維護著自己的體面，因為從前還像一條蟲子一樣小的野獸，隨著時間的推移，可能變得碩大凶悍，以致大家一想到都會發抖。

如果袞格努只是嘮叨聯合會裡婦女的事，那麼大多數婦女也可以置之不理，可是問題是她們得從娘家、婆家、祖父母家、外祖父母家、姑母家、姨母家等各方面都謹慎防護才行，而這就像一座有著很多門戶的城堡，誰能防護得滴水不漏呢？還不如在進攻者面前低頭屈服比較安全。袞格努的心裡藏有成千上百件題材，必要的時候她隨時都可以拋出來，一旦有某一個婦女吹噓、說大話，或者顯露驕傲，袞格努就會沉下臉來，她嚴厲的目光可以使心安理得的人都膽顫心驚。但是，也不是說婦女們都討厭她，不，不是這回事，有些婦女很樂意和她來往，而且很尊敬她，因為自古以來，說鄰居的壞話就是人們尋開心的方式，而袞格努從不缺乏這方面的題材。

2

城裡有一所名叫英杜姆蒂女子學校的高級中學，最近庫爾謝德小姐來這所高中擔任校長。由於城裡沒有婦女俱樂部之類的組織，所以庫爾謝德小姐便參訪了這間婦女聯合會。聯合會裡沒有一個婦女曾受過這麼高的教育，大家都很熱情地接待她。從那天起，大家就覺得，由於庫爾謝德小姐的到來，婦女聯合會彷彿也開始了新的生活。

庫爾謝德小姐爽朗地和每一個人見了面，說了一些很幽默的話，使婦女們都為之傾倒。她很善於唱歌，也很會發表演說，而她在倫敦時，更以專精演戲出名，這樣一位全能婦女的到來正是聯合會的幸運。她白裡透紅的膚色、細緻的臉龐、迷人的眼睛、新潮的髮型……身子的每一部分都像是用模子鑄造出來的，再也沒有比這更令人陶醉的形象了。

裘格努曾經幾度來到房間裡，用審視的目光觀察過庫爾謝德小姐，正好像一個相馬的人在觀察一匹新買來的馬一樣。

離開聯合會時，庫爾謝德小姐把會長德登夫人叫到一邊問說：「那個老太婆是誰？」

德登夫人笑了笑說：「她是這裡做一般服務工作的佣人。有什麼事？要不要我叫她？」

庫爾謝德小姐表示了謝意後說：「不，沒有什麼特別的事。不過我隱約覺得這個人很狡猾，而且我發現她不像這裡的佣人，彷彿是這裡的主人。」

德登夫人本來就對裘格努很不滿，裘格努為了誹謗她的寡居生活，經常稱她是有夫之婦，所以，這時能把裘格努描述得多壞，她都在庫爾謝德小姐面前說了，並且奉告對方對裘格努要多加小心。庫爾謝德聽著聽著，表情變得嚴肅起來。「原來是這樣一個可怕的老婦人，所以才使得婦女們一看到她就發抖。妳為什麼不把她攆走呢？這樣愛八卦的老太婆一天也不該讓她留下。」

德登夫人這才講到自己不得已的苦衷：「怎麼攆她走呢？那樣一來，活下去都成問題了，我們的命運都掌握在她手裡！幾天的時間裡，她就會對妳展露出她的手段，我害怕的是妳也會落到她的魔爪裡。在她面前，妳可千萬不要跟任何男子談話，她的線索不知道牽到一些什麼地方，譬如通過和僕人們交談探聽虛實啦、到郵差那裡看信啦、哄著孩子談家裡的情況啦……這個老婆子本來應該到警察那裡工作的，不知為什麼賴到這裡來了！」

庫爾謝德小姐露出煩惱的神情，好像陷入了解決這個問題的苦惱之中。過了一會兒，她說：「好吧！我來治一治她，如果不能把她攆走，那再說。」

德登夫人說：「把她攆走又能怎麼樣？又不能封住她的嘴，這樣她只會更加肆無忌憚地亂說。」

庫爾謝德小姐斷然地說：「我也要封住她的嘴。大姊，請妳看著吧！一個普普通通的女人，卻在這兒充當起女皇來了，我可忍受不了！」

她走後，德登夫人把袞格努叫來對她說：「妳看到這個新來的小姐吧？她是女校長呢！」

袞格努用一種厭惡的口氣說：「妳看著吧！我看過這樣的女人至少也有成千上百個，她們一點廉恥也沒有。」

德登夫人慢慢地說：「她要把妳生吃掉的，對她可要小心點，她走時說過了，要把妳好好治一治。我想，還是提醒妳好，可別在她面前說些不三不四的話。」

袞格努好像把劍從劍鞘中拔出來、挑戰似的說：「提醒我做什麼？倒是請妳提醒她，若我不能讓她沒臉到這裡來，我就不是我娘生的！她跑過世界好多地方，見過世面；我一直待在家裡，但也見過世面！」

德登夫人鼓動她說：「我已經勸過妳了，以後怎麼辦，妳自己看著辦吧！」

袞格努說：「妳靜靜瞧著好了，看我怎樣擺弄她。她為何至今還未婚？年紀三十好幾了吧？」

德登夫人以責難的語氣回答說：「她說是她自己不願意結婚的，為什麼要把自己的自由出賣給某一個男子呢？」

袞格努擠眉弄眼地說：「也許沒有人上門吧！我看過許許多多這樣的女子，做了好多見不得人的事，還要把自己裝成道貌岸然的樣子。」

這時其他的婦女也來了，於是話沒有繼續談下去。

3

第二天一大清早，袞格努就到庫爾謝德小姐的住宅去拜訪了，不過，庫爾謝德小姐剛好外出散步，並不在家。

廚師問她：「妳是從哪裡來的？」

袞格努說：「孩子，我就住在這附近。小姐是從哪裡來的？你應該是她家的佣人吧？」

廚師說：「小姐從納格布爾來，我的家也在那裡，我跟著她已經十三年了。」

袞格努說：「出身的種姓很高吧？從她的樣子也看得出來。」

廚師說：「種姓出身倒不怎麼高，不過，運氣很好，她的母親在教會中每月拿三十個盧比。她讀書很聰明，得到了獎學金，到英國去留學，交上好運了。現在她打算把媽媽接來，但是老太太應該不會來，因為我們的小姐不上教堂，所以母女兩人不大合得來。」

袞格努說：「脾氣看起來是夠厲害的。」

廚師說：「不，她的脾氣很好，只是不去教堂。妳是不是想找個工作？如果妳願意，就在這裡工作好了，小姐正好需要一個佣人呢！」

袞格努說：「不，孩子，我現在還做什麼工作呢？這棟房子裡以前住的一位女士平時對我很好，我只是想，新的一位女士來了，來替她祝福一下吧！」

廚師說：「我們的小姐不接受乞討者的祝福，她對這些人很生氣，凡乞討的人來了，她就責備他說：『不工作的人，沒有活下去的權利。』妳不想自討沒趣的話，還是不聲不響地走了好。」

裘格努說：「也就是說，她不相信宗教，自然就不會同情受苦的人了。」

裘格努已經得到了足夠的題材——出身比較低、和母親合不來、不信宗教。第一次出征就取得這樣的戰果，算很不少了。離開的時候她還問廚師：「她先生是做什麼的？」

廚師笑了笑說：「現在她還沒結婚呢！哪裡來的先生？」

裘格努假裝驚異地說：「呵！到現在還沒有結婚？在我們這裡，人家都會笑話的。」

廚師說：「每一個人的想法都不同，我們小姐有不少女性朋友一輩子也沒結婚。」

裘格努很有感觸地說：「這樣的處女我見過好多好多，要是在我們族裡出現這樣的女子，是會遭人家罵的，不過像你們小姐這樣的人，心裡想怎麼做，就可以怎麼做，反正也沒有人過問。」

此時，庫爾謝德小姐散步回來了。只見她一隻手拿著手杖，另一隻手牽著一條小狗的細鏈條。早晨有點涼意，所以她還在沙麗外邊罩上了外套。由於早上的涼風和散步，她的面頰顯得清新和紅潤。裘格努低頭向她行禮，庫爾謝德小姐雖然看見她，卻裝作沒瞧見。

她一走進屋裡，就把廚師叫來問：「這個女人來做什麼？」

廚師一面替她解鞋帶一面說：「一個乞丐，小姐，不過人倒是很懂事。我問她，是不是想在這裡工作，她沒有答應。她還問小姐的先生是做什麼的？當我告訴她以後，她看起來非常驚訝，不過她驚訝也不奇怪，因為印度教教徒中，有的孩子甚至還在吃奶的時候就有婚約了呢！」

庫爾謝德小姐進一步打聽問：「她還說什麼？」

「小姐，再沒有說什麼別的了。」

「那好，你再請她到家裡來。」

4

裘格努一走進門，庫爾謝德小姐就從椅子上站起來迎接她說：「快進來，大嬸，上一次妳來，不巧我到外面散步去了，聯合會裡的大家都好吧？」

裘格努扶著一張椅子的椅背站著說：「大家都好。小姐，我想，還是來給妳祝福吧！我是妳的佣人，有什麼事，請不要忘記我。小姐妳單獨一個人住在這裡，感覺不大方便吧？」

庫爾謝德小姐說：「我和學校裡的女孩子在一起很高興，她們都是我的妹妹。」

裘格努以一種母親的感情點了點頭說：「這也對。不過，小姐，自己人畢竟還是自己人，如果外人也成了自己人，那還有人會真的為自己的人傷心嗎？」

忽然，有一個打扮得很英俊的青年男子，穿著西裝皮鞋，喀嚓、喀嚓地走了進來。庫爾謝德小姐露出異常高興的表情，很親切地迎上去接待他。裘格努一看見男子，便縮到一邊的角落裡去了。

庫爾謝德小姐和那青年擁抱了一下後說：「親愛的，我早就等著你了。」然後對裘格努說：「大嬸，妳先請吧！請妳以後再來，這位是我最好的朋友威廉・金，我們兩人是老同學。」

裘格努不聲不響地轉身離開。廚師正站在外邊，她問道：「這個小伙子是誰？」

廚師搖搖頭說：「我也是今天才第一次看見，也許小姐對獨身生活厭煩了。真是個漂亮小伙子！」

裘格努說：「兩人這樣緊緊地擁抱在一起，連我都害臊得無地自容了，兩人摟著那樣親吻，連夫妻之間也少有。那個小伙子看見我在那裡還有點不自在，可你家小姐簡直完全忘記我的存在了。」

廚師突然覺得這一切似乎有些不祥的跡象，喃喃自語說：「我看這樁事有點蹊蹺。」

於是，裘格努從那裡直奔德登夫人家裡去。

這廂庫爾謝德小姐和青年男子正在交談。

庫爾謝德小姐哈哈大笑說：「里拉，妳真把這個角色演活了，老太婆的確上當了。」

里拉說：「我一直擔心老太婆會看出破綻來。」

庫爾謝德小姐說：「我就猜她今天一定會來！我從很遠的地方看見她站在走廊就通知你了。今天婦女聯合會裡可有意思了，我真想去聽聽那些婦女們的竊竊私語。妳看吧，所有的人都會相信她說的話。」

里拉說：「妳是故意去蹚這渾水的吧！」

庫爾謝德小姐說：「大姊，我對演戲很有興趣，可以開開心。那個老太婆做了很多令人不平的事，我想好好教訓教訓她。老太婆明天一定還會來，她的肚子裡是藏不住什麼的，明天妳也在這個時候來，也要同樣這副打扮，不，不必如此，我看她什麼時候來，再立刻通知妳就可以了，總之，妳還是要打扮成小伙子的模樣來。」

5

那一天，裘格努在婦女聯合會連喘息的時間都沒有，忙著把全部的情況都告訴了德登夫人，而德登夫人則跑到婦女聯合會，把這消息告訴了其他婦女。袞格努被叫來為這件事作證，凡是來會裡的婦女，都從袞格努嘴裡聽了這個故事，每一次表演都加上一些新的色彩，甚至才中午，這個消息就傳遍了全城。

一位婦女問：「那個青年是誰呀？」

德登夫人說：「聽說是她的老同學，兩個人大概以前就鬼混在一起。我不是早說過，年紀這麼大了，獨身怎麼熬得下去啊？現在真相大白了！」

袞格努說：「先不論還有沒有另外的人，不過這個年輕人可長得真漂亮！」

德登夫人說：「這難道就是我們一些有學問的姊妹的表現？」

袞格努說：「我一見她那樣子就猜著了，我見的世面可不少，我的頭髮可不是太陽曬白的[1]！」

德登夫人說：「明天再去。」

袞格努說：「何必等到明天？我今天晚上就去，但是晚上去得要有一個藉口才好。」

於是，德登夫人藉口為婦女聯合會向庫爾謝德小姐借一本書，派袞格努去了。晚上九點，袞格努來到了庫爾謝德小姐的住所，碰巧里拉也在場。里拉說：「這個老太婆真是盯得很緊耶！」

庫爾謝德小姐說：「我跟妳說過，她的肚子裡什麼也藏不住。妳回去化一下妝，我在這裡用話把她纏住。妳要裝成喝醉的酒鬼一樣胡言亂語，還要提出帶我私奔的要求，記得打扮成失去理智的模樣。」

里拉是教會的一名醫生，她的住宅就在附近，她走了之後，庫爾謝德小姐把袞格努叫了進來。

袞格努交給了她一張紙條說：「德登夫人要借一本書。我來晚了，本來不想在這個時候打攪妳的，但是明日一早她就會向我要書。小姐，她家每個月有幾千盧比的收入，可是連一塊錢都摳得很緊，在她家門口，乞丐是討不著東西的。」

1：這裡指這一把年紀不是混過來的，是富有生活經驗、見過世面的。

庫爾謝德小姐看了看紙條說：「這個時候找不到這本書，明天早上來拿吧！我想和妳聊聊，妳請坐，我馬上就來。」

她揭起門簾走到後面的房間裡，大約在裡面待了十五分鐘左右的時間，出來時身穿漂亮的絲綢沙麗，身上灑了香水，臉上還搽了香粉。

裘格努睜大了眼睛呆呆地望著她。哈！打扮成這個樣子，也許這個時候那個小伙子要來，所以才做這樣的準備，不然，一個沒結婚的女人睡覺時有什麼裝飾打扮的必要呢？在裘格努的觀念裡，女人打扮裝飾的唯一目的就是吸引丈夫，所以除了有夫之婦以外，女人裝飾打扮都是不被允許的。

這時，庫爾謝德小姐還沒有來得及坐在椅子上，就聽到皮鞋的喀嚓、喀嚓聲了。霎時，威廉・金走進了房間，他的眼睛好像往上翻著，衣服上散發著酒味。他毫不忌諱地把庫爾謝德小姐摟在懷裡，一再地親吻她的臉。

庫爾謝德小姐努力地使自己掙脫了他的雙手。「走開，走開，喝醉酒才來。」

威廉・金把她摟得更緊了，他說：「今天，我要讓妳也喝酒，親愛的，妳非喝不可，然後我們兩人摟在一起睡覺。喝了酒，愛情會變得多麼生動有趣呵！不信妳試試看。」

庫爾謝德小姐暗示他，叫他注意有裘格努在場，但是威廉・金醉得什麼事也不介意，他連看也沒有看裘格努一眼。

庫爾謝德小姐生氣地掙脫了他的手後說：「你現在已經失去理智了，你為什麼這樣迫不及待啊？難道我會逃到哪裡去嗎？」

威廉・金說：「這些天來，我都是像小偷一樣悄悄地來，從今天起，我要大搖大擺地來了！」

庫爾謝德小姐說：「你喝酒喝得快要瘋了，也不看看房間裡坐著什麼人！」

威廉•金慌慌張張地看了袞格努一眼，有些不知所措地說：「這個老太婆是什麼時候來的？妳為什麼到這裡來？老傢伙，妳這魔鬼的間諜，來打聽祕密來了！妳想敗壞我們的名譽？我要掐妳的脖子，把妳掐死。妳站著，打算跑到哪裡去？站住，妳跑到哪裡去？我饒不了妳，饒不了妳的命！」

袞格努像一隻貓似的從房間裡逃了出來，飛快地跑了，而在原來的房間裡，不時發出來的笑聲震動了屋頂。

袞格努的肚子裡一層一層的波濤在翻滾，她當即跑到德登夫人的家裡，但是德登夫人已經睡了。她從那裡失望地出來，又到其他幾家敲門，但是誰也沒有開門，可憐的她就這樣度過了一夜，好像懷裡抱著一個哭喊著的孩子。

第二天早上她急忙走到婦女聯合會，大約過了半小時，德登夫人也來了，袞格努一看見她，就把頭扭到了一邊。

德登夫人問道：「昨天夜裡妳到我家去過？剛才我的廚師告訴了我。」

袞格努失意地說：「只有口渴的人才到井邊去，哪有井到口渴的人身邊來呢？妳把我推進火坑後，自己卻閃到一邊去。老天爺保佑了我，要不，昨晚連命也沒有了。」

德登夫人熱切地問說：「怎麼了？妳說說看，究竟是怎麼啦？為什麼沒有叫醒我呢？妳知道，我一向很晚睡。」

「廚師沒有讓我進屋，怎麼叫醒妳呢？妳本來應該想到，我到那裡去了，也該回來了吧！晚一個鐘頭睡覺，又有什麼影響？可是妳怎麼會想到別人！」

「發生了什麼事？庫爾謝德小姐趕著打妳？」

「她沒有趕著打我，她那個情夫卻趕著要打我啦！睜著紅紅的眼睛，對我說：『從這裡滾出去！』當我正要逃跑時，他就拿起一根木棒追出來，要不是我跑得快，他早把我打得皮開肉綻了，而那個娼婦居然還坐著看熱鬧。他們兩人比以前摟得更緊了，看這娼婦一眼都是罪過，就算是妓女也沒這麼不要臉！」

不一會兒，其他婦女也來了，所有人對聽這種事都顯得很熱心。袞格努那張好似懸河的口，滔滔不絕地說著。婦女們聽了這個故事後的興奮情緒更不用提了，她們對每一個情節都打聽得很仔細，把會裡的工作都忘記了，甚至忘記了吃，忘記了喝。只聽了一次還不滿足，她們一次又一次以新的熱情聽那反覆說過的故事。

最後，德登夫人說：「我們把這樣的女人請到婦女聯合會來是不恰當的，妳們考慮考慮這個問題。」

邦德亞夫人贊同地說：「我們不希望婦女聯合會從原來的理想墮落下去。我要說，像這樣的女人根本不配當一個學校的校長。」

邦格拉夫人告訴大家說：「袞格努說得對，看這女人一眼都是罪過。我們應該明確地對她說，請別到我們這裡來了。」

大家還在這樣議論不休時，婦女聯合會前面停了一輛小汽車。婦女們一個個伸出頭去看，小汽車裡坐著庫爾謝德小姐和威廉•金。

袞格努生氣地用手指著說：「就是那個小伙子。」婦女們一個個都急切地走到門簾的前面來了。

庫爾謝德小姐從汽車裡走出來後把車門關了，她向著婦女聯合會的大門走過來，婦女們一個個跑到自己的地方坐下了。

庫爾謝德小姐走進了房裡，誰也沒有迎接她。她大大方方地看了裘格努一眼後笑著說：「大嬸，昨天晚上沒有受傷嗎？」

裘格努見過很多潑辣大膽的女子，但是庫爾謝德小姐的猖狂卻使她大為吃驚──一個小偷手裡拿著偷來的東西，竟然還敢向法律挑戰！

裘格努以不屑的口氣說：「如果不滿足的話，叫他再來打吧！反正人就在妳面前。」

庫爾謝德小姐說：「他現在來請妳原諒他的罪過，昨晚他喝醉了酒。」

裘格努望了德登夫人，然後說：「那妳真的醉得可以！」

庫爾謝德小姐懂得這是在譏諷她，說：「我至今從未喝醉酒，妳別冤枉我。」

裘格努好像用棍子狠狠地抽打似的語氣說：「還有比酒更醉人的東西呢！可能是那種東西引起的醉意吧！妳為什麼把那位先生藏起來，讓女士們見一見他的面貌多好！」

庫爾謝德小姐調皮地說：「說到面貌，那是萬裡選一。」

德登夫人有點擔心地說：「不，沒有必要把他帶到這裡來，我們不想讓婦女聯合會背罵名。」

庫爾謝德小姐執意要讓他們見見面：「為了把事情搞清楚，他一定要到妳們面前。妳為什麼做出這種片面的決定呢？」

德登夫人想把事情支吾過去，她說：「這又不是在法院打官司！」

庫爾謝德小姐說：「哎呀！正在損害我的名聲呢！而你卻說不是在法院打官司。威廉‧金會來的，妳們該聽聽他的談話。」

除了德登夫人以外，其他所有婦女都非常想見一見威廉‧金，所以誰也沒有反對。

庫爾謝德小姐走到門口高聲地說：「妳到這裡來一下吧！」車門開了，里拉小姐穿著絲綢沙麗笑著走了出來。

婦女聯合會鴉雀無聲，婦女們用驚異的目光望著里拉。

袞格努瞪大眼睛說：「妳把他藏到哪裡去了？」

庫爾謝德小姐說：「一下子無影無蹤了，妳到車子裡看一看吧！」

袞格努趕到車子旁邊仔細地看了又看，然後垂頭喪氣地走了回來。

庫爾謝德小姐問道：「怎麼！找著了嗎？」

袞格努說：「我不懂狡猾女人的手法。」接著她仔細地看了看里拉之後說：「穿著沙麗騙人！這就是昨天晚上那位先生。」

庫爾謝德小姐說：「妳認清楚了麼？」

袞格努說：「當然認清楚了，難道我是瞎子？」

德登夫人說：「袞格努，妳說些什麼瘋話啊？這是里拉醫生呀！」

袞格努搖著手說：「去吧去吧！什麼里拉？你穿著沙麗裝成女人也不感到害臊？昨天晚上你不是在她家嗎？」

里拉幽默地說：「我什麼時候不承認？現在是里拉，晚上就成了威廉・金，這又有什麼奇怪？」

女士太太們現在明白是怎麼一回事了，周圍發出了一片笑聲，有的在鼓掌，有的摟著里拉醫生的脖子，有的拍著庫爾謝德小姐的後背，熱鬧了好一陣子。袞格努在知道實際情況後，感到很不好意思，她一句話也不說了。她從來沒有上過這樣的當，她從來沒有當眾這樣丟過臉。

馬赫拉夫人用斥責的口氣說：「裘格努，妳說說看，這不是妳自己碰了一鼻子灰嗎？」

邦格拉夫人說：「她就這樣把大家的名譽敗壞了。」

里拉說：「她說什麼，妳們也就相信了她。」

在一片喧嚷中，誰也沒有注意到裘格努走了。當她看到風暴快要降臨到她頭上時，便意識到悄悄溜掉才是上策，所以她從後門走了，很快地跑過一條又一條巷子。

庫爾謝德小姐說：「現在問問她，為什麼要糾纏著我？」

德登夫人叫裘格努，可是她在哪裡呢？到處一找，裘格努不見了。

從那天起，城裡再沒有人看見裘格努的影子。婦女聯合會歷史上的這一事件，今天仍然是拿來談論和尋開心的話題。

小丈夫

她問自己最小的兒子瓦蘇德沃：
「怎麼樣？你願意和嫂子結婚嗎？」

1

整個村子裡，再沒有任何青年有馬圖拉那樣結實健壯的身體了。馬圖拉二十來歲，鬍子才開始長出來，他放乳牛喝牛奶，鍛鍊身體和別人摔跤，經常吹著笛子在牧場上走來走去。他已經結了婚，但是還沒有孩子。家裡有幾副犁的土地，他有幾個兄弟，都在一起種地。馬圖拉是全家的驕傲，他吃得最好，做的工作最少，當他需要錢買運動褲、體育用品時，很快就可以拿到錢——全家人的理想：只要馬圖拉能成為一個大力士，在摔跤場上能夠打敗比他強的對手就好。

這種溺愛讓馬圖拉頗為任性，有時他的乳牛在別人家的地裡吃莊稼，他卻在摔跤場上練功夫，人們來向他抱怨，他還沒好臉色，反而強硬地回說：「你想怎麼辦就怎麼辦，我馬圖拉是不會離開摔跤場去趕牛的。」看到他那架式，誰也不敢和他糾纏，人們只得忍氣吞聲。

有一個夏天，熱浪不時吹著，池塘和湖裡的水都乾了。村子裡不知從哪裡來了一頭公牛，在乳牛群裡混了一整天，傍晚的時候，牠鑽到村子裡，用角頂撞繫在椿子上的耕牛，還把一家沒有乾的牆壁頂破了一個洞，把村子裡的垃圾掀得到處都是。有幾個農民整天忙著農活，好不容易剛把菜種好，並澆上了水，這頭公牛連夜鑽到菜地裡，把一片翠綠的菜田毀得一塌糊塗。人們用棍棒把牠轟趕到村外，可是不一會兒牠又混進乳牛群裡，誰也想不出好辦法解決這個難題。馬圖拉的家住在村子中央，所以他家的耕牛沒有受到這頭公牛的騷擾。結果，村子裡鬧翻了，可是馬圖拉卻像沒事一樣。

最後，當人們再也忍無可忍，大家圍著馬圖拉說：「老弟，你希望我們待在村子裡的話，我們就待下去，要不，我們就離開這個村子。土地沒有賣掉的時候，我們還得種地，不然還能幹什麼呢？因為你家的乳牛，我們大家全都毀了，可你卻快快活活地過日子。既然老天爺給了你力量，你就該用你的力量來保護大家，而不是讓大家受折磨。公牛是找你的乳牛才來的，你有義務把牠轟走，可是你卻裝作不知道，好像和你沒有一點關係似的。」

馬圖拉可憐起他們的處境來了——大力士往往是有憐憫心的人。「好吧，你們回去吧，我今天就把公牛轟走！」

一個人說：「要轟得遠遠的才行，不然牠又會回來！」

馬圖拉一邊把木棍扛在肩上，一邊回答說：「再也不會回來了。」

熾熱的中午，馬圖拉一路趕著公牛往前走，他和牛身上出的汗就像雨淋過一樣。公牛一次又一次努力想向村子的方向返回來，不過，馬圖拉早就看出來了，所以遠遠地就堵住了牠的路。公牛發瘋似的大發脾氣，有時回過頭來想頂撞馬圖拉，但是馬圖拉躲到一邊，從旁使勁地用木棍捶打公牛，使得牠不得不往前逃走。

一人一牛有時跑到了豆田裡，有時跑到了灌木叢裡。豆秸的刺把馬圖拉的腳都刺破了，鮮血直流，灌木叢把他的圍褲都刮破了，但他腦子裡除了趕牛之外，什麼也無法思考。他經過一個又一個村子，好多村子都落在他身後了——馬圖拉下定決心，不把公牛趕到河邊絕不罷休。

他的喉嚨乾了，兩眼發紅，全身都像在冒火，雖然已經上氣不接下氣，卻片刻也沒有停下來喘一口氣。跑了兩個多小時，總算看到河了，這裡是一決勝負的地方，也是兩個大力士大顯身手的場合。

公牛想：「如果下了河，自己就會被打死，應該努力拚命跑回去。」

馬圖拉想：「如果牠回去了，那所花的力氣都白費了，更何況村子裡的人還會笑話我。」

他們彼此都在等待時機，馬圖拉的命正處於千鈞一髮的時刻，要是一手落了空，連命都可能會沒了；假若腳下一滑，可能就再也爬不起來了。不過最後，人還是戰勝了牲口：除了下河，公牛再也想不出其他辦法，馬圖拉也跟著下了河，在水裡狠狠揍了牠一頓，以致他的木棍都斷成了兩截。

3

現在，馬圖拉口渴得要命，他把頭伸進河裡，大口大口咕嚕咕嚕地喝起水來，簡直就像是要把河水喝乾似的。他一輩子從來沒感到水這麼好喝過，也從來沒有喝過這麼多的水，不知道他喝了五公斤還是十公斤，不過水是溫水，不解渴，隔了一會兒，他又把嘴埋到水裡，喝到肚子裡連吸氣的地方也沒有，才把濕漉漉的圍裙披在肩上往家裡走。

但是，只走了十步、八步，他的肚子就隱隱作痛起來。他以為，跑步以後喝了水經常會肚子痛，一會兒就會好，可是他卻痛得愈來愈厲害，再往前走都感到困難。他在一棵樹下坐了下來，痛得開始在地上打滾，有時用手按著肚子，有時站了起來，有時又坐下去，疼痛只是愈來愈劇烈。最後，他開始大聲呻吟哭了起來，可是那裡又有誰來理會他呢？離村子很遠，連一個人影也看不到，可憐的馬圖拉就這樣在中午的寂靜裡掙扎著斷氣了。

再嚴重的傷我們也能忍受，卻禁不起偶然的差錯。一個結實得像天神一樣的青年，趕著公牛跑了好多里路，卻禁不起一點違反自然規律的挫折，誰會料到這一場奔跑對他來說竟是奔向死亡！誰知道死神竟化作公牛這樣折磨他一番呢？誰知道渴得要命時所喝的水，對他說來卻是毒藥呢？

傍晚的時候，他家裡的人來找他，一看，他早就一動也不動了。

4

過了一個月，村子裡的人都在忙農活，馬圖拉家裡的人悲痛過後也平靜下來了，可是不幸的寡婦要如何得到安慰呢？阿努巴成天哭泣，即使閉上眼睛入睡了，內心仍悲痛不已。今後她在這個家要怎麼過下去呢？依靠誰活下去呢？世界上為自己而活的人，若不是聖人，就是貪慾的人。阿努巴不是那種能只為自己而活的人，她需要一個生活依靠，她可以把這個依靠當成自己的一切，可以為他而活、為他而驕傲。

婆家的人在村裡找不到一個中意的人讓她另外成家，更何況這樣做對名聲也不好。此外，媳婦的脾氣是這樣好、做家務事很能幹、掌管來往帳目是那麼精明、相貌又那樣端正，這樣的媳婦若落到別人手裡，他們也受不了。阿努巴娘家的人為她談妥了一戶人家，當事情都準備好後，阿努巴的哥哥來接她了。

這一下，馬圖拉家裡的人慌張了，他們說，不能讓阿努巴走；阿努巴的哥哥說，不把她接走絕不罷休。村子裡的人都趕來了，大家開始共同商量，後來決定讓阿努巴自己作主，她想走就走，想留就留下。婆家的人相信，阿努巴不會這麼快就另外嫁人，她自己就曾經這樣說過幾次，沒想到現在問她意見，她卻打算走了。最後，東西收拾好了，轎子也來了，全村的婦女都來看她。阿努巴站起身跪倒在婆婆腳前，雙手合掌說：「媽，原諒我的過錯吧……我本來想待在這個家裡，可是老天爺不答應……」

她說著說著突然不說了。

婆婆難過得顫抖了起來。「孩子，妳到哪裡，都會幸福的。我們的命苦，要不，妳怎麼會離開這個家呢？老天爺要給我們的，都給了；沒有給我們的，我們又有什麼辦法去要呢？今天，如果妳的小叔子是成年人，那事情也就好辦了。如果妳心裡願意，就把這個孩子當作自己人，撫育他吧！等他長大了，就讓他和妳結婚。」說完，她問自己最小的兒子瓦蘇德沃：「怎麼樣？你願意和嫂子結婚嗎？」

瓦蘇德沃的年紀還不過五歲，卻早已有婚約，婚事都已經和人家談妥了！他問說：「這樣她就不會到別人家去了嗎？」

母親說：「不去了，她和你結婚，怎麼還會到別人家去呢？」

瓦蘇德沃說：「那我願意。」

母親說：「好，那你去問她願不願和你結婚。」

瓦蘇德沃走到阿努巴身邊，坐到她懷裡，不好意思地問：「願意和我結婚嗎？」

說完他笑了，而阿努巴兩眼濕潤了，她把他摟在懷裡說：「媽，妳說的是真心話嗎？」

婆婆說：「老天爺知道我的心。」

阿努巴說：「從今天起他就是我的了？」

婆婆說：「當然，全村的人都看著，可以作證呢！」

阿努巴說：「那麼，請妳跟我哥哥說，叫他回去，我不跟他走了。」

為了活下去，阿努巴需要有一個依靠，現在她得到這個依靠了。付出是人類自然的本性，付出就是人類生存的一種依靠。

阿努巴開始撫養瓦蘇德沃。她替他的身軀擦油，餵他喝牛奶，把餅撕成碎片餵他吃；她到湖邊去洗澡時也帶他一起去洗，下田耕種時也把他帶著。在很短的日子裡，瓦蘇德沃就和她這樣親近了，以致一時也離不開她，甚至把母親都忘了。他想吃什麼，就找阿努巴要；在和其他孩子們遊戲時挨了打，也找她哭訴。阿努巴催著他上床睡覺，該起床時也是阿努巴叫他起來；他生了病，阿努巴抱著他去醫生家裡，也是她餵藥給他吃。

村子裡的男男女女看到阿努巴這樣為愛情而修苦行，一個個都目瞪口呆。起初，很少人真的相信她，人們認為，經過一年、兩年，當她的心感到厭煩的時候，總會自找出路的，守著這個吃奶的孩子，能守到什麼時候啊？但是這一切懷疑到最後都被證明是沒有根據的，沒有任何人看到阿努巴動搖自己的決心。一顆充滿付出精神、自覺自願奉獻的心，沒有情慾存在的餘地。情慾只是捉弄那些無情義、沒有理想、沒有寄託的人；小偷只在黑暗裡活動，在光天化日之下吃不開。

瓦蘇德沃也愛好鍛鍊身體，他的模樣和馬圖拉相像，體格也差不多。他又使得摔跤場熱鬧了起來，他吹笛子的聲音也響徹了田野。

這樣過了十三年，瓦蘇德沃和阿努巴開始準備結婚了。

5

但是，現在的阿努巴已經不是原來的阿努巴了。十三年前，她把瓦蘇德沃看作丈夫的那種感情，如今早已被母愛取代了。最近，她經常陷入沉思，結婚的日子愈逼近，她的情緒就愈低落。一想到這一生的巨大起伏，心就開始顫抖；一想到她像孩子一樣撫養大的瓦蘇德沃要成為自己的丈夫，就羞得滿臉通紅。

大門口正奏著喜慶的鼓樂，同族的人都來了，家裡正唱著吉祥的歌，今天是結婚的日子。

忽然阿努巴走到婆婆身邊說：「媽，我都快要羞死了！」

婆婆吃驚地問：「為什麼，孩子？有什麼事？」

阿努巴說：「我不結婚了。」

婆婆說：「孩子，妳這是說什麼話？一切都準備妥當了，人家聽了會說什麼？」

阿努巴說：「他們想說什麼，就讓他們說吧！十三年來我守著的人，今後我仍然會守著他。我從前以為：沒有男人，女人是受不了的。老天爺可算維護了我的體面，既然青春的日子也過了，現在有什麼好擔心的呢？找一個姑娘和瓦蘇德沃結婚吧！就像至今我撫養他一樣，今後我將繼續撫育他的孩子。」

伯勒瑪低聲地回答說：「不是，他是婆羅門。」

她一面說，一面激動地走出房間，

彷彿那裡的空氣就要讓她窒息一樣。

愛情懦夫

1

年輕男子名叫格希沃，年輕女子名叫伯勒瑪，他們倆是一間學院裡的同班同學。格希沃是一個接受了新思想的青年，反對種姓制度的束縛；伯勒瑪是舊傳統的追隨者，非常信奉傳統禮教和舊制度，可是他們兩人之間仍然發展出深厚的感情，而且這件事已經傳遍整個學院。格希沃身為婆羅門，但還是希望和出身吠舍種姓的伯勒瑪結婚，進而讓自己的一生過得有意義。他對自己的父母也沒有什麼顧慮，他認為考慮門第高低根本是陳腐的思想。對格希沃來說，如果有誰象徵真理的話，那就是伯勒瑪；但是對伯勒瑪來說，絕對不能違反父母和家庭的命令，即使偏一步也不可能。

傍晚時，格希沃和伯勒瑪在維多利亞公園一個僻靜的草地上相對而坐。遊客一個個離開了，他們倆仍然坐在那裡，彼此討論的問題怎麼也沒有一個結果。

格希沃生氣地說：「這就表示妳根本不重視我。」

伯勒瑪努力想安撫他平靜下來。「格希沃，你冤枉我。你想想，我在父母的面前怎麼好意思提這個問題呢？這我怎麼也弄不通。他們很守舊，如果聽我談起這些，你能想像他們會對我產生什麼懷疑嗎？」

格希沃厲聲地問：「難道妳也在那些舊思想面前屈服啦？」

伯勒瑪用她那充滿溫情的大眼睛望著他說：「不，我不是向舊思想屈服，但是對我來說，父母的意志是最應該服從的。」

「妳就沒有一點自己的個性嗎？」

「可以這麼說。」

「我原本以為那套虛偽的思想只能騙一些蠢人，但是今天我明白了，像妳這樣受過教育的女孩也信奉那一套。我現在打算為妳而犧牲，我對妳也抱著同樣的期望！」

伯勒瑪心想：我對自己的身體有什麼權利呢？父母用他們的血肉創造了我，並且用愛把我撫養成人，我沒有任何權利做違反他們意志的事。

她一臉可憐地對格希沃說：「難道愛只能存在於丈夫和妻子之間，而不能存在於朋友之間嗎？我是把愛當作精神上的一種關係啊！」

格希沃用嚴厲的口氣說：「伯勒瑪，妳用這樣的哲學思維來看待我們之間的愛，快把我氣瘋了。妳要知道，我絕望後是活不下去的。我是現實主義者，我不可能在幻想的世界裡享受現實的歡樂。」

說完，他拽著伯勒瑪的手努力往自己身邊拉。

伯勒瑪很快地把手掙脫了。「不要這樣，格希沃。我已經說過了，我是不自由的，你不要向我要求我沒有權利支配的東西。」

如果伯勒瑪對格希沃說的是尖刻難聽的話，那他也不會像聽了這話那麼傷心。他很不自在地坐了一會兒，然後站起來用充滿失望的語調說：「那就隨妳吧！」說完，他慢慢地邁開腳步離開了那裡，伯勒瑪仍然坐在原地，不停地流淚。

2

吃完晚飯後，伯勒瑪躺在母親身邊，一點睡意也沒有。格希沃對她所說的話，像是在不平靜的水中湧現的波濤一樣，在她心中起伏著，並且不時地變換著樣子，她無法使它平靜下來。這個問題她怎麼好對母親啟齒呢？害羞的心情堵住了她的嘴。她心裡想，如果不能和格希沃結婚，那麼對她來說，世界上還剩下什麼呢？但是她又能怎麼辦？左思右想之後，她在心裡下了一個決定，除了格希沃之外，她不會和任何人結婚。

她的母親問她：「妳怎麼還不睡？我跟妳說過多少遍了，多少去做點家事，可是妳卻說要念書，沒有時間。不久之後，妳就要嫁到別人家裡去了，不知道會碰上什麼樣的人家呢！如果沒有養成做點家事的習慣，看妳以後怎麼生活！」

伯勒瑪天真地回說：「我為什麼一定要嫁到別人家裡去？」

母親笑了笑說：「孩子，這就是女孩最大的麻煩事呀！一旦在父母的懷裡撫育長大，就成了別人家的人了。若能碰上好人，就舒服過一輩子，要不就得過苦日子，這完全得靠運氣。在我們的種姓裡，我一家也看不上，都不尊重女孩子，卻又只能在我們的種姓裡找——不知道種姓這種束縛何時才能擺脫？」

伯勒瑪小心翼翼地說：「在某些地方，不同種姓的人已經開始通婚了。」話是說出口了，但是她心裡直發抖，怕母親聽出端倪。

母親驚異地問：「在印度教教徒間竟有這樣的事？」接著她又為自己的疑惑做了解釋：「就算有些地方發生了這種事，那又代表什麼！」

伯勒瑪沒有回答，她害伯母親猜出自己的心思。她的前途像有一條黑暗的深淵橫在面前，而自己彷彿就要掉了進去。

不知過了多久，她才入睡。

3

大清早起床時，伯勒瑪的內心生起了一股令人驚訝的勇氣——所有重要的決定都是人們在偶然間做出來的，彷彿有一種超越人類的力量把他們拉著走，伯勒瑪也是這種情況：到昨天為止，她還認為應該服從父母的決定，但是當危險就在眼前時，她反而像是被高山擋住出路的風一樣，產生了無限勇氣，柔和的風突然以強而有力的速度颳向山頂，一面橫掃山巒，一面越過它到達山的另一邊。

伯勒瑪心中想著：「就算身體是屬於父母的，但是靈魂所遭受的苦難還是自己的身體在承擔。」都到了這個地步，仍然對這個問題感到不好意思，不僅不恰當，而且還有害。為什麼要讓自己的一生變成虛假名譽的犧牲品呢？她想，如果婚姻的基礎不是出於愛情，就只是出賣肉體，難道在沒有愛情的情況下還能獻出自己的身體嗎？一想到自己將和一個陌生男子結婚，她心裡就非常反感。

吃完早點，正要出發去上學的時候，她的父親親切地叫住她。「我昨天到你們的院長那裡去過，他非常稱讚妳。」

伯勒瑪順口回說：「你老是這樣隨口說說。」

「不是隨口說說，是真的。」

他一面這麼說，一面打開桌子的抽屜，取出嵌在一個天鵝絨方框子中的照片給她看。「這個孩子在印度文官入學考試中獲得了第一名，他的名字妳大概聽過吧？」

年老的父親為了不讓伯勒瑪知道心底的打算，故意這樣拐彎抹角，但伯勒瑪卻像箭射中了目標似的猜到了。她看也不看相片一眼就說：「沒有，我沒有聽過他的名字。」

父親故作驚訝地說：「什麼？妳沒有聽過他的名字？今天的報紙上還登了他的照片和事蹟呢！」

伯勒瑪冷硬地回答道：「可能聽過吧！不過我不認為這種考試有什麼了不起，那些參加這種考試的人，一個個都自私透頂。畢竟他們的目的不就是統治自己窮苦、一無所有、被壓迫的兄弟嗎？不就是拚命賺錢嗎？除此以外還有什麼目的呢？這並不是什麼崇高的人生目標。」

伯勒瑪的反駁中包含有憤怒、不平和鄙視。父親原以為伯勒瑪聽到介紹後會高興得不得了，所以聽到這樣的回答，他厲聲地說：「妳說得那麼輕鬆，好像對妳來說，錢財和權力一點價值也沒有。」

「對，我是不了解它的價值！」伯勒瑪放肆地回嘴。

「我看到一些人，為了一個小小的職業就不亦樂乎地到處奔波。我希望看看這樣清高的年輕人，我願意拜倒在他的面前。」

在其他某種場合，伯勒瑪聽到這樣的話後，也許會羞得低下頭去。但是，她現在的處境正如一個背後是深淵的士兵，除了前進以外，別無其他出路。她小心地壓抑自己激動的情緒，帶著反抗的目光走進自己的房間，從格希沃的幾張照片中挑選一張看起來最差的，拿來放在父親面前。年老的父親用不屑一顧的神色望了照片一眼，但是他的視線一落到照片就被吸引住了，高高的個子，雖然有點瘦，可是身材勻稱，體格健康，乍看之下雖不是很有才氣，不過卻反映出一種滿懷信念的理智，而且看起來性格溫和。

父親看著照片問她：「這是誰的照片？」

伯勒瑪不好意思地低下了頭。「他是我的同學。」

「是和我們同一個種姓的吧？」

伯勒瑪的臉色沉了下來，這個問題的答案將決定她的命運。她內心感到懊悔，覺得自己特地把照片拿來可以說是白費了，剛才心中所產生的堅定意志，在這尖銳的問題面前退縮了。伯勒瑪低聲地回答說：「不是，他是婆羅門。」她一面說，一面激動地走出房間，彷彿那裡的空氣就要讓她窒息了一般。一出房間，她就站在牆後哭了起來。

父親一開始還大為生氣，打算把伯勒瑪叫過來，直接了當地告訴她這是不可能的事。他氣沖沖地走到房門口，一看到伯勒瑪哭成淚人兒，態度就軟了下來。伯勒瑪心裡對這個青年懷著什麼感情，現在他已經一清二楚了。他完全贊成女子受教育，卻同時也希望維護家庭的名譽。對於自己種姓內合適的女婿，他願意把自己的一切都貢獻出來，但要在其他種姓裡找一個女婿，即使對方門第最高、最有才能，他都不能接受，他想不出有比這更大的侮辱了。

他厲聲說：「從今天起，妳別去上學了。如果教育是教人家破壞家庭的名譽，那是一種壞教育。」

伯勒瑪膽怯地說：「考試快到了。」

父親很堅決地說：「這妳別管！」

說完他就回到自己房間，沉思了起來。

4

六個月的時間過去了。

有一天，伯勒瑪的父親把妻子叫到了一邊。「就我了解的情況看來，格希沃是一個品德很好又非常有才氣的年輕人，我覺得伯勒瑪再這樣傷心下去，會慢慢失去生命力的，妳勸過，我也勸過，其他一些人也都勸過，可是一點都沒用。在這種情況下，我們還有什麼辦法？」

他的妻子很焦急地說：「要是依了她，我們還有什麼地方能待得下呢？真不知怎麼回事，竟讓我生了這樣一個丟家門臉的女兒！」

伯勒瑪的父親皺著眉頭輕蔑地說：「我都聽妳說過一千遍了！真要擔心家庭的名譽，要擔心到什麼時候才完呢？鳥的翅膀長硬了，卻希望牠只在院子裡蹦蹦跳跳，這是很不切實際的。我冷靜地思考了這個問題，得出的結論是——我們應該同意這個特殊情況的解決辦法，我不能為了維護家庭名譽而扼殺伯勒瑪。人們若是要笑話我們，就讓他們笑話去吧！反正，擺脫這一切束縛的時代很快就會到來，現在成千上百的男女已經突破種姓的束縛結婚了。如果結婚的目的是讓妻子和丈夫過幸福的生活，那我們就不能無視伯勒瑪的意願。」

他妻子激動地說：「既然你打的是這樣的主意，何必再問我？不過話先說在前頭，要是這婚事後來衍生出什麼狀況，我是不會認這裡頭任何過錯的。我再也不會見女兒的面，就當作其他死去的兒子一樣，她也已經死了。」

「那妳到底打算怎麼辦？」

「為什麼不讓她和之前那個年輕人結婚？他有什麼不好？他兩年後就會通過印度文官考試畢業。再看看格希沃，他又有什麼？將來不過是某個辦事處的辦事員。」

「要是伯勒瑪尋死，怎麼辦？」

「那就讓她尋死吧！你這不是在煽動她尋死嗎？她既然不理會我們，那我們為什麼要為了她而抹黑自己的臉？尋死當然不是鬧著玩的！這是一種威脅——心就像一匹馬，如果不替牠套上轡繩，那牠連碰也不讓你碰。既然她的心是這樣，誰又能保證她和格希沃會維持一輩子？就像今天她愛他一樣，明天同樣有可能愛上其他人。你願意這樣把臉丟盡嗎？」

他用懷疑的眼光看著妻子說：「要是明天她自己跑到格希沃那裡和他結了婚，妳又能怎麼辦？這樣又能留下多少面子？也許她是出於不好意思，或是看在我們的面上，才乖乖待在家裡的，如果她決心堅持下去，我們還不是毫無辦法！」

原來這個問題還可能衍生如此可怕的後果，這是她完全沒有考慮到的，這個發現就像一顆炸彈似的落到了她頭上，打擊得她啞口無言好一陣子。她的頭腦一片空白，最後只能喪氣地說：「你這個想法也真新奇，我至今還從沒聽過，有哪個好家庭的女孩可以憑自己的意願結婚……」

「妳沒有聽過，但是我聽過，而且還看過，這種自由婚姻是很有可能的。」

「真的出現了這種情況，那我再也不要活在世上了。」

「我不是說一定會這樣，我只是說，很有這種可能的。」

「既然你要這樣，那最好是由我們主動安排。要丟臉，就爽爽快快地丟好了，不要拖泥帶水的。明天你把格希沃叫來，看看他怎麼說。」

5

格希沃的父親是一個拿政府退休金的人，脾氣很不好，為人又吝嗇，他缺乏思考的能力，卻又不尊重任何人的意見——他只是心安理得地沉湎在宗教表面虛偽的那一套裡。至今，他仍然生活在他度過童年和青年時代的那種世界中，把新時代前進的浪潮稱為毀滅性的潮流，期許靠自己的一雙手和兩隻腳，至少能避免自己的家庭受到新時代的衝擊。

所以，當伯勒瑪的父親到他家，向他提出讓伯勒瑪和格希沃結婚的事時，這位年老的婆羅門先生氣極了。他睜大自己那朦朧的眼睛，震驚地說：「你沒有喝醉酒吧？這樣的關係不管叫它什麼，都不能稱為婚姻。看來，你也染上了新時代的壞風氣了！」

伯勒瑪的父親溫和地說：「我自己也不滿意這種關係，在這方面我和你的想法一樣，可是事情已發展到這種地步，我不得不前來打擾你啊！現在的年輕人變得多任性，這你也是知道的，對我們老年人來說，現在要維護自己的教義原則是非常困難了。我害怕，他們兩人絕望後會鬧出人命來。」

老婆羅門一面跺著腳，一面高聲嚷著：「先生，你說的是什麼話！虧你還好意思說出口！我們是婆羅門，還是婆羅門的高等門第。不管婆羅門如何墮落，他永遠不會喪失名望，落到和商人種姓的女孩結婚的地步！如果有一天都沒有高等門第的婆羅門女孩，這樣的問題或許才有可能拿來討論……我說，你怎麼會有膽量跟我說出這種話來？」

他愈是讓步，婆羅門氣勢就愈凶，最後他再也無法忍受對方的侮辱，只能咒罵著自己倒楣的命運，離開了那裡。

這時，格希沃從學院回來了，婆羅門馬上把他叫到身邊，嚴厲地質問說：「我聽說你已經和某一個商人種姓的女孩結婚了，是不是真的？」

格希沃裝作不知情的樣子說：「是誰跟你說的？」

「有人跟我說了。我想問你，這件事是不是真的？如果是真的，你既然決心要破壞自己的名譽，那這個家就沒有你的安身之地，你也得不到我賺來的任何一塊錢。我現在所有的一切，都是我辛辛苦苦賺來的，我有權想給誰就給誰。你既然這樣胡來，今後就別想跨進我家大門。」

格希沃深知父親的脾氣。他深愛著伯勒瑪，想悄悄地和伯勒瑪結婚，反正父親也不會永遠活著，至於母親，他完全相信母親是愛他的，因此，他本來打算，就算在愛情的風浪裡忍受苦難也沒什麼大不了。但是，就像一個膽怯的士兵在敵人的槍口面前會失去勇氣往後退縮一樣，此時格希沃也喪失了勇氣。他和一般年輕人一樣，可以滔滔不絕地大談原則，口頭上宣布對原則忠誠，但卻沒有為原則忍受苦難的力量。如果他堅持己見，父親卻不讓步，他哪有棲身之地？他的一生就毀了。

他壓低聲音說：「別人跟你說的，完全是造謠。」

婆羅門用銳利的目光盯著他說：「這消息完全是造謠？」

「是的，完全是謠言。」

「那你今天馬上寫封信給那個商人。同時你要記住，如果再出現這樣的事情，那我就是你最大的敵人。好了，你可以滾了！」

格希沃沒有再說什麼，他從父親那裡走開，雙腿好像一點力氣也沒有了。

6

第二天伯勒瑪寫了一封信給格希沃。

親愛的格希沃：

你尊敬的父親對我父親所採取的那種不文明且帶侮辱性的態度，我聽到之後心裡感到非常不安，擔心他或許對你也說了難聽話。在這種情況下，我急切地想聽聽你的決定。我打算和你一起忍受任何困難，我不貪求你父親的財產，只希望能夠得到你的愛情，我會因為得到你的愛而高興！今天傍晚到我家來吃飯，我父母都急著想見你。我現在正一心一意地盼望著，我們兩人被一條永不斷的絲帶牽繫在一起，就算經歷再大的風浪，依舊能完整無損。

你的伯勒瑪

已經是傍晚了，仍然沒有收到回信。伯勒瑪的母親一再問：「格希沃還沒來？」年老的父親雙眼一直望著大門口，甚至已經到了晚上九點了，依舊沒來信，格希沃本人也沒到。

伯勒瑪心中出現了種種猜測和思緒，也許是他沒有寫信的時間吧？或者是今天沒有空不能來，明天一定會來的。她把格希沃以前寫給她的情書，一封封地讀了一遍。在那些情書裡，每一行都流露出多麼深厚的愛！裡面洋溢著多麼激動不安的情緒！充滿多麼強烈的願望！接著，她又想起格希沃曾無數次說過的那些話。他曾多次在她面前哭訴過，在這麼多的證據面前，怎麼還會有失望的可能呢？但是一整夜，她的心仍然像是懸在絞架上一樣。

第二天一早，格希沃的回信來了。伯勒瑪用她那顫抖的手拆開信來讀，信從她手中落下來，此時，她全身的血液都好像凝固了。信中寫道：

現在我非常為難，該怎麼回答妳呢？我又一次很冷靜地思考了這個問題，得出的結論是——在目前的情況下，我不能違抗父親的旨意。請別把我當作懦夫，我也不是自私自利的人，但是對於阻擋在面前的困難，我的確沒有戰勝它們的力量。請把過去的事都忘掉吧！當時我沒想到會有這麼多阻礙。

伯勒瑪深深地倒抽了一口冷氣，接著把信撕掉扔了，珠串似的眼淚開始從她的雙眼淌了下來。那在她心中早已是自己丈夫的格希沃，竟會變得這麼狠心！她萬萬沒有想到會是這樣的結果，至今為止，她一直幻想的美夢，一眨眼就全都幻滅了。當人生失去希望時，周圍除了一片黑暗以外，還會有什麼呢？她曾把自己心頭所有的一切堆放在一艘船上，現在那艘船已經沉入水底，她能從哪裡再找另一艘船呢？如果這艘船已經沉沒，那她也會跟著這艘船沉沒！

母親問：「是格希沃的信嗎？」

伯勒瑪兩眼望著地上說：「是他的信，他身體不太舒服。」除此以外，她還能說什麼呢？她沒有勇氣說出格希沃的無情和背信棄義，使自己難堪。

一整天她都忙於家務事，好像她沒有一點不安。晚上她做了飯給大家吃，自己也吃了，然後一面彈風琴一面唱歌了好一段時間。

可是第二天早上，伯勒瑪的房內發現了一具倒下的屍體。早晨金色的陽光照在那焦黃的臉上，替她灑上了一層生命的光采……

魯伊莎的眼淚

哨兵，同情我吧！可憐可憐我吧！
看在老天爺的面上可憐我吧！
請不要毀掉我的名譽，我是非常不幸的人。

1

漆黑的夜，傾盆大雨下個不停，陣陣雨點打在窗戶上。當室內的亮光透過窗戶照到外邊，大大的雨珠就像一束束箭那樣又急又重地往下落。這時即便是室內發生火災，恐怕我也沒有勇氣跑出去，但是，過去曾有一天，也是在這樣傾盆大雨、漆黑可怕的深夜，我拿著槍在廣場上站崗。

那天距今已經三十年了，那時我在部隊裡服役——啊！那種軍事生活過得多有活力哪！我一生中最甜蜜、最美好的記憶是與那些歲月聯繫在一起的。當我在這黑暗的屋子裡為報紙撰稿時，誰能相信我這個駝背、弱不禁風、半死不活的老頭內心裡，那英勇、豪邁和激情的波濤也曾經激烈地奔騰過？哪一些要好的朋友啊！他們臉上時刻掛著微笑，像獅子那麼英勇的拉姆·辛赫和善於歌唱的德維·達斯的身影難道能從我心中抹去嗎？亞丁、巴士拉和埃及那裡的一切，如今對我來說都是夢境，而現實的東西則是這狹小的房間和報紙的編輯部。

對！就是這樣一個黑暗、可怕的深夜，營房裡傳來了幾個士兵唱歌的聲音，而我則身穿雨衣、肩上背著上膛的來福槍，在營房對面為武器庫站崗。當閃電不時大放光明，前面的高山和樹，還有下面翠綠的平地全都可以看得清清楚楚，正像一個孩子大大的黑眼珠中閃現出高興神色時那樣清晰明快。

大雨慢慢地形成了暴風雨，黑暗變得更加深沉，雷聲更令人恐懼，閃電的光更為熾烈，好像大自然正竭盡全力要把大地摧毀。

突然，我感到有一個什麼東西的影子從我前面過去了，一開始我還以為是野獸，但是電光一閃，便消除了我的想法，那是一個人，彎著身子淋著雨向一邊走去。我感到奇怪，在這傾盆大雨中，有誰會走出營房，又為什麼走出營房呢？這時我已經絲毫不懷疑那是一個人了。

按照軍令，我端起槍喊道：「站住，是誰在那裡？」可是沒有任何回答。軍令規定，如果三次發出警告還得不到回答，我就得開槍，所以我手端著槍大聲吼道：「站住，是誰在那裡？」這一次我還是沒有得到回答，可是那個影子卻走到我面前。這時我才明白，那不是一個男人而是一名女子，在我開口前她就說話了：「哨兵，請你看在老天爺的面上，不要聲張，我是魯伊莎。」

我感到無限詫異，現在我已經認出她來了，她是我們指揮官的女兒魯伊莎。可是在這個時候，在這傾盆大雨、伸手不見五指的黑暗中，她要到哪裡去呢？軍營中有成千的士兵可以完成她下達的任何命令。她這樣纖細柔弱的女子為什麼會在此時出來，又要到什麼地方去呢？我用命令的口氣問她：「在這種時候，妳要到哪裡去？」

魯伊莎用請求的口氣說：「哨兵，請你原諒，我不能告訴你，請不要把這件事跟任何人說，我將會永遠感激你。」

她說著說著聲音有些發抖了，正像裝滿水的陶器震動時發出來的聲音一樣。

我仍然用士兵的口吻說：「這怎麼可能？我是部隊的普通士兵，我沒有這麼大的權力。根據軍令，我不得不把妳帶到我們中士面前去。」

「但是……難道你不知道，我是你們指揮官的女兒嗎？」

我笑了笑回答：「在這種情況下，如果見到的是指揮官先生本人，我依然不得不對他採取這種嚴厲的態度。軍令對所有人都一樣，一個普通士兵在任何情況下都沒有權力破壞它。」

在得到這無情的回答後，她怪可憐地問：「那還有什麼辦法？」

雖然當時我同情她，但是軍令的鎖鏈束縛著我。我對後果並不感到害怕，軍事法庭給我降級或其他的懲罰也不在我考慮的範圍之內——我內心是清白的！但是，如何能破壞軍令呢？我站在那，心裡很混亂。這時魯伊莎向前走了一步，抓住我的手，用非常難過不安的語調說：「那我該怎麼辦呢？」

她的模樣讓我感覺到，她的一顆心似乎已經在崩潰了。發現她的手在發抖時，我曾想過放了她算了，除了情人的信息或是為了履行自己的許諾，還有什麼力量能迫使她在這樣的情況下從家裡走出來呢？我為什麼要成為別人愛情道路上的絆腳石呢？但是，軍令又封住了我的嘴。我沒有急於抽回我的手，而是把頭扭向一邊說：「再沒有其他辦法。」

她聽了我的回答後，手放鬆了，好像她身上已經沒有了生命。但是她並沒有把手完全放開，仍然拉著我的手，向我哀求說：「哨兵，同情我吧！可憐可憐我吧！看在老天爺的面上，可憐我吧！請不要毀掉我的名譽，我是非常不幸的人。」

有幾滴淚滴到我的手上，傾盆大雨的雨水對我沒有絲毫影響，然而，這幾滴淚卻撼動了我全身。

我陷入左右為難的境地，一方面是軍令和職責的鐵牆，另一方面則是一個柔弱女子的哀聲求告。我知道，如果把她交給中士，那麼明天一早這個消息就會在整個營地傳開。軍事法庭將會開庭，儘管是指揮官的女兒，依舊沒有人能夠使她從鋼鐵般的軍令中得到寬宥，軍法無情的手將殘酷地伸向她，戰爭期間更是如此。

如果我放了她，那麼軍法將同樣殘酷地對待我，我的一生也要毀了，誰知道明天我還能不能活著，至少也得降級處分。即使這個祕密不洩露，難道我的良心就不會永遠責備我嗎？我還能像這樣大無畏地在人們面前理直氣壯嗎？我內心不會像當過小偷一樣永遠有愧嗎？

魯伊莎又說了：「哨兵……」她的嘴裡再也沒有說出一個請求的字來。她已經陷入絕望的境地，一個人在這種情況下，說話時也只能吐出斷斷續續的字來。

我以一種同情的口氣說：「這是一件很困難的事情……」

「哨兵，請維護我的名譽吧！之後，只要我能夠辦到的事，一定都會為你辦到。」

我自豪地說：「魯伊莎小姐，請不要引誘我，我不是貪心的人，我這樣做完全是迫不得已，破壞軍法對一個士兵來說是最大的犯罪。」

「難道保護一個女子的尊嚴就不是道義上的法律嗎？難道軍法比道義的法律更重要嗎？」魯伊莎帶著一點激動的口氣這麼說。

我沒有辦法回答她的問題。軍法是臨時的、有局限性的，還是不時變化的，而道義的法律是永久的，超越局限、不可更改。最後，我答應了她：「妳走吧！魯伊莎小姐，妳現在自由了，妳使我無言可答，使我破壞了軍法而履行了這道義的職責。不過，我有一個請求，那就是今後請妳不要再教訓某一個士兵遵守道義的職責，因為按照軍法，履行道義的職責也是罪過。對一個軍人來說，世界上最大的法律就是軍法，軍隊不考慮道義的精神或神性的職責或法律。」

魯伊莎又抓住了我的手，用非常感激的語氣說：「哨兵，老天爺會給你善報的！」

可是她馬上又心生疑慮，害怕將來我可能會暴露出她這個祕密，所以為了讓自己更放心，她又說：「我的尊嚴現在就掌握在你的手裡了。」

我以擔保的口氣說：「請妳對我完全放心。」

「你絕對不會跟任何人說嗎？」

「絕對不會！」

「絕對不會？」

「對，只要我還活著，就不會跟人說。」

「哨兵，現在我完全放心了，我魯伊莎就是死也不會忘記你的好和恩情。不管你到哪裡，你的這個妹妹都會為你向上帝祈禱。有需要的時候，請記得我，魯伊莎即使離開了這個世界，也會來為你服務。從今天起，她已經把你當作是自己的哥哥，士兵的生活中有時也需要一個服務的小妹妹，唯願上帝別讓你此生中有這種需求的時候到來，但是，如果這個時刻來了，魯伊莎絕不會食言，一定履行自己的職責。我能夠問我好心的哥哥的名字嗎？」

這時電光一閃，我看到魯伊莎的眼中飽含著眼淚。「魯伊莎，我衷心地感謝妳這些鼓勵的話。不過，我現在做的，是出於道義和同情，而不是希望得到什麼獎勵。妳問我的名字做什麼呢？」

魯伊莎帶著埋怨的口氣說：「對妹妹來說，難道問哥哥的名字也和軍法牴觸嗎？」

她的這句話充滿了真誠、親切和愛，使得我不由自主滴下了眼淚。我說：「不，魯伊莎，我只是希望在這像兄妹的關係中，不要存在任何私利的影子。我的名字叫作希利那特·辛赫。」

為了表示感激，魯伊莎慢慢緊握了我的手，說了一聲謝謝就離開了。

由於黑暗，我完全看不清她到哪裡去了，但沒有問她是恰當的。我站在那裡對這突如其來的會面想了又想，指揮官的女兒不是總把一個士兵——特別是一個黑皮膚的士兵——看得連狗也不如嗎[1]？可是今天她卻非常高興地把我認作是她的哥哥！

這件事後過了些年，世界上發生了許多次革命，俄國的沙皇被消滅了，德國的凱撒[2]也從世界舞臺上永遠地消失——過去一個世紀中，民主共和政體所不能取得的進展，在這短短的幾年裡便取得了。我的生活也發生了很大的變化，我的一隻腿獻給了戰神，我從一個普通士兵成了一個陸軍中尉了。

有一天，也是這樣一個雷雨交加的黑夜，我坐在軍營中和上尉那格斯、中尉軍醫金德爾·辛赫談到十二年前發生的這件事，只是我沒有把魯伊莎的名字說出來。那格斯聽到這件事時流露出不尋常的興趣，他一次又一次地追問每一個細節，而且為了把事件的過程聯繫起來而反覆地詢問。當我最後說：「那天也是在這樣一個漆黑的夜裡，也是下著這樣的傾盆大雨，正在這個時候……」當下那格斯從自己坐的地方站了起來，很激動地問：「那個女子的名字是不是叫魯伊莎？」

我奇怪地說：「我沒有告訴你她叫什麼名字，你怎麼知道？」

1：在英國殖民主義統治印度的年代裡，軍隊中的軍官一般都是英國人，士兵都是印度人，印度人皮膚比較黑，受到歧視。

2：指一九一八年德國革命，德意志帝國的威廉二世被迫退位。

那格斯的眼裡立刻湧出了眼淚，他抽泣著說：「這一切你很快就會明白。首先請你告訴我，你的名字叫希利那特・辛赫還是叫焦特利？」

我說：「我的全名叫希利那特・辛赫・焦特利，現在人們只叫我焦特利了，但是那個時候沒有人知道我叫焦特利，只叫我希利那特・辛赫。」

那格斯把椅子移到靠近我的地方，接著說：「那你是我的老朋友了。直到現在為止，由於名字的變化而使我上了當，要不，你的名字我記得很清楚。的確，我是這樣牢牢地記住了，也許直到死也不會忘記，因為這是她最後的遺言……」

說著說著那格斯突然沉默不語了，他閉上了眼睛，把頭靠在桌子上。我的驚異隨著時間的過去而不斷增長著；金德爾・辛赫也用那充滿疑問的目光時而看看我、時而看看那格斯。

沉默了兩分鐘之後，那格斯抬起了頭，吸了一口冷氣說：「焦特利中尉，你記得嗎？有一次，一個英國兵曾狠狠地罵過你？」

我說：「是的，我記得很清楚，那是班長。我曾經控告過他，結果開了軍事法庭，他的班長職務被撤掉，成了一個普通士兵。對了，他的名字我記起來了，叫格利布或格魯布……」

那格斯打斷了我的話，說：「叫格爾炳，你看，他和我是不是長得有些相像呢？我就是那個格爾炳，我的名字叫格・那格斯，就是格爾炳・那格斯。正如那時人們稱呼你為希利那特一樣，那時人們把我叫作格爾炳。」

在更仔細端詳那格斯之後，我認出來了。毫無疑問，他就是格爾炳。我驚異地打量著他，魯伊莎和他能有什麼樣的關係呢？這個問題當下我還不了解。

那格斯說：「今天我不得不把事情的全部始末講出來，焦特利中尉。由於你，我從班長變成了一個普通士兵，屈辱也沒有少受。於是我的心裡燃起了嫉妒和報復的火焰，我經常等待著時機，看如何能夠侮辱你，如何能夠報復我受到的屈辱——我對你的每一個行動、每一件事都用挑毛病的眼光緊盯著。在這十一、二年中，你的面孔起了很大的變化，而我對事物的看法也有了很大的不同，所以未能認出你來，但是你當年的面孔始終出現在我的眼前，那時我人生最大的願望就是無論如何都要把你摔下來，如果我有機會，也許在置你於死地時也不會手軟。」

那格斯又沉默了，我和金德爾・辛赫都直直地注視著他。

那格斯又開始講起自己的故事：「那天夜裡，當魯伊莎和你談話時，我正坐在自己的房間裡遠遠地看著你們。我當時哪裡知道她是魯伊莎，我只看到你站崗的時候抓著一個女人的手和她說話，那時我卑賤的內心有多高興？簡直沒有辦法描述！我想：我要侮辱他，等了多少個日子，這傢伙可落到我手裡了，這次無論如何也不能放過他。我下了決心，走出房間，淋著雨朝你那裡走去。只是我還沒到，魯伊莎就已經走了，不得已我又返回房間，但我仍然沒有失望，我知道，你是不會說謊的，當我向指揮官控告你時，你會承認自己的過失。要平息我心頭的怒火，這已經很夠了，現在毫無問題，我的願望快實現了。」

我笑著說：「可是你沒有控告我，是不是後來發了善心？」

那格斯回答說：「不是，有哪個卑鄙的人會發善心？這背後其實另有原因。第二天大清早，我做的第一件事就是直接走到指揮官那裡去了。你大概還記得吧？那時我教他的大兒子拉傑爾斯騎馬，所以到那裡去沒有任何猶豫或障礙。我到達那裡時，拉傑爾斯和魯伊莎兩人正在喝茶。看到我今天去得那麼早，拉傑爾斯問：『今天為什麼這麼早就來了，格爾炳？現在還不到時間呀！你看來好像很高興的樣子……』

我一邊坐在椅子上一邊說：『今天是我一生中最幸福的日子，我得到懲罰仇人的好機會。你不知道，一個拉傑布德[3]士兵，在指揮官面前控告我，使我降職成士兵嗎？』

拉傑爾斯說：『對，對，怎麼不知道，可是你曾經罵過他。』

我多少感到有點慚愧地說：『我沒有罵他，只是說了一句——嗜血成性的。在戰士中像這樣粗魯的用語是很普通的事，可是那個拉傑布德人卻控告我。現在他在一樁駭人聽聞的罪過事件中被我捉住了把柄，老天爺如果有意的話，明天就要為他召開軍事法庭。我昨天看見他和一個女人談話，正是在他站崗的時候發生的，他不可能否認這件事，他還沒有那麼卑鄙。』

魯伊莎的臉色忽然變了，她神經錯亂似的看著我說：『你還看見了什麼？』

我說：『我所看到的，就足以使那個拉傑布德人遭受侮辱了。他一定和某一個女人搞不正當的男女關係，而那個女人不是印度人，而是一個歐洲女士。我敢發誓，他們兩人彼此抓著對方的手，完全像一對情人那樣情意綿綿。』

魯伊莎的臉上立刻一陣紅、一陣白。焦特利，我是多麼卑鄙，你一定也可以估計得到。我希望你罵我卑鄙，希望你詛咒我，我比凶殘的野獸還要無情，我比黑蛇還要惡毒。魯伊莎呆站著直盯著牆壁。後來拉傑爾斯的朋友來了，他和朋友走了出去，房中只留下了我和魯伊莎，於是她用乞求的眼光望著我，對我說：『格爾炳，你別控告那個拉傑布德士兵了。』

我奇怪地問：『為什麼？』

魯伊莎低下頭說：『因為你所看見的那個和他說話的女人就是我。』

我更是驚異了。『那妳跟他……』

3：拉傑布德族是印度驍勇善戰的民族，屬剎帝利種姓。

魯伊莎打斷了我的話說：『住嘴，他是我的兄長。事情是這樣的，昨天夜裡我到一個地方去，我不隱瞞你，格爾炳，我一心一意想著那個人，我答應夜裡去會他，他就在山腳下等著我，如果我不去，他會多失望啊！我一到武器庫旁邊，那個拉傑布德士兵便攔住了我，他想按照軍令把我帶到中士那裡去。但是，在我苦苦哀求之後，為了維護我的名譽，他準備違背軍法了。你想想，如果你控告他，那他將會面臨怎樣的局面啊！他不會把我的名字說出來，這點我絕對相信——就是把刀抵在他脖子上，他也不會講出我的名字。我不願意一個做了好事的人得到這種報應，所以千萬不要控告他，我求求你。』

我非常無情地說：『他控告了我、羞辱了我，現在我手中握著這樣的機會，不可能放棄它。既然妳相信他不會說出妳的名字來，那還是讓他進一回地獄吧！』

憎惡地看了我一眼，魯伊莎說：『住嘴，格爾炳，別和我說這種話，為了我的名譽，而讓他成為受侮辱和背惡名的人，這我不能忍受。如果你不聽我的話，說實話，我一定會自殺。』

那時，我正急切於報復，當下，又被情慾這個惡鬼迷了心竅——很久以來，我內心就對魯伊莎非常崇拜，但是始終沒有勇氣說出口來，現在我得到了控制她的機會。我想，如果她準備為一個拉傑布德士兵犧牲生命的話，那麼她對我的話一定得百依百順。因此，我仍然是那樣無情又自私地說：『很遺憾，可是我不能放棄到手的獵物。』

魯伊莎用無可奈何的目光看著我說：『這是你最後的決定嗎？』

我無情又無恥地回答：『不，魯伊莎，這不是最後的決定。如果妳願意，是有機會可以改變它的，這完全得看妳的決定。也許至今妳都不知道，我是多麼愛妳，可是在這三年裡，妳真的無時無刻不停留在我的心裡。假使妳的心能對我溫存一點，尊重我對妳的愛，那我什麼都答應。今天我不過是一個普通士兵，妳聽到我向妳吐露愛情，內心也許會暗自好笑，可是總有一天，我也要當上上尉，那時我們之間也許就不會有今天的鴻溝了。』

魯伊莎笑了。『格爾炳，你太無情了，我沒有想到你是這樣殘忍。上帝為什麼讓你成為鐵石心腸的人呢？難道你對一個可憐的女子一點兒都不同情嗎？』

我對她可憐的神情打從心底裡高興了起來。『如果本人就是鐵石心腸的人，那她又有什麼權利抱怨別人是一副鐵石心腸？』

魯伊莎嚴肅地說：『我不是無情，格爾炳。看在上帝面上，講點公理和正義吧！我的心已經屬於別人了，沒有他，我活不下去！沒有我，也許他也活不下去。為了履行自己的諾言，為了挽救一個對我有恩的人的名譽，我即使強迫自己和你結婚，會有什麼好結果呢？強迫不能產生愛情，我絕對不會愛你……』

朋友，在揭露自己的無恥和無情時，我的心真的非常難過。那時，情慾使我瞎了眼，它讓我對她的話充耳不聞。我說：『魯伊莎，別這麼想，愛情會發生的。妳此時不愛我，但或許過不了多久，我的愛情就會產生影響。妳也許把我看作是自私、卑鄙的人，但妳看好了，愛情是自私的，也許還是卑鄙的，而且我相信，這種憎惡和冷淡不會維持多久。總之，要我放過我的死敵，就要用最大的代價來換！』

魯伊莎站了大約十五分鐘，經歷了可怕的精神折磨。如今我一想到她，真的很想用刀把自己的頭割下來。最後，她雙眼含淚地望著我說：『好吧！格爾炳，如果你要這樣，那就這樣吧！你想要取得的代價，我答應付給你。不過，看在上帝的面上，現在你走，讓我好好痛哭一場吧！』」

那格斯一面說著往事，一面嚎啕大哭起來。

我說：「如果你在敘說這一痛心的故事時感到很難受，就別再講下去了！」

那格斯清了清嗓子後說：「不，我一定要把這故事講完。這之後的一個月，我每天都到魯伊莎那裡去，努力從她的心中消除她對我的敵意。後來，她一看到我就會從房裡走出來，高興地和我說笑，我甚至以為她已經愛上我了。就在這時候，第一次大戰發生了，我和你都去打仗。你到法國，我則和指揮官一起到埃及，魯伊莎和她叔叔一起留在這裡，拉傑爾斯也和他們一起留下了。我在戰場上待了三年，魯伊莎經常寫信給我。我得到了晉升，當上了中尉，如果指揮官再多活幾天，那我一定能升為上尉。可是這也是我的不幸，他在一次戰爭中犧牲了——你們對那次戰爭的情況都很熟悉。

指揮官死後一個月，我請了假回家。這時魯伊莎仍和她叔叔在一起，但令人遺憾的是，她失去原來那樣的美貌了，也不再那麼有活力，整個人變得骨瘦如柴。看到她這副模樣，我非常難過。我終於明白，她對她情人的愛是多麼真誠和深厚，她是答應和我結婚，卻仍然無法戰勝自己的感情。也許就是這種痛苦的折磨，讓她變成這副模樣。

有一天，我對她說：『魯伊莎，我想妳還是不能忘情於妳的舊情人。如果我說的沒錯，我願讓妳從過去的諾言中解脫出來，請高高興興地和他結婚吧！對我來說，能活著回來已經夠了。如果妳在我這裡受到痛苦，那就請妳排除它吧！』

聽到這裡，魯伊莎大大的眼睛裡，一滴一滴的眼淚落了下來。她說：『他已經不在這個世界上了，格爾炳。他在法國的戰場上犧牲了，距今已經半年。我就是他的死因，所以我深感痛心。他本來和部隊沒有任何關係，如果不是因為對我感到失望，他絕對不會入伍，他是為了尋死才入伍的。不過，現在你回來了，我會很快好起來的，如今我更能夠成為你的妻子，現在你的身邊已經沒有任何障礙，而在我的心中也沒有任何苦惱了。』

這些話語中充滿了諷刺，控訴著我要了魯伊莎情人的命。有誰能夠否認這個事實呢？如果對此有什麼辦法可以懺悔的話，那就是盡量照看她、安慰她、為她獻身，讓她能夠排除心裡的這種隱痛。

此後又過了十個月，我們確定了結婚的日子。我們結了婚，回到了家裡，宴請了親友，大家喝了喜酒。我為自己的幸運而心花怒放，豈只有我自己，我所有的朋友也祝賀我的幸運。

可是我哪裡知道，命運卻這樣欺騙了我；我哪裡知道，這像是殘忍的獵人設置羅網的一條道路。當我正忙於招待朋友時，魯伊莎卻躺在房間裡，準備要離開這個世界！當時我正向一個朋友的致賀表示謝意，拉傑爾斯來對我說：『格爾炳，來，魯伊莎在叫你。快點，不知她突然怎麼了？』我驚呆了，連忙跑進魯伊莎的房間。」

那格斯的雙眼又開始落淚，聲音也嘶啞了，他喘了一口氣說：「我到裡面一看，魯伊莎躺在搖椅上，全身抽搐，臉上也露出痙攣的跡象。她看到我後說：『格爾炳，你到我身邊來。我答應跟你結婚，履行了我自己諾言，但我不能再給你比這更多了，因為我早已把我的愛情給了另外的人。請你原諒，我服了毒，已經活不了多久。』

我眼前一片漆黑，像是心上被刺了一刀，我在她身邊跪了下來，哭著說：『魯伊莎，妳這是做什麼？唉，妳使我丟了臉，然後這麼快就要走了嗎？難道現在真的再也沒有辦法了嗎？』

我馬上跑到醫生家裡，但當我帶著醫生還在趕回家的路上時，那忠實的女神——純真的魯伊莎早已永遠地和我告別，只在她的床頭留下了一張小紙條，上面寫著：『如果你看到了我的哥哥希利那特，請你告訴他，魯伊莎到死也沒有忘記他的恩情。』」

說完，那格斯從坎肩的口袋裡掏出了一個天鵝絨的小盒子，從中拿出一張紙條，一邊給我們看一邊說：「焦特利，這就是我那短暫幸運的紀念，至今我比對自己生命還更為珍視地保存著。今天和你又重逢了，我還以為和其他戰友一樣，你也在戰爭中犧牲了，可是感謝上帝，你還健在。現在我把這件寄存在我這裡的東西交給你，如果你想，可以把子彈打進我的胸膛，因為殘害了那在天之靈的人是我。」

說著說著那格斯攤開了四肢，躺在椅子上。我們兩人不斷地簌簌落淚，可是很快地，我意識到當時自己的義務是什麼。

為了安慰那格斯，我從椅子上站起身，走到他的身邊，可是一拉住他的手，我全身都顫抖了起來。他的手冰涼，就像一個人臨終時那樣，我慌忙觀察他的臉色，連忙叫喚軍醫金德爾・辛赫。軍醫走了過來，急忙把手按在那格斯的胸脯上，然後難過地說：「心臟已經停止跳動了。」

那時正雷聲大作，轟隆轟隆……

棋魂

密爾的夫人偷偷對那騎馬的官員說：「你終於把他趕走了。」

1

瓦吉德・阿里國王在位之時，首都勒克瑙一片驕奢淫逸之風。人民不分高低貴賤，都沉溺於享受之中，有人在歌舞場留連忘返，有人在吸鴉片中尋求樂趣，有人在鬥鵪鶉，或為了鬥鷓鴣在決定場所，有的地方在擲骰子，贏家的歡呼聲嚷成一片——娛樂消遣占據了生活的各個領域，甚至乞丐乞討到了錢，他們也不去買麵餅果腹，而是去抽鴉片和喝酒！政府機關、文學界、社會機構、藝術界、工商界、飲食交際部門，一樣到處瀰漫著享樂的風氣，政府官員沉溺於色慾，詩人們醉心於描寫愛情和離愁，工匠們熱衷於製造金銀花邊和繡花細布，工商企業家致力於經營化妝用的眼膏、香水、烏煙和油膏……所有人的眼中都呈現出一種醉態，世界上正發生什麼事，沒有一個人知道。

有的地方展開了印度象棋的爭奪戰，上自國王、下自窮人都陶醉在這種風氣裡。有的人說：「下棋、打撲克、玩紙牌可以開發智慧，促進思考，培養解決複雜問題的能力。」這些觀點被大張旗鼓地宣揚著（在今天的世界上，也不乏這一派人士），因此，如果米爾扎・薩加德・阿里和密爾・勞辛・阿里將自己大部分時間耗費在「開發智慧」時，那麼對任何理智的人來說，有什麼立場提出反對意見？他們兩人都有祖傳的領地，生活不用擔心，在家裡吃好的、喝好的，哪裡需要他們努力？一大清早，兩位朋友吃完早點，把棋盤鋪開坐了下來，放上棋子就開始廝殺，接著他們就再也不知道什麼時候是中午、下午、傍晚了。

家裡的人一再來說飯好了，得到的回答始終都是：「好，就來了，先擺上飯菜吧！」最後不得已，廚師只好把飯菜送到他們下棋的房間裡，於是兩位朋友邊吃邊下。米爾扎・薩加德・阿里的家裡沒有任何長輩，所以他們倆就在他的會客室裡展開棋盤上的搏鬥。

不過，米爾扎家裡其他的人對他這種行為其實並沒有好感——先不說家裡的人，就連街區的鄰居、僕役等也經常發表厭惡的議論：「這是一種很不幸的玩意兒，會把家庭給毀掉的；真主可別讓人染上這種癮了，要是真的上了癮，那麼今世和來世都完了、一點救都沒有了，這是一種很糟糕的毛病！」米爾扎的夫人也非常厭惡這種情況，所以總是找機會想讓丈夫難堪，不過卻很難找到機會：當她還在睡夢中，那邊的棋局已經展開了；晚上要等到她入睡之後，米爾扎才會進到內室來。

她常常在僕人面前發洩自己的怒氣：「要檳榔包？你跟他說，他進來自己拿。沒有功夫吃飯？把飯拿去扔到他的頭上，隨便他是自己吃還是餵狗。」但是，當著丈夫的面她卻什麼也不能說——怪自己的丈夫遠不如怪密爾，她還替密爾取了一個綽號叫「密爾・瘟神」——大約是米爾扎為了洗刷自己的冤屈，把所有過錯都推到密爾頭上的緣故。

有一天，米爾扎夫人頭痛，對女僕說：「去叫米爾扎先生來，請他到醫生那裡去取藥，快一點。」女僕去了，米爾扎說：「妳進去，我就來。」

夫人很容易生氣，她哪裡有這種耐心，她頭痛得要命而丈夫卻繼續下他的棋？

她的臉氣得脹紅，對女僕說：「妳去跟他說，請他馬上來，不然我就自己去看醫生了。」

米爾扎正下在興頭上，而且再兩步棋密爾就要輸了。他很煩躁地回說：「難道快要死了嗎？就不能再忍耐一下？」

密爾說：「唉，您就去聽聽她說什麼嘛！女人總是愛發脾氣的。」

米爾扎恍然大悟地說：「是啊，我為什麼不去呢？反正再兩步棋您就要輸了。」

密爾提醒他：「先生，請別這麼自信。我想出了一步棋，您的棋子要是不動，那很快就會死的。不過您還是進去吧！聽聽她說什麼，何必無緣無故讓她難受呢？」

米爾扎堅持道：「贏了您這一局我就去。」

密爾說：「我不下了，總可以吧？您聽她說什麼再來吧！」

米爾扎說：「嗨，老兄，我得到醫生那裡去。她頭根本不痛，那不過是折磨我的藉口。」

密爾說：「不管怎樣，您得關懷她。」

米爾扎說：「那好，再下一棋。」

密爾說：「絕不，您先去聽她說什麼再回來吧！我的手絕不碰棋子。」

不得已，米爾扎只好到裡面去了，夫人氣沖沖地呻吟說：「你就這麼愛那倒楣的印度象棋？就算有人要死了，連動也不動，也請不動你！但願世上沒有像你這樣的人！」

米爾扎說：「叫我怎麼說呢？密爾先生總不讓我走，好不容易才脫了身。」

夫人說：「難道他認為所有的人都像他那樣遊手好閒嗎？他自己不是也有兒女嗎？還是都被他給搞死了呢？」

米爾扎說：「他是有惡習的人。他一來，我就不得不陪他。」

夫人說：「你為什麼不攆走他？」

米爾扎說：「都是同輩的人，他年齡比我大一點，地位比我更高一點，總得客氣一些。」

夫人說：「那我去趕走他，如果他生氣，就讓他生氣吧！我又不靠他生活，再生氣，他也不能把我怎麼樣。赫利婭，妳去，到客廳把棋收來，對密爾先生說：『主人不下棋了，您請便。』」

米爾扎說：「啊！可千萬使不得！妳是想藉我侮辱他是嗎？赫利婭，妳到哪裡去？給我站住！」

夫人說：「為什麼不讓她去？你要攔她，就喝我的血！好，你攔住她了，你攔我試試看！」

說完，夫人生氣地向客廳走去。可憐的米爾扎臉色都變了，他開始向夫人求告：「看在真主面上，我以侯賽因的名義起誓，若妳去了就等著看我的屍體吧！」但是夫人一點也不聽，逕自走到客廳的門口，但是一想到要走到別的女子的男人面前，腳就好像被捆住了似的，她朝裡面窺視了一下，客廳裡沒有人。原來，密爾偷偷動了兩顆棋子後，為了假裝自己的清白，正在外面散步。於是夫人走了進去，掀翻了棋盤，把一些棋子掃到椅子下，另一些則扔出室外，然後關上門，從裡面把門閂上。

密爾就在門口，看到棋子飛出來，聽到了手鐲的叮咚聲，接著又是關門聲，便明白了狀況，便不聲不響地回家。

米爾扎說：「妳太不像話了。」

夫人說：「今後密爾先生要是再來，我立刻把他趕走。他如果把這種心思用在真主身上，早成仙得道了。你整天下棋，而我卻為家務絞盡腦汁，現在你是到醫生那裡取藥，還是繼續遲疑下去呢？」

米爾扎出門了，他沒有去醫生那裡，而是逕直到密爾的家，把全部情況告訴了密爾。

密爾說：「我一看到棋子飛出來，馬上就跑回來了。尊夫人的脾氣真是夠暴躁的，您這樣放縱她頗不恰當，您在外面做什麼，她管得著嗎？安排家務才是她的工作，其他事和她有什麼相干？」

米爾扎說：「算了，不過，您說今後到哪裡去下棋呢？」

密爾說：「這有什麼值得發愁的？這樣大的房子空著呢！就在這裡下好了。」

米爾扎說：「我該怎樣向我太太交代呢？我在家裡下的時候，她就那麼生氣了，到這裡下，她絕對不會放過我的。」

密爾說：「愛囉唆就讓她囉唆去，過幾天就正常了。您要注意的是，今後要強硬一點！」

2

由於某種難以啟口的原因，密爾的夫人反而覺得丈夫別待在家裡會更好，所以她從來不責怪他對下棋的酷愛，密爾沒出門的時候，她甚至還常常主動提醒他。正因為如此，密爾誤以為他的妻子非常溫順、謹慎，可是當他在客廳裡擺上棋盤，一天到晚都待在家裡時，夫人就苦惱了起來，她的自由遇上了阻礙，只能成天焦急地窺視大門口。

僕人中也開始竊竊私語了起來，他們過去成天遊手好閒，家裡誰來了、誰走了，與他們毫無關係，現在一天到晚得伺候著，一下子命令他們取檳榔包，一下子命令他們取糖果點心，而水煙袋就像一個情人如火的心一樣經常燃燒著。

他們一一到夫人那裡去告狀：「夫人，主人愛下棋已經成了我們的災難了。成天奔跑著，腳上都起了水泡。這算什麼遊戲！從早晨坐下後，就一直賴到傍晚。若是為了開心，玩上半個鐘頭、一個鐘頭也夠多吧？唉！我們是沒有什麼意見，我們是主人的奴僕，不論什麼命令我們都得照辦。不過，這種遊戲是不幸的，玩這種遊戲的人是不會有什麼出息的，總會有什麼災難臨門。聽說有因為一個人而讓整個街區都遭殃的情形，現在這個街區的人都這樣議論主人。我們靠主人過日子，聽到人家說主人的壞話，心裡自然會感到難過，可是又該怎麼辦呢？」

對此，夫人說：「我自己也不喜歡這種遊戲，可是他誰的話也不聽，該怎麼辦呢？」

街區裡有幾個舊時代的人，他們說出種種不祥的預言——

「如今不得安寧了，當我們的貴族都成了這個樣子時，那國家的保護者就只有真主了。這個王朝要毀滅在棋盤上了，出現了不祥的徵兆啊！」

王國中到處是一片哀號——老百姓在光天化日之下遭到搶劫，沒有人聽他們的申訴；農村的全部財富都流到首都勒克瑙去了，這些財富被花費到妓女身上、歌舞場中和其他的享樂上；欠東印度公司的債務一天一天地增長著，就像毛毯沾了水日益沉重；國內由於管理不善，全年的稅收無法徵收……就算總督的代表一次次發出警告，人們依舊沉溺於享受之中，什麼警告、呼籲一概置之不理。

這邊，密爾家的客廳裡的棋局也已經持續幾個月了。

新的布局一個個被破解，新的防禦手法一個個採用，還經常有新的陣勢出現；有時還會衍生爭執，甚至發生爭吵，但兩個朋友往往很快地又和好了。有時爭吵甚至會演變到連棋盤都掀翻了，米爾扎氣得回了家，密爾也被逼到房裡悶悶地坐著，但是隨著一夜的睡夢，怨恨也全部平息了。一大清早，好哥兒們又來到了密爾家客廳裡。

一天，他們坐著下棋下得正酣之際，一個皇家部隊的官員騎著馬來打聽密爾的名字。密爾一陣不知所措，這是什麼災難臨頭了啊！為什麼傳喚我呢？看來不太妙，他把大門關了，對僕人們說：「告訴他，我不在家。」

騎馬的官員說：「不在家，在哪裡？」

僕人說：「這我也不知道，有什麼事？」

騎馬的官員說：「事情怎麼好告訴你呢？傳喚你們的主人，也許是因為皇家部隊需要些軍官。當領主難道是當好玩的？不得不上前線去的時候，才會知道艱苦的滋味。」

僕人說：「要不，您先請回，我們會告訴主人的。」

騎馬的官員說：「這不是告不告訴他的問題，明天我還會來，上頭下命令叫我帶走他。」

騎馬的官員走了，密爾的心開始顫抖，他對米爾扎說：「先生，您說，這該怎麼辦？」

米爾扎說：「很麻煩，可別也來傳喚我。」

密爾說：「倒楣的傢伙說明天還要再來哩！」

米爾扎說：「災難嘛，還有什麼好說？要是真的上前線，那可是會死於非命的。」

密爾說：「不過倒是有一個辦法，那就是根本就別待在家裡。明天起，我們到戈姆蒂河邊找一個杳無人跡的地方當地盤，那裡誰找得到呢？來的人找不到人會自己回去的。」

米爾扎說：「是啊！您想得真不錯，除此之外沒有任何其他辦法了。」

另一邊，密爾的夫人偷偷對那騎馬的官員說：「你終於把他趕走了。」

騎馬的官員說：「就是要耍耍這蠢傢伙，他所有智慧和勇氣全被棋局吞了！他再也不會待在家。」

3

從第二天開始，天還沒亮，兩位朋友每天就從家裡起身，腋下夾著一塊厚線毯，提著裝滿了檳榔包的盒子，來到戈姆蒂河對岸一個荒蕪破舊的清真寺裡——這座清真寺可能是貴族阿薩弗烏道拉所建——途中他們買了菸葉、菸斗和酒。走進清真寺裡，他們鋪上線毯，裝好菸葉，就坐下來開始下棋。於是，哥兒們倆就和什麼今世或來世再也沒有任何關係了。

除了「將軍」和「將殺」等詞以外，他們嘴裡再也不說話了——即使任何一位瑜伽修行者在靜坐，大概也不會這麼全神貫注。中午當他們感到飢餓時，就一起到某一家賣餅的店裡吃午飯，然後抽一袋菸，再回來投入廝殺的現場，有時候他們甚至會忘了吃東西。

國家的政治局勢變得可怕起來，東印度公司的軍隊正向勒克瑙方向挺進。首都騷動了起來，人們正帶著妻小奔向農村，但我們的這兩位棋手卻對此處之泰然，他們出來時總是穿過小巷弄，害怕要是王室的公職人員看見了，會被強迫抓走——他們想白白地享用每年成千上萬盧比的領地收入。

有一天，兩位朋友正在清真寺的廢墟裡坐著下棋，密爾這一局棋勢較弱，米爾扎正一個勁兒地想將他的軍。這時東印度公司的軍隊出現了，這是一支白人組成的隊伍，為了占領勒克瑙而進軍。

密爾說：「英國人的軍隊來了，願真主保佑！」

米爾扎說：「讓他們來吧！先救救您的王吧！我要將軍了。」

密爾說：「應該看一看，我們躲在隱蔽處看一下吧？」

米爾扎說：「等會兒看吧！急什麼？我再將軍。」

密爾說：「還有砲哩！大約有五千來人吧？那些年輕小伙子，個個臉像猴子屁股似的，樣子實在是夠可怕的。」

米爾扎說：「先生，請別支吾了，您這一套話去騙其他人吧！將軍了。」

密爾說：「您也是個怪人！首都已災難臨頭，您卻只想到將軍，也不想想城市被包圍了怎麼回家？」

米爾扎說：「要回家的時候再看，看看這一步棋，您的王完蛋了。」

部隊過去了，十點鐘的時候，兩人又開始了新的一局。

米爾扎說：「今天吃的問題如何解決？」

密爾說：「今天把齋[1]吧，怎麼，您感到特別餓嗎？」

米爾扎說：「不特別餓，不知道城裡現在怎樣了？」

密爾說：「城裡沒有怎麼樣。人們吃飽喝足之後，舒舒服服地睡覺，貴族們也都在逍遙宮裡。」

兩位朋友又坐下繼續下棋。時間已經過了三點，這次米爾扎的棋處於劣勢；四點鐘的時候聽到部隊往回走的聲音，瓦吉德•阿里國王已經被俘，部隊正把他押到某一個不知名的地方去。城裡沒有任何騷動，也沒有任何爭鬥，一滴血也沒有流——到今天為止，還沒有任何獨立國家的國王是這樣平靜而又不流血地失敗的，這不是那種合乎天意的非暴力，這是那種最膽小的膽小鬼也要為之揮淚的懦弱。阿瓦特地方遼闊國土的國王被當作囚徒押走了，而勒克瑙卻沉醉在享受的睡夢裡，這是政治墮落的極致。

米爾扎說：「國王被那些殘暴的人活捉了。」

密爾說：「大概吧，請先救您的王吧！」

米爾扎說：「先生，請等一等，這會兒我心神有點不定，可憐的國王這時大概在痛哭流涕吧？」

1：在回教曆的九月裡，每日從黎明到黃昏不進飲食，稱為「把齋」。

密爾說：「讓他去哭泣吧！哪裡有這裡舒服？請看我這一步棋。」

米爾扎說：「人的一生好景不常啊！多麼痛心的情景呀！」

密爾說：「對，那是肯定的。您注意這一步棋，完了，您的王死了，不可救了！」

米爾扎說：「我對真主起誓，您的心太硬了，看到這麼大的不幸事件，您也不感到難過。唉！可憐的瓦吉德・阿里國王呀！」

密爾說：「先救自己的王，再來為瓦吉德・阿里國王悲哀吧！這一步棋讓您的王完了，出手吧！」

軍隊押著國王從前面過去了，他們一走，米爾扎就擺好了棋子，失敗的打擊是慘痛的。密爾說：「我們為瓦吉德・阿里國王致哀、唱輓歌吧！」

不過，米爾扎的忠心早已隨著自己的失敗而消失了，他正迫不及待地要報一箭之仇。

4

時間已經是傍晚了，廢墟裡蝙蝠開始嘶叫，燕子也一一回到自己的窩巢，但是這兩位棋手還堅持著，好像是兩個嗜血的勇士在彼此戰鬥。

米爾扎連續輸了三局，第四局的形勢也不太妙，他一次又一次地下決心贏棋，很謹慎地落子，但是總是會下出一步臭棋從而使棋局變糟。隨著每一次的失敗，報復的心情也愈來愈強烈。

密爾由於興奮，有時哼哼抒情詩，有時把兩隻手指彈得作響，好像得到了什麼祕密寶藏似的，米爾扎聽著聽著，氣不住往上湧，為了掩蓋失敗的難為情，他還誇獎密爾。然而，隨著棋局對自己愈來愈不利，他的耐心也跟著逐漸消失，甚至時不時就生氣：「先生，請不要悔棋。這算什麼？走了一步，接著又變了，要怎麼走就一次走定！」「您為什麼把手放在棋子上？鬆開棋子吧！當您還沒有想好一步棋的時候，請不要碰棋子。」「您這一步棋要費半個鐘頭，這是不被允許的，誰要是下一步棋超過了五分鐘就算輸棋。」「您又悔棋了，您還是老老實實把棋子放回原處。」

密爾的王后受到了威脅，他說：「我什麼時候下的棋啊？」

米爾扎說：「您已經下了棋子了，請把棋子放在那格子裡。」

密爾說：「我為什麼要放在那格子裡？我的手什麼時候離開過棋子？」

米爾扎說：「難道世界末日來臨，您的手還不離開棋子，就不算下了一步棋嗎？王后要被吃了，您就開始胡來。」

密爾說：「您才胡來哩！勝敗乃靠運氣，胡來能取勝嗎？」

米爾扎說：「那這一局您輸了。」

密爾說：「我怎麼會輸呢？」

米爾扎說：「那您把棋子放進那格子裡，就是您先前曾放過的地方。」

密爾說：「我為什麼要放進那格子裡，我不放。」

米爾扎說：「您為什麼不放？您非放不可！」

爭論激烈了起來，兩人都各自堅持自己的理由，誰也不讓步。接著，與棋局無關的氣話也插了進來。

米爾扎說：「誰的祖上下過棋，就會知道下棋的規矩，他們都是割草的，又怎麼懂得下棋呢？有領地是另一回事，只憑領地誰也成不了貴族。」

密爾說：「什麼？割草的事只怕是您父親做過的吧？我們世世代代都是下棋的！」

米爾扎說：「哼！去你的吧！在迦吉烏丁・海德爾那裡當廚師當了一輩子，今天裝成貴族了？當貴族可不是在開玩笑！」

密爾說：「您為什麼讓您的祖上丟臉呢？他們才是做廚師工作的，我們世代可都是和國王在一個飯桌上吃飯的。」

米爾扎說：「省省吧！別瞎吹噓了。」

密爾說：「您說話小心一點，要不後果可不妙，我不是聽了這種話還可以忍氣吞聲的人。在這裡，誰要是朝我瞪眼，我就把他的眼珠子挖出來。有膽量嗎？」

米爾扎說：「你想看一看我的膽量是不是？來吧！今天交幾下手，在這邊還是在那邊？」

密爾說：「誰怕你？」

兩個朋友從腰間各自抽出了寶劍——那是貴族逞能的時代，他們身邊都佩帶有寶劍、匕首、雙刃刀等。兩人都貪圖享受，但不膽小。他們在政治方面已經墮落了，有什麼理由為國王和國家捐軀呢？但他們卻不缺個人意氣之爭的勇敢。變換著進退的架式，劍光閃閃，劍聲鏗鏘，兩個人都受傷倒了下去，同樣在那裡哀號著喪了命。為自己的國王，他們眼裡沒有流過一滴淚，卻為保衛棋盤上的王后而獻出了生命。

天已經黑了，棋局仍擺在那裡，兩位國王分別坐在自己的寶座上，好像在為死去的兩位英雄哀泣。周圍是一片沉寂，廢墟裡斷裂的拱門、倒塌的牆壁和滿是灰土的塔凝視著這兩具屍體，為之惋惜。

他親切地讓我坐在他的旁邊，用手摸著我的頭，不知施了什麼法術，我昏迷了過去。

首陀羅姑娘

1

有對母女住在村尾的一間草屋，母親是寡婦，名叫耿加；女兒還未出嫁，名叫高拉；家裡沒有其他人。女兒從樹林子裡收集樹葉，母親燒炒鍋給人家炒米花或炒豆，得到一、兩斤糧食，吃了就待在家裡——這就是她們營生的方式。

幾年來，耿加一直急著要替高拉找婆家，但是都沒談成。自從丈夫死後，耿加就沒有再嫁人，她也沒有其他的生計，所以人們忍不住懷疑，到底她的日子是怎麼過的呢？人家拚命工作，仍然很難得到填飽肚子的糧食，而她一個婦女，又沒有工作，母女倆日子卻過得還滿舒服的，也不用向任何人伸手，其中一定有玄機。這種懷疑慢慢地、慢慢地加深，至今都沒能消除，所以同族的人誰也不願意和高拉訂婚——低等種姓首陀羅的家族並不大，散布在周圍一、二十里的地方，彼此名聲的好壞都能輕鬆打聽到，根本掩蓋不住。

為了消除這種誤會，母女倆一起朝拜過幾處聖地，還曾到過奧利薩省，但人們的懷疑還是沒有消除。高拉這個少女長得也還算漂亮，可誰也沒有見過她在井臺邊或田裡和什麼人談笑過，她也從來不抬頭看人，這樣的舉止讓人們更加篤定心中的猜疑，認為其中一定有什麼——年輕姑娘哪可能會這麼貞節，肯定有什麼祕密。

日子就這樣過去了，老太婆自己急得一天天瘦了，而漂亮的姑娘卻一天比一天更加容光煥發，像一朵含苞待放的鮮花。

一天，一個外地人路過這個村子，他是從幾十里外遠道而來的，要到加爾各答去找工作。天色已晚，他在村裡打聽抬轎的種姓，來到了耿加的家裡。耿加非常親切地招待了他，替他弄來了小麥磨成的麵粉，拿出家中的器皿給他。這個抬轎種姓的人開始動手做飯，飯後便躺下休息。耿加試著和他談天，提起了結婚的事。這個年輕人看了看高拉，端詳著她的一舉一動，那含羞的容貌打動了他的心，他答應和她訂婚。他回到家裡，從自己姊姊那裡借來了幾樣首飾，村子裡的布店老闆則借他衣服，便帶著幾個本家的人來訂親。訂親以後，他就住了下來，因為耿加不願女兒女婿離開她。

但是只過了十來天，孟格魯的耳朵裡就聽到了這樣那樣的風聲，不僅同族同種姓的人，其他族和種姓的人也向他的耳朵灌輸了一些不三不四的話。孟格魯聽了這些話以後懊悔了，覺得自己平白無故地落入陷阱中，但若要拋棄高拉，心裡卻又捨不得。

一個月以後，孟格魯到姊姊家去還首飾。吃飯的時候他的姊夫卻不坐下來同他一起吃，孟格魯滿心狐疑，開口問姊夫說：「你為什麼不吃飯呢？」

姊夫說：「你吃吧！我過一會兒再吃。」

孟格魯說：「這是怎麼一回事？為什麼不一塊兒吃呢？」

姊夫說：「長老會不開會做出決定，我怎麼能同你一起吃飯呢？我總不能為了你而脫離家族啊！你誰也不問一聲，就和一個私娼訂親……」

孟格魯起身離開了飯桌，披上短外衣轉身就回岳母家。他的姊姊站了起來，眼淚直流。

那天夜裡，他沒有跟任何人打聲招呼，就拋下高拉不知到什麼地方去了。高拉當時正在睡夢裡，她哪裡知道，自己經過苦修而得來的丈夫，正為了永遠拋棄她而遠走高飛呢？

3

幾年過去了，高拉仍然不知道孟格魯的下落，他連信也沒捎來一封，但她仍然很高興，在頭頂塗上硃砂線，穿著花色的衣服，嘴唇上塗上烏煙[1]。孟格魯曾留下一本頌神的舊書，她有時讀頌神詩，有時甚至還會吟唱頌神詩。孟格魯教她認識了印地語字母，她會邊念邊推敲著那些頌神詩的意思。

以前高拉總是獨自一人待著，不好意思跟村子裡的婦女們聊天，因為她不像其他婦女有引以為傲的丈夫，她們個個都談自己的丈夫，她的丈夫又在哪裡呢？能談誰呢？現在她也有丈夫了，也有資格和其他婦女一起談論這方面的話題了。所以她經常談起孟格魯，說孟格魯對她很有感情，說孟格魯既品德高尚又勇敢過人——每次一談論起丈夫這個話題，總是覺得怎麼聊都聊不夠。

婦女們問她：「孟格魯為什麼扔下妳走掉了呢？」

1：婦女頭頂上的硃砂線、穿花色衣服，以及唇塗烏煙都意味著是有夫之婦。

高拉說：「有什麼辦法呢？一個男子漢哪能老待在岳母家？在外邊到處賺錢才是一個男子漢的本能。要不，還有什麼男子漢的尊嚴和面子呢？」

有人又問她：「那他為什麼連信都不寫一封呢？」

她笑著回答：「他害怕要是把地址透露出來，我會追到他那裡去給他添麻煩。說真的，如果我知道他的地址，這裡我一天也待不下去。他不寫信給我，還真是做對了一件事。他在外地打拚已經夠辛苦了，怎能讓家務事纏住手腳呢？」

有一天，她的一個女伴說：「我同妳的看法不一樣。他一定是和妳吵架了，要不，為什麼不說一聲就走了呢？」

高拉笑了笑說：「姊姊，有人會和自己的神明吵架嗎？他是我的主人、我的神明，我怎會和他吵架？一日到了吵架的地步，那我就會投河自盡。要是他跟我打招呼說要離開，我哪有不纏住他的道理？」

4

一天，從加爾各答來了一個老婆羅門，他到耿加家裡，說自己老家就在附近某個村子裡，而在加爾各答，他就住在孟格魯的住所附近，孟格魯請他把高拉帶去，還讓他帶來兩件沙麗和盤纏。高拉高興極了，她準備跟著這位老婆羅門一起離開。動身的時候，她和村子裡的所有婦女一一擁抱，耿加則一路送她到車站。村子裡的人都說：「可憐的高拉終於轉運了，要不，在這裡憋都快要憋死了。」

一路上，高拉一直想著：不知他現在會是什麼樣子？嘴上的鬍子大概都長滿了吧！人在外地一般都過得比較舒服，他身子或許更豐滿了吧？也許成了一個先生的樣子。我開頭兩、三天不要和他說一句話，以後再問他為什麼把我扔下，隻身到這裡來？

如果是因為有人說了我的壞話，你為什麼那麼輕易就相信了呢？你又沒有親眼看見，為什麼就把人家的話聽進去了呢？

不管是好是壞，我都已經是你的人了，為什麼讓我傷心這麼久？如果有人在我面前這麼說你，難道我會把你丟下？你已經拉過我的胳膊，就是我的人了，即使你有一千個不好，那也沒有關係；就算你成了土耳其人[2]，我也不會拋棄你。而你，為什麼拋棄我跑掉呢？

你可能以為一走了之乾脆了當，最後還不是沒有辦法？還不是要接我來？你甚至沒親自來接我，還是我憐憫你，自己來了，要不然，我會說：「我不到這麼無情無義的人身邊去。」到時你還得自己跑上一趟呢！一個人修苦行，連神仙都可以見到；連神仙都會主動來到修行人面前，你為什麼不自己來接我？

她這樣想著想著，一次又一次地激動起來。她一再問那個老婆羅門路還有多遠，難道孟格魯是待在天的那一邊，總是走不到？

她還有許多事想向老婆羅門打聽，卻因為不好意思而問不出口，只能在心裡猜想，藉以滿足自己的渴望。他住的房子應該很寬敞吧？城市裡的人住的都是磚瓦房，他肯定也是住在這樣的房子裡！既然他的老闆這麼看重他，那他也可能有雇用佣人，我要把佣人辭掉，不然，我成天待著有什麼事可做？

她想著想著，有時也會想到家裡。可憐的母親一定在哭，今後一切家務事都得由她一個人做了。不知

[2]：印度歷史上曾受過土耳其人的侵略，所以用這種說法表示忠貞。

道她去放羊沒有，羊也許成天在咩咩地叫吧！今後，我每個月都要寄一點錢給母親養羊；從加爾各答回去的時候，還要替村子裡每個婦女都帶上一件沙麗，那時，我就不會像現在這個模樣回家了，我會帶上好多行李和物品，為每一個人都帶上一點禮物，也可以讓家裡養更多的羊。

高拉就這樣在美夢中結束了這次旅行，這個千思萬想的女子怎麼會知道，她心裡所想的與老天爺的安排完全不一樣呢？她怎麼知道，這個老婆羅門是一隻披著羊皮的狼呢？而她想像的全是空中樓閣。

5

第三天，火車到了加爾各答，高拉的心開始突突跳了起來。孟格魯一定站在附近一個什麼地方，也許現在已經走來了，想到這，她立刻把面紗拉好，靜靜地坐著，但是哪裡也沒有孟格魯。老婆羅門說：「我四下都看過了，沒有看到孟格魯。也許被什麼事纏住，也可能沒有准假。他也不知道我們坐哪一班車來，何必死腦筋地待在這裡等他？我們走吧！到他的住處去。」

於是，兩人坐上車子離開車站。

高拉從來沒有坐過馬車，她的心裡感到有點驕傲，多少先生、大人們都只能靠雙腳步行，而她卻坐在馬車上。

車子不久便到了孟格魯的住處，是一幢寬敞的樓房，院子裡乾乾淨淨，廊簷下放著一些花盆。驚異、興奮和希望使高拉忘乎所以，她走上樓，樓是這麼高，她的腳都爬得難受起來了！這樣大的樓房都是他住的，那得要付多少租金啊？他根本不把錢當一回事了！

她的心狂跳著。要是孟格魯從上面走下來怎麼辦？要是就在樓梯間碰面了，她該說什麼？「但願老天爺讓他睡著吧！好讓我叫醒他，讓他因為看到我而感到措手不及。」一爬完樓梯，高拉被老婆羅門帶進一個房間裡坐了下來。這裡就是孟格魯的住處，但是卻不見孟格魯。

房間裡只擺了一張床，一邊放著幾件器皿，這就是他的家！如此看來，這幢樓房該是旁人的了，這間屋子大概是他租賃的。爐灶是冰涼的，所以她認定他晚上是吃從市場上買來的東西然後就寢。這是他睡覺的床，旁邊有一個水罐，她渴得舌頭都發乾了，便從水罐裡倒了點水喝。床的另一邊有一把掃帚——她本該因旅途勞累而疲憊不堪，可是興奮讓她絲毫不覺得疲倦，便用掃帚打掃起房間，還把幾件器皿洗一遍，然後放在一起。房間裡的每一件東西，甚至是地板和牆壁，都讓她倍覺親切，就連那個她度過了二十五年的家，也不曾讓她有過像這樣當家作主、令人感到光采又愉快的心情。

可是，她在房間裡一直坐到傍晚，還是沒有見到孟格魯的影子。她想，現在他應該有時間了，這時候到處都下班休息了，也許現在正在回家的路上吧？老婆羅門一定告訴他了，為什麼他不能向自己的老闆請一會兒假呢？也許有要緊的事，所以才沒有來吧！

天黑了，房間裡沒有燈，高拉站在房門口等待著丈夫的歸來。樓梯上發出許多人上上下下的聲音，高拉一次又一次期待是孟格魯回來了，但是沒有一個人來到她待的地方。

九點多鐘的時候，老婆羅門終於來了，高拉還以為是孟格魯哩！她很快地奔出房門口，抬頭一看，卻是老婆羅門，她脫口問說：「他到底在哪裡？」

老婆羅門說：「他被調走了，那個地方離這裡至少需要八天的路途。我是到辦事處之後才知道的，他昨天就陪同他老闆一起離開了；他已經多方哀告，希望老闆給他十來天的假期，但是連一天都沒有答應下來。孟格魯離開時跟這裡的人說過，如果家裡的人來了，就叫她到他那裡去。他也把地址留下了，明天我就送妳上船，船上還會有好多我們老家的人，不會有什麼困難的。」

高拉問：「要坐幾天船才可以到那裡？」

老婆羅門說：「最多不會超過十天。不過，沒有必要著急，不會有任何麻煩的。」

6

直到現在，高拉一直還抱著總有一天能和丈夫一起回家鄉的希望。如今坐上了船，她感覺自己正在和老家永遠斷絕聯繫，也許再也不能和母親見面了，再也休想看到自己的故鄉了。出發前，她為此站在碼頭上哭了好久——她看到大船和海洋就害怕，心直發抖著。

傍晚的時候，船開了，高拉的心當下就被一種無窮無盡的恐懼弄得心神不寧；有一段時間，絕望的情緒甚至完全支配了她。不知道我現在要到什麼地方去，和他能不能見到面？到哪裡去找他呢？也不知道他的地址。她非常懊悔為什麼不早一天來，要是在加爾各答見到他，她絕不會讓他走。

船上還有好多乘客，也有幾個婦女，那些人不停地互相吵架謾罵，高拉不願和他們交談。只有一個婦女滿臉愁容，高拉看她像是一個良家婦女，於是問對方：「大姊，妳到哪裡去？」

婦人大大的眼眸含著淚說：「到哪裡去？這從何說起啊？命運把我帶到哪，我就到哪。妳呢？」

高拉說：「到我丈夫那裡，他就在這艘船停泊的地方工作。如果我前一天到了，就會在加爾各答和他見面了，誰知來遲了一天。我哪裡知道他會去這麼遠的地方，要不然，就不會晚一天了。」

婦人說：「哦！妹妹，該不是也有人把妳騙來的吧？妳是跟著誰來的？」

高拉說：「我丈夫從加爾各答派人把我接來的。」

婦人說：「那個人是妳認識的人嗎？」

高拉說：「不認識，是一個老婆羅門。」

婦人說：「是不是一個身材很瘦、腿很長的老頭子？他有一隻眼睛腫得鼓鼓的。」

高拉說：「對，對，就是他，妳認識他嗎？」

婦人說：「就是這個壞蛋把我全毀了！但願老天爺讓他世世代代都下地獄，讓他斷子絕孫，讓他不得好死。我該怎麼說才好呢？要是把我的經歷說出來，妳還會以為是假的，誰也不會相信的！但請妳一定要相信，就是因為他，我才成了無家可歸的人，我才會沒有臉見任何人。可是人還是惜命的，所以我現在要到胡椒島去，到那裡去做苦工過日子。」

高拉一聽，整個人嚇得魂飛天外，覺得自己所乘的船正沉入無底的深淵！她這才明白，那個老婆羅門欺騙了她。過去在村子裡，經常聽說好多窮人到胡椒島去，但去到那裡的人，沒有一個再回來。啊！老天爺，我犯了什麼罪過，祢竟給我這樣的懲罰？她說：「他們為什麼要把人騙到胡椒島去？」

婦人說：「還不是貪財，難道還有其他理由嗎？聽說每送去一個人，他們就可以得到一筆錢。」

高拉說：「大姊，到那裡之後，我們要做什麼呢？」

婦人說：「做苦工。」

高拉心裡著急著該怎麼辦，她來時所抱的希望現在全都化為烏有。如今，除了大海的波濤，再也沒有人保護她了；她生活的依存已經沉入水底，再也沒有任何寄託。此時，她突然記起自己的母親，記起自己的家，記起村子裡的那些女伴們，心裡極度傷痛，好像有一條毒蛇盤在她胸口，不時咬她。老天爺，若祢要給我這樣的痛苦，又何必讓我出生？祢真的憐憫痛苦的人嗎？祢竟然折磨那些飽經風霜的人！

她傷心地說：「那現在該怎麼辦呢？大姊。」

「這要到那裡以後才會知道。假使是做苦工，那倒沒有什麼，但是如果有人起了歹意，那我已經下了決心，不是我要了他的命，就是我自己一命歸陰。」婦人這麼說著。同時，這段話也勾起了她傾訴自己苦難經歷的強烈渴望，這種渴望是受苦人經常會有的。她繼續往下說了下去——

「我是一個好人家的女兒，是一家更有名望的人家的媳婦，但我同時也是一個不幸的人，結婚後的第三年，丈夫就去世了，我的心情沮喪至極，以致我經常覺得丈夫在召喚我。

起初，我一闔上眼，他的身影就出現在面前，但後來竟然嚴重到清醒時也不時看見他。我感覺到，他就站在我的面前叫我，但由於不好意思，我沒有跟任何人說，心中卻老是懷疑，既然他已經去世了，為什麼又會在我面前出現？就算把這種情況完全當作錯覺，也無法使我的心情得到平靜。

我心裡想：既然能夠直接看到的東西，為什麼不能得到呢？只要找到祕訣就行了，而除了修行的出家人以外，又有誰能傳授這種祕訣呢？直到現在，我依然相信，世上一定有這種功夫，可以讓我們和死者談話，也可以具體地看到死者。

從那時候起，我就開始等待有道行的出家人出現的那一天到來。我們家經常與有修行的出家人來往，我私下和他們談起這個問題時，他們教訓我要守婦道，迴避我提出的問題。然而，我需要的不是這些遵守婦道的說教，我對寡婦的天職很清楚，我希望得到的，是一個能揭開生死之間那層幃幕的方法。我一直抱著這樣的期待，度過了三年的時光。

兩個月前，那個老婆羅門打扮成出家人的模樣來到我那裡。一如往常，我向他提出祈求，沒想到這個騙子設下了一個騙局，使我睜著眼睛上了他的圈套。現在想來，我也很奇怪當時自己為什麼那樣相信他的話，或許，為了能見到去世的丈夫，我早已準備忍受一切、犧牲一切了。

他在夜裡把我叫到他的身邊，我對家裡人藉口說是到鄰居的女伴家去，便到了他那裡。一棵菩提樹下正燒著祭火，在那皎潔的月光中，這個留著長髮的騙子看起來就像一個有智慧和瑜伽道行的天神一樣。他親切地讓我坐在他的旁邊，用手摸著我的頭，不知施了什麼法術，我昏迷了過去。

我不知道要到哪裡去，也不知道發生過什麼事，我清醒時，人就坐在火車上了。當下我真想大聲求救叫喊，但即使火車停了下來，就算我下了車，也進不了家門……想到這，我也只能不聲不響地坐著。

在老天爺的眼裡，我是無辜的，但在人們的眼裡，我已經身敗名裂了……

一個年輕婦女，深更半夜走出家門，這件事本身就會使她聲名狼藉。所以，當我知道他們要把我送到胡椒島去時，我絲毫沒有反對；對我來說，現下全世界哪個地方都一樣——對一個在世界上沒有任何親人的人來說，不論是本地、外地、國內、國外，都是一樣的。當然，我也下定了決心，至死也要維護自己的貞操。雖然在命運的操弄下，不會有比死亡更大的痛苦，但對寡婦來說，死亡有什麼好可怕呢？生和死相同，何況隨著死亡，一生的苦難也可以結束了。」

聽著聽著，高拉忍不住在心底暗想：這個婦女真有毅力和勇氣，我為什麼要這麼傷心和絕望呢？當一生的各種理想完全化為烏有的時候，結束這一生又有什麼可怕的？於是，她開口說：「大姊，到那裡以後我們倆住在一起，今後妳就是我唯一的依靠了。」

婦女說：「依靠老天爺，不要怕死。」

周圍一片漆黑，上面是沒有一點光亮的天空，下面是墨色的海水。高拉的雙眼正望著天空，而她的同伴則望著海水，其中一個人的希望已經化成泡影，另一個人的周圍也是漆黑一片。

7

從船上一下來，就有一個人來登記乘客的名字，這個人全身的穿戴都是英國式的，但從說話的語調聽起來，卻是一個印度人。高拉低著頭站在自己女伴的背後，聽到那個人的聲音時吃了一驚，悄悄用眼睛看了他一眼後，她全身像是通了電似的。這是在做夢嗎？她有點不相信自己的眼睛，又看了看他。這時她心裡突突亂跳起來，雙腳開始發抖，她覺得周圍淹滿了大水，而自己正隨著水漂流。她趕緊抓住自己女伴的手，不然就會跌倒在地。

在她面前的就是她的男人，就是她的生命之主，可不久以前，對於能夠活著和他見面，她早已不抱持一絲希望。他就是孟格魯，用不著懷疑，不過，他的模樣全變了：年輕時代的那種耀眼、果敢的精神，以及和善的氣質一點也沒有了；他的頭髮已經灰白，臉頰陷了下去，雖然從那發紅的眼睛裡顯露出一種邪念和無情，但確實是孟格魯。

高拉多麼想走上前抱著主人的腳啊！她想喊他，可是一種羞澀的情緒制止了她。老婆羅門說得很對，她的主人一定是來接她了，在她到達之前就來了！她附在女伴的耳邊說：「大姊，妳冤枉那個老婆羅門了，這個登記乘客名字的就是我丈夫。」

婦女說：「真的？妳看清楚了？」

高拉說：「大姊，這難道還能搞錯？」

婦女說：「那妳的運氣來了，記得照顧照顧我啊！」

高拉說：「大姊，我怎麼可能把妳扔下呢？」

和乘客談話時，孟格魯動輒發火，說不到兩句就罵人，他還用腳踢了幾個人，還有人只是因為不能把村子所屬的縣名說出來，就被他推倒在地。高拉打從內心覺得羞愧，卻又對自己丈夫的權勢感到驕傲。最後，孟格魯來到她面前停了下來，他用帶著不良意圖的目光看了看她後說：「妳的名字叫什麼？」

高拉說：「高拉。」

孟格魯吃了一驚，又問：「家住哪裡？」

「貝拿勒斯的馬登布爾。」這樣說出口時，高拉忍不住笑了。

孟格魯十分仔細地看了看她，然後非常激動地抓住了她的手說：「高拉，妳怎麼到這裡來了？妳還認識我嗎？」

當下高拉忍不住哭了起來，連一句話也說不出口了。

孟格魯急急地又問：「妳是怎麼到這裡來的？」

高拉抬起頭，擦了眼淚，望著孟格魯說：「是你派人來接我的啊！」

孟格魯說：「我派人接妳？我七年來一直待在這裡呢！」

高拉說：「不是你叫那個老婆羅門帶我來的嗎？」

孟格魯說：「我說了，七年來我一直待在這裡，死了才能離開，妳說我可能把妳接到這來嗎？」

高拉沒想到孟格魯會這麼無情。她想，即使他沒有派人接我是真的，也不應該這樣侮辱我，難道他以為我是來白吃他的飯嗎?以前他的心胸可沒有這麼狹窄，也許是因為有了地位而飄飄然了吧!出於婦女特有的自尊心，她昂起頭說：「如果你不願意，我現在就回去，我不想成為你的包袱!」

孟格魯有點羞愧地說：「現在妳不能回去了，高拉。來到這裡以後，幾乎沒有人回去過。」說完他站在那尋思了一會兒，好像陷入了為難的境地，正考慮該怎麼辦。他嚴酷的面容流露出一副可憐的神色，接著用痛苦的聲調說：「既然來了，也只能待下去了，出了什麼問題，到時候再看吧!」

高拉說：「什麼時候能回去?」

孟格魯說：「不滿五年是不能離開的。」

高拉說：「為什麼?難道要強迫人嗎?」

孟格魯說：「對，這裡的命令就是如此。」

高拉說：「那我單獨一人工作，自己養活自己。」

孟格魯眼眶含淚說：「只要我還活著，妳就不能和我分開。」

高拉說：「我待在這裡可以，但絕不能成為你的包袱!」

孟格魯說：「高拉，我沒把妳當作包袱，但這個地方像妳這樣的女人是待不下去的，要不，我早就把妳接來了。至於把妳騙來的那個老婆羅門，我從家裡離開時曾在巴特那碰過他，是他騙了我，把我送到這裡來的，從那時起，我一直待在這裡。走，先到我住的地方再談吧!另外一位婦女是?」

高拉說：「這是我的女伴，也是那個老婆羅門騙她來的。」

孟格魯說：「那她到誰的住所去呢?這裡所有人都要被分配。誰的名下來了多少人，都要分到他的住所去。」

高拉說：「她想和我住在一起。」

孟格魯說：「那好，把她也帶上吧！」

乘客的名字都登記完了，孟格魯把他們交給一個聽差，便帶著這兩個婦女回家了。大道兩邊長著濃密的樹木，穿過樹木一眼望去，種的全是甘蔗，海上不斷拂來一陣陣涼爽又清新的風，全然是一幅美麗的自然景色。不過，孟格魯的目光並沒有留意這一切，他低著頭，兩眼望著地面，邁著遲疑的步伐向前走著，好像心裡正在設法解決一個難題似的。

才走不遠，迎面來了兩個人。及至走近，他們兩人停下了腳步，其中一個笑著說：「孟格魯，這兩個女人一個歸我！」

另一個人說：「那另一個女人就是我的了。」

孟格魯的臉脹紅了，他氣得發抖。「這兩個女人是我家的，懂嗎？」

那兩個人哈哈大笑了起來，其中一個走近高拉，企圖拉她的手：「你這傢伙，就想騙我們！這個是我的，不管是你家還是別人家的女人，都好。」

孟格魯說：「加西姆，別調戲她，不然不會有好下場的。我說過了，她們是我家的女人！」

孟格魯的眼中好像迸出火星。那兩人一見他臉上的表情，害怕了，他們警告他要識時務，接著就向前走去，但走到孟格魯攆他們不到的地方時，其中一個又回頭挑釁地說：「看你能把她們弄到哪裡去！」

孟格魯沒有理他，逕自邁開大步往前走。

正如在夜色朦朧中單獨穿過墳地一樣，每走一步都害怕有什麼聲響傳進耳朵裡，害怕有什麼東西突然出現在面前，或者從地底下鑽出一個蒙著裹屍布的人來。

高拉說：「這兩個人簡直是流氓。」

孟格魯說：「所以我剛才才會說，這個地方像妳這樣的女人是待不下去的。」

忽然，有一個英國人從右邊趕著馬來到他們身邊，他對孟格魯說：「好，班長，就讓這兩個女人住在我的住所裡吧！我住所裡一個女人也沒有。」

孟格魯把兩個婦女拉到身後，他自己擋在前面。「大人，這兩個女人都是我家裡的。」

沒想到，這位英國人卻說：「哦！哦！你說的是什麼話？我的住所裡一個女人也沒有，你一個人卻占兩個？這不行！」接著，他指著高拉說：「把這個女人送到我的住所去。」

孟格魯渾身發抖，他堅持說：「這不可能。」但是對方已經往前走遠了，根本沒聽見他說的話。既然大人已經下了命令，執行他的命令就是班長的職責。

之後，他們順利地走完剩下的一段路。前面是一些工人住的土房子，男男女女都在門口隨便地坐著，他們都目不轉睛地望著走來的這兩個婦女，並且彼此會意地笑著。高拉看到了，覺得他們之間沒有一點男女之分，一個個都一點羞恥也沒有。

一個長相很難看的婦女拿著旱菸，邊吸菸邊跟身邊的婦女說：「開頭幾天吃香，以後就沒人要。」

另一個婦女一面梳著辮子一面說：「好像還是處女吧！」

孟格魯一整天都坐在門口，好像一個農民在守衛著自己的莊稼地。兩個婦女坐在住所內哭自己的命苦——在很短的時間內，她們倆就已經知道這裡的情況了。兩人雖然又飢又渴，可是意識到現在這樣的處境，飢渴的感覺也全都消失了。

晚上大約九點鐘的時候，來了一個士兵。他對孟格魯說：「走，詹特大人叫你。」

孟格魯坐著不動，他說：「納比，你也不想想，同樣是印度人，有機會也幫一幫我的忙啊！請你回去跟大人說，說孟格魯不知到什麼地方去了，大不了受一下懲罰吧！」

納比說：「不，老兄，他氣呼呼地坐在那裡呢！還喝過酒了。萬一要打我，那就完了，我的皮膚可沒那麼結實啊！」

孟格魯說：「好吧，那就請你對他說：『孟格魯不來。』」

納比說：「我是無所謂，我可以這樣說，不過這樣對你可不太妙哦！」

孟格魯想了一會兒，還是拿起木棍跟著納比到大人的住所去了——這就是那個孟格魯曾經在路上碰見過的大人，他知道，要是和大人鬧翻了，自己在這裡一會兒也待不住。他走到大人的面前，對方打老遠就厲聲責問他：「那個女人在哪裡？你為什麼把她藏在自己家裡？」

孟格魯說：「大人，那是和我結了婚的妻子。」

大人說：「好，那另外一個女人呢？」

孟格魯說：「另一個是我的親姊姊，大人！」

大人說：「我不管，你得送來。兩個選一個送來，哪一個都行！」

孟格魯跪倒在大人面前，向他哭訴自己的經歷，但是對方一點也沒被感動，最後他說：「大人，她不像其他的女人，到這裡來，她會死的。」

大人笑了笑說：「哦……要死可沒那麼容易！」

納比在一邊說：「孟格魯，你為什麼傷心？難道你沒有鑽到我家裡去過？現在一有機會，你還去呢！如今你為什麼難過呢？」

大人說：「啊！還是一個流氓！馬上回去把女人帶過來，要不，我就用鞭子抽你。」

孟格魯說：「大人，你想抽多少鞭子就抽吧！但是，請不要叫我做那種事，只要我還活著，就絕對不會做的！」

大人說：「我要抽你一百下鞭子！」

孟格魯說：「大人，你抽一千下鞭子吧！但請別碰我家的女人。」

大人已經喝得醉醺醺了，他拿起鞭子就抽打起孟格魯來，不停地抽打著。

孟格魯熬住了剛開始的十來下，接著就開始唉呀唉呀地喊叫起來。他身上的皮膚被抽裂了，鞭子直接打到了肌肉上，即使他盡可能地強忍住，卻還是從喉嚨裡發出了慘叫聲，而他還只不過挨了十五下鞭子而已哩！

已經晚上十點了，周圍一片漆黑，在那無聲的一片漆黑中，孟格魯痛苦的哀號像一隻鳥般在天空盤旋，周圍的樹木也只能裝作失去知覺似的站在那裡，默默地偷偷哭泣。

這個鐵石心腸、好色而又缺乏頭腦的班長，如今為了維護一個陌生婦女的貞操，正準備付出自己的生命，只因為這個婦女是他妻子的同伴。他在全世界的人面前可以成為一個墮落的人，但是，他希望享有妻子對自己的尊敬，他絕不允許在這方面稍有損害，即便只有一點點，對他來說也是不能容忍的。在那神聖的崇敬面前，他的性命又算什麼呢？

9

那位婆羅門婦女在地上睡著了，高拉仍然坐著等丈夫回來。直到現在，她還沒和丈夫好好地談過心、互訴衷情。盡情地傾訴七年的苦難需要很長的時間，除了深夜以外，何時有空呢？她對這個婆羅門婦女生起一點討厭之情：她為什麼要成為我的累贅？就是因為有她在，所以他才不到房間裡來！

她忽然聽到什麼人的哭聲，整個人十分驚愕。天哪！深更半夜了，什麼人這麼傷心啊？一定是什麼地方死了人。她站起來走到門口，以為孟格魯還坐在那裡，於是說：「誰在哭呀？去看一看吧！」但是她沒有得到回答，便更仔細傾聽。

突然，高拉的心幾乎要跳了出來：「那是他的哭聲啊！」哭聲愈來愈清楚，她更加確定是孟格魯在哭了。她走到門外，在她前面幾百公尺外的地方是大人的住宅，哭聲就是從那裡傳來的。

有人在打他，人只有在挨打時才這樣哭叫，看來是那個大人在打他。她再也不能待下去了，她拚命向那所住宅跑去，路很平坦，不一會兒就到了住宅的門口。門是關著的，她用力撞門，但門沒被撞開；她幾次大聲叫喊，可是也沒有人從裡面出來，於是她爬上大門的欄杆，跳了進去。她一到裡面就看到一幕令人毛骨悚然的畫面——孟格魯赤裸著身子站在走廊上，一個英國人正用鞭子抽打他。

高拉眼前一陣發黑，她飛快地跑到大人面前，用自己那雙因忠貞不渝的愛情而充滿力量的手遮住孟格魯：「大人，可憐可憐他吧！我願代替他挨打，你想怎麼打，就打我吧！求你放了他！」

大人停手了，他像瘋子一樣，兩大步就跨到高拉面前：「要我放了他，妳就留在我身邊！」

孟格魯氣得鼻翼不停翕動著。「這個卑鄙下流的英國人竟這樣和我的妻子談話！」直到現在，他忍受這麼大的痛苦所維護的一切，眼看著就要落入大人之手了，這是他所不能忍受的，他真想衝上去騎在對方的脖子上，才不管會有什麼後果！一個人受到這種恥辱，活著還幹什麼呢？但是納比很快地抓住了他，並且叫來幾個人把他捆綁起來。

孟格魯倒在地上掙扎著，高拉哭著跪倒在大人腳前：「大人，放了他吧！請你可憐可憐我！」

大人說：「妳留在我身邊？」

高拉壓抑著心裡滿腔的憤怒說：「好，我留下！」

10

孟格魯躺在外邊的走廊裡呻吟。他渾身發腫，全身麻木，失去了動彈的力氣，風吹著傷口，痛得像針扎一樣，但是這一切痛苦他都可以忍受，他不能忍受的，是大人和高拉要在這座房子裡行樂，而他卻什麼辦法也沒有。他似乎已經忘記身上的痛楚，豎起耳朵仔細聽著他們的動靜，聽他們在談些什麼。高拉一定會叫喊著往外逃跑，而大人一定會緊追出來，如果他能站起來，一定會去挖一個坑把那個壞蛋活埋掉。然而，時間已經很晚了，高拉既沒有叫喊，也沒有從房間裡逃出來。

這時，她正和大人坐在布置得很漂亮的房間裡。她心想：這個人真的一點憐憫心都沒有？她聽到孟格魯痛苦的慘叫聲，心都快要碎了，難道這個人沒有自己的兄弟姊妹嗎？如果他的母親在這裡，一定不會允許他這樣胡作非為。我的母親看到孩子們用石頭砸樹都那麼生氣，在她眼裡，連樹都是有生命的。難道他母親看到他這樣殘害一個人，會不制止他？

大人還在喝酒，高拉手中正撫弄著一把切肉的刀子。突然，她的目光被一張圖畫吸引住了，圖上畫著一個端坐著的母親。高拉問：「大人，這畫的是誰呀？」

大人把酒杯放在桌子上說：「這是我們上帝的母親瑪利亞。」

高拉說：「畫得真好！大人，你的母親還在世吧？」

大人說：「她死了。我到這裡來的時候，她就病了，她死時我沒能見到她。」他臉上露出了一點難過的神色。

高拉說：「那你一定很傷心，你失去了母親對你的愛。她死的時候一定哭著想見到你，而你卻沒能去看她，你的心有多狠啊！」

大人說：「不，不，我很想我的母親。世界上再也找不到第二個像她那樣的婦女！我父親在我很小的時候就去世了，是母親在煤礦裡做工把我撫養成人的。」

高拉說：「那她真是一位女神！你經歷過這麼窮苦的生活，可是對其他窮人卻一點也不同情，那位仁慈的女神看到你這樣無情，難道不會感到難過嗎？你有她的相片嗎？」

大人說：「啊，我有她好幾張相片呢！妳看，牆上掛的就是她的照片。」

高拉走近牆邊看了一看相片，用傷感的口氣說：「真是一位女神，一位仁慈的女神。過去她可曾打過你？我想她是從來不對別人生氣的，她是仁慈的化身。」

大人說：「我母親從來沒有打過我。她很窮，可是她總要從自己賺來的錢中拿出一部分來周濟窮人。她一看到孤兒就流淚，是一個很慈悲的人哩！」

高拉用輕蔑的口氣說：「而你作為那位女神的兒子，卻這麼無情！如果她在世，她會允許你像一個劊子手那樣毒打一個人嗎？她在天之靈也許正在哭泣呢！你們那裡大概也有天堂和地獄吧？你身為那女神的兒子，卻成了什麼樣的一個人？」

說這些話的時候，高拉一點也不感到害怕，她已經下定了決心，既然有大不了一死的準備，心中就再也不會有恐懼的影子了。只是，這個殘忍的英國人聽了被蔑視的話語之後竟然沒有生氣，態度反而軟了下來。不管高拉對人類的感情多麼無知，但是她知道，每一顆心，不管是聖人的心，還是屠夫的心也好，對自己的母親都懷有崇敬和愛慕的感情。世界上真的會有這麼可悲的人嗎？真的會有人在回憶起母愛時，片刻也不感到難過，片刻也喚不起他內心的柔情？

大人的雙眼濕潤了，他低著頭坐著。

高拉繼續用同樣的口氣說：「你把她積下的陰德全毀了。那位女神歷盡千辛萬苦把你撫養成人，而在她離開這世界後，你卻這樣使她難受！難道母親用血淚把自己的兒子養大，就只是為了這個目的嗎？如果她能夠說話，難道會保持沉默嗎？要是她能拉住你的手，她會不阻攔你嗎？我看，她現在假使還活著，一定會服毒自盡。」

大人再也受不了了，酒後悔恨的情緒，正如憤怒的情緒一樣，是很容易發作的。他用兩隻手捂著臉，開始嗚嗚地哭起來。他抽抽噎噎地哭著走到他母親的相片前站了半晌，好像在懇求母親寬恕他的罪過，然後，他轉過身來，哽咽地說：「這樣我母親怎麼會得到安寧啊？唉！都是我，她在天堂裡也得不到幸福，我多麼不孝！」

高拉說：「過不了多久，你的主意又會改變了，你又會開始殘害人。」

大人說：「不！不！今後我再也不讓母親難過了，我現在就把孟格魯送到醫院去。」

11

孟格魯連夜被送進醫院，是大人親自送他去，高拉也跟著一起。此時孟格魯已經燒得不省人事。

孟格魯三天沒有睜過眼，高拉也在他身邊守了三天，一刻都沒有離開過。大人幾次來探聽情況，每次都會請求高拉原諒。

第四天，孟格魯睜開了眼，看見高拉坐在對面。高拉見他醒來，便走到他身邊。「你感覺如何？」

孟格魯說：「妳什麼時候到這裡來的？」

高拉說：「我是陪著你一起來的，來了就一直待在這裡。」

孟格魯說：「大人的公館裡沒有地方住嗎？」

高拉說：「如果想要住公館，我為什麼要跋山涉水到你身邊來呢？」

孟格魯說：「妳來了我又能給妳什麼幸福呢？既然要這麼做，為什麼不讓我死掉？」

高拉不高興地說：「你別和我說這樣的話，這樣的話使我生氣。」

孟格魯扭過頭去，好像不相信高拉所說的話。

高拉整天站在孟格魯的身邊，不吃也不喝，她幾次叫他，但是他始終不吭一聲。這種懷疑、不信任和侮辱讓高拉一顆溫柔的心痛苦到無法忍受，失去了被她一直當作神一樣的丈夫的愛，要怎麼活下去呢？這種愛是她生活的基礎啊！失去了它就等於失去了一切。

午夜過去了，孟格魯不知不覺地睡著了，也許他還在做夢。高拉把自己的頭靠在他的雙腳上，然後站起來走出了醫院——孟格魯已經拋棄了她，她現在也要拋棄孟格魯了。

醫院東方幾百公尺遠的地方有一條河，高拉就站在河岸邊。不久前，她還自由自在地住在自己的村子裡。那時她哪裡知道，經過千辛萬苦才得到的東西，會這麼輕易就失去？她想起自己的母親，想起自己的家，想起自己的女伴們，還想到了家裡的小羊……難道她拋開一切來這裡就是為了這樣的結局？「大人的公館裡沒有地方住嗎？」丈夫說的這句話，像一枝利箭一樣深深刺傷她的心。這一切都是我引起的，如果我不在，他就能舒舒服服過日子了。她忽然記起那個婆羅門婦女，那個不幸的女人在這裡怎麼生活下去啊？還是去給大人說一聲，要不然把她送回家，要不就在小學裡給她安排一個工作。

她正想轉身走的時候，聽到有人高聲叫著：「高拉！高拉！」是孟格魯悲哀顫抖的聲音。

她靜靜地停了下來。

孟格魯又在喊了……

「高拉，高拉，妳在哪裡？我向老天爺發誓……」

高拉再也沒有聽見什麼了，她已經撲通一聲跳進河裡——不結束自己的一生，就不能結束自己丈夫的苦難。

聽到「撲通」的聲音後，孟格魯也跳進河裡。他的水性不錯，只是多次潛入水中依舊沒能找到高拉。

第二天早上，兩具屍體並排浮在河面上。在人生道路上，他們從來沒能夠結合在一起，然而在奔赴天堂的旅程中，他們終於雙雙結伴出發了……

女神蘇帕吉

那時他把兒子當成寶貝，而把女兒當成前世作孽的懲罰。現在，這個寶貝兒子多麼無情，而懲罰又是多麼稱心！

1

不管別人的情形如何，杜爾西愛自己的女兒蘇帕吉，一點也不亞於愛兒子拉木。拉木已經成年，卻還是那樣傻里傻氣，而蘇帕吉還是一個只有十一歲的小姑娘，可是不管是家務事或農活，她全都那樣能幹和熟練。這使得她母親勒西米老是提心吊膽的，生怕神看中了孩子，因為神喜歡特別懂事的小孩[1]。所以，為了不讓人有稱讚蘇帕吉的機會——倒不是害怕孩子受到稱讚後會變壞，她怕的是女兒被神看中——她動不動就罵她。沒想到，蘇帕吉還是十一歲時就成了寡婦[2]。

家人哭成一團，勒西米幾次昏倒，杜爾西不斷用拳頭捶腦袋。見父母哭，蘇帕吉也哭了，她一再地問：「媽，妳為什麼哭？我又不會丟下妳到哪裡去，為什麼哭呢？」聽到她天真的話，勒西米更是肝膽欲裂，她心想：「老天爺，這就是祢耍的把戲嗎？祢的把戲總是給人痛苦，只有發狂的人才做得出這種事！人發了狂，還可以把他送到瘋人院去，而祢發狂，卻沒有辦法懲治祢。這種使人哭而自己笑的把戲有什麼好？人們說祢是仁慈的，難道這就是祢的仁慈？」

1：印度迷信，天神看中誰，誰的壽命就不長，而受人稱讚的孩子更能引起神的注意。

2：印度盛行童婚，結婚儀式往往在很小時便進行，十多歲後再圓房，開始同居。只要婚禮一舉行，就算已婚。

此時，蘇帕吉心裡又想些什麼呢？

她想的是：假使她有一屋子的錢，她一定會好好地把錢藏起來，然後在某一天獨自悄悄地到市場，替母親買好多好多新衣服；如果爸爸向她要剩下來的錢，那她立刻全拿出來交給他。到時，媽媽和爸爸該會有多高興！

蘇帕吉成年之後，人們就開始對杜爾西施加壓力，叫他替她找個好婆家，讓一個女孩子那樣到處跑不好。既然本家家族裡對她再嫁沒有什麼閒話，那還有什麼好顧慮的呢？

杜爾西說：「兄弟，我是打算讓她再嫁的，但是也得她答應呀！她怎麼也不同意。」

赫利赫爾勸蘇帕吉說：「孩子，我們是為妳好。現在妳爸爸媽媽都老了，怎麼能靠他們一輩子呢？妳這樣能待到哪一天呢？」

蘇帕吉低著頭說：「大叔，我懂你的意思，可是我的心裡總不想另外有個家。我不想貪圖舒服，什麼我都忍受得了。你吩咐我做任何事情，我一定都遵從你的命令去辦，不過，請你別再提要我另外嫁人的事了。畢竟有老天爺來維護名譽，我有什麼資格多嘴多舌呢？如果你看到我有什麼越軌的行為，就請你殺了我——如果我稱得上是我爸爸的女兒，那我說的話也同樣算數。」

無知的拉木說：「如果妳打的主意是——哥哥賺錢，自己可以坐著享福的話，那妳的如意算盤可就打錯了。這裡誰也不會養妳一輩子！」

比起拉木，他妻子的無知更是有過之而無不及。她怪聲怪氣地說：「咱們可沒有向誰借過錢，我們可不能一輩子還人家的債；在這個家裡，吃要吃好的，穿要穿好的，我們養不起。」

蘇帕吉以一種自豪的口氣回說：「嫂嫂，我從來沒有依賴過妳，如果老天爺有眼，今後我也絕對不會依賴妳，請妳擔心自己的事吧！別為我操心。」

當拉木的妻子得知蘇帕吉不願出嫁後，更加與她作對，經常挑剔她的毛病，好像得把她整哭才會稱心似的。可憐的蘇帕吉天未亮就起來磨麵、生火做飯、洗器皿、做牛糞餅，然後就下田工作，中午又急急忙忙回家做飯給大家吃。晚上，她有時替母親的頭髮擦油，有時為母親按摩；杜爾西的菸癮很大，她一再替他裝菸、點菸——只要她能做得到的，就絕不讓父母操勞。當然，哥哥該工作時，她不會搶著做。她想得很簡單，哥哥是年輕力壯的漢子，他不工作，家庭怎麼維持下去？

可是拉木卻很不痛快：「一根草也不讓父母拾，卻想折磨我？」結果，有一天他爆發了。他對蘇帕吉說：「既然妳對他們那麼孝敬，為什麼不帶著他們離開去過活呢？我們分開了，那時妳孝敬他們，才會嚐到究竟是苦是甜。靠著別人的力量贏得好名聲是容易的，只有依靠自己的力量才算英雄。」

蘇帕吉一句話也沒有反駁，她怕事情鬧大。

可是她父母坐在那裡卻聽見了，杜爾西忍不住開口：「拉木，發生了什麼事？為什麼要跟可憐的妹妹過不去？」

拉木走近說：「你插什麼嘴？我是在跟她說話哩！」

杜爾西說：「只要我活著，你就不能說她。等我死了，你愛怎麼辦就怎麼辦，你簡直讓她在家裡待不下去了。」

拉木說：「你愛女兒，就把她包起來揣在懷裡吧！我再也受不了了。」

杜爾西說：「好，如果你心裡真的這樣想的話，那就這麼辦吧！明天我就把村裡的人請來，咱們把家分了，你想離開就離開，蘇帕吉是不能走的。」

晚上杜爾西躺在床上，憶起好久以前的往事。拉木出生的時候，他借了錢，熱熱鬧鬧地慶祝了一番；但當蘇帕吉呱呱落地，他家裡儘管已存了些錢，卻一塊錢也沒有花。那時，他把兒子當成寶貝，而把女兒當成前世作孽的懲罰。現在，這個寶貝兒子多麼無情，而懲罰又是多麼稱心！

3

第二天，杜爾西請了村上的幾個人來。他對他們說：「各位鄉親，現在拉木和我不能一起過下去了。我希望你們公正地分給我一部分東西，好讓我和他分開過日子，成天吵吵嚷嚷的可不是好事！」

村子裡的頭目[3]斯金・森哈是一個很正派的人，他把拉木叫來問話：「拉木，你真的想和父親分開嗎？天哪！你聽老婆的話，要和父母分家，虧你好意思！」

拉木無禮地回嘴：「要是在一起合不來，早早分開不是更好？」

斯金・森哈說：「在一起生活，你有什麼不方便的？」

拉木說：「有一點。我可以說嗎？」

斯金・森哈說：「你說說看。」

拉木說：「大人，我就是和他合不來。就這一條，其他我都不知道。」他一邊說，一邊走掉了。

3：舊時鄰里長一類的地方基層幹部。

杜爾西說：「你們都看到他這副德性了吧？即使你們把家產分成四份，給他三份，今後我也不會和這個雜種生活在一起。老天爺折磨了我的女兒，要不，我要田產做什麼？到哪裡都可以自己賺來自己吃。願老天爺別讓任何人有這樣的兒子——即使是不共戴天的仇人也罷！懂事的女兒比兒子強得多。」

蘇帕吉突然來了，她說：「爸爸，這一切糾紛的根源都在我，為什麼不把我推開呢？我會做工自己養活自己，只要有可能，我還會像過去一樣孝敬你。請讓我一個人和你們分開住，我不能眼睜睜地看這個家就這樣四分五裂，別讓我背這個黑鍋啊……」

杜爾西說：「孩子，即使我們要離開這個世界，也都離不開妳啊！至於拉木，我連見也不想見到他，就別說和他生活在一起了。」

拉木的妻子說：「你不想見到他，我們也不急著要侍奉你！」

杜爾西咬著牙站起身來想打她，卻被人們拉住了。

4

一分家，杜爾西和勒西米好像拿了養老金似的，以前就算蘇帕吉一再勸阻，他們倆一天還是非要幫忙做點工作不可，現在則完全休息了。以前他們倆渴望喝到牛奶、吃到酥油，如今蘇帕吉省出錢來替兩位老人家買了一頭母牛。老年人的生命全仰賴飲食，若吃不到營養一點的好東西，那性命還有什麼保障呢？

對女兒買乳牛一事，杜爾西極力反對：「家務事難道還不夠多嗎？何必攬下這個新麻煩！」

蘇帕吉哄著他們說：「爸爸，沒有牛奶我吃飯不香。」

勒西米笑了笑說：「孩子，妳什麼時候學會說謊了。牛奶妳碰也沒有碰過，還說喝哩！妳把牛奶全部都灌到我們的肚子裡了！」

無論走到哪裡，村子裡的人都稱讚蘇帕吉，都說她不是普通女子，而是女神——一個女人做兩個男人做的工作，還要服侍爸爸媽媽——斯金・森哈更誇她前世一定是一位女神。

不過，或許杜爾西命中注定不能享福太久，這幾天他一直在發高燒，全身燙得連一塊布也蓋不住。勒西米坐在旁邊一直哭，蘇帕吉端著水站在身邊。剛才杜爾西才向她要過水，但等蘇帕吉拿來了水，他卻昏迷過去，手腳也變涼了。看到這個情形，蘇帕吉連忙趕到拉木家，對兄長說：「哥哥，你看，爸爸不知怎麼了，七天來高燒一直沒有退。」

拉木躺在床上說：「我又不是醫生，叫我去做什麼？他好的時候，妳是他掌上的一顆明珠，現在他要死了，妳卻來叫我了！」

這時他的妻子從裡面走了出來，她問蘇帕吉：「妹妹，爸爸怎麼樣了？」不等蘇帕吉回答，拉木就回說：「什麼怎麼樣了，反正現在還不會死。」

蘇帕吉再也沒有和他們說話，逕直去斯金・森哈那裡了。拉木在她離開後，笑著對妻子說：「這就叫作女人的花招。」

妻子說：「這又有什麼花招不花招的？你為什麼不去？」

拉木說：「我才不會去哩！他不是帶著她分了家嗎？就讓他帶著她生活下去吧！他就是真的要死了，我也不會去。」

妻子笑了笑說：「他要是死了，那你還得去點火[4]，能逃到哪裡去？」

4：印度教家庭習俗，老人死後，火化時由兒子舉火。

拉木說：「我絕不去，一切都由他寵愛的女兒去辦吧！」

妻子說：「有你這個父親的兒子在，她怎麼會辦呢？」

拉木說：「有我這個兒子在？他不是帶著她分了家嗎？怎麼會不辦？」

妻子說：「不行，這不好。你去，去看一看吧！不管怎麼樣，他還是你父親。再則，要是真的怎麼樣了，之後你在村裡怎麼見人呢？」

拉木說：「妳住嘴，別來教訓我！」

另一方面，當斯金・森哈一聽到杜爾西的病情嚴重，馬上隨蘇帕吉趕到他家。他到的時候，杜爾西的病情更加惡化，脈搏已經很微弱了。他感到杜爾西最後的時刻來臨了，周圍已經籠罩著死亡的陰影。他含著眼淚說：「杜爾西大哥，你心裡有什麼話想說的嗎？」

杜爾西好像從夢中驚醒過來，他說：「很好，兄弟，現在是離開的時候了。今後，蘇帕吉的父親就是你，我把她拜託給你了。」

斯金・森哈哭著說：「杜爾西大哥，不要著急！老天爺有靈，你會好起來的。我從以前就一直就把蘇帕吉當成自己的女兒，只要我活著，仍然會把她當作女兒的。你安心吧！只要我在，誰也不能向蘇帕吉或勒西米瞪眼，你還有什麼願望，就說吧！」

杜爾西用深含敬意的目光看了看他後說：「我沒有什麼要說的了，兄弟，願老天爺永遠保佑你！」

斯金・森哈說：「我把拉木叫來，你就原諒他過去所犯的過錯吧？」

杜爾西說：「不要叫他，我不想看到那個罪惡的凶手。」

接著——獻牛的儀式開始準備了[5]。

5：印度教徒臨死前的一種儀式，相當我國的燒紙錢。

5

全村的人都來勸說，可是拉木堅持不同意主持後事。「既然父親臨死都不願意見到我，他就不是我的父親，我也不是他的兒子。」

結果，由勒西米主持了安葬儀式。不知道蘇帕吉是如何在這麼短的日子裡積攢了這麼多錢，當杜爾西死後的十三天——結束哀悼的日子到來的時候，家裡弄來了許許多多的東西，讓全村的人都大開眼界。飲食、用具、衣服、酥油、白糖等都很豐盛，拉木看了以後很不自在，他認為，蘇帕吉一定是為了氣他才向大家誇示這些東西。

勒西米對蘇帕吉說：「孩子，衡量家裡的狀況花錢吧！現在家裡可沒有賺錢的人了，今後要喝水都得自己挖井啦！」

蘇帕吉說：「媽，爸爸的後事得熱熱鬧鬧地辦，即使家裡破產也罷。爸爸又不會再回來了，我想讓哥哥看看，一個弱女子能做什麼，他大概認為我和妳兩人辦不了什麼事，我要讓他的頭腦清醒清醒。」

勒西米不作聲了。

死者死後的第十三天——結束哀悼的日子，她們宴請了八個村子的婆羅門，遠近都是一片讚揚聲。已經是深夜了，人們吃過飯早已回去了，勒西米也睏得上了床，只剩下蘇帕吉還在收拾東西。這時，斯金・森哈走近對她說：「孩子，妳也休息吧！這些明早收拾就好了。」

蘇帕吉說：「大人，我還不累，你算一算帳吧！一共花了多少錢？」

斯金・森哈說：「妳問這做什麼，孩子？」

「沒有什麼，我不過隨便問問。」

「大約花了三百盧比。」

蘇帕吉不好意思地說：「這些錢今後由我來償還。」

「我不會要妳還的。杜爾西是我的朋友，我們像兄弟一樣，我對他也有一份義務啊！」

「你的恩情還算少嗎？你這樣信任我，除了你還有誰能拿出三百盧比來呢？」

斯金・森哈開始思索——這個弱女子多麼懂事啊！

6

勒西米是那種和丈夫一分離就像斷線風箏一樣的女人。共同生活了五十年後，現在要過這種孤獨的日子，對她來說，實在是太困難了，她已經感到自己的精力、頭腦、理智，一切的一切都喪失了。生不能由己，難道連死也不能由己嗎？她曾多次祈求老天爺把她帶到丈夫那裡去，但是老天爺並沒有立刻答應。

以往，勒西米在村子裡以聰明能幹出名，別人都向她請求指點，如今卻顛三倒四，連簡單的話都說不清楚了。

丈夫死後不久，勒西米連東西也吃不下了。蘇帕吉一再勸說，她是坐上了餐桌，但什麼也吃不下。過去五十年的時間裡，丈夫不吃飯而她吃飯的情況從來不曾發生，如今怎麼能破壞這條老規矩呢？

後來，她開始咳嗽了，由於體質衰弱，她很快就臥床不起。蘇帕吉該怎麼辦呢？為了償還村裡頭目的錢，她得拚命地工作才行，不巧家裡母親又病倒了。如果外出工作，母親就得一人躺在家裡，如果陪著母親，那外邊的工作叫誰去做呢？看到母親病成這副樣子，蘇帕吉心裡明白，母親可能也不久人世了——爸爸的病開頭也是這樣。

村子裡誰有空為這事奔走呢？斯金・森哈一天來看望勒西米兩回，給她藥吃，勸慰蘇帕吉不要著急。可是，勒西米的病情仍一天一天惡化，過了半個月，她也去世了。臨終時，拉木來了。他想低頭摸她的腳向她行禮，但是勒西米作勢要攆他，他不敢近身。她給蘇帕吉祝福：「有妳這樣的女兒，我算是度過了苦海。我的後事由妳來料理，我向老天爺唯一的請求是，來世妳仍然投生在我的肚子裡。」

7

母親死後，蘇帕吉生活的唯一目標就是償還斯金・森哈的錢。辦父親的後事花了三百盧比，辦母親的喪事又花了二百盧比，總共欠了五百盧比的債，她只剩小命一條，但她並沒有喪失勇氣，有三年的時間她不分白天夜晚拚命工作，在田裡工作了一整天後，晚上還要磨幾十斤麵粉。每個月的最後一天，她都拿著十五個盧比到斯金・森哈那裡去，從來沒有間斷過，這好像成了不可改變的自然規律，人們見到她那樣勤奮和堅強的毅力，都大為吃驚。

現在，到處都在議論蘇帕吉的婚姻大事。人人都想得到她這樣的媳婦，他們認為蘇帕吉嫁到誰家，誰家就會轉運，可蘇帕吉總是回答說，還不到時候。

在蘇帕吉還清債務的那一天，她感到無比的高興。今天，她一生難以實現的心願終於實現了！

她準備離開的時候，斯金・森哈說：「孩子，我對妳有一個請求。如果妳願意聽，我就說；如果妳不願聽，我就不說。不過要是妳願意聽，就一定要答應我的請求。」

蘇帕吉帶著感激的心情望著他說：「大人，要不聽你的，還聽從誰的呢？我完全是你的奴僕。」

斯金・森哈說：「如果妳心裡還有這樣的想法的話，我就不說了。我之所以至今還沒有對妳說，就是因為妳心裡頭一直以為欠了我的債。現在錢都還清了，我對妳已經沒有任何恩惠了，一點也沒有了！妳說，我該不該說出來呢？」

蘇帕吉說：「我願意聽從你的吩咐。」

斯金・森哈說：「可別拒絕啊……孩子。要不，我就再也沒臉見妳了。」

蘇帕吉說：「你有什麼吩咐呢？」

斯金・森哈說：「我想要妳做我的兒媳婦，來光耀我的門庭。我本來是講究種姓制度的，但是妳破除了我的舊觀念。我的兒子很欽佩妳，妳也多次見到過他。說說，妳答應嗎？」

蘇帕吉說：「大人，得到這樣的尊重，我高興得要瘋了呢！」

斯金・森哈說：「孩子，連老天爺都在尊重妳哪！妳的確是女神的化身啊！」

蘇帕吉說：「我把你當作我的父親，你所做的一切都是為我好，我怎能拒絕你的請求呢？」

斯金・森哈用手摸著她的前額，然後說：「孩子，願妳和我兒子白頭偕老。妳尊重了我的請求，世界上還有誰能像我這樣幸運呢！」

不吉利的四兒

這些事你懂什麼？我是經歷過的。
當年我都嚇壞了，「四兒」一出生，你的祖父就死了。

1

全家的人，特別是產婦所擔心的事終於出現了，生了三個兒子後，這次生了一個女兒。產婦在產房裡嚇壞了，父親在院子裡嚇壞了，年老的祖母在產房的門口嚇壞了。不得了，大禍臨頭了！老天爺保佑，看看這次有沒有救吧！這不是女兒，而是女妖啊！這個倒楣的傢伙若一定要出生在這個家裡，為什麼不早一點出生呢？老天爺，就是世仇的人家，你可也別讓生「四兒」。

父親的名字叫達摩德爾・德特，他是受過教育的婆羅門，現在還在政府教育部門當雇員呢！但傳統根深蒂固的影響怎能那麼輕易就消除呢？傳統認為，生了三個男孩後接著生的女兒是不吉利的，若不是要父親的命、要母親的命，就是要自己的命。年老的祖母不斷咒罵這新生嬰兒是該死的倒楣鬼，不知道是出生來做什麼的？要是出生在沒有孩子的人家，至少還可能有好日子。

達摩德爾・德特心裡很緊張，口頭上卻還是勸著自己的老母親：「媽，什麼『四兒』、『五兒』的，一切都取決於老天爺。老天爺願意的話，一切都會吉祥如意。我們還是把唱吉祥歌的人請來吧！要不人家會說：『生三個兒子的時候熱熱鬧鬧、高高興興，現在生了一個女兒，家裡就又哭又叫！』」

祖母說：「唉呀！孩子，這些事你懂什麼？我是經歷過的。當年我都嚇壞了，『四兒』一出生，你的祖父就死了。從那時起，我一聽到『四兒』心裡就發抖。」

達摩德爾說：「那……或許有什麼禳災的辦法吧？」

祖母說：「辦法說起來是很多，問問婆羅門祭司，他會告訴你一些辦法，不過毫無用處啊！事前我有什麼祈禱沒有做過，有什麼神沒有敬過？但只有祭司撈盡了好處，我們要面臨的災難還是發生了。現在的祭司有什麼用！施主是死是活，與他們沒有關係，他們急著要得到的是布施和香油錢。」說到這裡，她慢慢又說到新生嬰兒的事了：「這個女孩兒長得也不錯，比三個男孩小時候都結實；眼睛大大的，嘴唇又薄又紅，真像玫瑰花瓣；鼻子挺挺的，皮膚也很白；這個該死的小傢伙洗澡時連哭都不哭，眼睛睜得大大地看人……但這些跡象可不意味著是好事。」

達摩德爾的三個男孩都是麥褐色的皮膚，長得也不是很好看，聽到母親對女嬰的一番描述，他的心有點高興。「媽，妳還是以老天爺的名義派人去請唱吉祥歌的人來唱唱歌、敲敲鑼鼓、熱鬧熱鬧吧！至於命中注定了什麼，那總是避免不了的。」

祖母說：「那心裡的不痛快怎麼辦？」

達摩德爾說：「不唱吉祥歌，災也禳不了。不唱就能禳災嗎？若這麼簡單就擺脫災難，就不唱了。」

祖母說：「好吧！孩子，那就請吧！反正要發生的事，已經發生了。」

這時，接生婆從產房裡傳話出來說：「大嫂說：『現在不是唱什麼吉祥喜慶歌的時候。』」

祖母說：「妳跟她說，讓她靜靜待著，以後她出了產房，任憑她怎麼辦，十二天的時間，不是很長的日子。以前她那麼神氣十足，事先這也不願意做，那也不願意做，什麼女神、男神都不放在眼裡，鸚鵡學舌，聽了男人們的那一套，不敬神也不祈禱，現在為什麼不老老實實待著？時髦的太太們不信『四兒』是災星，既然她什麼事情都模仿她們，那坐月子也學她們吧！」

說完祖母派理髮匠去叫唱吉祥歌的人，還叫他通知附近的鄰居們。

早上，長孫睡覺起來，揉著眼睛走來問祖母：「奶奶，昨天晚上媽媽怎麼了？」

祖母說：「生了個女孩。」

孩子高興得跳了起來。「啊呀！那將來要戴上腳鈴在家裡走啦！奶奶，讓我看一看好不好？」

祖母說：「你想進產房嗎？你瘋了？」

孩子熱切的心情沒有減弱，他走到產房門口，站在那喊道：「媽媽，讓我看看小妹妹！」

接生婆說：「小妹妹睡覺了。」

孩子說：「妳抱著她讓我看一看總可以吧？」

接生婆給他看了看小妹妹，於是他跑到兩個弟弟那裡，把他們一個個叫醒，告訴他們這個好消息。

老二說：「長得很小吧？」

老大說：「很小很小，就像一個大布娃娃！臉白白的，好像是哪一個大人的孩子。這個小妹妹將來由我抱著玩。」

老三說：「也讓我看看。」

三個孩子一起去看小妹妹，然後高高興興地、又跑又跳地到外邊去了。

老大說：「看到了吧？怎麼樣？」

老二說：「她閉著眼睛在睡覺。」

老三說：「將來把妹妹給我。」

老大說：「以後我們家會有迎親隊來，有大象、有馬、敲鑼打鼓，還有花炮呢！」

老二和老三津津有味地聽得入神，好像那迷人的景象就在面前，稚氣的眼睛全興奮得閃閃發亮。

老二接著說：「還會有紙花吧？」

老三說：「我也要紙花。」

2

孩子出生六天的儀式舉行過了，十二天的儀式也舉行過了，唱吉祥歌、敲鑼打鼓、請客送禮和施捨等各項活動都舉行了，不過不是出自於自願，也不是發自喜悅的心情。

女孩兒一天天瘦弱下去——母親一天給她吸兩次鴉片，所以她成天處於昏睡和不省人事的狀態中；當她稍微清醒，由於餓得難受而啼哭不止時，母親會讓她吸一會兒乳頭，接著又讓她吸鴉片。從之前的經驗來看，她的母乳一向來得很晚，生那幾個男孩的時候，她吃了各式各樣催乳的藥，而且一次又一次地把孩子摟在懷裡，母乳才慢慢產生。不過這一次，她什麼辦法也沒有用，所以母乳量很少，結果孩子像花一樣枯萎了。母親望也不望她一眼，保母有時候會逗一逗她、親一親她，看到孩子臉上露出十分可憐和難過的樣子，雖不忍，卻也只能擦著眼淚，默默地離開他們的家，她哪裡敢說孩子母親的不是啊！

老大西特一次又一次地對母親說：「媽，把小妹妹給我，我抱她到外邊玩。」可是每回他這樣一提，母親總是喝斥他一頓。

過了三、四個月，有一天晚上達摩德爾起來喝水，看到嬰兒醒著，正目不轉睛地望著前面牆洞裡正燃著芝麻油的油燈，津津有味地吸著大拇指，發出吧嗒吧嗒的聲音。她的臉已經非常瘦削了，但她既不哭，手腳也不胡亂動彈，只是一心一意地吸吮著大拇指，好像大拇指中充滿著甜蜜的甘露。她望也不望母親的乳頭，似乎明白自己沒有權利去吸吮它，而且她也沒有吸到什麼的希望。

父親打從心裡可憐起她來了。「這可憐的孩子，出生在我家，她有什麼罪過？我或她母親頭上要落下來的災禍，她又有什麼責任呢？我們對她多麼殘酷無情啊！只不過是為了這純粹出自想像的不吉利，她就這麼被殘忍對待，就算不祥的事情真的發生了，難道就應該犧牲無辜孩子的一條命嗎？如果說誰有什麼罪過，那也是我的命運。難道我們對這小小的嬰兒這樣無情，就會讓老天爺高興嗎？」

於是，他把孩子抱在懷裡，親了親她的臉。嬰兒也許第一次感受到了真正的慈愛，她手舞足蹈，嘴裡發出了咯咯咯咯的聲音，並把手朝燈的方同伸去，她得到生命之光了。

大清早，達摩德爾把嬰兒抱在懷裡走了出來，妻子一再地念他：「抱她做什麼？讓她待著吧！又不是什麼好看的孩子，倒楣的小東西日夜在啃我們的命呢！自己不死，也不讓我們活。」

不過，達摩德爾沒有聽她的，他把嬰兒抱到外邊和幾個孩子坐在一起逗她玩。他們家的前面有一片草地，鄰居家的一頭母羊常常到這塊草地吃草。這時母羊正在吃草，達摩德爾對老大說：「西特，把那隻羊抓住，讓牠給小妹妹餵奶。可憐的她很餓了，你看，這不是你的小妹妹嗎？每天帶她出來玩吧！」

得到這令人興奮的好機會，西特跑去了，他的弟弟也跑去了，兩人圍著母羊，抓住了牠的耳朵把牠拉了來，父親把嬰兒的嘴放在母羊的乳頭上，嬰兒開始吸吮乳頭，很快一股羊奶就流進了她的嘴裡。好像半明半暗的油燈加上了油一樣，孩子的臉閃閃發光了，今天也許是她第一次消除了飢餓感。她躺在父親的懷裡歡跳著，孩子們也得以盡情地逗她。

從那天起，西特有了一項找樂子的新內容了。孩子們一般很喜歡小嬰兒，如果他們看到了一個鳥巢裡有小鳥，就會一再到那裡去，看大鳥如何餵小鳥，看小鳥如何張口，也看小鳥們在吃東西時如何拍打著翅膀或發出嘰嘰的聲音。他們還鄭重其事地討論這種事，把其他的伙伴帶去一起看。

西特每天都在等待機會，一看到母親去做飯或洗澡，就馬上把小妹妹抱了出來，抓著母羊，讓小妹妹的嘴吸吮母羊的乳頭，每天兩、三次；他還用飼料餵母羊，試著讓牠自己走過來吃飼料，餵了奶再走。就這樣過了一個月左右，嬰兒健壯了，她的臉像盛開的花朵，眼睛炯炯有神，嬰兒時期的那種天真爛漫開始吸引人了。

母親對這種情景感到迷惑不解，又不能對人說什麼，只能暗自懷疑：這個小東西現在還不死，看來禍事該降到我們頭上了。也許老天爺在保護她，這才一天比一天秀氣，要不，早就到閻王那裡去了。

3

不過，祖母比母親更為焦急，她誤認為是嬰兒的母親在拚命餵奶給嬰兒——這是在餵養一條毒蛇啊！她自己是看也不看嬰兒一眼的。有一天，她忍不住跟媳婦開口了：「很愛小女兒吧？那當然啦！妳是她的媽媽呀！妳不愛還有誰愛呢？」

「媽，老天爺知道，到底我餵過奶沒有。」

「啊喲！我可不是不讓妳餵奶，我有什麼必要無緣無故地承擔罪過，災難又不會降在我頭上。」

「要是妳不相信，那又有什麼辦法。」

「妳把我當作瘋婆子了，妳以為我看不出來？難道她是喝西北風長成這個樣子的嗎？」

「媽，只有老天爺才知道是怎麼回事，我自己還感到奇怪呢！」

媳婦用盡一切表達自己的無辜，但是年老的婆婆總不相信。「媳婦認為我的擔心毫無根據，好像我成了這個女孩的死對頭似的。」她的心裡逐漸產生這樣一種想法：「讓她出點什麼問題，到時就會明白我可不是信口開河。」

她開始祈求那些她平常認為比自己生命還重要的人遭到不幸，但這是為了要證實自己的擔心不假，倒非真的想讓什麼人死，只是希望能有提醒大家的機會。「看到了吧？不信我的話，這就是後果！」

隨著婆婆表現出這種憎惡的情緒，媳婦對自己的小女兒的愛反而增加了。她祈求老天爺無論如何讓他們一家平平安安地度過一年，那時再看婆婆的想法有沒有轉變。部分原因是看到小女兒的天真可愛，部分是因為看到丈夫對小女兒的感情，她受到了鼓勵。於是，一種奇怪的現象出現在她身上——既不能公開地愛，也不能完全表現得那麼無情，笑也笑不得，哭也哭不得。

這樣又過了兩個月，沒有發生任何不幸，於是年老的婆婆心慌了起來。媳婦連幾天的燒都沒有發，印證不了她的擔心有道理；沒有聽說媳婦的娘家有誰死去，兒子也沒有哪一天從自行車上摔下來……有一天達摩德爾還公開地跟母親說：「媽，這都是騙人的。世界上難道就沒有『四兒』嗎？或者說『四兒』的父母都死了？」

最後老太太想出了一個證實自己擔心的辦法。

一天，達摩德爾從學校回來，看到母親昏昏沉沉地躺在床上，他的妻子用生了火的小手爐在母親的胸脯上慢慢地燙著，房間的門窗緊閉。

達摩德爾著急了，慌張地問：「媽，妳怎麼了？」

媳婦說：「從中午開始，她的胸口就開始疼，可憐媽媽怪難受的！」

達摩德爾說：「我去請醫生來，如果晚了，病情也許還會加重。媽，媽，妳感覺怎樣？」

母親睜開眼睛，一面哼啊哼的，一面說：「孩子，你回來了？這一回沒有救了。唉！老天爺！這回沒救了。就好像有人拿著槍刺我的心似的，我從來沒有這樣難受過……我長了這麼大年紀，這樣難受，真的從來沒有經歷過啊……」

媳婦說：「不知這該死的女兒出生在什麼倒楣的時候了！」

母親說：「孩子，這都是老天爺的安排，可憐的小女娃知道什麼啊？你們聽著，就算我死了也別折磨她。事情落到我頭上，這倒好了，反正不幸的事總要落到一個人頭上的，不如讓我承受吧！唉！老天爺！這一回沒救了。」

達摩德爾說：「我去請醫生，馬上就回來。」

不過，母親只是想證實自己的擔心有道理，並不希望白花錢。她說：「別，別，孩子，到醫生那裡去做什麼呢？唉！他又不是什麼天神，難道會給我吃什麼萬靈藥？還會要十個、二十個盧比的錢。什麼醫生也不管用的，孩子，你把外衣脫下，坐在我的旁邊念《薄伽梵往世書》[1]吧！唉！這次可沒有救了。唉！老天爺！」

1：印度梵文文學中記載神話傳說的十八部往世書之一，也是流行最廣的一種，主要描寫毗濕奴的化身之一黑天的故事，印度教徒把它當作宗教經典。

達摩德爾說：「『四兒』真是壞東西，原來我還以為都是騙人的呢！」

妻子說：「所以我才從來不寵她。」

母親說：「孩子，你們要好好照料嬰兒，老天爺會使你們幸福的。災難落到我頭上，這很好，你們就在我的跟前，我也就可以生天[2]。如果落在其他人頭上，那又怎麼辦？我的天！老天爺聽見我的祈求了，唉……唉……」

達摩德爾斷定這回母親沒救了，他很傷心，如果一切可以照他心裡所願進行的話，他寧願用『四兒』換母親的命。母親生了他，忍受各式各樣的痛苦撫育他成人；她早年就守了寡，仍然安排他受教育。比起她來，一個吃奶的女嬰值得什麼？將來能不能喝到她端的水都還不知道呢！他傷心地脫下外衣，坐在母親的床頭，開始朗讀《薄伽梵往世書》中的神話故事了。

傍晚媳婦去做飯，她對婆婆說：「媽，給妳熬點西米[3]粥吧？」

母親用諷刺的口氣說：「孩子，別讓我餓死，只給我喝點西米粥？去替我煎點油餅，我躺在這裡想吃的時候就吃一點。再幫我做點餡餅，要死也不用餓著肚子死啊！再買點奶皮來，要中心市場賣的那種，我要吃一點。孩子，另外還給我買點香蕉，胸口疼吃點香蕉會舒服一些。」

吃飯的時候，胸疼停止了，但是半個小時以後又劇烈了，半夜時才好不容易闔上了雙眼。這樣過了一個星期，成天躺著呻吟，只是吃飯的時候胸疼就好些。

達摩德爾坐在母親床頭替她搧風，想到母親要永遠離開這個世界，他傷心得哭了。

家裡的女佣把這消息傳遍了整個街區，附近的一些婦女來看望老太太，她們把全部罪過都加在女嬰的頭上。

2：生天指的是在天堂重生。

3：西米是印度產的一種大米。

一個說：「應該講，這還算好事，事情落在老太婆頭上了，要不，『四兒』是一定會要了父母中任何一個人的命才會罷休的。唯願老天爺別讓『四兒』出生在任何人的家裡！」

另一個說：「我一聽到『四兒』的名稱就全身寒毛直豎。老天爺，即使不讓我生任何兒女，也別讓我生『四兒』。」

一個星期以後，老太太的痛苦解除了。本來幾乎要死的，應該說，這要算祖上積了陰德，給婆羅門獻了牛，念了杜爾迦女神的經，這才度過了危機。

阿姆利德的單戀

毫無疑問，愛情有時也需要犧牲私利，
不過，這可是撕心裂肺的犧牲啊！

1

在阿姆利德的內心深處，始終埋藏著一個祕密，從來未曾表露出來。布爾妮瑪呢？對於阿姆利德的眼神、言談和舉止，也從來也沒有絲毫懷疑過——除了鄰居之間應有的相處模式，保持青梅竹馬般的友誼之外，阿姆利德和她還能有或可能有什麼其他關係嗎？

當她拿起水罐到井邊打水的時候，天知道阿姆利德從哪裡來到井邊，硬是從她手中把水罐搶去替她打水；當她為自家的母牛餵草的時候，他也從她手裡接過籮筐，將草料撒在牛槽裡；當她到村裡的小店去買東西的時候，總是會在路上碰到阿姆利德替她做這做那；布爾妮瑪的家裡沒有其他少年或成年男子，她的父親幾年前就去世了，她的母親深居內室不露面，當阿姆利德去上學的時候，總是會到布爾妮瑪家裡去，問要不要從市場上買什麼東西；他自己家裡耕種土地，餵有母牛、水牛，而且也有庭院果園，他背著家裡的人，把收割的東西作為禮物送到布爾妮瑪家裡去……

不過，布爾妮瑪除了將他的慷慨照顧視作人情，從而對生活方面感到滿足之外，還能有什麼其他的想法嗎？

為什麼要有其他想法呢？同住在一個村子裡，儘管沒有什麼血緣關係或其他親戚關係，但是由於同村近鄰，也算是一種兄妹關係，所以這種照顧其實並沒有什麼特殊含意。

有一天，布爾妮瑪對他說：「你整天都待在學校裡，我的心悶得發慌。」

阿姆利德直率地回答她：「有什麼辦法？考試快到了。」

「我老是想，等我離開以後，怎麼能再見到你？所以，你何必一直到我家來呢？」

阿姆利德不安地問：「妳要到哪裡去？」

布爾妮瑪害臊了：「就像你的姊妹一樣，所有女孩子都得離開的。」

阿姆利德失望地說：「啊！原來是這麼一回事。」

說完，阿姆利德不作聲了，到現在為止，他從未想過布爾妮瑪會離開的事呢！他哪有時間想得這麼遠啊？快樂就是沉醉於當下，如果開始考慮到未來，還有什麼快樂可言？

超乎阿姆利德想像的快速，不幸的消息傳來了——布爾妮瑪的婚事在一個地方談妥了，對方的家庭很富裕、也很體面。布爾妮瑪的母親很高興地答應了婚事，在家境貧困的情況下，她母親眼裡最可愛的東西莫過於金錢了，在那裡，能讓布爾妮瑪舒舒服服過一輩子的東西一應俱全。布爾妮瑪的母親心願終於得到了滿足——在這之前，她一直非常惶恐不安，每次只要一想到女兒的婚事，心就直發抖；如今，老天爺的垂青一下子消除了她全部的焦慮和不安。

得知這個訊息之後，阿姆利德就像發了瘋一樣拚命向布爾妮瑪的家裡跑去，可是只到中途就又折回來了，他的理智阻擋了他的腳步。他腦子想著——衝到她家有什麼用呢？在這件事上，布爾妮瑪有什麼錯呢？誰又有錯呢？他回家後，捂著臉躺了下來。

布爾妮瑪要走了，他怎麼待下去呢？

他的心情搖擺不定。

他為什麼還要活下去呢？這一生中，他究竟還剩下什麼呢？

接著，連這種情緒也慢慢地消失了，取而代之的是沉寂，就像暴風雨過後一樣的平靜，他變得消極冷漠起來。

既然布爾妮瑪早晚都得離開，他為什麼還要和她維持關係？為什麼還要來往？今後布爾妮瑪也不會關心他，說坦白話，過去她什麼時候關心過他了？是他自己要像條狗般在她後面搖尾乞憐，布爾妮瑪根本沒有關心過他。現在，有什麼理由能讓她不趾高氣揚呢？她就要成為一個大富翁的夫人了啊！想當夫人就隨她的高興吧！他阿姆利德也還是要活下去，不會死的。反正，這就是這個時代對一片忠心的回答。

所有激烈的思緒都只在阿姆利德內心深處發酵，對現實毫無幫助。他哪裡有那麼大的勇氣，跑到布爾妮瑪的家裡對她母親說：「布爾妮瑪是他的，以後也仍然會是他的！」如此莽撞只會造成災難，村子裡會一片混亂——這樣的事情在村裡的歷史上還從來沒聽說過，村子裡的人也從來沒見過。

布爾妮瑪成天等著阿姆利德到她家去，她在心裡嘀咕著：「他為什麼從門口經過也不進來？」有時在路上碰上了，他也是一看到她的影子就溜走。她拿著水罐站在井臺上等著，以為他會去井邊打水，可是在那裡也見不著他。

有一天，她來到阿姆利德家裡想聽聽他的解釋，她問他：「最近你為什麼不來了？」就在話問出口的同時，她的喉嚨也哽咽了——她想起自己在這個村子裡待不久了。

阿姆利德只是一聲不響地坐著，他毫不在意地說：「考試快到了，我沒空。」停頓了一會兒，他又開了口：「我想，妳很快就要離開了……」他其實想接著說句：「既然如此何必讓感情加深。」但他突然覺得這種話很蠢，如果一個人生重病快要死了，難道就能因為早晚都得死就不診治他嗎？情況正好相反，隨著病情的惡化，人們會更加專心地替他治療，等到彌留之際，為他的奔忙就更沒有一個限度。於是他話題一轉，改口說道：「那裡的人還很有錢！」

也許是沒有聽到他最後這一句話，也或許是她以為沒有回答的必要，布爾妮瑪的耳朵裡只迴盪著他前面回答的那一句話，她十分難過地問：「我有什麼錯呢？又不是我自己高興要走的，我也是不得已才離開的啊！」

因為害羞，她一面說，臉一面熱燙得發紅。她本來打算該說多少就說多少，卻不小心說得過多了。

愛情就像下棋。阿姆利德緊緊地盯著她看，像是想研究她的話裡有沒有什麼特別的含義。要是他的眼睛能夠看穿人的心那該有多好？所有女孩子這時候總是會帶著失望的口氣說話，好像一結婚她們的生命就受到了威脅，可是她們遲早都會戴著漂亮的首飾、穿上華美的衣服，然後坐上轎子離開的。所以，他對布爾妮瑪的話並不滿意。

他有點膽怯地說：「那妳就不會想我了。」說完他的額頭沁出了汗珠，他感到尷尬和害臊，真想從房裡跑出去。他沒有勇氣去看布爾妮瑪一眼，怕她體會出他話中的含義。

布爾妮瑪低著頭，像在對自己說話：「你把我看成這麼無情無義的人了，我又沒有錯，可你還生我的氣呢！在這個時候，你應該同情我的遭遇、安慰我才對，可你卻氣鼓鼓地坐在那裡。你說說，我還有什麼其他的路可走嗎？現在我的親人正把我往外人家裡趕，在那裡我會遭遇到什麼？我的處境將會怎樣？難道這樣的苦楚還不夠要我的命，你還要把你的憤怒也投進來嗎？」說著說著，她的喉嚨又哽咽了。

看到布爾妮瑪這樣痛苦和難過，阿姆利德相信了，相信她內心深處也埋藏著一種隱痛。他的卑微和自私好像變成了汙點沾染在自己的臉上——布爾妮瑪的話裡完全是真情，同時充滿了責備和感情，否則誰又會開口對外人抱怨呢？在這種情況下，他的確應該安慰她，他該高高興興地履行自己的職責。布爾妮瑪在他面前提出了一個愛情的新理想，他的理智不允許他繞開這個理想。毫無疑問，愛情也需要犧牲私利，不過，這可是撕心裂肺的犧牲啊！

他羞愧地說：「布爾妮瑪，請原諒我，是我的錯，是我太愚蠢了。」

布爾妮瑪結婚了，阿姆利德全身心地投入婚禮的準備工作。新郎是一個中年人，肚皮大大的，長得醜陋、脾氣又壞，而且傲氣十足。但是阿姆利德還是非常熱情地款待他，好像他是一位天神，他的一個微笑就可以把他送進天堂。阿姆利德沒有得到和布爾妮瑪交談的機會，他也沒有設法尋找這種機會。當他看到她的時候，她總是在哭泣，阿姆利德盡可能地不說什麼，而用眼神表示對她的安慰和同情。

第三天，布爾妮瑪哭著辭別娘家到婆家去了，阿姆利德那天在濕婆大神的神廟裡，以最大的忠實和虔誠的心祈求大神讓布爾妮瑪永遠幸福。當新的苦楚出現時，雜亂和多餘的想法怎麼可能產生呢？痛苦能夠摧毀心靈上的病痛。阿姆利德感到一陣空虛，好像他的生活一片荒涼，任何目標和夢想都不再存在了。

3

三年後，布爾妮瑪回娘家了，其間阿姆利德也結了婚，肩負起生活的擔子，規規矩矩地生活著。他的內心深處埋藏著一種模模糊糊的渴望，但他不能明白地表現出來。這種慾望像溫度計裡的水銀那樣完好地潛伏著，但布爾妮瑪的到來卻替溫度計加了溫，讓水銀柱一下子上升到極限。

布爾妮瑪的懷裡有一個可愛的兩歲孩子，阿姆利德成天把孩子掛在自己的脖子上。他早晚抱著他去散步，為他從市場上買來各式各樣的玩具和糖果，一大清早送來了甜食和牛奶當早點。他為孩子洗澡、洗頭髮，還替孩子洗身上長的小疱和痱子塗上藥膏——這一切照料的事務他都承擔了下來。孩子也和他混得很熟，一刻也離不開他的懷抱，甚至有時還和他睡在一起，就算母親來叫，他也不肯回去。

阿姆利德問孩子：「你是誰的兒子？」

孩子回答說：「是你的。」

阿姆利德非常高興，發了瘋似的摟抱著孩子。

布爾妮瑪的容貌如今顯得更出眾了，原來的花苞綻放成一朵鮮花。她的性格中也多了幾分驕矜和自傲，開始講究起梳妝打扮，戴上各種首飾和穿上絲綢沙麗讓自己顯得更迷人。她看起來似乎有點在迴避阿姆利德，除非有什麼特殊的必要，否則她很少和他說話，就算說上幾句話，那說話的口氣卻好像是對他特別開恩似的。阿姆利德為她的孩子費盡了心思，對她的吩咐又高高興興地去做，但從表面看來，在布爾妮瑪眼裡，他所有的照料和伺候似乎都沒有任何價值，就好像這一切本來就是他的職責，所以他沒有權利得到任何的感激和謝意。

當孩子哭鬧的時候，布爾妮瑪嚇唬孩子說：「別再哭了，不然舅舅再也不會跟你說話了。」孩子一聽就安靜了下來。

當她需要什麼東西的時候，就把阿姆利德叫來，彷彿下命令似的吩咐他。阿姆利德也馬上執行她的命令，好像他就是她的奴僕，而她大概也是這麼認為，她讓他簽訂了受她奴役的契約。

布爾妮瑪在娘家住了半年後，又要回到婆家去了，阿姆利德送她到火車站。當她在車廂裡坐好之後，阿姆利德把孩子放在她的懷裡。

阿姆利德的眼中流下了眼淚，他立刻把頭扭到一邊，用手擦掉眼淚，怎麼好讓布爾妮瑪看到自己的眼淚呢？她的雙眸完全是冷漠的啊！可是他的心還不肯承認，還在想什麼時候能夠再見面。

布爾妮瑪帶著幾分驕傲的口氣說：「孩子見不到你，肯定會哭鬧幾天的。」

阿姆利德哽咽著說：「我一輩子也忘不了他可愛的模樣。」

「有空就寫封信來吧！」

「我會寫的。」

「不過你知道，我不會回信。」

「那就別回吧，我也不要求妳回信，不過請別忘記……」

車子開了，阿姆利德一直望著她坐的那個窗口。車開走不遠，他看到布爾妮瑪從窗口探出頭來看了看他，然後把孩子抱在懷裡稍稍露出來讓他瞧了瞧。

阿姆利德的心已飛到布爾妮瑪的身邊去了，他是如此高興，好像他的願望已經達成。

就在同一年，布爾妮瑪的母親去世了。布爾妮瑪那時正在產房裡，未能見到母親最後一面。阿姆利德盡了最大的努力，先是找人來替她母親治病，後來又包辦了她母親的喪事；他宴請了婆羅門，也宴請了同種姓的人，彷彿去世的是他自己的母親。他自己的父親已經去世了，所以他成了家裡的主人，再也沒有人能阻止他了。

母親死後多年，布爾妮瑪還能以什麼名義回娘家呢？何況她現在又哪裡有空閒？她是家裡的女主人，把家扔給誰才能跑回娘家呢？她又生了兩個孩子，大孩子已經長大在城裡念書，小的也已經在村子裡上小學了。阿姆利德每年請理髮匠向他們問好[1]，他覺得布爾妮瑪各方面應該都很幸福安寧，這樣慰問她應該已經足夠了。阿姆利德的孩子也已長大成人，但他自己仍然陷在繁瑣的家務中。他的年紀已過四十歲，但是對布爾妮瑪的回憶，至今仍然完好地保留在他內心深處最重要的地方。

1：印度的習俗：理髮匠常替人送信、送禮和充當媒人。

5

忽然有一天，阿姆利德聽說布爾妮瑪的丈夫去世了。奇怪的是，他並沒有為此感到難過。他心裡早就這樣認定——和這樣一個可惡的老頭子在一起，布爾妮瑪的生活從來就不值得羨慕，她只是考量到身為人妻應盡的職責和對丈夫忠貞的義務，才沒有表露自己內心的痛苦。即使擁有各種幸福，生活過得無憂無慮，她也不可能和那個可憎的人有什麼特別的愛情。是因為在印度，才會將天仙似的姑娘硬和一個不中用的老男人綁在一起，布爾妮瑪若是出生在另一個國家，那個國家的青年都會為她獻身的。現在，她那些曾經泯滅的各種渴望應該已經復活了，她不會再像以前那樣不大方，也不會像是封住了口似的沉默寡言，她現在已經自由了呢！

年齡的增長肯定使她變得更富有仁慈心了，她大概早就告別了原來那種驕矜、自傲和粗心的性格吧？取代那種幼稚的，一定是成熟女人的風範了，比如尊重愛、想獲得愛情等等。

阿姆利德打算親自到布爾妮瑪家裡去弔唁，順便把她接過來，盡可能好好地照顧呵護她。只要有她在身邊，他就心滿意足了；只要從她口中聽到她心裡現在仍然記掛著他、還像小時候那樣愛他，他就能得到最大的滿足了。

二十年前見到布爾妮瑪時，她的身體很豐潤，臉上泛紅，身材優美，她那圓圓的下顎就像裝滿甘露的玉盞[2]，微笑很是迷人……她當初的形象甚至還帶著很小的變化映在他眼前，而那些小小的變化在他孤寂的眼中，只會使她顯得更可愛。時間的推移肯定會為她帶來一些影響，但是阿姆利德從來不認為布爾妮瑪身上的任何變化會對她那迷人的魅力帶來什麼改變。

2：美玉裝飾的酒杯。

現在他已經不再那麼渴望她外表的美好了，他渴望的是她親切的話語、飽含愛意的目光，以及她的信任。但是，身為男人的「合理自尊」，讓他認為自己能讓布爾妮瑪未曾滿足過的愛慾，在他的任性和愛的衝動面前仍然完好無損，此外，他也會彌補自己過去的某些過失。

正巧有一天，布爾妮瑪帶著小兒子回娘家了——她有一個守寡的姨媽，原本和她母親一起過著孀居的生活——於是，那個死氣沉沉的家又有了一點生氣。

聽到這個消息，阿姆利德非常興奮，發狂似的跑向布爾妮瑪的娘家。他將童年和少年時代的美好記憶完好地裝在內心帶著，就像一個孩子看到玩伴後，為了能一起玩耍而把自己的玩具帶著跑去一樣。

但是一看到布爾妮瑪的模樣，他滿腔的熱情和激情一下子熄滅了。他呆呆地站著一動也不動，布爾妮瑪走到他面前站住，她垂下了頭，用白色沙麗的邊遮住自己的半張臉。她的腰已經佝僂了，手臂很細，腳後的筋都露出來了。她流著淚，臉色發黃，彷彿一具用裹屍布裹著的屍體。

布爾妮瑪的姨媽對阿姆利德說：「坐吧！阿姆利德。你看看她那樣子，已經骨瘦如柴啦！眼淚一刻也沒有停過，一天只吃一餐乾餅，其他什麼東西也不吃——已經不吃鹽了，酥油、牛奶也都丟開了，只靠乾餅過日子；還經常絕食齋戒。鋪一張床單在地上睡覺，天亮以前就起來，開始拜神。她的兒子們勸她，可是她誰的話也不聽，她說，當老天爺決定讓她守寡時，其他一切都是虛假的。

本來是要她到這裡來散心的，可是來這裡後，除了哭以外什麼都不做。我多方開導她說：『命中注定的既然已經發生了，現在就該忍耐一些。至少老天爺給了妳孩子，撫養他們吧！家裡有老天爺所賜予能填飽肚子的一切，多少也吃吧！心地是應該純潔，但讓身子受折磨有什麼好處啊？』但是她不聽，現在你來開導開導她吧！也許她會聽。」

阿姆利德表面上看來目瞪口呆，內心卻隱藏著撕心裂肺的痛苦，好像構築他人生大廈的基礎動搖了。今天他總算明白了，他這一生一直相信的，其實不是事實，而是海市蜃樓或者一場夢。

在布爾妮瑪這種艱難的自我克制和苦行者的行為面前，他的全部渴望和愛的衝動都毀滅了。新的事實來到他的面前：如果內心有一種能把泥土化為神的力量的話，那麼應該也有把人化為神的力量存在，而布爾妮瑪已經把她的丈夫——那個可憎的人化為神並加以膜拜。

他平靜地說：「姨媽，像我們這些沒有擺脫私利的人，怎麼能開導苦行者啊？我們的義務是在她的腳前低頭敬禮，而不是開導她。」

布爾妮瑪挪開臉上的沙麗邊：「你的孩子到現在還經常問起你。」

人生的詛咒

他內心的天堂已經布置好了，
只差把希林供養在裡面。

1

高斯辦了一份報紙，贏得了一些名聲，夏布爾當起棉花的代理商，賺得了一些錢財；兩人都在賺東西，但夏布爾心情舒暢，高斯卻情緒低落。夏布爾賺得錢財的同時，名聲和榮譽自然也都有了；高斯除了名聲以外，錢財到手的跡象卻連用望遠鏡看也看不到。所以，夏布爾的生活中有平靜、溫暖、希望和快樂，而高斯的生活卻只有煩躁、辛酸、失望和苦悶。他極力把金錢看得微不足道，但是人要怎麼把現實當成是假的呢？

與夏布爾家裡的一派和睦與平靜比起來，他憎惡自己家裡那種爭吵和粗俗。在說話和氣的夏布爾太太面前，他覺得自己的妻子古爾欣是心胸狹窄和善妒的女人。夏布爾一回到家裡，希林就笑臉相迎；而他自己忙了一整天，疲憊不堪地回到家時，古爾欣卻坐下來訴苦，然後她會開始責怪他，叨唸著：「你能說自己算是一個人嗎？我認為你根本是頭水牛！水牛很勤勞，一無所有但卻心滿意足，這也就算了，但你有什麼資格結婚？」

她千百次地向高斯提出質疑：「既然你打算辦報紙來毀掉自己的一生，為什麼要結婚呢？為什麼要連帶著毀了我一生？既然你家裡連吃的也沒有，為什麼要娶我？」

高斯無法回答這些問題，也想不出什麼辦法來，他開始對自己的錯誤感到懊悔。有一次他心煩了，就說：「好！該發生的事都發生了，但我可沒有綁著妳的手腳，哪個男人能夠讓妳幸福，妳就和他在一起好了，我有什麼資格說什麼？收入不增加，我能怎麼辦？妳希望我怎麼做？要我把命給妳嗎？」

對此，古爾欣狠狠地擰了他的兩隻耳朵，在他臉上結結實實地打了兩記耳光，然後用鋒利的目光瞪著他說：「好了，閉上你那狗嘴，不然別想有好下場。說出這樣的話，也不感到可恥？如果你還有羞恥心的話，就應該去跳河自盡。哪有什麼另外的男人？如果有的話，我要燒了他的房、燒焦他的嘴！」

此時，可憐的高斯再也不能回答她的責難了。一邊是不滿和反抗的烈火，另一邊是溫柔和善良的女神希林，她一見到高斯就像花朵一樣綻放，親切地和他說話，用茶、蜜餞和水果招待他，而且經常用自己的汽車親自送他回家。高斯心裡從不敢有非分之想，但他心中的確隱藏著這樣的念頭——要是他的妻子不是古爾欣而是希林，那他的一生該有多歡樂啊！因為古爾欣的惡言惡語，他常常難受得想一死了之。對他來說，家就像監獄那樣要命，所以一有機會，他就會直接到希林家來平息自己心頭的怒火。

有一天，高斯大清早和古爾欣吵了架後，來到夏布爾家的涼臺，卻看到希林的眼睛發紅，臉上流露出焦灼不安，好像哭過後才起床的。他擔心地問：「妳怎麼了？發燒了嗎？」

希林帶著痛苦的目光看了看他，用哭過的聲音說：「沒有，我沒發燒，至少身體沒有發燒。」

高斯無法理解她這種謎語一般的話。

希林沉默了一會兒，又繼續說：「高斯先生，我把你當作好朋友，有什麼好隱瞞你的呢？我對這種生活已經感到厭煩了，今天之前我都把怒火壓抑在心裡，但是我現在覺得，如果不發洩出來，連骨頭都會被燒成灰的！現在是八點，但我風流的丈夫卻不知去向，昨晚吃過晚飯後，他就藉口要去見一個朋友而從家裡離開，到現在都還沒回來！這不是今天才發生的新鮮事，幾個月來，這已經成了他的習慣。我從來沒有向你訴過苦，可是在和你有說有笑的同時，我的心卻一直在哭泣。」

高斯坦率地說：「妳怎麼不直接問他到哪裡去了呢？」

「難道只要一問，人家就會把心裡的事告訴你嗎？」

「他不應該對妳有什麼隱瞞。」

「如果一個人的心不在家裡，那又怎麼說？」

「聽了妳的話，我真不能理解，一個家裡有妳這樣的女神，簡直就是天堂了，妳先生應該慶幸自己的幸運。」

「當你沒有錢的時候，會這樣想是理所當然的。如果哪天你得到了幾十萬盧比，那你就不會是這個樣子了，你的想法也會變質——這就是那『該詛咒的金錢』最大的罪惡之處！在外表的幸福和平靜底下掩蓋了多少怒火，總有一天它會像火山爆發那樣噴發出來。他以為用錢裝滿整個家就代表為我做了一切、履行了應盡的責任，我就沒有任何理由不滿了？他不知道，所有的這些享受，簡直就像埃及地下宮殿裡供死人享用的殉葬品一樣！」

高斯從希林口中聽到了一種全新的觀點——截至目前為止，他得到的認知都是，女人天生就是愛好享受的，你一次一次為她獻身，一次一次為她赴死，卻全都是白費；她們像馬匹一樣，不僅希望有人梳理鬃毛，更需要糧食和草——如今，竟然還有像希林這樣的女神，把享受視若糞土，只希望有甜蜜的愛情，能和伴侶在一起就滿足了。看到此，高斯的心裡真是羨慕不已。

希林又說：「他的行為已經超過我所能忍受的程度了。高斯先生，我心中燃起了反抗的烈火，我求助於宗教、經典和尊嚴，都擺脫不掉這種烈火。我有時也會勸自己，世界上不是也有千千萬萬個寡婦嗎？但是這仍舊無法讓我的心情平靜。我逐漸相信，他明擺著希望我和他起衝突，才這樣向我挑釁；我至今都還沒有接受他的挑釁，但現在水已經淹到我的頭部了，不趕緊找根救命的稻草不行，我不能再戴著這尊嚴的枷鎖了。但他想怎麼做就怎麼做，我一點也管不了他，你是他的朋友，如果可以，請你勸勸他。」

此時，高斯心裡正幻想著未來美好幸福的天堂，他說：「好，好，我一定會勸他，這是我的職責，但我不認為我的勸說會有什麼用。我很窮，在他的眼裡，我的勸解哪有什麼分量啊？」

「好像他給我過這種生活是多大的恩惠似的，我不喜歡他這種想法。」

「妳可以忍受這麼久，真令人驚訝！如果是其他女人，就算這是上天給的考驗，她也不能忍受。」

「其實男人多多少少都有這樣的習性，不過有這種習性的男人，他們的女人也是那種習性。而我，雖然未曾表現出來，但確實曾發自內心地把他當作神來崇拜。」

「可是如果男人根本不領情，那又有什麼用呢？我擔心他心中會不會是有了別的想法？」

「什麼別的想法？」

「妳推測一下。」

「啊！那種事？真是那樣，我犯了什麼罪過才要來承受這些？」

「妳沒有聽說獅子和羔羊的故事嗎？」

希林忽然不吭聲了，此時她丈夫的汽車在前面出現了。她用催促和請求的目光看了看高斯，然後穿過另一個房間走回屋裡去。夏布爾雙眼發紅地步出汽車，笑著和高斯握了握手。妻子的眼睛發紅，丈夫的眼睛也發紅，一個是因為哭泣，另一個則是出於徹夜不眠。

3

夏布爾一邊把帽子脫下來掛在釘子上，一邊說：「請見諒，昨天晚上我睡在一個朋友家裡，晚上的宴會吃到非常晚，我想，在那樣的時間，誰會想趕回家呢？」

高斯帶著諷刺的微笑回說：「是誰家的宴會？我的記者竟然沒有寫任何報導，請告訴我，好讓我記下來吧！」說完，他從衣服的口袋裡掏出了筆記本。

夏布爾認真了起來，回答說：「也不是什麼大宴會，不過就是三五好友的小型宴會罷了。」

「可是還是得報導這個消息，像你這樣一個有身分地位的人參加的宴會，就不能算是一件小事。主人叫什麼名字？」

「你不會吃驚吧？」

「你說說看吧！」

「高哈爾小姐。」

「高哈爾小姐？」

「是的，你為什麼這麼吃驚？難道你不認為，一整天為了盧比、安那、派薩而費盡腦筋之後，我也有找樂子的權利吧？要不，人生就成了負擔囉！」

「我不同意你的看法。」

「為什麼？」

「我認為，你這種找樂子的方式對自己妻子並不公平。」

夏布爾假意笑了笑說：「還是那套保守的理論！你應該知道，今天的時代是不承認這種束縛的。」

「但我的看法是，至少在這個方面，今天的社會比起上一代的社會來大有改進，女性的權利已經開始被承認了。」

「也就是說女人可以對男人發號施令？」

「正如男人對女人可以發號施令一樣。」

「我不同意！我認為男人不需要女人，而女人卻需要男人。」

「你的意思是說，女人想要活下去只能依賴男人囉？」

「如果你想這樣解釋的話，那我也不反對。不過，正如政治權力集中在有錢有勢的人手裡一樣，社會上的權力也同樣集中在有錢有勢的人手裡，而且往後仍舊會如此。」

「如果由於某種原因，賺錢的工作變成女性來做，而男人沒有任何工作只能待在家裡，那女性難道就不能有權利想怎麼找樂子就怎麼找樂子嗎？」

「我不能給女人這樣的權利。」

「你這樣的想法對女性很不公平。」

「根本不是這麼一回事！大自然本身就給了女人這樣的束縛，所以不管怎麼樣，她們也無法像男人那樣自由，在體力方面也不可能同男人對抗。當然，如果拋棄了家庭主婦的職責，或者是利用不自然的生活方式，她們什麼都做得出來。」

「是男性強迫她們過著如此不自然的生活呀！」

「我不能想像，一向承認男子威權的女人，哪可能會有什麼自己的時代到來？法律和文明方面的問題我不知道，不過男子一直統治著女人，而且還會繼續這樣統治下去。」

高斯突然改變了態度，在如此短暫的時間裡，他早就精通外交策略了，他用讚許的目光看了看夏布爾，然後說：「如此說來，我和你的想法是一致的，我其實是在試探你。我也認為婦女是家庭主婦、母親和女主人，但是我無法賦予她們自由。如果有哪一個婦女希望自由，那麼對我而言，我的家裡沒有她容身之處。剛才我聽了你太太的話後大為驚訝，我真的無法想像，一個女人居然能夠讓自己的心裡蘊藏這麼強烈的反抗情緒。」

夏布爾脖子上的青筋直往外露，鼻子的兩扇鼻翼也張開了。他從椅子上站起來說：「好呀！現在連希林也變成這樣了，我現在就去問她，當著你的面問她。我立刻就能做出決定，我才不管她呢！我誰也不管。這個忘恩負義的女人，她的心裡就沒有一丁點的同情，看到我生活中有一點歡樂就受不了。她希望我牽著她的衣角圍著她打轉，她希望我夏布爾如此嗎？這個倒楣的女人忘記了，今天只要我使一使眼色，就會有成千成百個希林膜拜我——我是說真的，她們會隨著我的意志而為。我為她所做的，有多少男人能做到？我……我……」

他注意到自己說了過多的胡話，突然想起希林對自己親切的服侍和照料，於是頓了一下後說：「但是我認為她還是會理智地處理問題，我不想傷她的心，我知道她頂多也只是抱怨而已，超過一定限度的糊塗事她是做不出來的。對女人說幾句好話哄一哄並不難，至少這是我的看法。」

高斯反駁說：「不過，我的看法卻是另外一回事。」

「這是可能的，但你只有一些空話，而我卻有財神爺撐腰。」

「反抗的情緒若是在心裡扎了根，就連財神爺也無可奈何。」

夏布爾帶著理性的口氣說：「也許你說得對。」

4

幾天以後，高斯和希林在公園裡碰面了。他一直在等待這樣的機會，他內心的天堂已經布置好了，只差把希林供養在裡面，他想要那種幸福的日子想得都要發瘋了！他已經把古爾欣送回娘家了，其實也不是他送去的，而是她一氣之下自己走掉的——既然希林欣賞他的貧困，何必再去奉承古爾欣？

他一看見希林就衝上去抓住她的手。「幸好見到妳了，我還準備去妳那裡找妳呢！」

希林抱怨地說：「等你等到幾乎要望眼欲穿了！你也只會口頭表示同情，哪裡想得到，這幾天我流了多少眼淚？」

他看了看希林臉上那熱切的表情，在昂貴的絲綢沙麗襯托之下，她的面容顯得更加閃閃發亮，然而，此時他的心卻正在往下沉。他彷彿今天才通過了畢業考的學生，現實問題以可怕的姿態出現在他的面前。

天啊！如果還有幾天的考試，就能在考試的迷宮裡享受幻想生活的樂趣，那該有多好！在這些幻想面前，這現實的真理又是多麼可怕。到現在為止，高斯還只嚐過蜂蜜，現在蜜蜂正在他頭上盤旋，而他卻害怕牠會螫他。

他低聲說：「聽了妳說的話，我心裡非常難過，我真的苦苦地勸說過夏布爾了。」

希林拉著他的手在長椅上坐了下來，她說：「現在，勸解對他根本沒用，我又有什麼必要繼續對他低聲下氣呢？我已經決定不回那個家了。如果他高興到法院裡去受侮辱、丟臉，那就告我吧！我已經有心理準備了。我不想要一起過生活的人，就算是老天爺，也不能強迫我跟他在一起，法院又能做什麼！如果你能庇護我，那我就是你的人，心甘情願和你生活在一起，只要你是屬於我的；如果你沒有這樣的毅力，那對我來說，其他的門戶也是敞開著。現在，請你明確地回答我，你的同情只是嘴巴說說而已嗎？」

高斯鼓起勇氣說：「不，不，希林，老天爺知道，我是多麼愛妳，在我心中妳是那樣的崇高。」

「那古爾欣怎麼辦？」

「我會和她離婚！」

「對，我也是這樣想。那我就跟你走了，現在馬上就走，我和夏布爾已經沒有任何關係了。」

高斯感到心裡正在震動，他說：「但現在我什麼都還沒有準備呀！」

「對我來說，不需要任何準備，你就是我的一切。叫一輛計程車，我現在就走！」

高斯走出公園招計程車，他希望有一點時間可以單獨思考一下，招計程車這個藉口幫他多爭取了一些時間。現在，他已經沒有年少時代那種蒙住理智、使人失足的狂熱了，就算過去曾經有過一些，現在也早已完全消失了。

他非常清楚自己正把脖子伸向什麼樣的套索裡——夏布爾先生會全力以赴地毀掉他，古爾欣也會在整個社會上敗壞他的名聲，但是他準備好要承受這一切災難了，他有足夠的理由堵住夏布爾的嘴，也有充分的藉口使古爾欣在婦女界丟臉。他真正害怕的是，希林的愛情不能長久——至今希林僅僅看到他高雅的一面，僅僅聽到了他那充滿真理、正義和光明樂觀的言論。在這方面他的確是占了夏布爾的上風，然而他高雅的魅力在那一貧如洗的家裡能夠維持多久，這一點連他自己都很懷疑。

沒有精緻的甜食，只有餅，或許還可以忍受；就算只有乾餅，也可以勉強滿足，但如果擺在面前的是乾草，那麼就算是出家的修道士也會火冒三丈。希林愛他，但是為愛情做出犧牲也有一定的限度，即使在狂熱的激情中可以忍受幾天，但是在現實的衝擊下狂熱能維持多久呢？不會太久的。一想到這種情況，高斯就發起抖來。

在今天之前，希林住的是王宮，現在她將住進泥糊屋頂的小茅舍。鋪在地上的不是地毯，甚至連破麻布片也沒有。沒有成群穿著禮服的僕人，只有一個年老女僕不周到的服侍，況且她動不動就嘮嘮叨叨，有時甚至還罵人或出聲威脅。另外，如果夏布爾採取更卑鄙的手段，他還可能遭到流氓毒打，他倒是不害怕挨打，挨打說明他的成功。但要如何才能戰勝希林的物質需求呢？當年老女僕哭喪著臉給她端來餅和調味料的時候，希林的臉上將會籠罩一層什麼樣使人心碎的不滿啊？也許她會站起身咒罵他和她自己的命運。不，窮困不可能用高雅來彌補，到時候，希林的形象將會變得多麼可怕！

忽然，有一輛汽車從前面開了過來，高斯看到夏布爾坐在裡面。他舉起手攔住汽車，跑到汽車面前對夏布爾說：「你現在要到哪裡去？」

「出來隨便兜兜風。」

「希林在公園裡，你把她帶回家吧！」

「她和我吵了架跑出來的，她說今後絕不踏進家門一步了。」

「而你卻跑出來兜風？」

「難道你希望我坐在家裡哭嗎？」

「她哭得很厲害啊！」

「真的？」

「當然，哭得非常傷心！」

「那也許是她恢復理智了。」

「這個時候你只要說幾句好話勸一勸，她就會高高興興地跟你回家了。」

「我想考驗考驗她，看看如果不好言相勸，她還會不會回心轉意。」

「我處於很為難的情況，你可憐可憐我吧！我給你磕頭。」

「我不願意為了演一場戲，而讓生活的一點樂趣化為烏有。」

汽車開走了，高斯無所適從地站在那裡。已經很晚了，他想，希林可別認為他也拋棄了她，但是該怎麼回去？一想到要在那從事編輯工作的茅屋裡，安置一位女神，他就覺得十分可笑。

那裡對古爾欣來說倒是適合的。就算她生氣、說刺耳的話、哭泣，但時候到了仍舊會做飯，縫補破爛的衣服。每當客人來了，她會高高興興地招待客人，彷彿她心中充滿了歡喜。要是給了她一件小東西，她又是多麼愉快；讚揚了她幾句，便可以輕易地把她當奴隸使喚，然而現在他卻為了一點小事就生氣，也不直接回答她的問話。這些回憶開始使他感到不安了……

那一天，她說要送個生日禮物給她妹妹。這有什麼好生氣的呢？當時，他在撰寫自己報社的社論，對他來說，寫社論有一定的重要性，但或許對古爾欣來說，社論沒有送禮物那般重要。毫無疑問，當時他身邊沒有錢，難道他就不能親切地對她說句「親愛的，我很遺憾，現在手頭是空的，幾天以後我便做出安排」嗎？她聽了這種回答，多半就不會作聲了，就算嘮叨個幾句，對他又造成什麼損害？

他在寫社論的時候，採用的是多麼文明的方式，下筆只要稍微過火了，就有被攆出報社的危險。那他為什麼會如此輕易地對古爾欣發火呢？還不是因為她在他的管轄之下？她對他的不滿，除了生氣以外又不能對他做出什麼實際的懲罰。這是一種多麼卑劣的怯弱！我們在強者的面前搖尾乞憐，而對於為我們犧牲一生的人，卻可以跑去反咬她一口。

突然，一輛馬車迎面而來，一個婦女從上面下來，並逕直朝他走來。喲！原來是古爾欣。他急忙走上去和她擁抱，然後問：「這個時候妳為什麼到這裡來了？剛才我還在想妳呢！」

古爾欣激動地說：「我正到你那裡去。傍晚我在涼臺上坐著看你的文章，不知什麼時候打瞌睡了，我做了一個惡夢，覺得很害怕，睜開眼睛後，就連忙來找你了。你呢？這個時候你站在這裡做什麼？沒有發生什麼不幸的事故吧？一路上我的心都怦怦直跳。」

高斯安慰她說：「我很好，妳做了什麼惡夢？」

「我夢見你跟一個年輕女子在說什麼，她把你綁起來帶走了。」

「這麼可笑的夢，妳竟然還相信了？我對妳說過多少次，夢只是白天心神不寧的一種反映。」

「你在隱瞞我，看你的臉色就知道一定發生了什麼事。好，這個時候你為什麼會在這裡？現在是你看書的時間。」

「隨便散步走到這裡來的。」

「你在說謊，不如你發誓吧！」

「妳根本就不相信我，我有什麼辦法？」

「那你為什麼不發誓？」

「我把發誓看成是對虛假的一種認可。」

古爾欣用銳利的目光打量他的臉，隔了一會兒說：「那好，我們走吧！回家去了。」

高斯笑了笑說：「妳又要和我吵架了？」

「你和政府爭吵，還不是在政府的管轄範圍內做事？我也和你爭吵，但還是會和你生活在一起。」

「我們什麼時候承認過是在政府的管轄之下？」

「你的每根毛髮都已經承認了，只是你嘴上說什麼也不承認罷了，要不然你早就被關進監獄裡了。」

「好吧，妳等一會兒再來。」

「我不要獨自一個人回去，我要知道你究竟在這裡做什麼。」

高斯盡了最大的努力，想讓古爾欣從那裡走開，可是他愈是要她走，她愈是堅持不走。最後不得已，他只好把希林和夏布爾兩人吵架的事告訴她，但他機靈地把當中有關自己的那一部分掩蓋了起來。

古爾欣想了一想說：「你也染上了這習氣了？」

高斯馬上反駁說：「什麼習氣？我做了什麼？朋友的妻子向我尋求幫助，而我卻設法躲開？這樣不就一點道義也沒有了？」

「說謊需要有很大的本事，可是你沒有，懂嗎？你還是不動聲色地去向希林告別吧！就對她說，舒舒服服地待在自己的家裡就好。幸福不可能是完美的，老天爺不會這麼偏心，玫瑰花總是有刺的；如果要貪圖享受，那麼，連當中的苦果也得一同承擔下來。

現在科學還沒有發明出什麼方法，能單把幸福從苦果中抽離出來。白白享受的人除了一心享樂之外，哪裡還會多想什麼？金錢如果不能把全世界的享樂都買下來，那又算什麼金錢呢？

為夏布爾敞開的大門，難道就沒有為希林敞開嗎？你對她說，還是住在夏布爾家裡，享用他的財富，然後忘掉自己是夏布爾的妻子，正如夏布爾忘掉自己是她的丈夫一樣。把怒火和憎恨都丟到一邊，盡情體會享受的樂趣吧！憑她的財富，難道還不能把一個比一個俊美、有學問的青年吸引到身邊嗎？

你不是對我說過嗎？法國曾經有一段時期，貪圖享受的有錢婦女在社會上享有統治地位，她們的丈夫看著那一切，卻不敢多說什麼。他們能說什麼呢？他們自己也一心一意地在追求那樣的生活，這就是財富的恩賜。如果你辦不到，那你走開，由我去勸說希林。嫁給了貪圖享樂的男人，自己卻不懂得享受，這樣的女人就是怯懦無能、自甘作踐！」

高斯驚異地說：「妳自己不也是金錢的崇拜者嗎？」

古爾欣不好意思地說：「這就是人生的詛咒。我們所追求的東西，對我們來說往往都是不幸的、會毀滅我們的。我曾在父親的農村裡住過很久，周圍住的全是農夫和工人，可憐他們成天工作流汗，傍晚時已經疲憊不堪，連享受和胡鬧的力氣也沒有；而在城裡，所有的大戶人家都是同一個問題，所有人都千方百計地賺錢，過著一種不自然的生活。今天你若從哪裡得到了財富，你也會變成夏布爾，這是肯定的。」

「那時妳也會走上妳所說的那種道路，是不是？」

「也許不會，肯定不會。」

仇家

那個農民送豌豆來，
而三個孩子像小狗跟著主人一樣在後面跑著。

拉麥・西瓦爾一邊將大哥的遺體從床上往下搬，一邊對弟弟說：「要是你身邊有錢的話，就拿出來把大哥的後事辦了吧！我身邊一塊錢也沒有。」

他弟弟的名字叫維希畏・西瓦爾，是一個地主的管家，收入還不錯。他說：「我出一半錢，你出一半吧！」

拉麥・西瓦爾回說：「我現在沒有錢。」

維希畏・西瓦爾提議說：「那就把大哥那塊地典當出去好了。」

拉麥・西瓦爾說：「那你就去典當吧！找一個好債主，別耽誤時間了。」

於是，維希畏・西瓦爾向一位朋友借了一些錢，當時喪事辦得很簡單。後來又借了一些錢，立下土地的典當契約，總共五畝地，典當了三百盧比。村子裡的人估計，辦喪事最多花一百盧比，但維希畏・西瓦爾辦完喪事，到了守喪期滿的那一天，卻把一張花了三百零一盧比的清單放在他二哥面前。

拉麥・西瓦爾吃了一驚，問說：「三百零一盧比全都花掉了？」

維希畏・西瓦爾回說：「我難道會卑鄙到侵吞起死者的錢來了？誰能吞下這種錢？」

拉麥・西瓦爾連忙說：「不，我不是說你不誠實，只是問問罷了！」

維希畏・西瓦爾：「不信的話，你去問問賣東西的店老闆吧！」

一年以後的某一天，維希畏・西瓦爾對哥哥說：「你身邊有錢的話，把錢給我，好讓我將大哥的土地贖回來。」

拉麥・西瓦爾無奈地表示：「我哪有什麼錢？家裡的情況你是一清二楚的。」

維希畏・西瓦爾說：「那我把所有的錢都付清，將土地贖回來。你一旦有錢了，就付一半錢，從我這裡領二畝五分地去。」

拉麥・西瓦爾答應了：「那好，你先把土地贖回吧！」

三十年過去了，維希畏・西瓦爾一直獨享那塊五畝地，他用肥料把土地整得很肥沃。他早打定主意，絕不讓出一半土地，他認定這已經是他繼承下來的產業，即使打官司也沒有人能夠分走它。拉麥・西瓦爾幾次想要回自己那一份土地，可是這三十年來，他從來沒能存夠一百五十個盧比。

不過，拉麥・西瓦爾的大兒子賈格・西瓦爾長大成人了，他早已開始做裝車的工作，也賺了一些錢。他日日夜夜急著想要回自己的那一塊土地，所以不分晝夜地努力工作，終於存到了一百五十個盧比。他和父親一同去找他叔叔。「叔叔，你收下錢吧！好讓我在土地所有權狀上寫上自己的名字。」

維希畏・西瓦爾說：「你真的是你父親的得力兒子啊！這麼多年來你屁也不放一個，等我把土地變成一個金礦坑時，卻搶著來分？」

拉麥・西瓦爾回他說：「你把土地變成金礦坑，那麼，你也一直得到了好處不是嗎？我還不是從來沒向你討過。」

維希畏・西瓦爾說：「現在你得不到土地了。」

拉麥・西瓦爾提醒他：「侵占兄弟權利的人，不會得到幸福。」

維希畏・西瓦爾回道：「土地是我的，不是哪個兄弟的。」

賈格・西瓦爾也開口了：「叔叔，你就是不打算給土地吧？」

維希畏・西瓦爾堅持說：「好說也不給，歹說也不給，要就來打官司吧！」

賈格・西瓦爾回他：「我打不起官司，不過我告訴你，我得不到土地，你也要不成。」

維希畏・西瓦爾說：「你撂下這種威脅是找錯對象了。」

賈格・西瓦爾撂話說：「以後可別說，兄弟之間成了仇人。」

維希畏・西瓦爾沒放在眼裡：「等到腰包裡有了上千的盧比，那時心裡怎麼想，再怎麼辦吧！」

賈格・西瓦爾說：「我這樣一個窮人哪裡有上千的盧比，不過老天爺有時也會對窮人發慈悲的。」

維希畏・西瓦爾說：「現在我還沒有必要害怕這一點。」

拉麥・西瓦爾早就不說話了，但是賈格・西瓦爾卻沒有這麼大的胸懷，後來他四處找律師打聽，如今，他不僅想要一半土地，而是要把全部五畝地都得到手。

死者希特・西瓦爾有一個女兒名叫德伯西瓦利，希特・西瓦爾生前就讓她出嫁了，所以德伯西瓦利根本不知道父親留下了什麼東西，又是誰要走了。父親死時她回來過，她對父親的後事辦得體體面面還很滿意。自那次以後的三十年裡，既沒有人再接她回娘家，她也沒有主動回來過。她婆家的家境不太好，丈夫早去世了，兒子做工，賺得錢很少。賈格・西瓦爾開始煽動這位堂姊，他想讓她當起訴人。

德伯西瓦利說：「小弟，老天爺給了我什麼，我也就安心接受什麼。我不需要什麼土地，我也沒有打官司的錢。」

賈格・西瓦爾表示：「錢我給妳好了，妳只要提出訴訟就行了。」

德伯西瓦利說：「小弟，這樣做是沒有臉見人的！」

賈格・西瓦爾繼續說服堂姊說：「反正讓人看不下去的是他，他霸占全部的財產，一個人享福，讓我們在一邊乾瞪眼。法院的開支我包了，為了這土地，即使把自己給賣了，也不會鬆開他脖子的。」

德伯西瓦利說：「就算得到了土地，你也會把土地要走來抵你打官司所花的錢，我又能得到什麼？我為什麼要當自己叔叔的仇人？」

賈格・西瓦爾說：「土地由妳拿走，我只想教訓教訓他那狂妄的樣子。」

德伯西瓦利被說服了。「那好，你去吧！以我的名義提出訴訟吧！」

賈格・西瓦爾心想，土地從他叔叔那裡脫手後，他用每畝十個、八個盧比租下來。堂姊過去從來沒有從她父親的田地得到半毛錢，如今卻能得到一些錢，她會滿意的。第二天他提出訴訟了，案子轉到了孟西甫地方的法庭，但維希畏・西瓦爾斷言德伯西瓦利根本不是希特・西瓦爾的女兒。

維希畏・西瓦爾在村子很有影響力，所有人都向他借過錢，出了什麼訴訟案件還要找他商量，所以大家都到法庭裡說明他們從來沒有見過德伯西瓦利，希特・西瓦爾根本沒有女兒。賈格・西瓦爾找了很多大律師辯護，花了好多錢，但是孟西甫地方的法官做了不利於他的判決。可憐的賈格・西瓦爾失望了，維希畏・西瓦爾認識法院裡所有的人，賈格・西瓦爾要花錢才能辦到的事，他往往只憑人情就可以辦到。

賈格・西瓦爾決定再上訴，沒錢，就賣了耕牛和牛車，上訴後又打了幾個月的官司。可憐的賈格・西瓦爾從早到晚都在法庭裡跟法官和律師說好話，錢花完了，又向高利貸借，這一次他贏了，但也背負了五百盧比的債，現在只有上訴的勝利能給他一點安慰了。

維希畏・西瓦爾又上訴到高等法院，賈格・西瓦爾如今哪裡也籌不到錢了，不得已才把自己的一份田產典當了出去，接著又賣掉了房子，甚至把女人的首飾也賣掉了。最後，在高等法院他也贏了，歡慶得勝的開銷中，剩下的一點錢也花光了，總之一千盧比算是投進了水裡。當然，令人滿意的是他得到了那五畝土地——難道德伯西瓦利會無情到從他手裡把飯碗奪走嗎？

沒想到，德伯西瓦利在土地所有權狀上寫上自己的名字後就改變主意了。有一天她來到村子裡，一打聽才知道五畝地每年可以得到一百盧比——二十五個盧比的地租，每年還有七十五個盧比的收益。這麼大的一筆款項讓她的心起了變化，她把土地出租給一個農民。賈格・西瓦爾兩手空空什麼也沒撈著，最後他忍不住了，對德伯西瓦利說：「大姊，妳把土地租給了別人，我到哪裡去呢？」

德伯西瓦利說：「小弟，俗話說：『先點自家的燈，後點清真寺的燭。』[1]有了這塊地，我和娘家也就有了關係，要不然，還有誰會想到我！」

賈格・西瓦爾說：「我已經破產了。」

德伯西瓦利說：「你為什麼不照人家付的地租租地呢？少給兩、三個盧比也行啦！」

德伯西瓦利只待了幾天就告辭離開了。拉麥・西瓦爾一陣青天霹靂，這麼老了還不得不去做工，榮

1：這裡的意思是指一個人總是先顧自己，然後才考慮他人。

譽和面子全丟光了，卻連一碗飯也吃不到。父子倆必須從早到晚做工，家裡才能有一頓飯吃。他們經常吵嘴，拉麥・西瓦爾把罪過都推到兒子頭上，賈格・西瓦爾卻表示他父親要是能阻止他那麼做，自己也不會陷進這場災難裡。

那麼，維希畏・西瓦爾呢？他把自己的家產全拿去還高利貸的債，他賣掉了土地，拍賣了房屋，十多棵樹也賣了，在不到一年的時間裡，可憐的維希畏・西瓦爾家境一落千丈，變窮了，也沒有安身之地。除此之外，拉麥・西瓦爾的風言霧語更使他難過。這場災難是最刺人的釘子，是最無情的打擊。

兩年的時間裡，這個苦難的家庭所忍受的痛苦，只有他們自己知道。他們從來沒有吃飽一頓飯，不過留下的一點名譽是他們的良心還沒有變壞。窮困把他們的一切都摧毀了，但還沒有使他們墮落下去，在維護家庭的名聲上，人們總是有很強的自衛能力。

一天傍晚，拉麥・西瓦爾父子兩人正坐著烤火，這時突然有一個人來叫他們：「拉麥・西瓦爾大哥，走，維希畏・西瓦爾在叫你哩！」

拉麥・西瓦爾冷冷地說：「為什麼叫我？我算他的什麼人？想再製造亂子嗎？」

這時，另外一個人也跑來說：「拉麥・西瓦爾大哥，快去吧！維希畏・西瓦爾情況有點不妙呢！」

維希畏・西瓦爾幾天來一直咳嗽發燒，但人們對仇人的苦難從來是不相信的，拉麥・西瓦爾和賈格・西瓦爾父子倆從沒有到他家問個好，他們說：「他怎麼啦？富人生的是有錢的病，想過得舒服一些，就躺在床上，用西米煮牛奶再摻冰糖，吃下去後才起來。」現在聽說維希畏・西瓦爾的情況不妙，兩人還是一動也沒有動，拉麥・西瓦爾說：「情況又怎麼啦？不是舒舒服服躺著說話嗎？」

賈格・西瓦爾說：「可能是發高燒，想派我們去請醫生。」

拉麥・西瓦爾說：「這裡誰有空？全村的人都是他的好友，想派誰去，就派誰去吧！」

賈格・西瓦爾說：「有什麼要緊？我去看看有什麼事！」

拉麥・西瓦爾卻說：「你去拿點牛糞餅來，生火做飯，做完再去吧！會奉承人家的話，也不會淪落到今天這地步。」

賈格・西瓦爾拿起筐子，向院牆方向走去，這時，從維希畏・西瓦爾的家裡傳來了哭聲，他趕緊丟了筐子，跑到叔叔家，看到人們正從床上搬下叔叔的屍體。賈格・西瓦爾覺得很慚愧，他從院子走到走廊，靠著牆捂著臉哭了起來。

人在年輕時是很容易激動的，怒氣沖沖時就像在冒火，而憐憫心又使火很快變成了水。

3

維希畏・西瓦爾有三個女兒，她們都出嫁了，但三個兒子都還小，最大的兒子還不到十歲，加上母親也還活著——吃飯的人有四個，而工作賺錢的人卻一個也沒有。在農村裡，哪一戶人家能燒上兩頓飯，就算是富有的家庭了，但人們對維希畏・西瓦爾的財產估計得過分誇大了，以為他坐擁幾千盧比，但是事實上是什麼也沒有。收入人人都看得見，花的時候誰也沒有注意，他在嫁三個女兒時大手筆地花了錢，全部收入都花在嫁女兒時購置衣服、安排筵席、招待客人和親戚方面，如果說他在村子裡為了維持名望有幾百盧比放債的話，那他也還欠幾個債主錢，甚至在嫁小女兒時還典當過自己的土地。

在一年的時間裡，這個寡婦好歹還養活了幾個孩子，後來她被逼得不得不變賣首飾來維持生活，當首飾賣完之後，生活就更困難了。她決定把三個孩子分別送到她三個女兒那裡去，至於自己怎麼活下去，那就不值得擔心了，隔上兩天，有幾兩糧食，日子也就打發了。她的三個女兒開頭很親切地接待了自己的弟弟，但她們誰也沒能讓弟弟待的時間超過三個月，因為她們婆家的人譏笑孩子，甚至動手打可憐的他們，他們的母親沒辦法，只得把孩子們又接了回來。

年幼的孩子有時成天沒吃飯，餓著肚子；每次看到有人吃飯，就回家向媽媽要飯吃。久了以後，他們也不再向母親要了，乾脆就站在吃飯的人跟前，用飢餓的眼睛望著，有的人會給一把豆，但是大部分的人往往都直接把他們轟走。

冬天的時候，田裡的豌豆都結莢了。有一天，三個孩子鑽進一塊地裡摘豌豆，被田地的主人看見，他是一個很仁慈的人，便拔了一捆豌豆送到維希畏・西瓦爾的家裡，對寡婦說：「大嬸，說說孩子，不要到人家的田裡去。」

賈格・西瓦爾那時正坐在自家大門口抽旱菸，看到那個農民送豌豆來，而三個孩子像小狗跟著主人一樣在後面跑著，兩眼頓時濕潤了起來。他走進家裡，對父親說：「嬸嬸家裡現在一無所有，孩子餓得活不下去了。」

拉麥・西瓦爾卻說：「你不知道女人狡猾的習性，這都是裝模作樣，一輩子賺的錢飛哪裡去了？」

賈格・西瓦爾回道：「再假裝也不至於讓孩子們餓死呀！」

拉麥・西瓦爾說：「你知道什麼？她是一個很狡猾的女人。」

賈格・西瓦爾勸道：「人們會恥笑我們的。」

拉麥・西瓦爾仍然恨恨地說：「你怕人們恥笑，要講究名譽，那你庇護他們去吧！你自己想辦法給他們吃、給他們喝，你有這能力嗎？」

賈格・西瓦爾說：「總會背罵名吧！就是吃不飽肚子，能吃個半飽也好，我們是和叔叔鬧翻，孩子們得罪我們什麼呢？」

拉麥・西瓦爾反駁說：「那個鬼女人不是還活著嗎？」

賈格・西瓦爾走了出來，他心中曾幾次想過給嬸嬸一些幫助，但又怕她說些不三不四的話。不過，他想出了一個新辦法，每次看到孩子們玩的時候，他就把他們叫來身邊，給他們一些吃的東西。工人在中午有休息的時間，但是現在他連休息時間也繼續工作，可以多賺一點工錢。回家的路上，總是會買點東西帶回來，避著家人給那幾個孤苦伶仃的孩子。

慢慢地，孩子們和他混得很熟了，一看到他就「哥哥、哥哥」地叫著跑了上來，成天等著他下工回來。先前他們的母親還害怕他是不是故意要引誘孩子們，設法報往日的私仇，所以不讓孩子們走近賈格・西瓦爾和吃他所給的東西。但是，誰是朋友、誰是仇人，孩子們甚至比大人看得更清楚，他們不理會母親的阻撓，後來連母親也慢慢相信賈格・西瓦爾的好心了。

有一天，拉麥・西瓦爾對兒子說：「你的錢比以前多了，為什麼不積攢幾個就隨便花掉？」

賈格・西瓦爾回說：「我是一塊錢一塊錢地節省哩！」

拉麥・西瓦爾暗示他道：「現在那些被你當作親人的人，有朝一日會成為你的仇人。」

賈格・西瓦爾說：「一個人的天職很重要，就算為了往日的仇恨，也不能毀掉一個家庭。其實這對我有什麼損失呢？只不過每天多做一、兩個鐘頭的工而已。」

拉麥・西瓦爾撇過頭。

賈格・西瓦爾走進屋裡，他的妻子說：「你心裡愛怎麼做，就怎麼做，也不顧人家怎麼勸你。再怎麼說，一個人總是得先點自己家裡的燈啊！」

賈格・西瓦爾說：「但是如果自己家裡不是點一盞燈，而是點好多支蠟燭，卻讓清真寺裡一片漆黑，這樣也不妥當吧！」

妻子繼續碎碎念著：「跟著你算我倒楣，好像落進了深井似的。你給了我什麼幸福啊？首飾也被你用光了，現在卻連哼也不哼一聲。」

賈格・西瓦爾說：「比起愛妳的首飾來，我更愛堂弟們的性命。」

妻子也把頭扭了過去，她說：「仇人的孩子絕不會成為親人。」

賈格・西瓦爾一面向外走，一面回答說：「隨著仇人的死去，仇恨也就消失了。」

哈米德盡說些玩具的壞話，眼睛卻目不轉睛地盯著玩具，
他想著如果能夠拿到手裡玩一會兒該多好！

一把鐵火鉗

過了整整三十天齋戒之後，開齋節終於來到了。多麼迷人而又美好的早晨！棵棵樹上都有些不同尋常的翠綠；片片田野裡都有異樣的光采；而天空中又有些新奇的紅霞。看看今天的太陽吧！它多麼可愛，多麼清涼，好像正在向世界祝賀開齋節似的。村子裡顯得多麼熱鬧啊！大家都在做去會禮地[1]的準備。有的人襯衫上沒有扣子了，正跑到鄰居那裡去借針線；有的人的鞋子發硬了，正奔向賣油人的家裡去擦點油；趕快給耕牛添點草料吧！從會禮地回來時會過正午的。

孩子們是最高興的了，他們當中有人把過一天齋——那也只把到中午，有人連到中午的齋也沒把過，但他們仍要分享到會禮地去的快樂。把齋是大人的事，開齋節才是屬於他們的！天天叨唸著開齋節，今天它竟然來到了！他們著急了起來，為什麼大人還不去會禮地呢？他們與家務事的種種煩惱有什麼關係！家裡有沒有做奶糕用的牛奶和糖，這他們才不管哩！他們只知道吃奶糕。他們不會明白父親為什麼上氣不接下氣地往村長迦耶姆・阿里的家裡跑，他們哪裡懂得要是村

1：穆斯林經過一個月的把齋或齋戒後，在開齋節那天要在清真寺或會禮地會禮，有時還會舉辦市集廟會以示慶祝。

長一翻臉，那麼整個開齋節就會變成哀悼日了。他們個個口袋裡裝滿了俱毗羅財神[2]的錢財，他們一次又一次地從口袋裡掏出來數了又數，然後得意地放回口袋。

馬赫穆德數著：「一、二……十……十二。」他有十二個派薩；摩赫森也數了數：「一、二、三……八、九……十五。」他有十五個派薩。這麼多數不勝數的錢可以買來數不勝數的東西哩！玩具、糖果、喇叭、皮球……不知道還能買多少其他東西。

最高興的是哈米德，他是一個四、五歲左右，瘦瘦的小男孩。他的父親去年得霍亂死了，母親不知道為什麼日益變得憔悴，後來也死了，誰也不知道她得的是什麼病，就算她說出來，又有誰理她呢？她心頭所遭受的，都獨自忍受在心裡；當她再也忍受不了時，便告別了這個世界。

現在哈米德經常睡在自己老祖母阿米娜的懷抱裡，而且還是那麼高興。他的父親是賺錢去了，他會帶許多袋錢回來；母親是到真主家裡為他取許多好東西去了，所以哈米德很高興——「但願」是個了不起的東西，何況是孩子們的希望，他們的幻想能使一粒小芥子變成一座山。

哈米德的腳上沒有鞋子，頭上戴的是一頂又舊又破的帽子，帽沿的花邊都發黑了，可是他仍然很高興。當他的父親帶著一袋袋的錢、母親帶著好多寶貴東西回來時，他的心願就會實現了。到時他要看一看馬赫穆德、摩赫森、努勒、森米能從哪裡拿出那麼多錢來。

不幸的阿米娜正坐在自己的小屋裡哭泣，今天是開齋的節日，而她家裡卻一粒米也沒有！如果今天哈米德的父親還在，開齋節會這樣度過嗎？她深陷在一片漆黑和失望之中。是誰請來了這倒楣的開齋節啊？在這個家裡沒有它的事情。但是對哈米德來說，任何人的生死與他又有什麼關係？他從裡到外都是一片光明和希望，災難即使帶著自己的全部人馬臨頭，他那充滿歡樂的眼光也會把它消滅乾淨。

2：印度神話裡司掌財富之神，傳說中，俱毗羅財神擁有一個象徵財富的飛天馬車，婆羅門教亦稱其為「施財天」。

哈米德走到裡面對祖母說：「您別怕，祖母，我會第一個回來，一點也不用害怕。」

阿米娜的心正感到難過，村裡的孩子們一個個跟著自己的爸爸去會禮地了，哈米德的爸爸呢？除了阿米娜之外他還有誰？她怎麼能讓他獨自一個人去呢？孩子萬一在人群中走失了，又該怎麼辦呢？不行，她不能就這樣讓他去。那麼幼小的孩子，如果走十多里地，腳上會起水泡的，何況還沒有鞋子！她是可以抱著他慢慢走去的，不過家裡誰來做奶糕呢？如果有錢，那回來的時候就可以順便把所有的東西備齊，很快做好，而現在得花幾個小時準備東西，畢竟得靠東借西湊啊！

那天替帕赫曼縫了衣服，得到了八個安那。為了過這個開齋節，她像維護宗教信念那樣，把這八個安那保存了下來。可是昨天送牛奶的女人來要錢了，又有什麼辦法呢？就算不能為哈米德弄點什麼好的，每天兩個派薩的牛奶總是需要的。現在只剩下八個派薩了，三個派薩在哈米德的口袋裡，五個派薩在阿米娜的小錢包裡，這就是全部的家當了，如今又要過開齋節，真的只能靠真主來度過難關了。洗衣人的女人、理髮匠的女人、清道夫的女人、首飾匠的女人，都會來的，都要奶糕，少了還看不上眼。要避開誰呢？為什麼要避開人呢？一年才有一次的節日啊！她們若能平安度過一生，她們的命運也會和她連在一起啊！真主能夠讓孩子平安無事，苦日子也會度過的。

人群從村子裡出發，哈米德和其他孩子們也一起動身了，這群孩子有時跑到人們前面，然後站在樹下等候大夥兒。這些人為什麼走得這麼慢啊？哈米德的腳上好像插上了翅膀，他還有感到疲憊的時候嗎？人們來到了城郊，馬路的兩邊是富人的花園，四周是用磚砌起來的圍牆。一棵棵樹上結的是芒果或荔枝，有時會有孩子拾起地上的石頭瞄準芒果打去。園丁從裡面罵著走了出來，但這時孩子們早已跑得老遠，在那裡哈哈大笑呢！他們可把園丁捉弄了一番。

高大的建築出現在面前了，這是法院、這是俱樂部、這是學院。這麼大的學院裡該有多少孩子在念書啊？一個個不都是孩子，都是大人了。真的！他們都留著長長的鬍子，這麼大了，現在還在念書，也不知道要念到什麼時候為止，念了那麼多的書將來要做什麼？

哈米德念的小學裡有三個大孩子，他們都是無用的廢物，每天挨打，總是偷懶不念書，在這裡大概也是這樣的人，還會有什麼不同嗎？俱樂部一早就有魔術表演，聽說裡面有死人的頭奔跑，還有很多大型的把戲，但是不給人進去。傍晚的時候先生們在裡面玩，一個個都是大人哩，鬍子都長得老長了；還有一些英國太太也來玩，真的。你要是把那個東西給我們的媽媽，名字叫什麼來著，對了，球拍，我們的媽媽是抓不住的，而且一轉動就會摔倒。

馬赫穆德說：「我媽的手會開始發抖，真主保證，我說的是真的。」

摩赫森說：「我媽磨好多袋麵粉，難道拿一下球拍手就會發抖嗎？她還每天打幾十桶水，光我看的那頭水牛就喝五桶。要是一位英國太太非得打一桶水不可的話，那她的眼睛都要發黑啦！」

馬赫穆德說：「你媽總不能跑，也不能跳吧！」

摩赫森說：「對了，跑跳是不行。不過，那天我家的乳牛脫了韁，跑到村長的田裡去了，那時我媽跑得多快，連我也追不上，真的。」

他們向前走，開始經過一家家的糖果點心商店，這些店家今天都特別裝飾了一番。

摩赫森說：「這麼多的糖果點心誰來吃呢？看！每一家都有好幾百斤呢！聽說，晚上有精靈來購買糖果點心。我父親說，三更半夜有一個人到每家商店去，所有沒有賣出去的糖果點心他都讓人秤好了帶走，給的錢完完全全是真的錢。」

哈米德不大相信，他問：「真是這樣的話，精靈是從哪裡得到錢的呢？」

摩赫森說：「精靈哪裡缺錢？他想要進哪座庫房，就進哪庫房，鐵門擋也擋不住呢！老兄，你懂什麼？他身邊連珍珠寶貝都有！他看誰對眼，就給他一籃子的珍珠寶貝。剛剛還坐在這裡，幾分鐘就到了加爾各答。」

哈米德又問：「精靈一個個都很大吧？」

摩赫森說：「一個個有天那麼高哩！他站在地面上，頭就頂住了天，不過……如果他想要，鑽進小水罐裡也是可以的。」

哈米德說：「人們怎麼討好精靈呢？有誰可以告訴我那種祕訣，讓我也去討好一個精靈。」

摩赫森說：「我現在也不知道，不過村長大人手下有很多精靈，什麼東西被偷了，村長大人都可以打聽到，還可以告訴你小偷的名字。朱姆拉迪家的小牛犢不見了，著急了三天，到處都沒有找到。跑到村長那裡哭訴，村長馬上告訴他，小牛犢就在牲口欄裡，真的就在那裡找到了——精靈們把全世界的消息都報告給他知道了。」

現在，哈米德終於明白村長為什麼那麼有錢、為什麼那麼體面了。

他們繼續向前走。這裡是警察營地，所有警察都在這兒操練，回擊，開槍！晚上還有賴他們到處巡邏站崗，要不就會發生好多盜竊事件。不過，摩赫森反對這種看法，他說：「關於這些警察站崗的事，你需要知道的可多了！老兄，他們讓小偷盜竊呢！城裡所有的小偷強盜都和他們勾結在一起，晚上這些人對小偷說：『去偷吧！』然後他們就到另一個街區叫著：『醒醒、醒醒！有小偷……』這就是為什麼他們身邊有很多錢的原因。

我的舅舅就在一間警察局當警察，每月二十盧比，但給家裡寄五十盧比，真主保佑，我說的是真的！我曾經有一次問過他：『舅舅，你哪兒得到這麼多錢？』他笑著回答我說：『孩子，真主給的。』後來他又自己說：『如果我們願意，一天就可以弄到幾十萬，但我們只拿這麼多，在這個限度內既不背罵名，又能保住職務。』」

哈米德問：「這些人這樣縱容偷竊，難道沒有人來抓他們？」

摩赫森對他的無知深表同情。「啊！土包子，誰來抓他們啊？他們自己就是抓人的人呀！不過，真主對他們的懲罰也是夠厲害的了，不義之財來得快去得也快。前不久，我舅舅家著了火，財產全部被燒個精光，連一件器皿也沒有剩下。有幾天還睡在樹下，真主保證，真的睡在樹底下。後來不知從哪裡弄來了一百盧比，於是各種器皿，鐔鐔罐罐又都有了。」

哈米德說：「一百比五十多吧？」

「五十和一百怎能相比呢？五十只能裝一袋子，一百的話兩袋子也裝不下。」

現在，住宅開始稠密了起來。到會禮地的人群隨處可見，他們一個比一個穿得漂亮，有的坐著馬車，有的坐著小汽車，身上都灑了香水，個個情緒高昂。來自農村的這一群人也不在意自己的寒酸，他們沉浸於滿足之中，耐心地向前走著。對孩子們來說，城裡所有東西都是新奇的，只要看一樣什麼東西，看著看著腳就停下來了；即使從後面一再傳來喇叭聲，他們也察覺不了，哈米德差一點就被汽車撞倒。

忽然，會禮地出現在眼前，上面是許多羅望子樹形成的樹蔭，下面是磚地，磚地上鋪的是花紋布。會禮的人排著隊，一行接著一行，不知接到了哪裡，已經沒空位了——新來的人只好站在連花紋布也沒有鋪的磚地後面。在這裡，沒有人在意金錢和地位，在伊斯蘭的眼裡，大家都是平等的。這些從農村來的也做了小淨[3]，站在後面的一行裡。多麼好的運作，多麼好的安排！成千上萬的頭一齊磕下去，然後所有的人一齊站立起來；大家一同躬身，一同彎著膝蓋跪著坐了下去，這樣的動作反覆做了幾次，就像千千萬萬盞電燈一起明亮然後一起熄滅似的。多麼空前的盛況啊！這聲勢浩大的動作及其持續不斷在每個人的心裡注滿了敬仰、驕傲和歡愉，好像兄弟之情的一條帶子把所有的心靈都繫在一起。

禱告詞念完了，人們彼此擁抱，然後大家都湧向賣糖果點心和賣玩具的商店。從農村來的人們，對這些玩意兒的熱情並不低於孩子們——「你看，這是鞦韆，付一個派薩坐上去吧！有時你好像在升天一樣，有時又好像在入地。」「這是旋轉木馬，上面掛有木製的駱駝、象和馬，付一個派薩坐上去，可以享受轉二十五圈的樂趣。」

馬赫穆德、摩赫森、努勒和森米都坐上馬和駱駝了，哈米德站得遠遠的，他身邊只有三個派薩，不願為了繞幾個圈子付出自己三分之一的家當。

當人們從旋轉木馬下來，就是買玩具的時候了。這邊有一長排的商店，有各式各樣的玩具，有士兵和送牛奶的婦女，有國王和律師，有打水伕和洗衣婦，還有修行者。好呀！多美麗的玩具，就好像要開口說話似的。馬赫穆德買了士兵，士兵穿著卡其軍裝，頭上戴著紅頭巾，肩上還扛著槍，好像正在出操演習呢！摩赫森選擇了打水伕，打水伕彎著腰，背上有一個水袋，他用手抓著水袋的口，顯得多麼高興，也許還在唱歌哩！水也好像要從水袋裡倒出來了！努勒愛上了律師，律師的神情顯得多麼有學識，他穿著黑色

3：《古蘭經》規定穆斯林在禮拜前必須做的潔淨工作——把日常顯露在外面的肢體洗滌清潔。

長袍，裡面則是白色的上衣，上衣前面的口袋裡有懷錶，還繫有金色的鏈條，一隻手拿著一本大法典，好像他才從某一法庭進行詰問或答辯後剛回來似的。

這些玩具都是兩個派薩一個，哈米德身上也才三個派薩，這麼貴的玩具他怎麼能買呢？玩具要是一失手，就打碎了，要是沾上了水，顏色全脫了，買這樣的玩具做什麼？有什麼用呢？

摩赫森說：「我的打水伕天天為我送水，早晚各一次。」

馬赫穆德說：「我的士兵替我家站崗，小偷來了，他馬上就開槍。」

努勒說：「我的律師會拚命打官司。」

森米說：「我的洗衣婦每天替我洗衣。」

哈米德盡說玩具的壞話：「土做的東西一摔倒，就粉身碎骨了。」不過，他貪婪的眼睛卻目不轉睛地盯著那些玩具，他想著如果能夠拿在手裡玩一會兒該多好。他的手很輕易地伸了出去，可是孩子們不是這麼慷慨大方的，特別是還在興頭上呢！哈米德只能乾羨慕。

買了玩具過後，該是糖果點心的時間了，有的買了芝麻糖，有的買了玫瑰香糖，有的買了酥油蜜餞，每個人都津津有味地吃著，哈米德則是刻意站離他的小伙伴們遠一些。這個倒楣的孩子有三個派薩，為什麼不買點吃的呢？他用貪饞的眼睛打量著他們。

摩赫森說：「哈米德，拿塊芝麻糖去，多麼香呀！」

哈米德立刻起了疑心——這不過是惡作劇罷了，摩赫森不是這麼慷慨的人，但即使明白，他卻還是禁不住走到對方身邊。摩赫森從葉子袋裡取出一塊芝麻糖遞給哈米德，哈米德一伸手，摩赫森就連忙把芝麻糖放進自己的嘴裡。馬赫穆德、努勒、森米一起鼓掌大笑了起來，哈米德感到很難堪。

摩赫森說：「好，這次我一定給你，哈米德，真主保證，我說的是真的。來，拿去吧！」

哈米德說：「你留下吧！難道我身邊沒有錢？」

森米說：「你只有三個派薩，三個派薩能買到什麼？」

馬赫穆德說：「哈米德，從我這裡拿玫瑰香糖去吃吧！摩赫森是壞蛋。」

哈米德說：「糖果是什麼好東西，書上寫了好多吃糖的壞處。」

摩赫森說：「說歸說，有了還不是照樣吃，為什麼不拿出錢來？」

馬赫穆德說：「我想，這是他的詭計，當我們把錢花完的時候，他就買糖果吃，饞死我們。」

經過了糖果點心店，接著出現的是幾家賣鐵器的商店，還有幾家賣鍍金的和仿造首飾的店家，這些對孩子們沒有什麼吸引力，他們往前繼續走。哈米德卻在鐵器商店的門口停了下來，店門口放著幾把火鉗。

哈米德想到祖母身邊沒有火鉗，從鍋裡取麵餅時總燙著手，如果他買火鉗回去給祖母，她會有多高興啊！以後她的手指頭不會再燙傷，家裡也添了一件有用的東西。玩具有什麼好處呢？白白地糟蹋了錢，只不過是一時的高興，何況誰也不會認真抬頭看一眼玩具的，還可能沒回到家就破成碎塊……而火鉗是多麼有用的東西，可以從鍋裡取麵餅，也可以夾著麵餅在爐子裡烤，要是有人來借火，還能馬上從火爐中夾火給他。可憐的祖母哪裡有空到市場？哪裡有這麼多錢買火鉗呢？每天手都要被燙傷啊！

哈米德的伙伴都向前走了，在街道的攤販上喝果汁飲料。他們一個個都那樣的貪婪，買了那麼多糖果點心，誰也沒有給我一塊。平常還對我說：「和我一起玩吧！替我做這件事情吧？」今後他們有誰叫我做什麼事的話，我就要問他：「你吃糖果吧！嘴要爛的，要長水泡的，舌頭要變得貪吃起來，於是就要偷家裡的錢，就要挨打！」書是不會寫假話的。我的舌頭才不要變壞呢！祖母一看到火鉗就會跑過來從我的手裡接過去，她會說：「我的小孫子為我弄來了一把火鉗！」她會千百遍為我祝福，然後再拿給鄰居的婦女們看，整個村子裡的人都會談起：「哈米德帶了火鉗回來，多貼心的孩子！」有誰為他們的玩具祝福啊？長輩的祝福會直接達到真主的天庭，而且會立刻被聽到。

我沒有錢，所以摩赫森和馬赫穆德才能這樣表現得神氣十足，我也要在他們面前神氣一番。你們玩你們的玩具吧！吃你們的糖果點心吧！我不玩誰的玩具，何必忍受他人擺威風的氣呢？不錯，我很窮，但我不向誰去乞討，畢竟我爸爸會回來、我媽媽也會回來。到時候我就問他們要多少玩具？我給他們每人成筐的玩具，要向他們顯示該如何對待朋友，不該買了一個派薩的芝麻糖就貪饞地吃了起來。他們一個個都會笑我的，說哈米德買了火鉗。笑吧！我才不管哩！

他問商店老闆：「這火鉗賣多少錢？」

商店老闆望了他一眼，看到沒有任何大人在他身旁，就說：「這東西你用不上。」

「難道這不是要賣的？」

「為什麼不是要賣的？不賣為什麼要放在這裡呢？」

「那為什麼不告訴我這賣多少錢？」

「六個派薩。」

哈米德的心涼了。「告訴我實在的價錢吧！」

「實在的價錢是五個派薩，要買就買，不買就請便。」

哈米德鼓起勇氣說：「三個派薩賣不賣？」

他一邊說一邊向前走了，免得聽到商店老闆罵人的話，但是商店老闆並沒有罵他，而是把他叫了回去，把火鉗賣給了他。哈米德把火鉗往肩上一放，好像背著一支槍。他神氣十足地走到小伙伴們身邊，想聽聽他們對他有些什麼評論。

摩赫森笑著說：「為什麼弄這把火鉗來，你這土包子？拿這火鉗幹什麼？」

哈米德把火鉗往地上一扔說：「把你的打水伕玩具扔地上看看，可憐的傢伙鐵定會瞬間粉身碎骨。」

馬赫穆德說：「那這把火鉗是什麼玩具嗎？」

哈米德：「為什麼不是玩具？現在我把它扛在肩膀上，就成了一支槍；拿在手裡，就成了出家人的鐵器。如果我願意，還可以把它當作鼓鎚，我要是一掄火鉗，你們所有的玩具都沒命！你們的玩具不管花多大的力氣，也無損於我的火鉗分毫，我的火鉗是勇敢的獅子。」

森米先前買了一個小手鼓，他被打動了，問說：「和我的小手鼓換，要不要？兩個安那買的哩！」

哈米德對小手鼓不屑一顧，他說：「如果願意，我的火鉗可以把手鼓的肚子捅破。你的手鼓不過是蒙了一層皮，就咚咚叫了起來，要是沾了一點水，還不是完蛋，但我那勇敢的火鉗不管是在水裡、在火裡、在狂風中、在暴雨中，都一直巍然不動。」

火鉗迷住了所有的孩子，但是每個人的身上都沒有錢了，何況離廟會市集已經很遠。現在時間已經過了上午九點，陽光熾熱了起來，大家都想盡快趕回家，即使執拗地向爸爸邀求要買，也已經不可能得到火鉗了。哈米德是個十足的滑頭，他這個小壞蛋就是出於這個目的才把錢省了下來。

現在孩子們分成兩派了，摩赫森、馬赫穆德、森米、努勒是一派，哈米德一個人是另一派。兩派展開了論戰，森米成了背叛者，他投到了另一邊去了。摩赫森、馬赫穆德和努勒三人雖然一個個都比哈米德大一、兩歲，但仍然因哈米德的反擊而害怕起來，他有正義的力量，也善於運用策略。

一邊是泥土，一邊是鐵，而此刻它還把自己說成是鋼，它是不會被打敗的，是可以置人於死地的。如果有一頭獅子來了，打水伕就手足失措了，士兵則會扔掉土槍逃跑，而律師先生會驚惶不安地用長袍捂著臉躺倒在地上。可是這把火鉗，這位勇士，這位印度的魯斯坦姆[4]就會衝上前去騎到獅子的脖子上，把牠的眼睛挖出來。

哈米德使上最後的力量說：「火鉗一嚇唬打水伕，他就會乖乖地跑去取水來灑在大門口。」

摩赫森失敗了，但是馬赫穆德幫了腔，他說：「如果火鉗這傢伙被捕了，他就得在法庭上被捆著受折磨，那時他就會跪在律師先生的腳前。」

哈米德不能反駁這個強而有力的論點，他說：「誰來捕他呢？」

努勒神氣地說：「就是我這個帶槍的士兵。」

哈米德做了一個鬼臉說：「這個可憐的傢伙還能捕這個印度的魯斯坦姆？那好，拿來吧！現在就讓他們摔摔跤，他一看到火鉗的影子還不是會溜之大吉，可憐的傢伙捕什麼？」

摩赫森想到了新的一招：「你的火鉗每天都在火裡燒。」他以為哈米德會啞口無言了，但是事情並沒有這樣。

哈米德馬上回答：「只有勇士才能跳進火裡，而你們的律師、士兵和打水伕就像婦人一樣鑽進家裡去，跳進火裡的事只有這位印度的魯斯坦姆才能做得到。」

馬赫穆德又有力地說：「律師先生總是坐在椅子上，而你的火鉗只能待在廚房裡。」

這個論點也使摩赫森和努勒變得有活力了，小伙子真把話說到重點上了。火鉗除了待在廚房裡外，還能做什麼呢？

4：魯斯坦姆是古代波斯的大力士，費爾多西所著的《列王記》中描繪了他的事蹟。

哈米德想不出任何鎮得住人的回答，於是他開始信口開河了。「我的火鉗才不會只待在廚房裡！當律師先生坐在椅子上的時候，它就去把他打翻在地，把他的法律捅到他的肚子裡去。」

話說得沒有道理，純粹成了狡辯，不過把法律捅進肚子裡這句話，使得對方的三位小勇士面面相覷，好像是半個派薩的風箏竟然在天上割斷了四個派薩的風箏一樣。法律本來是從人口中說出來的東西，把它捅進肚子裡去，即使有些牛頭不對馬嘴，但畢竟有它新鮮之處。哈米德取得了勝利，他的火鉗是印度的魯斯坦姆，現在摩赫森、馬赫穆德、努勒三人對此也不持異議了。

勝利者從失敗者那裡得到的優待，哈米德也得到了。其他幾個孩子花了三、四個安那，但是沒買一件有用的東西，哈米德花了三個派薩卻留下了好印象。事實上也確實如此，玩具怎麼靠得住，是會破碎的，而哈米德的火鉗卻可以維持好多年。

講和的條件開始定下來了，摩赫森說：「把你的火鉗也給我們看看吧！你拿我的打水佚去看。」

馬赫穆德和努勒都一一地把自己的玩具拿了出來。

哈米德不反對接受這些條件，火鉗相繼到了每個人的手裡，而他們的玩具也一一傳到了哈米德手中。多好看的玩具啊！他安慰失敗者說：「我不過是有意氣一氣你們，真的，這鐵做的火鉗豈能和這些玩具相比，這些玩具好像會說話似的。」

但是摩赫森一派並無法接受這種安慰，火鉗已經建立了權威——貼上了的郵票用水是洗不掉的。

摩赫森說：「不過，誰也不會因為這些玩具為我們祝福的。」

馬赫穆德說：「你還提祝福，相反的，還會挨罵呢！我媽一定會說：『在廟會的市集上你就買了這泥巴做的玩具？』」

哈米德不得不承認，誰的母親看到玩具，也不會像祖母看到火鉗那麼高興。他本來想拿這三個派薩辦很多的事，最後卻全部都用來買火鉗，對此他完全沒有感到懊悔，何況現在火鉗已經是印度的魯斯坦姆，是所有玩具之王。

回家的途中，馬赫穆德肚子餓了，他的父親給了他幾個香蕉。他只讓哈米德一起分享，其他朋友只能眼巴巴地看著，這是那把火鉗的恩惠。

大約十一點鐘的時候，整個村子都熱鬧起來，因為趕廟會的人都回到了村子裡。摩赫森的妹妹跑來從他手裡搶走了打水伕，她高興得跳了起來，但一不小心，打水伕掉到地上升天了。為此，兄妹兩人打了起來，兩人都哭了，聽到兩人打鬧，他們的母親生氣了，分別打了他們兩記耳光。

按照身分，努勒小伙子的律師的結局應該會比打水伕要光榮得多——律師先生總不能坐在地上或壁櫥裡吧？多少還是得考慮到他的尊嚴。於是努勒在牆上釘了兩枚釘子，上面放了一塊木板，木板上放了一張紙做地毯，而律師先生就像古代名王坡傑那樣坐上了寶座。努勒開始為他搧風，在法庭裡有香草編織而成的涼爽竹簾和風扇，難道這裡可以連普通的扇子都沒有嗎？滿腦子法律熱氣難道不會衝上他的腦門嗎？於是努勒取來了竹扇，開始為他搧風。然而，不知道是竹扇搧的風太大了，還是竹扇碰到了，律師先生從天堂直落到了人間世界，他泥土製的長袍又回到了泥土裡，接下來是熱熱鬧鬧地哀悼一番，最後，律師的遺體被扔進垃圾堆裡。

現在還剩下了馬赫穆德的士兵，他馬上接受了在村子裡站崗的任務，但是充當警察的士兵可不是普普通通、徒步行走的人，他得乘轎子去。馬赫穆德弄來了一個小筐子，裡面墊上幾塊紅色的舊破布，好讓士兵舒舒服服地躺著。馬赫穆德舉起了小筐子，開始在門口繞圈子，他的兩個弟弟代士兵喊著：「醒醒、醒醒，有小偷！」可是夜色漆黑，馬赫穆德的腳不知踢到了什麼東西的上面，小筐子從他的手裡掉了下來，士兵連同他的槍一起掉到了地上，他的一隻腳斷了。

馬赫穆德今天才明白自己還是一個好醫生，他弄到了一點軟膏，馬上把士兵的斷腿用軟膏接好，還需要一點樹膠就行了，樹膠從樹上取來了，斷腿接好了。不過，當士兵一站起來，腿又不聽使喚了，外科手術沒有成功，於是另一隻腿也給弄斷了。現在至少可以在一個地方舒舒服服地待著，一隻腿既不能走，也不能坐。現在這個士兵成了修道仙人了，只能坐在一個地方站崗了；有時還可以充當神像，他頭上那以纓子為飾的頭巾掉了，現在你想怎麼把他改裝一番，都是可以的，有時還可以拿他當秤砣使用。

現在來聽小伙子哈米德的情況吧！阿米娜一聽到他的聲音就跑了出來，把他抱在懷裡親他，她看見他手裡的火鉗後吃驚了。

「這是哪裡的火鉗？」

「我買來的。」

「多少錢？」

「給了三個派薩。」

阿米娜很傷心，多麼不懂事的孩子啊！已經中午了，沒有吃，也沒有喝，卻買回來一把火鉗。整個廟會市場上就沒有看到其他東西，只好帶回一把鐵製的火鉗？

哈米德帶著犯了過錯的心情說：「您的手指在鍋裡燙傷了，所以我買了它。」

老太婆的嗔怪一下子轉變成了慈愛，這種慈愛不是那種善於用言詞和激動語句表達的慈愛，這是一種無言的慈愛，深厚而又充滿感情。孩子多麼富有犧牲精神，多麼善良而又理智！他看到別的孩子買玩具、吃糖果，心裡該是多麼羨慕啊！他怎麼能這麼克制呢？在那種場合還想著自己年老的祖母！阿米娜的心激動得說不出話來了。

現在，一件非常奇怪的事情發生了，比哈米德買這把火鉗的事還要奇怪——孩子哈米德扮演了老頭哈米德的角色，老太婆阿米娜成了小姑娘阿米娜。她開始哭了，她展開她的衣襟為哈米德祝福；一顆一顆豆大的眼淚落個不停，哈米德又如何能理解其中的奧祕呢？

錯殺

哥哥，
太陽會曬傷小鳥嗎？

1

格西瓦家的屋簷上，有一隻鳥下了幾顆蛋。格西瓦和妹妹西瑪亞兩人一直很留心鳥的動靜。大清早，兩人就揉著惺忪睡眼走到屋簷邊，望著待在上面的鳥。不知道他們為什麼會如此熱衷於觀看鳥，甚至把喝牛奶和吃炸糕的事都忘得一乾二淨。他們兩人的心裡浮現種種疑問，鳥蛋該有多大？是什麼顏色的？有幾顆？吃不吃東西？小鳥是怎樣生出來的？鳥兒的翅膀是如何長出來的？鳥窩又是什麼樣子？可是沒有人回答他們的問題——媽媽忙於家務，沒有空；爸爸也忙於看書寫字。於是，兩人彼此一問一答，以此來滿足各自的好奇心。

西瑪亞說：「哥哥，小鳥一生出來就會飛吧？」

格西瓦像非常博學的人那樣神氣地說：「哪是？哪是啊？小瘋子，小鳥得先長出翅膀來，沒有翅膀，小傢伙怎麼能飛呢？」

西瑪亞說：「鳥媽媽拿什麼東西餵小鳥呀？」

格瓦西回答不出她提出的這個難題。

這樣又過了三、四天，兩個孩子的好奇心愈來愈強烈，他們迫不及待地要看一看鳥蛋是什麼樣子。兄妹倆還猜測，現在小鳥也許早就出來了，於是他們又開始猜想：小鳥吃什麼東西？可憐的鳥媽媽哪裡能找得到餵幾隻小鳥的糧食？無辜的小鳥會餓得吱吱亂叫，最終會死去的。

一想到可能發生這樣危險的狀況，兄妹倆就再也待不下去了，他們決定放點糧食到屋簷上。西瑪亞高興地說：「放了糧食，大鳥就不必飛來飛去為小鳥找吃的東西了，是不是？」

格西瓦說：「當然，還用得著飛來飛去嗎？」

西瑪亞說：「哥哥，太陽會曬傷小鳥嗎？」

格西瓦還沒有思考過小鳥會遭遇這種苦難，他說：「對了，小鳥肯定會被曬得很難受，也許他們會渴得要死呢！屋簷上又沒有什麼能遮蔭的東西。」

最後他們決定，應該在鳥巢的上面用布做一個頂篷，兩人還一致同意要放上一只水杯和一些米。

於是，兩個孩子興致勃勃地動起手來。

西瑪亞背著媽媽從瓦缸裡把米弄來了；格西瓦悄悄地把一只杯子裡的油潑到地上，將杯子擦了又擦，然後把水裝到裡面。

用來遮太陽的布從哪裡來呢？如果沒有支撐的木棍，布又往哪裡放呢？木棍又怎能豎起來呢？

格西瓦對這個棘手的問題摸索了好久，最後終於讓他想出解決的辦法來了！他對西瑪亞說：「去把那個廢紙簍拿來，別讓媽媽看見了。」

西瑪亞說：「紙簍中間破了一個洞，太陽的光不是可以透過去嗎？」

格西瓦不耐煩地說：「去拿來就是了，別廢話，我會想辦法把破洞堵上的。」

西瑪亞跑去把廢紙簍拿了過來，格西瓦先用一片紙把破洞塞上，接著又用一根樹枝把紙簍撐了起來。「妳看，這樣把鳥窩給遮住，太陽還怎麼照得進去呢？」

西瑪亞心想：哥哥多麼有本事啊！

2

那時正是夏天，爸爸已經上班去了，媽媽讓兩個孩子睡下後自己也躺下來睡了。可是，孩子們今天哪裡會有睡意呢？為了騙過媽媽，他們屏住呼吸、閉著眼睛，等待著好時機。一發現媽媽已經熟睡了，兩個孩子立刻悄悄從床上起來，慢慢拉開門上的門閂，開門走了出去。兄妹倆又動手開始保護鳥蛋的工作，格西瓦從房間裡搬來一只凳子，可是凳子還不夠用，他又從洗澡的地方把一個大木墩搬了過來，放在凳子的下面，然後小心翼翼地爬上了凳子。

至於西瑪亞，則兩手扶著凳子站著。由於凳子的四隻腳不齊，有時格西瓦身子偏到一邊，凳子就搖晃起來，當下格西瓦是多麼提心吊膽、有苦難言，只有他自己知道。他用兩手抓住屋簷，低聲但帶著恫嚇的口氣對西瑪亞說：「把凳子扶好，要不，我下來非狠狠揍妳不可。」可是，可憐的西瑪亞一心一意注意著屋簷上面，哪裡還管得這麼多，所以有時手就不自覺鬆開了。

格西瓦的手再次抓住屋簷時，兩隻鳥啪地一下飛走了。格西瓦看到屋簷上只有一小堆亂草，草上面有三個鳥蛋——根本不像他以前常在樹上看見的那種鳥窩。西瑪亞在下邊問：「哥哥，有幾隻小鳥？」

格西瓦說：「有三個鳥蛋，還沒有小鳥出來。」

西瑪亞說：「哥哥，鳥蛋有多大，讓我也看看吧！」

格西瓦說：「我會讓妳看的啦！妳先拿一塊破布來，我把它放在鳥蛋的下面，現在鳥蛋胡亂散在亂草上呢！」

西瑪亞跑去拿來了自己的圍褲，撕下一塊遞給格西瓦。格西瓦彎下身子接過布塊，把它疊了幾層弄成一個軟墊，然後放在亂草上，最後再把三個鳥蛋慢慢地移放在軟墊上。

西瑪亞又開口了：「哥哥，也讓我看看吧！」

格西瓦說：「好，我馬上就讓妳看。妳先把紙簍拿來給我，讓我把鳥蛋遮起來。」

西瑪亞從下面把紙簍遞給了他：「現在你下來，我上去看看。」

格西瓦用小樹枝把紙簍支撐好了後說：「妳快去把米和水杯拿來，我下去後再讓妳上來看。」

西瑪亞把米和水杯也拿來了，格西瓦把它安放在紙簍的下邊，然後慢慢地爬了下來。

西瑪亞哀求地說：「哥哥，現在該讓我上去看一看了。」

格西瓦說：「妳會摔下來的。」

西瑪亞說：「不會摔下來的，哥哥，你在下邊扶著就行了。」

格西瓦說：「那不行，萬一妳摔倒了，媽媽會扒掉我的皮，她會說是我把妳扶上去的。妳看了能做什麼呢？現在鳥蛋待得舒舒服服的，等小鳥出來了，我們再餵小鳥就好啦！」

兩隻鳥一次又一次地飛到屋簷上面來，可是並不落在上面。格西瓦想，一定是害怕他們兩個人，鳥才不敢落在飛簷上，於是他把凳子放回房間裡，把大木墩放回洗澡的地方。

西瑪亞眼淚汪汪地說：「你沒有讓我看，我要告訴媽媽。」

格西瓦說：「妳如果告訴媽媽，我就狠狠揍妳，我說話是算數的。」

西瑪亞說：「為什麼不讓我看？」

格西瓦說：「掉下來了，不就完了嗎？」

西瑪亞說：「完了就完了。你看著，我一定告訴媽媽！」

這時，房門打開了，媽媽手搭涼篷說：「你們兩人什麼時候溜出來的？我不是說過，正午的時候不要出來嗎？是誰拉開門閂的？」

門閂是格西瓦拉開的，但是西瑪亞卻沒有把這件事告訴媽媽，她擔心哥哥會挨打。格西瓦這時心裡也直打鼓，生怕西瑪亞說出來。由於他沒有讓西瑪亞看鳥蛋，自然也覺得她不怎麼靠得住。西瑪亞沒有說，是出於對哥哥的友好，還是出於考慮到在這一過錯中她也有份，這很難判斷，也許兩者兼而有之。

媽媽數落了他們一陣後，又把他們關進了房間，讓他們躺下，還替他們慢慢搧風。現在是午後兩點，外面正颳著熱浪，兩個孩子的瞌睡也來了。

3

四點時，西瑪亞突然醒來，這時房門是開著的。她跑到屋簷邊，抬頭望著上面，發現紙簍沒有了，偶然往下一看，便急急忙忙地掉頭奔回房間裡嚷嚷了起來：「哥哥，鳥蛋掉到地上了！小鳥飛走啦！」

格西瓦慌慌張張爬起來，跑到外邊一看，只見三個鳥蛋摔破在地上，從裡面流出石灰漿似的東西；水杯也摔破在一邊。

他沉下臉來，驚恐的目光直直瞪著地上。

西瑪亞問：「哥哥，小鳥飛到哪裡去了？」

格西瓦難過地說：「鳥蛋摔破了！」

「那小鳥飛到哪裡去了？」

格西瓦說：「別廢話！妳沒看到從鳥蛋裡流出來灰白色像水一樣的東西嗎？這灰白色的東西再過幾天就可以變成小鳥的。」

媽媽手裡拿著一根棍子，問說：「你們兩個在太陽底下做什麼？」

西瑪亞說：「媽媽，鳥蛋摔破了！」

媽媽走上前看了看摔破的鳥蛋後，便生氣地對他們說：「是你們碰過鳥蛋吧？」

這時，西瑪亞一點也不同情哥哥了。她認為也許就是因為兄長沒有放好，才讓鳥蛋摔落下來，他應該受到懲罰，於是她說：「媽媽，是哥哥摸了鳥蛋。」

媽媽問格西瓦說：「是不是？」

格西瓦露出一副可憐的模樣，站在那邊，動也不敢動。

媽媽問：「你怎麼爬上去的？」

西瑪亞說：「媽媽，他把凳子放在木墩上爬上去的。」

格西瓦說：「妳沒有站在旁邊扶凳子嗎？」

西瑪亞說：「是你叫我扶的！」

媽媽說：「你都這樣大了，還不懂得嗎？鳥蛋一摸就變髒了，大鳥再也不孵了。」

聽母親這樣一說，西瑪亞有點提心吊膽地問：「媽媽，是大鳥故意把蛋摔掉的？」

媽媽說：「那當然！但格西瓦也犯了罪過，唉……這小壞蛋斷送了三條生命。」

格西瓦哭喪著臉說：「媽媽，我只是把鳥蛋往布墊上移動了一下而已。」

母親忍不住笑了。可是格西瓦一連好幾天因自己的罪過感到難受，他出於維護鳥蛋的好心，結果卻把鳥蛋毀了，一想到這裡，他幾乎就要哭了起來。

兩隻鳥從此再也沒有飛回來。

奈烏爾大叔

奈烏爾的內心充滿了甜蜜的感覺，

妻子對他的感情中，絲毫也沒摻雜過她個人私心的打算。

1

像一座座銀山似的白雲在天空中飛馳，它們有時結合在一起，有時又散開；它們也好像在和太陽競爭似的，忽而這裡出現一片陰影，一下子那裡又照射出熾烈的陽光。這是雨季來臨的日子，天氣悶熱，一點風也沒有。

村子外邊有幾個雇工在築田埂，他們赤裸著上身，全身是汗，捲著短圍褲。每個人都拿著鏟子挖土，然後把土培在田埂上。由於有水，土變成了軟泥。

戈巴爾眨著他那隻獨眼說：「喂，現在手沒力氣，連鏟子都拿不住了，先吃點東西吧！」

奈烏爾笑了一笑說：「先把這條田埂耕完吧！耕完了再吃，我可是比你來得還早呢！」

蒂那一面把筐頂在頭上，一面說：「奈烏爾大叔，你年輕時吃的酥油，可能比我們現在喝的水還多呢！」

奈烏爾個子很小，卻很結實；他又黑又機靈，年紀雖然已經五十出頭，可是體力還是很好，就連年輕小伙子都比不上他，兩、三年前他還常常和人摔跤哩！不過，自從他的乳牛死了之後，他就再也不摔跤了。

戈巴爾說：「奈烏爾大叔，你不抽菸怎麼能夠活下去呢？這裡的人雖然沒飯吃也不打緊，但不抽菸可是會受不了的。」

蒂那說：「大叔，你回家後還自己做飯？大嬸什麼都不做？這樣的女人，要是我，一天也合不來。」

奈烏爾被花白鬍子蓋著的臉露出了一絲微笑，他那醜陋的面孔也跟著變得好看一些。他說：「孩子，年輕的時候和她一起度過了美好的青春。現在她不做事，我又有什麼辦法？」

戈巴爾說：「是你縱容了她呀！不然，為什麼可以不做事？她舒舒服服地坐在床邊吸菸，和村子裡的每一個人吵架。你老了，她現在還打扮得很年輕呢！」

蒂那說：「年輕的女人也比不上她，她的心思全在紅粉[1]、額飾[2]、烏煙、指甲花等上面。我從來沒有見過她穿沒有花邊的素色沙麗，還有，她對首飾的要求永無止境。你老實得像頭母牛，所以才能和她生活在一起，要不，她現在早就沿街乞討了。」

戈巴爾說：「我對她那種裝飾和打扮很生氣，她什麼事情也不做，卻要吃好的、穿好的。」

奈烏爾說：「你知道什麼呀？孩子，她到我家來的時候，我家有七副犁的土地，她就像貴夫人一樣待在家裡。時代變了，但沒對她造成任何影響，她的思想還是過去那一套。她要是在灶前坐一會兒，眼睛馬上就薰紅了，連忙把頭抱著，我實在不忍心看下去。

人不就是為了過好日子才結婚的，哪還有什麼別的要求呢？我從這裡回去以後做餅、打水，做好了她吃上幾口，要是只有我一個人，那有什麼意思？像你一樣吃幾碗現成的餅，喝一罐水了事嗎？自從女兒死

1：早期印度婦女在額上點紅粉表示已婚，但演變至今，額上點紅硃砂有幸福和祝福之意。
2：印度婦女有時候會黏在額上的裝飾品。

了以後，她更虛弱了，這對她是一個很大的打擊。孩子，我們如何能理解當母親的感情啊？我以前有時還會數落她幾句，現在我還有什麼臉再說她呢？」

蒂那說：「那你昨天爬上無花果樹做什麼？無花果還未成熟哩！」

奈烏爾說：「我是替乳羊摘點樹葉子。以前為了讓女兒有奶喝，買了一頭乳羊，現在羊已經老了，不過多少還可以產一點奶，老太婆就是靠羊奶和餅生活的。」

回到家以後，奈烏爾拿起水罐和繩子去洗澡，這時，他妻子躺在床上說：「你為什麼老是這麼晚才回來啊？有誰會不要命地工作？大家得到的工錢都一樣，你為什麼拚死拚活地做？」

奈烏爾的內心充滿了甜蜜的感覺，妻子對他的感情，絲毫也沒有摻雜她個人私心的打算。除了她以外，還有誰會關心他的休息，關心他的死活呢？這樣他又怎麼能不為自己的老伴死呢？他說：「老太婆，說真的，妳前世一定是一位好心的女神！」

「得了吧！別這麼奉承人了。我們兩人身邊還有誰，值得你這樣拚命地做呀？」

奈烏爾心頭興奮極了。他去洗了澡，回來後做了幾張厚厚的餅，他把馬鈴薯放在鍋裡煮熟後，做成馬鈴薯泥，做完後便坐下來一同吃起來。

老太婆說：「因為我身體的關係，你得不到一點幸福。我只能坐著吃，給你添麻煩。要這樣下去，倒不如老天爺早日來把我接去的好。」

「老天爺要是來了，我會說：『先把我接去吧！』要是先接妳去，還有誰留在這個空房子裡呢？」

「要是你不在了，那我會是什麼樣子，我一想到這裡，眼前就是一片黑暗。我前世一定是積了很大的陰德，才會碰上了你，若是跟了別人難道還能生活得下去嗎？」

聽了這種飽含深情的話，他還有什麼不能為她辦到的？懶惰、貪婪而又自私的老太婆嘴裡說得很甜，用這來驅使奈烏爾，正如一個漁夫在魚鉤裝上餌引誘魚上鉤一樣。

討論關於誰先死的問題，今天並不是第一次。在此以前，就多次提出過這個問題，只是沒有結論就放在一邊了。但是不知道為什麼，奈烏爾一直在確立自己先走的權利，並肯定他自己會先死。為了在他死後老太婆能生活得很舒服，不至於向別人伸手，他拚命地工作，以便能夠積攢一點錢。誰也不願做的最重的工作，奈烏爾都做。用鋤頭、鏟子忙了一整天，夜裡還要給人榨甘蔗，或者是替人家守莊稼。只是，日子一天一天地過去，他所賺來的錢，仍然沒能夠積攢起來。

生活中沒有老太婆，他連想都不敢想。但是今天的討論卻使奈烏爾懷疑起來了，就像一滴顏料滴在水中一樣，在他的心中擴散開來。

2

在村子裡，奈烏爾付出很多勞力，但是得到的工錢卻仍然像過去得到的一樣。後來由於農業蕭條，他原來的工錢也保不住了。

這時，村子裡不知從哪裡來了一個雲遊的修行者，這個修行者在奈烏爾家對面的菩提樹樹蔭下燃起了火堆；村子裡的人都認為修行者的光臨是福氣，紛紛都來招待這個出家的大師。有的人搬來了木柴，有的人拿來了褥子，有的人拿來了麵粉和豆菜。奈烏爾身邊什麼也沒有，所以他接下了為大師做飯的任務，抽空時還可以抽抽菸過個癮。

短短幾天，大師的美名就傳開了。人們說他能觀察到人的心靈深處，能說出對方的過去和未來；他一點也不貪心，錢是碰也不碰的。他吃什麼呢？一整天只吃兩個餅，臉上卻滿面紅光，說話的聲音很好聽。心地單純的奈烏爾成了大師最大的崇拜者，若大師可憐他，替他點石成金，他就不必再忍受貧窮了。

善男信女們一個個都回家了。天氣已經變得很冷，只有奈烏爾還坐在大師旁邊替他按摩雙腿。

大師說：「孩子，世界是一片幻景，你為什麼陷入這幻景之中呢？」

奈烏爾垂下頭說：「我是無知的人，尊者，有什麼辦法呢？家裡有妻子，把她扔給誰呢？」

「你以為是你養活你妻子嗎？」

「她還有什麼人可依靠，尊者？」

「在你心裡真主算什麼？只有你才是一切！」

奈烏爾頓時好像豁然開朗起來了。「你就是這樣驕傲自大，腦袋都膨脹起來了。替人家做點事就累得死去活來，卻認為只有你才是老婆的一切！撫育全世界生靈的只有真主，而你卻這樣武斷地干預真主的職責！」奈烏爾一顆單純農民的心發出這樣責備自己的聲音。他說：「我是無知的人，尊者！」

他再也說不下去了，眼中流出了既無可奈何又悲傷的眼淚。

大師激動地說：「你要看一看真主的奇蹟嗎？如果真主願意，他頃刻之間就可以使你變成百萬富翁，頃刻之間就可以解除你一切的苦惱。我不過是真主一個極渺小的信奉者，連一粒砂子也不如，不過我也有能力幫你點石成金。你心地純潔、善良，是個誠實的人，我很可憐你。我仔細地觀察了村子裡每一個人，誰也沒有虔誠的心，誰也沒有真正的信仰，但我發現你有一顆虔誠的心。你身邊有錢嗎？」

奈烏爾一聽，剎那間覺得天堂已經為他打開了大門。

「尊者，大約有十來個盧比。」

「還有什麼銀飾嗎？」

「妻子身邊有一點銀飾。」

「明天夜裡，只要是你能弄到手的錢，都把它拿來。你自己親眼看看真主的能力，我會當著你的面把錢放在罐子裡，埋在火堆中，早晨你再來取走罐子。不過你得記得，如果你把這些金錢用在喝酒、賭博或其他任何壞事上面，就會患上痲瘋病。現在你可以離開，回去睡覺了。當然，你還要注意，千萬別跟任何人說。即使是自己的妻子，也不要跟她說。」

奈烏爾回到家，整個人高興得不得了，好像真主賜福的手已經伸在他的頭頂上。整夜他都沒有入睡，大清早，他就開始三、五個盧比地向別人借錢，湊足了五十個盧比。他從來沒有賴過任何一個人的帳，他守信用、心無邪念，所以人人都相信他，借錢時也沒有遇上任何困難。

他自己有二十五個盧比。可是怎麼向妻子索取首飾呢？他想了一條計策：跟她說她的銀飾不亮了，最好用酸性的溶液浸洗一下，只要浸泡一個晚上，舊銀飾就會像新的一樣。

老太婆落入了他的圈套，把銀飾放進裝了酸性溶液的罐子裡。晚上當她睡著的時候，奈烏爾又把盧比都放進了那個罐子，然後帶到大師身邊。大師口中念念有詞，把罐子放到火堆的灰裡，給了奈烏爾祝福並把他打發走。

他一整夜翻來覆去睡不著，天未亮，他就跑去見大師，可是大師已經不在那裡了。他等不及，動手撥開還燃燒著火焰的灰堆。罐子不見了！他的心突突跳了起來，接著氣急敗壞地開始尋找大師。園子那邊去了，湖邊也找了，十分鐘、二十分鐘、半個鐘頭都過去了，可是到處都沒有大師的影子。

善男信女們開始來了，大師到哪裡去了呢？褥子不見了，吃飯的用具也不見了。

信徒們都說：「雲遊的修行者哪有什麼固定的地方，今天到這裡，明天到那裡。如果老是待在同一個地方，那還算什麼雲遊的修行者呢？要是那樣，和世俗人來太往密切，就又會陷入紅塵。」

「是有道的大師！」

「一點也不貪財。」

「奈烏爾哪裡去了？大師對他很關心，一定跟他打過招呼才走。」

大家都開始找奈烏爾，可是四處都找不到。就在這時候，老太婆一邊叫著奈烏爾，一邊從家裡跑了出來，她大叫大嚷，邊哭邊罵著奈烏爾。

此時，奈烏爾正穿過田埂飛快地跑離村子，好像想要脫離這個罪惡的世界。

有一個人說：「奈烏爾昨天還向我借了五個盧比，說今天傍晚就還給我。」

另外一個說：「他也向我借了兩個盧比，也說今天就還。」

老太婆哭著說：「這個老不死的傢伙把我的首飾都拿走了，二十五個盧比也拿走了！」

人們才知道，修行者是一個騙子，騙了奈烏爾——世界上到處都有這樣的騙子！

人們沒懷疑奈烏爾，這個可憐人是一個老實的傢伙，上了人家的當，可能因為不好意思才躲起來。

3

三個月過去了。

在昌西地區特桑河的岸邊，有一個小小的村落，名叫加西布爾。特桑河的岸邊還有一座山崗。幾天來，有一個修行者來到山崗上打坐。這人個子小，膚色像鍋底一樣黑，身體很結實——他就是奈烏爾。他裝扮成修行者，打算騙人獲取一些錢財，而在過去，他單純、正直，對別人的東西連看也不看一眼，他吃自己工作的所得，高高興興過日子。他一時一刻都沒有忘記自己的老家，也沒有忘記他的老太婆。今生，總有一天他會再回到自己的家，他仍然會開心地生活在原來的天地裡，仍然會在有點不安、同時又有點希望的氣氛下愉快地生活著。

那種生活多麼幸福！所有的人都是自己人，大家都互相尊重、互相體諒。工作一整天賺得一些糧食或工錢，拿回家的時候，老太婆是用多麼親密的熱情迎接他，全部的勞苦、疲乏都在那親切的氣氛中變得甜蜜了。

唉！這樣的日子什麼時候才會到來啊？現在老太婆不知道過得怎麼樣了？有誰陪著她一起開心呢？誰做飯給她吃呢？更何況家裡一塊錢也不剩，連首飾都沒了。一想到這裡，他就感到很憤恨，要是碰到了那個修行者，他要生吃了他。唉！貪心啊！貪心啊！

在他許多忠實的崇拜者之中，有一個年輕的婦人，她被丈夫遺棄了——她父親是一個領退休金的軍人，她和一個受過教育的年輕人結了婚，那個年輕人對自己母親百依百順，而媳婦卻和婆婆合不來。媳婦想和婆婆分家，丈夫不願意和母親分開，媳婦一氣之下回了娘家，到現在都已經三年了。在這三年之間，婆家從沒來接她，丈夫也沒有來過。年輕婦女總想用什麼辦法制伏自己的丈夫，而扭轉一個人的思想對人來說又有什麼困難？當然，首先得獲得聖人的憐憫才能辦得到。

有一天，她單獨向修行者哭訴了自己的不幸，看來，奈烏爾要獵取的對象今天似乎就要到手了。他嚴肅地說：「孩子，我既不是一個得了道的人，也不是聖人，但我也不希望捲進世俗的紛擾中。只是，看到妳的虔誠和敬仰後，我對妳產生了憐憫。如果真主答應，妳的心願會得到滿足的。」

「你是有為的人，我完全相信你。」

「真主的祝願一定會成真的。」

「只有你才能幫助我這個不幸的人度過難關。」

「相信真主吧！」

「你就是我的真主！」

奈烏爾陷入了左右為難的境地，他說：「不過，孩子，為這件事得舉行盛大的祭祀，而舉行祭祀要花成千上百的錢。就算這麼做了，能否達到目的也還很難說。當然，我能做到的我一定會去做，不過，一切都還是由真主掌握。出家人本是不接觸財物的，但是我不忍看到妳這麼難過。」

就在那天晚上，年輕婦女把自己裝滿金飾的匣子拿來，放在修行者的腳前。修行者用兩隻發抖的手打開匣子，在明亮的月光下看了看首飾。他閉上了眼睛，這些錢財就將要歸他所有，而且是送到他的面前，請求他接受，絲毫不費什麼力氣，只要把匣子放在自己的枕邊，然後給年輕婦女祝福打發她走，當她早晨再來時，他已經跑到很遠很遠的地方了。這真是出人意外的福氣，當他帶著裝滿盧比的口袋回到村子裡，並把口袋放在老太婆面前的時候……啊！他能想像出比那更令人高興的場面嗎？

但是不知道為什麼，他連這點事也做不到，他無法把匣子壓在枕邊的褥子下——本來很簡單的事，可他就是做不到。他無法將手伸向匣子，他支配不了自己的手。那就別動手吧！用嘴也行，用嘴說：「孩子，把它放在我枕邊褥子下面！」用嘴說難道天會塌下來嗎？舌頭不會被割下來的，但是他也無法指揮他的舌頭。用眼色也可以，然而此時連眼睛也不合作了。儘管有好多器官可供驅使，奈烏爾仍然毫無辦法，它們都沒用了。

他面前有成千上萬的盧比——這個被遺棄的婦女在他眼裡就像是一頭牛，而他手中有明晃晃的鋼刀，無辜的牛在面前被繩子綁得緊緊的，他能動手割掉牠的頭嗎？儘管其他的人可以割下牛的頭，但是他卻不能殺害那頭牛。三個月來他所等待的時機，今天到了手，但他的心卻顫抖不已。貪慾的本性像野獸一樣愛好獵取獵物，但是由於常年被鎖鏈捆住，牠的爪子脫落了，牙齒也不鋒利了。

他哭著說：「孩子，把匣子拿回去，我只不過是想試探妳，妳的願望會實現的。」

月亮已經在河對岸的樹叢中休息了。

奈烏爾慢慢站起身來，在特桑河裡洗了澡，朝一邊走了。他已經厭惡「聖灰」和「額印」[3]了。他覺得奇怪，疑惑自己為什麼離開家，難道只是怕別人譏笑？他感到內心深處有一種超凡的愉快，彷彿他已經從枷鎖中解放出來了，好像他獲得了一次偉大的勝利似的。

4

第八天，奈烏爾回到自己的村子裡。孩子們跑了過來，高興地跳著，搶走他手中的拐杖把玩，迎接他的歸來。

一個孩子說：「大叔，大嬸已經死了。」

奈烏爾的腳頓時好像黏住了，他的嘴角垂了下來，眼中閃耀著悲傷的淚水。他一句話也沒有說，什麼

3：聖灰、額印都是用檀香木的木灰或粉末塗抹而成，用以表示對神的虔誠。

也沒有問，毫無知覺地站了一會兒，然後很快地走向自己的草房。孩子們跟在他後面，也跑了過去，不過他們臉上淘氣和頑皮的神情不見了。

草房的門開著，老太婆的床仍在原地，她的菸袋和裝菸的椰子殼也還擺在那裡。在一個角落裡，放著幾件陶器和鋁製的器皿。孩子們都站在外面，他們怎麼好進去啊？老太婆還「坐」在那裡哩！

村子裡的人都跑來了，他們看到奈烏爾大叔回來了。草房外面圍了一大群人，大家都不斷地問他：「這些日子你在哪裡，大叔？」「你走後的第三天，大嬸就走了，白天夜裡都罵你，直到斷氣前還在罵你。」「第三天來一看，才發現她已經升天了。這麼久以來你都在哪裡啊？」

奈烏爾一句話也沒有回答，他只用那失去了靈魂，失望、可憐又受傷的眼睛望著大家，好像他說話的能力已經消失了。從那天起，再也沒人看見他說過話，也沒有見到他哭或笑。

離村子一里遠的地方就是公路，來往行人很多。奈烏爾一大清早就來到大馬路邊的樹底下坐著，他不向人乞討，而是拿些東西給過路人，像是豆子、糧食、錢之類的。傍晚就回到自己的草房裡，點上燈、做飯、吃飯，然後躺在床上，他生活中原來的那股動力已經消失，整個人只剩一具空殼。多麼深的隱痛！現在村子裡，既沒有人害怕他，也沒有人喜歡他，後來村中流行起鼠疫，人們都棄家逃走了，誰也沒有理會奈烏爾。全村的人都跑了，奈烏爾卻沒有離開自己的家。

後來灑紅節到了，大家高高興興地慶祝，奈烏爾卻沒有出門。

今天，他仍然一動也不動、毫無生氣地默默坐在大路旁邊的樹底下……

新婚

在過了半年鰥夫的生活之後，登加馬爾又結婚了。

1

我們的肉體是原來的肉體，但是其中流動著的卻總是新鮮血液，我們的生命靠的就是新鮮血液的循環。在大自然的永恆規律中，新的因素在每一個原子、每一個分子裡，就像音樂隱藏在琴弦中一樣響個不停，所以，在今天的時代裡，還有百歲的老太婆成為新娘的！

自從登加馬爾新婚之後，他的青春又重新甦醒了。

他的第一任妻子還活著的時候，他很少待在家裡。從早上起床到十點多鐘，是他拜神念經的時間，接著用餐，吃過飯就到店裡去，等到從店裡回來，往往已經是晚上一點了，然後才拖著疲憊不堪的身子入睡。如果利拉要他早一點回來，他就會不高興地說：「為了妳，是不是就不管店鋪了？或者說乾脆把生意停了？現在可不像以前的時代，以前只要奉上一杯神水，財神爺就會高興，現在非得到他的門口去磕頭不可，還不知道答應不答應呢！」聽了這樣的話，可憐的利拉只能默不作聲。

半年前，利拉發燒了。當登加馬爾要去店裡的時候，她小心翼翼地開口：「你看，我的心不好受，你早點回來吧！」

登加馬爾把頭巾從頭上取了下來，重新掛回釘子上，回答她：「如果我待在家裡，妳的心就會好受的話，那我就不去商店了。」

利拉失望地說：「我不是阻擋你去商店，只是希望你早點回來。」

「我難道是待在店裡享福不成？」

利拉怎麼好回答呢？丈夫這種無情的態度，對她來說也不是什麼新問題了。近幾年來，她敏銳地感受到，自己在這個家裡的地位已經一落千丈。她時常反覆思考這個問題，但沒發現自己有什麼過錯：她現在比以前更加殷勤地服侍丈夫，總是想盡辦法減輕丈夫的負擔，並且始終保持愉悅的心情，從不做違反丈夫意願的事。如果原因是她青春的流逝，這又怎麼能怪她？有誰能青春永駐？若說是她的健康不如從前，那她又有什麼過錯？為什麼無緣無故地懲罰無辜呢？

幸好，二十五年的共同生活至今已促成精神和心靈層面的一致，使不足之處得到彌補，而且像成熟的果子一樣，更美、更甜、更有滋味。登加馬爾那一顆商人的心，對任何事物都是從生意的角度來考量：乳牛老了，不產奶了，也不生牛犢了，那牛欄是它最好的場所；在他看來，利拉身為家庭主婦，只要能舒舒服服地吃喝，好好在家裡待著，這樣她也就該滿意了吧？她想做多少首飾，就有權做多少首飾，想怎樣敬神、沐浴，就可以怎樣敬神、沐浴——只要她離他遠一點。

然而，人類複雜的本性中，還有這樣一點矛盾：登加馬爾希望剝奪利拉應該享有的情愛和歡愉——對她來說已經完全沒有必要——他自己卻始終全力去追求。利拉才四十來歲就被他認為是老太婆，完全無法引起他的興趣，而他自己已經四十五歲，卻自認為仍是壯年，還充滿朝氣和熱情。可憐的利拉察覺到自己的不足，為了躲避自然的無情打擊，她求救於色彩和香脂，卻使登加馬爾更加討厭她的老態。

「哎呀！妳那不能滿足的慾望啊！都已經是七個孩子的媽了，頭髮斑白，那像苦瓜一樣的臉已經布滿皺紋，卻還是對什麼紅粉、油膏、香蠟那樣感興趣。女人的個性真是難以捉摸，到底是為什麼，妳會對裝飾打扮這麼愛好起來？妳說說，妳現在還需要什麼？為什麼不勸勸自己，青春年華既然已經過去，任何方法都沒有辦法把它招喚回來的。」一念歸念，可是他自己呢？還一直做著青春的美夢呢！他對青春的渴望可還沒有止息，冬天要吃一些補藥和用牛奶煮的飯，每一星期要塗兩次染髮膏，還經常和兩個醫生通信討論保持青春的方法。

利拉見他左右為難，輕聲地問：「你能告訴我幾點回來嗎？」

登加馬爾平靜地回問她：「今天妳心裡感到怎麼樣？」

利拉怎麼回答才好呢？如果她說心情很不好，那他也許會坐下來，但卻會說些不三不四的話來發洩自己心中的不滿；如果她說心情還好，那他也許會漫不經心地到夜裡兩點才想到要回家。處在這種進退兩難的情況下，她膽怯地說：「到現在為止，心情還可以，但是剛才好像又感到沉重了。你去吧！也許人們正在商店裡等你，不過，看在老天爺的面上，不要拖到一、兩點才回來。孩子們都睡了，我一個人感到很不好受，心頭惶惶不安。」

登加馬爾刻意讓自己看起來親切一些，他說：「十二點一定回來。」

利拉臉色立刻黯淡了下來。「十點不能回來嗎？」

「十一點半以前無論如何是回不來的。」

「要不，就十點半回來。」

「好吧！十一點。」

登加馬爾答應十一點回來後便出門了，但晚上十點時，一個朋友請他去聽歌妓的演唱。他怎麼好謝絕對方的邀請啊？當一個人尊重你、邀請你，又有哪一個人能夠不講一點人情而拒絕對方呢？

登加馬爾去聽歌妓的演唱，兩點才回來。他一聲不響地叫醒了僕人，然後到自己的房間裡躺下了。利拉一直等著他，時時刻刻都感受到一種難言的痛苦，不知何時才睡著。

最後，一種病要走了不幸的利拉的命。登加馬爾對妻子的死很傷心，朋友們發來了電唁；一家日報對利拉表示哀悼，並把她崇高的精神和美德的行為大肆描繪了一番。登加馬爾對朋友們的哀悼表示了衷心的感謝，並以利拉的名字在一所女子學校裡設了五個獎學金。此外，喪宴的規模和場面也在該城市的歷史上留下了紀錄，人們將永遠記得。

但是還沒過一個月，登加馬爾的朋友就開始「試探」，結果還真的發生了作用。過了半年鰥夫的生活之後，登加馬爾又結婚了。他有什麼辦法呢？生活中總是需要一個伴侶的，何況在他這個年紀，從「某方面」說來是完全必要的。

自從娶了新的妻子，登加馬爾的生活發生了驚人的變化。他現在不像以前那樣心愛自己的商店了。一連幾個星期不去，對他的生意也不會有什麼損害。貪圖生活享受的精力本來是一天比一天減弱，現在得到雨露後又旺盛了起來，好像乾枯的樹又抽芽了，再度長出了新的嫩葉。他買了新的汽車，房間裡用新的家具布置了起來，也買了收音機；僕人增加了；每天都有新的禮物送上門來。登加馬爾老年的青春活力比年輕人更為旺盛，正如電光要比月光更為新穎和有趣一樣。

當朋友們就他的這種變化向他表示祝賀時，他自豪地說：「老兄，我一直比較年輕，以後還會永遠年輕下去。如果『老年』那個傢伙來了，我就在他的臉抹上黑，讓他倒騎著驢，把他攆出城去[1]。不知道人們為什麼把青春、老和年齡結合起來？青春和年齡的關係就像是職責與行為、金錢和誠實、相貌和裝飾的關係一樣。你把今天的年輕人叫作青年？我可不願用我自己的一個小時去換取他們一千個年輕人的青春。在他們的生活中，沒有任何熱情，沒有任何愛好。人生是什麼？只不過是掛在脖子上的招牌！」

他把這些話的意思，有時詳細有時扼要地灌輸在小夏的心中。他經常執拗著要小夏去看電影、看表演，或者坐船到湖上去遊玩，但不知道為什麼，小夏對這些事一點也不感興趣。她是去了，但總是推諉了好久以後才同他走。有一天，登加馬爾對她說：「走，今天我們乘船到河裡去玩玩。」

當時正是雨季，河水漲了，天上的雲像不同國家的部隊一樣，穿著各式各樣的制服正在天上操練。大街上人們正在唱雨季歌和十二月歌，公園裡人們準備了鞦韆。

小夏毫無興致地說：「我不想去。」

登加馬爾用親切的語調慫恿她說：「妳的心怎麼啦？對休閒娛樂為什麼一點也不感興趣？走吧！看看河上的風光吧！說真的，坐在船上真使人開心。」

「您去吧……我還有幾件事要做。」

「要做事情有的是人，何必自己做呢？」

1：這是借用古代羞辱人的一種方式，說明不使老年有存在的餘地。

「廚師煮的肉不好吃，您要是坐下來吃，八成會站起身走開的。」

過去利拉把自己很大一部分空閒的時間，花在為登加馬爾做各式各樣的菜餚上面。她聽人家說過，到了一定年紀以後，男人生活中最大的幸福就是吃美味的食物。

登加馬爾心裡覺得美滋滋的。小夏是多麼愛他啊！為了服侍他，甘願放棄去河上遊玩的機會。過去的利拉，不管叫她去還是不叫她去，總是隨時準備跟著走，沒有原因地纏著他不放，有時還不得不設法脫身，使人大為掃興。

他帶著親膩的嗔怪口氣說：「妳的脾氣也真奇怪，就算肉煮得沒入味，又算什麼了不起的事？妳真快要把我慣壞了！如果妳不去，那我也不去。」

小夏就像要擺脫套在脖子上的繩子一樣地說：「您帶我到處遊逛，還不是要慣壞我的脾氣嗎？一旦養成習慣，那誰來做家務事呢？」

「我對家務事一點也不感興趣，連針尖大的興趣也沒有。我就是希望妳任性一點，希望妳不沾家務事的邊。妳為什麼一次又一次稱我為『您』呢？我希望妳稱我為『你』，希望妳罵我、打我的耳光。妳稱我為『您』，好像把我安置在天神的寶座上，我在自己的家裡不是天神，是淘氣的孩子。」

小夏努力裝出笑容來說：「好哇！我能稱您為『你』！『你』是對平輩還是對長輩？」

就算是經理向他報告生意虧了十萬盧比，也許還沒有聽到小夏說這麼嚴酷的話後那麼傷心。他全部的熱情、全部歡樂的心情一下子冷了下來。他頭上歪戴[2]著帶花的帽子，肩上披著經過摺疊的紅色絲綢披肩，穿著刺繡的上等細布做的襯衫，襯衫上還縫上了扣子。他感到這一切裝束和打扮有點可笑了——他的全部興致好像被澆了一盆冷水似的。

2：把帽子歪戴著是年輕人表示歡樂和自得心情的方式。

他失望地說：「那妳去還是不去呢？」

「我不想去。」

「那我也不去，好嗎？」

「我什麼時候阻擋過您呢？」

「妳又稱我為『您』！」

小夏好像打從內心使了最大的勁，才說出了一個「你」字，臉馬上就羞得通紅。

「對了，就這樣稱『你』。妳不想去，如果我說，妳非去不可呢？」

「那我就去，聽從你的命令是我的天職。」

登加馬爾未能下命令，命令和天職這樣的詞聽得他有些刺耳，他不好意思地走向外面。

此時，小夏到是可憐起他來了。她說：「你什麼時候回來？」

「我不去了。」

「好吧！我也跟你去。」

就像一個倔強的孩子哭過之後得到了想要的東西，卻又要把它扔掉一樣，登加馬爾哭喪著臉說：「妳不想去，就別去吧！我不勉強妳。」

「您……不，不，你會見怪的。」

小夏去了，但不太熱衷。她在家穿得很輕便，就那樣出門了，既沒有換上什麼色彩鮮豔的沙麗，也沒有戴寶石戒指，而且也沒有梳妝打扮，就好像一個寡婦一樣。

面對這些事，登加馬爾的心裡有些煩惱起來。結婚就是為了享受人生的樂處，就是為了替昏暗的人生之燈添油、讓它明亮起來。如果燈光不能更明亮，那添油又有什麼好處？真不知為什麼她的心這樣冷漠和無情？好像是荒地上的樹，不管你澆多少水，也見不到它長出青枝綠葉的時候。

裝寶石首飾的箱子敞開在那裡，裡頭是從好多地方買來的首飾，從德里買來的、從加爾各答買來的，甚至還有從法國買來的；還有多少貴重的沙麗放在箱子裡，不是兩、三件，而是成百件——但都變成了蛀蟲的食料——窮人家的女孩子們都有這種缺點，她們的目光始終很短淺，不會吃，不會穿，又不會送給人，即使得到金庫，還總要考慮如何節省開銷。

乘船在河上遊玩是玩過了，但是沒有什麼特別的興味。

3

為了喚醒小夏的興趣，登加馬爾幾個月所做的努力，最後還是都失敗了。他明白了，小夏天生就是苦命人，不習慣玩樂的生活，但他仍然沒有放棄希望——在投了這樣一大筆錢的交易中，以他的個性，怎麼能夠不謀取其最大好處呢？所以，他訂了一個又一個新玩樂計畫——留聲機如果壞了、不能唱了，或者是聲音失真了，那就該修理它，把它扔在一邊是愚蠢的。

這時，老廚師突然生病回了老家，為了代替他的工作，他十七歲的年輕兒子來了。那是一個有點奇怪的農村小伙子，粗魯而又多嘴，什麼也不懂。做多少張餅，就有多少個樣式，不過有一點是共同的，那就是每一張餅中間都很厚，周圍都很薄；黃豆醬有時清得像茶，有時又稠得像酸牛奶；菜裡面放的鹽有時少得吃不出鹹味來，有時又苦得像檸檬樹的葉子。小夏經常洗了手走到廚房裡來教這個不懂事的孩子，有一天，她忍不住開口說：「久格爾，你多沒用！這麼大了，你是遊手好閒去了呢？還是待著什麼也沒有學？連餅都不會做！」

久格爾眼裡含著淚說：「太太，我有多大啊？才滿十七歲呢！」

小夏聽了他的話後笑了。「做餅難道要八年、十年的功夫才能學會嗎？」

「妳教我一個月，太太，看我能給妳做多好吃的餅，妳吃了心裡準會高興的。我哪天學會做餅了，就要向妳討賞。肉我已經差不多會煮了，是不是？」

小夏帶著鼓勵的微笑說：「你哪會煮什麼肉啊？不知煮的是什麼東西呢！昨天放的鹽那麼多，簡直不能吃，調味料還有一股生味。」

「我煮肉的時候，妳什麼時候在這裡待過？」

「啊！要是我待在這裡，你就會把肉煮得美味了嗎？」

「妳坐在這裡，我的腦袋就變好。」

小夏聽了久格爾這些天真的話後，哈哈大笑了起來，她本來想止住笑，但笑聲卻不自覺地脫口而出，就像瓶子倒了，東西從裡面自動流出來一樣。

「要是我不待在這裡呢？」

「那我的腦袋就只能坐到妳的房門口去，然後在那邊哭自己的苦命了。」

小夏忍住了笑，問他說：「為什麼？為什麼哭自己的苦命呢？」

「太太，請別問了，妳是不會懂得的。」

小夏帶著疑惑的目光望著他的臉，她多少明白一點他話裡的含義，卻佯裝不懂。

「你爸爸來了，那你就得走了？」

「太太，不走又有什麼辦法？要是妳在這裡給我找個工作，我就留在這裡。妳讓人教我開汽車吧？那我就開車帶妳到處遊玩。太太，妳別動手，站到一邊去吧！我來把鍋端下來。妳穿著這麼漂亮的沙麗，要是弄上了油漬，那多不好！」

小夏正在端鍋，久格爾想從她手裡把取鍋的夾子接過來。

「站開點，你還做不好，要是鍋砸到腳上了，得受幾個月的罪。」

久格爾的臉龐露出了沮喪的神色。

小夏笑了笑說：「怎麼了？少爺的腦袋為什麼垂下來啦？」

久格爾一臉要哭的樣子說：「太太，妳在斥責我，我的心難受。主人儘管怎麼責備我，我一點也不難過，但一看到妳嚴厲的目光……我的心就涼了半截。」

「我沒有斥責你，我只是說：要是鍋子掉到你的腳上，那可不得了。」小夏繼續安慰他說：「還有你的手呢！要是燙了你的手，那……」

就在此時，登加馬爾來到廚房的門口。他說：「小夏，妳來一下，看我為妳帶來了多麼好看的花盆，都放在妳房門口了。為什麼要在這煙霧騰騰的地方受罪？妳跟這個孩子說，讓他快把他爸爸叫來，要不，我就另外找人了，廚師可不少。畢竟要照顧到什麼時候為止呢？這個笨驢一點禮貌也不懂。聽見了沒有，久格爾？你今天就寫信給你爸爸！」

灶上已經放好了平鍋，小夏正在揉餅，久格爾站在一邊正等著烤餅，在這樣的情況下，小夏怎好扔下餅去看花盆呢？「久格爾會把餅揉成麵疙瘩的。」

登加馬爾生氣地說：「如果揉成了麵疙瘩，就把他趕回老家去。」

小夏只當沒有那回事似的說：「幾天就學會了，何必要趕他走呢？」

「妳來說一聲，花盆擺在什麼地方？」

「我不是說了，把餅揉好了我就來。」

「不，我說，妳不要揉餅了！」

「你總是沒有道理地固執己見。」

登馬加爾沉默了下來，小夏從來沒有這麼冷硬地回答過他的話，更何況這話不僅是冷硬，裡面還有一股厭惡，於是他滿面羞慚地離開了那裡。他非常非常生氣，氣到想把所有的花盆都砸得粉碎、把花樹苗都投進灶裡。

久格爾用害怕的聲音說：「太太，妳去吧！主人會生氣的。」

「別廢話，快點烤餅吧！要不，你會被趕回老家的。今天從我這裡拿錢去做件衣服，看你那樣子，真像到處要飯的乞丐。你的頭髮為什麼留這麼長？難道和理髮匠也鬧翻了？」

久格爾考慮得卻遠一點，他說：「做了衣服，我怎麼好向爸爸交待錢到哪裡啊？」

「哎！你這傻瓜，我沒有說要你向你爸爸要錢，從我這兒取錢去做呀！」

久格爾懶懶地笑了笑說：「妳給我錢做衣服，那我就做好的。做一件細布的襯衫、一件土布的圍褲、一件絲的披肩，還要買一雙好皮鞋。」

小夏親切地笑著說：「如果要自己出錢做呢？」

「那我為什麼要做衣服呢？」

「你真精明啊！」

久格爾一聽，又更進一步表現了自己的精明。「一個人在自己的家裡，啃幾張乾餅後就睡覺，但在人家的酒席上就專門吃好的，如果在酒席上也只能吃得到乾餅，那他根本就不會去！」

「這我不管。你做一件結實的襯衫、買一頂帽子，另外拿兩安那去理髮。」

久格爾不屑地說：「那算了吧！我不做了。如果穿上好看的衣服出去，那就會想到妳，穿上不好的衣服心裡又會有氣！」

「你很會為自己打算，白白得到衣服，還要挑好的！」

「當我離開這裡時，請妳把妳的相片送給我。」

「要我的相片做什麼呢？」

「掛在我的房間裡，每天看它。妳要穿上妳昨天穿的那件沙麗，而且要戴上珍珠項鍊，我不喜歡什麼也不戴的樣子。妳應該有很多首飾吧？為什麼不戴呢？」

「你很喜歡首飾？」

「很喜歡。」

登加馬爾又走了進來，他帶著不耐煩的情緒說：「久格爾，到現在還沒有把餅做好？如果從明天起你不自己把餅做好，我就把你攆走！」

小夏立即洗了手、擦了臉，高高興興地跟著登加馬爾去看花盆了。

這次，她的神色顯得十分雀躍興奮，說起話來也非常親切甜蜜，登加馬爾看在眼裡，心裡的不快頓時一掃而光。

小夏用貪婪的眼光看著花盆，她說：「所有的花盆我全都要了，都放在我的房門口，多美的花樹苗啊！把它們的名字也告訴我吧！」

登加馬爾故意逗她：「要所有的花盆做什麼呢？選個八盆、十盆，其餘的我放在外邊。」

「不，我一個也捨不得，把它們都放在這裡好了。」

「妳真貪心！」

「就算是我貪心吧！我一盆也不給你。」

「給三盆吧？看我花多大力氣才弄來的。」

「不，你一盆也得不到。」

4

第二天，小夏用首飾把自己好好地打扮了一番，穿上天藍色的沙麗走了出來。登加馬爾一看到，兩眼閃閃發亮了起來。他以為，一定是他對她的愛情魔力多少起了作用，否則，過去即使他一再要求，一次次懇請，她也從不戴首飾；就算有時脖子上乖乖戴了珍珠項鍊，也不是打從心底願意的。今天她卻用各式各樣的首飾把自己裝飾起來，而且整個人看起來是那麼心花怒放，又那麼有氣派，好像在說：「看啊！我是多麼美麗呀！」

以前是待放的花苞，今天真的綻放了。

登加馬爾像喝了好多酒那樣渾身飄飄然的，他希望他的朋友和親戚都來欣賞這位高貴的夫人，讓他們好好一飽眼福，同時也讓他們看一看自己有多麼幸福，看他有多麼高興和滿足。過去那些對他再婚抱著各式各樣懷疑態度的反對者們，真該睜開眼睛看看，登加馬爾現在是多麼幸福美滿，信心、感情創造了多偉大的奇蹟啊！

他向小夏提議說：「走，我們到哪裡去玩一趟吧？微風吹得多使人陶醉啊！」

這個時候小夏怎麼能夠外出遊玩呢？她馬上要到廚房裡去了啊！在廚房裡，也許要忙到十二點、一點才會有空，接著家中其他的事情又要落到頭上了。難道為了要出外到處遊玩，就可以讓家務事變得一塌糊塗嗎？

登加馬爾抓住了她的手。「不，今天我不讓妳到廚房裡去。」

「那個小廚師是搞不出什麼名堂來的。」

「那今天他就該倒楣了。」

小夏臉上興奮的神色逐漸消失，顯得無精打采了起來，她躺在沙發上說：「今天不知為什麼胸口隱隱作痛，這種痛是以前從來沒有過的。」

登加馬爾一聽，著急了起來，連忙問：「什麼時候開始痛的？」

「從昨天夜裡就開始痛了，不過剛才似乎好了些，現在又痛起來了，不時地像針扎似的。」

登加馬爾突然想到了一件事，心裡暗暗高興起來。應該是他吃的藥丸起作用了，那個高明的醫生也曾說過，要經過仔細考慮再服這種藥。服藥後，當然會發生效力！對方家世世代代都是醫生，父親更是貝拿勒斯王公的御醫，所以有一些靈驗的祖傳藥方。他說：「從昨夜裡就痛起來了？妳怎麼沒對我說？要不，早就去醫生那裡把藥取來了。」

「我以為自己會好，可是現在還更厲害了。」

「哪裡痛？讓我看一看！沒有腫吧？」

登加馬爾把手伸向小夏的衣角，小夏羞得低下了頭。「我不喜歡你這種輕浮行為，我痛得要命，你卻想到開玩笑，去替我弄點藥來吧！」

登加馬爾得到了旺盛青春的證明後，比得到英國的封號還高興得多。這種喜訊若不讓人知道，他是放不下心來的。那些過去對他再婚不懷好意地說三道四的人，給他們臉面掃地的機會來得多及時啊！而且還來得這麼快！

首先他到婆羅門波拉納特那裡去了。

他抱怨自己的命運說：「老兄，我真的陷入困境了。從昨天起她的胸口就痛起來了，我真不知如何是好。她說：『這種痛是以前一直沒有過的。』」

不過，波拉納特沒有表露出太多的同情。

接著，登加馬爾又從那裡動身，到他的另一個朋友法格馬爾那裡去。當然，他也把相同的「傷心消息」告訴了對方。

法格馬爾是一個非常放蕩的人，他笑了笑說：「我看這是你的惡作劇吧！」

登加馬爾聽到這樣的回應，十分滿意地說：「我是在向你訴苦，而你卻想到開玩笑，你這個人真是一點同情心也沒有。」

「我不是在開玩笑。這件事有什麼玩笑可開呢？她是年幼的少女，是身材苗條的美人兒，而你卻是一個耍棍弄棒的老手、摔跤場上的大力士。得了，如果不是這麼一回事，那你刮我的鬍子好了。」

登加馬爾的眼睛閃閃發光，內心青春的激情變得強烈起來，同時臉上也露出了青春的閃光。他的胸脯好像寬了許多，離開的時候，他的腳步落在地面時顯得更沉重有力，而他頭上的帽子也不知怎樣都歪戴起來了，他的樣子充滿了自得的神氣。

5

看到小夏從頭到腳都閃閃發亮，久格爾開口說：「好了，太太，妳以後就一直這麼穿戴著，今天我不讓妳走近鍋灶。」

小夏兩眼直盯著他。「為什麼？今天為什麼又發出了新的命令，以前你從來沒有禁止過。」

「今天是另外一回事。」

「是什麼事？說給我聽一聽。」

「我害怕，要是妳生氣了怎麼辦？」

「不，不，你說，我不會生氣的。」

「我覺得妳今天非常好看！」

登加馬爾曾經無數次稱讚過小夏的美貌和青春，不過小夏總覺得他的讚美中有一種不真實的味道——從他口裡說出來的一些話多少有點像一個跛子掙扎著要跑步一樣，但久格爾這種純樸的話裡包含著一種使人神魂顛倒的快樂——只是也包含著一種打擊，小夏的全身都顫抖了。

「久格爾，你想要用眼神迷住我嗎？為什麼這麼盯著我？」

「我從這裡離開後，會很想妳！」

「做完飯以後你整天都做些什麼？怎麼見不到你？」

「有主人在，所以我不來，何況他要打發我走呢！看吧！看老天爺把我帶到哪裡去。」

小夏沉下臉來說：「誰打發你走？」

「主人不是說要把我攆走嗎？」

「你做你的事，沒有人會攆走你，現在你的餅也做得很好了。」

「主人非常愛生氣……」

「給我幾天的時間，我會把他的脾氣治好的。」

「他跟在妳後面走，就好像妳的爸爸一樣。」

「你胡說了，當心點，今後說話可得小心！」

但是她內心的祕密並無法被嗔怪這樣一層薄薄的表面所掩蓋，反而像光似的從裡面透了出來。

久格爾又用那種毫無顧忌的口氣說：「叫誰來封住我的嘴吧！其實附近的人都是這麼說的。如果讓我和一個四、五十歲的老太婆結婚去，我就會從家裡逃走，或者是我自己服毒，或者是讓她服毒，最多不過是被絞死吧！」

小夏再也不能佯裝生氣了，久格爾已經在她心弦上狠狠地撥動了一下，逼得她即使盡力壓抑內心的痛苦，可是痛苦的心情仍然流露了出來。「命運到底還是命運啊！」

「讓這樣的命運見鬼去吧！」

「我一定讓你和一個老太婆結婚，你等著吧！」

「那我也一定會服毒的，妳也等著吧！」

「為什麼？老太婆會比年輕的妻子更愛你，會更好地服侍你，會引你走上正道。」

「這都是母親的事！妻子是做什麼用的，就該做什麼用！」

「到底妻子是做什麼用的呢？」

這時傳來了汽車的聲音。不知道小夏披在頭上的沙麗的角為何從頭上落到肩上了，她很快地把它又披到了頭上，她一面向自己的房間奔去，一面說：「我先生吃過飯離開了以後，你來吧！」

妻與妾

好吧！從今天起，我不纏著你了，
我只當自己成了寡婦！

1

自從勒吉婭生了三個孩子，三個孩子又都相繼死去之後，她的年紀就快到老年了。她丈夫拉穆對她的感情開始淡薄了下來，他一心想著再娶一個女人作妾。近來，他總是和勒吉婭鬧彆扭，尋找各式各樣的藉口生勒吉婭的氣，而且還動手打她。終於他帶了一個妾回家了，這個女人的名字叫——達西婭。

淡膚色的面孔，大大的眼睛，年紀很輕。面色蠟黃又憔悴的勒吉婭在這個青春煥發的少婦面前算什麼呢？可是她仍希望盡可能掌握快要失去的女主人權利，盡力想撐住這正往下坍塌的屋頂。她不願輕易放棄自己費盡心血維持的家，也沒有無知到離開這個家讓達西婭來掌管。

2

有一天，勒吉婭對拉穆說：「我沒有沙麗穿了，替我買一件吧？」

拉穆前一天才替達西婭買了一件上等的花紅沙麗，聽到勒吉婭的要求後，他說：「我身邊沒錢。」

勒吉婭並不是那麼想要沙麗，而是想給拉穆和達西婭那種得意的生活製造一點麻煩。她說：「要是沒錢，為什麼昨天要替你心愛的小老婆買花紅沙麗？如果不買花紅沙麗，用那些錢買兩件普通沙麗，我不也可以穿上一件嗎？」

拉穆毫不在乎地說：「只要我願意，我想怎麼辦就怎麼辦！妳算老幾？憑什麼說三道四？現在她正是吃喝玩樂的時候，妳希望我現在就讓她為柴米油鹽操心嗎？我辦不到！如果妳想穿點什麼，自己工作吧！老天爺難道沒給妳一雙手嗎？以前妳天未亮就起來工作，現在由於嫉妒她，太陽都爬得老高了，還躺著不起來，難道錢會從天上掉下來？我才不願意為妳犧牲我自己！」

勒吉婭反駁說：「難道我是她的佣人？她可以像貴婦人一樣待著，我就得一個人做一家子的事？多少日子以來，我拚死拚活地忙碌，卻落到今天這個下場？現在，我不幹了！」

「我讓妳怎麼待著，妳就得那樣乖乖待下去。」

「我願意待就待，不願意待就自己獨立過日子。」

「妳想怎麼辦就怎麼辦，只要放了我，別纏著我就行了。」

「好吧！從今天起，我不纏著你了，我只當自己成了寡婦！」

3

拉穆其實內心明白，儘管就夫婦間的情愛來說，勒吉婭已經年老色衰，不吸引人了，但是這個家的家務是由她一手張羅起來的，所以隔上一段時間，他很可能會回頭對勒吉婭說說好話。可是達西婭的如意算盤卻打得很精，她想趁熱打鐵，所以對丈夫說：「今天太太因為什麼事對你發脾氣呀？」

拉穆垂頭喪氣地說：「為給妳買花紅沙麗的事大鬧起來了，剛才她還說要分開呢！我說了：『妳想怎麼辦，就怎麼辦好了。』」

達西婭乜斜著眼睛說：「這都是裝腔作勢，還不是希望你鞠躬哈腰、低聲下氣說好話求她，難道會有什麼別的嗎？你先不吭聲地待著，別理她，幾天之後她的氣就自己消了。你最好什麼也別說，要不她會更趾高氣揚，尾巴翹到天上去。」

拉穆嚴肅地說：「達西婭，妳不知道她自尊多高，她嘴裡怎麼說，就一定要那麼辦才甘心。」

勒吉婭也沒想到拉穆會這樣無情，她現在不像以前那樣年輕漂亮，所以他對她已經沒有愛情。對男人來說，這是平常的事，但拉穆真的會和她分開，這一點她還不相信。這個家是她省吃儉用支撐起來的，家務事全由她張羅，糧食的進出也由她管。來到這個家之後，哪種痛苦她沒有忍受過呢？還不是為了將來不能動彈的時候能舒舒服服躺著吃上一口飯？如今他竟然這樣忍心像扔死耗子一樣把她扔掉！

拉穆嘴裡連這樣的話也沒有說——「妳不能離開家，除非我死，不然我寧願打死妳，也不和妳分開。我和妳正式結過婚，這可不是鬧著玩的！」既然拉穆現在已經不管她了，她為什麼還要管他？難道所有的婦女都得有男人在身邊待著嗎？難道所有的婦女都得有父母、子女在身邊嗎？如果她兒子今天還在，誰敢娶妾，誰敢讓她落到這樣難堪的境地？這個殘酷無情的人竟然對她這樣狠心！

這時，這個處於不平等從屬地位的女人心裡，對男人的這種對待產生了反感——雖然是對大木頭無能為力的微火，卻足以把乾草燒成灰燼。

財產。

第二天，勒吉婭便到另外一個村子裡去了。她離開時沒有帶任何東西，她身上穿的沙麗就是她的全部財產。

老天爺老早就把她的幾個孩子奪走了，現在又奪走了她的家……

她離開的時候，拉穆正和達西婭坐在一起開心取樂，就算看到勒吉婭要走了，也許都還不認為她會真的離開。勒吉婭不希望自己像小偷那樣偷偷摸摸地走，她希望讓達西婭、丈夫和全村所有的人都看到，自己離開時並沒有從這個家裡帶走分文的東西，她想要在全村人面前給拉穆難堪，如果她悄悄地走，就不能達到目的，那樣一來，拉穆反而會說，勒吉婭把家裡的全部錢財都帶走了。

她對拉穆叫道：「你自己管自己的家吧！我走了，沒有帶走你家任何東西。」

拉穆頓時不知如何是好，說什麼好呢？他腦袋一時還弄不明白，他沒有想到她會真的出走，他原來打算當她搬走家裡的東西離開時，讓村裡的人來看看，以獲得他們的同情。現在該怎麼辦呢？

達西婭說：「到村裡去大叫大嚷吧！我們不怕誰。妳過去從娘家帶來什麼值得妳現在帶走的呢？」

勒吉婭沒理會她的話，只是對拉穆說：「你聽到你心上人說的話了嗎？可是你還是沒有開口。我走了，不過，達西婭，妳在家裡稱霸也不會太久的，在老天爺的法庭上，不合公理的事是不會有什麼好結果的，祂會打掉不可一世者的傲氣。」

達西婭聽了哈哈大笑起來，而拉穆卻垂下了頭。

勒吉婭離開了。她來到的新村子，和拉穆的村子很近，所以這裡的人都認識她。她是一個多麼善於操持家務的人，她又是多麼勤勞和說話算數，這是誰都知道的。所以，勒吉婭很快就找到了工作，一個拿一份工錢做兩人份工作的人，難道還會缺少她的工作嗎？

連續三年，勒吉婭是怎麼過日子、是如何創立新的家業、如何重新耕種田地，真要細細描述，那可是長得好幾天也說不完。她熟悉節儉的一切祕訣和辦法，何況現在她必須獨立生活——在必須獨自打拚的情況下，人的力量是無限的。村裡人看到她那麼勤勞，都感到很吃驚。她想讓拉穆看一看，她和他分開之後也能生活得很舒服；她現在不是處於從屬地位的婦女，而是自食其力的女人。

勒吉婭有一對好耕牛，她不僅餵牠們草料，每天還分別餵牠們兩個麵餅，然後花時間撫摸牠們。她有時還靠在牠們的肩頭哭泣，並且對牠們說：「現在你們就是我的兒子，就是我的丈夫，我的名譽就靠你們來維護了。」兩頭牛好像懂得她的語言和感情；牠們不是人，而是牛，可牠們卻低下頭舐著勒吉婭的手安慰她。牠們一見到她，就那麼深情地望著她，那麼高興地低下頭讓她在牠們肩上套軛，接著就賣力地工作——這一切，只有那些曾經服侍過耕牛並且了解耕牛的心的人才懂得。

後來，勒吉婭成了這個村子的頭目。以前她一直在找可以發揮自己聰明才智的場合，可是始終不能自由地發展，今天擺脫了束縛，才施展出來了，並且達到了成熟和更高的階段。

一天，勒吉婭回到家，有一個人對她說：「大嫂，妳沒有聽說嗎？拉穆已經病倒了，聽說有十天沒有吃東西了呢！」

勒吉婭冷冷地說：「是發了瘧疾嗎？」

「不是瘧疾，是另外一種病。有一次，他躺在門外邊的床上，我才問他：『拉穆，你怎樣了？』他就哭了起來。情況很慘，家裡治病吃藥的錢一個也沒有。達西婭生了一個孩子，她以前就不工作，現在有了孩子，還怎麼能工作呢？全部擔子都落在拉穆一個人身上。另外，還要首飾、要好衣服，新出嫁不久的婦人能馬馬虎虎過日子嗎？」

勒吉婭邊走進屋邊說：「那是他自作自受！」

但是進到屋裡後她卻放心不下，不一會兒又來到外面。她想再問問那個人，想再打聽一下，但卻又裝作若無其事的模樣。

不過，那個人已經離開了，勒吉婭從東走到西，四處都看了看，哪裡也沒有見到，於是便在門檻上坐了下來。她記起了三年前離開拉穆家時說的那幾句話，那時，她在一氣之下詛咒了他們，現在，她的氣已經沒有了，三年的時間已經使她平靜了下來。如今，拉穆和達西婭的困難處境已經不值得她嫉妒了，而是讓她同情。

她想，拉穆已經十來天沒有吃東西了，想來情況一定不妙。從前就不是那麼健壯的人，十天不吃，肯定使他骨瘦如柴了，何況今年田地裡的收成又不好，也許連吃喝也成問題了呢……

鄰居的一位婦女藉口要取火來問她：「聽說拉穆病得很厲害，這真是自作自受。他當初竟把妳狠心地趕出來，連趕走自己的仇人也不會那麼無情吧？」

勒吉婭打斷他的話說：「不，大姊，不是這樣。可憐的拉穆當時一句話也沒有說，我走時他還垂下了頭。儘管聽了達西婭的話後他做了不該做的事，但他從來沒有無緣無故地說過我，所以我何須說別人的壞話呢？何況哪有男人不受新妾擺布的？由於達西婭，他才成了現在這個樣子！」

鄰居的那個婦人也沒有取火，扭頭就走。

勒吉婭提了水罐，拿了繩子，到井邊去打水。已經到了給耕牛喝水和餵草料的時候了，但是她的兩眼卻望著通向拉穆的村子的道路。肯定會有人來叫她的，對，不來叫她，她怎麼好自己去呢？人家會說，還不是自己主動跑來了！

可是拉穆也許昏迷不醒地躺著，十天不吃東西，時間豈能算短？他身上還會有什麼力氣？而且，誰會來叫她呢？達西婭有什麼必要來？將來她會另找一個婆家，年紀輕輕的，要她的人可多的呢！啊！那不是有人來了嗎？對，有一個人正走了過來，看來還有點上氣不接下氣的樣子。是誰呢？在那個村子裡可從來沒見過啊！不過三年來她沒有再到那個村子去過，也許新來了幾個人在村子裡住下來也說不定。

過路人不聲不響地走近了井臺旁邊。勒吉婭把水罐放在井臺上，走到那人身邊說：「是拉穆大哥派你來的吧？那好，我先回家，然後跟你走。不，還得等一會兒，我還要給耕牛餵草料和水，還要點燈。我先把錢給你，你交給達西婭，跟她說，若有什麼事可以來叫我。」

過路人怎麼知道拉穆呢？他是另一個村子的人。開頭他還覺得奇怪，接著便明白了，他不聲不響地跟著勒吉婭走去，拿了錢就走了。離開時勒吉婭問他：「現在他的情況如何了？」

過路人估量著說：「現在好些了。」

「達西婭不會哭得太傷心吧？」

「沒有怎麼哭。」

「她怎麼會哭呢！以後才會懂得的。」

過路人離開了。勒吉婭給耕牛倒了水和草料，但是她的心卻想著拉穆。甜蜜的回憶像細小的星群一樣在內心不停地閃爍，她記起了十年前的事，有一次她病倒了，那時他是如何整天整夜坐在她的床頭，連吃飯喝水全都忘了。回憶到這裡，勒吉婭忍不住心想，為什麼不去看一看再回來呢？有誰會說什麼呢？誰有臉說三道四呢？我又不是去偷人家的東西，而是到那個曾和我一起生活過二十來年的人那裡去呀！達西婭若會輕蔑地皺眉頭，就讓她皺眉頭吧！我和她有什麼關係？

勒吉婭關好了門，把家交給人看著，她決定去看拉穆了。她身子顫抖著，有些躊躇不決，卻仍帶著一顆寬恕的心前往了。

5

自勒吉婭走後不久拉穆就明白了，他的家已經失去了靈魂。不管他花多大的力氣，動多少腦筋，也不會有什麼起色的。達西婭長得漂亮，又愛打扮，還有一點輕浮，當兩人從新婚的迷戀裡清醒過來後，就開始唇槍舌劍了。田地裡的收成也減少了，就算有一些收穫，又因為冤枉開支而花費了不少，於是不得不借錢。就是因為操心和難過，他的身體變壞了。剛開始沒有引起他的注意，就是注意到了又有什麼辦法？家裡又沒有錢。幾個庸醫治療的結果，他的病根已經深深扎了下來，而且不易治好了。

這十一、二天來，他吃不下什麼東西，只能躺在床上呻吟著，等待最後一口氣。當我們為未來操心而回憶過去，其實就像一輛車發現前面的路不通要折回去時一樣懊喪，拉穆現在的心情就是這樣。他一回想起過去就不斷哭泣，同時也不斷地咒罵達西婭：「就是因為妳，我把她攆走了。離開我們家的不僅是她，更是我們的福星。我知道，現在若去叫她，她還是會趕來的，可是我有什麼臉叫她呢？唯願她能來一次，唯願我能有機會求她原諒我的罪過，我就是死也甘心，除此之外我沒有別的心願。」

忽然勒吉婭來了，她用手摸著他的前額問：「你覺得怎麼樣？我今天才知道你生病了。」

拉穆含著淚望了望她，沒有說出話來。他兩手合掌，向她表示敬意，但合著的手沒有再放開，他就翻白眼了。

屍體停放在家裡，勒吉婭在哭，達西婭在焦急，家裡一個錢也沒有，火葬需要用木柴，抬屍體的人還得吃飯，沒有裹屍布，屍體又怎麼抬出去呢？這些後事至少需要十個盧比，而家裡連十個派薩也沒有。達西婭害怕，今天她的首飾保不住了，雖然也不是什麼很寶貴的首飾。以一般農民的家底，得賣掉兩、三件首飾才可以得到十來個盧比，但除此之外還有什麼辦法呢？她把村裡頭目的兒子叫了來，對他說：「小叔子，這難關怎麼度過啊？村子裡肯借給我們錢的人一個也沒有。我有一點首飾，請你告訴頭目，把首飾當了來應付辦後事的開銷，以後的日子就由老天爺作主了。」

「妳為什麼不向勒吉婭要呢？」

此時勒吉婭拭著眼角走了出來，聽到了他們最後的談話。她開口問說：「覺庫，是什麼事？你在說什麼？現在是出殯的時候，還是商量什麼事的時候？」

「我們是在張羅出殯呀！」

「大概家裡沒什麼錢是吧？就算有點錢或許也都花在治病上了；祂把這個可憐的人扔在河心就走了。你快到我家去，老弟！路不遠，你把鑰匙帶著走，跟看家的人說，從庫房裡取五十盧比來，你告訴他錢就在庫房上邊的木板上。」

覺庫拿著鑰匙走了，而這邊，達西婭倒在勒吉婭的腳前痛哭著。飽含姊妹之情的話已經深深地印入她的內心，她看到了勒吉婭是多麼仁慈，又是多麼寬洪大量！

勒吉婭摟著她說：「妹妹，為什麼哭呢？他去了，有我在啊！妳不用擔心什麼，我會和妳一起在這家裡守著，我會照看那邊，也會照看這個家，相隔沒多少路，算不了什麼的！如果有人向妳要什麼首飾，絕對不要拿出來。」

聽到這，達西婭這時真是打從心底想撞破自己的頭而死。是她氣惱了勒吉婭，是她讓勒吉婭傷心，也是她把勒吉婭從家裡攆出去的……

勒吉婭問：「欠哪些人錢，弄清楚後都告訴我，以免以後造成麻煩。另外，孩子為什麼這麼瘦呢？」

達西婭說：「我自己沒有奶，妳早先留下的乳牛已經死了，沒有牛奶。」

「我的天！這個像花朵一樣的孩子真是被糟蹋了！我明天就牽一頭乳牛來，我把家當都搬到這裡來，我又有什麼必要非得待在那裡呢？」

熱熱鬧鬧地出了殯，勒吉婭隨著去了火葬場，舉行了火葬，回來後請人吃了飯，花了兩百個盧比，也沒有向誰借錢。

達西婭受到勒吉婭的影響，貪圖享受的少婦變成了一個具有服務精神的賢慧女性。

7

拉穆死後過了七年，勒吉婭一直掌管著家，她把達西婭當成自己的妹妹，而不是丈夫的小妾。穿什麼讓她先穿，然後自己穿；吃什麼讓她先吃，然後自己吃。孩子已經上學，婚事也談妥了，在他們這一族裡，盛行孩子在小的時候就結婚的習俗。達西婭說：「姊姊，打首飾做什麼呢？不是有我的首飾嗎？」

勒吉婭說：「不，我要替孩子的新媳婦打新首飾。現在我還能工作，手腳還能動彈。如果我不能動彈了，那時妳想怎麼辦就怎麼辦吧！現在妳自己也還是該戴首飾的年紀，妳的首飾就自己留下吧！」

媒婆在一邊說奉承話：「如果孩子的爸爸今天還在，那該又是一番什麼景象啊！」

勒吉婭說：「他不在，還有我在呀！他能做到的，我要比他做得更多。如果我死了，那時妳再說孩子的爸爸不在的話吧！」

孩子結婚的那天，勒吉婭看到達西婭在哭，連忙問說：「妹妹，為什麼哭呢？我還活著呢！家是妳的家，妳想怎麼生活，就怎麼生活吧！不要多，每天給我一塊餅就行了，除此之外，我還要什麼呢？我的人死去了，妳的人還活著呀！」

達西婭把頭埋在勒吉婭的懷裡，哭得更傷心了。「大姊，妳就是我的母親，如果沒有妳，我還不知道在哪戶人家的大門口乞討呢！以前，家裡窮得很，他當家時我受夠了苦，婚後的幸福，是從妳當家後才得到的。我不是哭自己的不幸，而是哭老天爺對我的仁慈。以前我是什麼樣子，現在我又是多麼幸福！」

勒吉婭笑了笑，也跟著哭了。

膽小鬼

唉！多麼忘恩負義的女人，
連他們要打死我了，她也不肯交出首飾。

1

就算出生在拉傑布德族裡，也不能保證任何一個人都能成為勇士，單靠名字後面有一個「辛赫」的結尾，也並不意味著真的有勇氣[1]。格津德爾・辛赫的祖先在某個時代曾經是真正的拉傑布德人，這是無可懷疑的，但是，近幾代的人除了名字以外，再也看不見任何拉傑布德人的痕跡了。格津德爾・辛赫的祖父是一個律師，有時會在法庭的交互詰問中表現出拉傑布德人的氣概；格津德爾・辛赫的父親開了一家布店，連顯露這一手的機會也沒有；而格津德爾・辛赫本人，更是把拉傑布德人的氣味一掃而光。不僅是氣概，他們在體型方面也出現了差別，格津德爾・辛赫的祖父浦本德爾・辛赫的胸脯既寬又挺，父親那倫德爾・辛赫的肚子既寬又挺，而格津德爾・辛赫則什麼都不寬不挺了——他是一個小個子，白皮膚、面孔削瘦、戴眼鏡的現代新式年輕人，他的興趣是念書。

可是不管是什麼樣的拉傑布德人，他都得在拉傑布德族中完婚。格津德爾・辛赫的妻子，也出生在拉傑布德族中，拉傑布德族的特質在妻子她們家還沒有完

1：拉傑布德族屬剎帝利種姓，驍勇善戰。辛赫的意思是獅子，一般拉傑布德族的姓氏都是辛赫。

全泯滅。他岳父是一個拿退休軍俸的排長，妻子的兄弟則是獵人和摔跤的能手。因為忙於考試，沒有空閒，雖然他已經結婚兩年了，卻從來沒有到岳父家去過。如今學業已經結束，正在找工作，所以這一次，當岳父家請他去過潑水節時，他不再找藉口來推辭了。

排長認識很多高級軍官——格津德爾・辛赫非常清楚，在軍隊之中，長官的命令是很受尊敬的，所以他認為，如果請岳父說個情，很可能可以在稅務管理局為自己找一個職務；同時，他也有一年沒和妻子希雅姆・杜拉利見面了……此番前行可以一箭雙鵰。於是，他做了絲綢上衣，在潑水節的前一天來到岳父家。不過，在岳父家又高又大的大、小舅子面前，他顯得像個孩子。

下午，格津德爾・辛赫正在對大、小舅子暢談大學期間自己的豐功偉業。在足球比賽時，他是如何把一個像一尊天神般高大的白人隊員摔倒在地；在曲棍球比賽中他又是如何獨自一人得分……這時，他的岳父排長大人像天神一樣走著走著突然站住了，對他的大兒子說：「聽著！坐在這裡做什麼呢？女婿才從城裡來，帶他到森林裡逛一逛，還可以打獵呢！我們這裡又沒有什麼電影院、劇院，他的心會悶得發慌，現在去正好，傍晚的時候就可以回來。」

一聽到打獵，可把格津德爾・辛赫嚇壞了，可憐他一輩子從來沒有獵過豬，而這個鄉下的土包子不知道要把他帶到一些什麼地方去？要是碰上了猛獸，那就休想活了。誰知道？野鹿說不定還會傷人呢！當牠找不到出路時，也會扭頭衝過來的；要是跑出一隻狼來，那可就要命了。他說：「我現在不想去打獵，我覺得很累。」

排長大人吩咐說：「你騎馬去，打獵才是農村裡的樂趣呢！我也一起去，都幾天沒有出門了。久努，你去把槍拿來，也把我的來福槍一塊兒取來。」

久努和木努兩人高高興興地跑去拿槍，但這邊，格津德爾・辛赫可嚇得不知所措了。他懊悔自己為什麼要和他們這些土包子閒聊，要是早知道會碰上這種麻煩事，那一來就應該馬上裝病躺在床上的，現在是不能再找什麼藉口推託了。最大的難處就是騎馬，農村裡的馬總是隨隨便便地繫在馬棚，所以很粗野，如果發現跨上馬鞍的是一個新手，牠會更加放肆無禮，要是牠用兩隻後腿立了起來，或者是帶著他拚命向溪溝邊跑，那就凶多吉少了！

大、小舅子拿來了獵槍，馬也牽來了，岳父穿上了打獵的服裝，一切準備妥當。現在，對格津德爾・辛赫來說，真的再也沒有什麼藉口了。他用眼睛瞟了馬一下，馬正用腳一次又一次地踢著地，牠昂著頭、眼睛發紅、豎起耳朵嘶叫著，身上每一塊肌肉都在顫動。一看到這種情況，他立刻害怕了起來，心頭直發抖，但為了表示自己的勇氣，他走到馬旁邊，用手輕輕拍牠的脖子，好像他是一個駕馭馬匹的熟練好手。「牲口倒是很健壯，不過這麼做不大合適，你們都走路，只有我一個人騎馬，我又不是很累，還是走著去吧！這樣我也比較習慣。」

排長大人說：「孩子，森林很遠，會走得很累的，這匹馬是很聽話的牲口，小孩子都能騎。」

格津德爾・辛赫說：「不，不，您也讓我和你們一樣走著去吧！我們邊走還可以邊聊天，騎馬又哪裡有這種樂趣呢？您是長輩，您騎馬去吧！」

最後，四個人都走路去了。格津德爾這種謙恭的態度給了大家很好的印象，看來城市裡的人很講究文明禮貌和良好品德，何況他還很有學問！

走了一會兒，他們來到了一條石子路上。一邊是翠綠的原野，另一邊是重重疊疊的山巒，原野和山巒上的森林長著洋槐、醋栗、紫鉚和格利蘿等樹木。

一路上，排長大人不斷述說著曾向人重複過無數次的往日軍旅生涯。另一方面，格津德爾・辛赫很努力加快步伐，但還是一次又一次地落在後面，有時甚至不得不跑上幾步才能趕上他們。他汗流浹背、氣喘吁吁，懊悔自己愚蠢。有什麼必要到丈人家來呢？反正希雅姆・杜拉利一、兩個月後就會回來，我為何要在今天像一條狗似的跑來呢？如果有獵物來了，還不知道有什麼災難臨頭？對他們來說，跑上八里、十里是平平常常的事，我呢？現在就已經累成這副德性，全身骨頭都像要散了似的，兩隻腳也已經活像各有百斤重一樣，說不定還會昏倒在地。

突然，他看到路上有一棵木棉樹，樹的下方開滿了紅花，而上方的樹葉也像石榴花那樣鮮紅，格津德爾・辛赫站在那裡不動了，他用如痴如醉的目光看著那棵樹。

久努問他說：「怎麼了？妹夫，怎麼停下不走了？」

格津德爾・辛赫用著迷了似的語調說：「沒有什麼，看到了這棵樹如此動人美麗，真令我心花怒放。啊！多麼優美、多麼奇妙、多麼壯麗！就好像是森林女神為了將黃昏時布滿晚霞的天空比下去，而穿上了這番紅花色的服裝；或說是修道仙人們聖潔的靈魂，在永不停息的人生旅程中在此暫作憩息；又抑或是大自然美妙的音樂具體地向世界發出迷人的魔咒……你們去打獵吧！讓我獨自一個人在這裡盡情享受這甘露般的風光好了。」

兩個年輕人驚異地注視著格津德爾・辛赫的臉，他們根本無法理解這位先生在發表什麼高論。對生活在農村裡和經常出沒於森林中的人來說，木棉樹並不是什麼新奇的東西。他們每天都會看見它，還曾爬上去不知多少次，或在它的下面遊戲，用它的花做成球來玩耍，但他們卻從來沒有如此沉醉過。可憐他們怎麼知道對美的享受呵！

排長大人已經走到前面去了，看到他們停了下來就又退回來，問說：「怎麼了，孩子們，為什麼停下來不走了？」

格津德爾・辛赫雙手合掌說：「請你們原諒我，我不能去打獵了。我看到這種美麗的花之後如醉如痴了，我的心靈正享受著天堂音樂的樂趣。啊！這就是我的一顆心，它變成了花朵在閃閃發光，我內心中也有那種紅、那種美、那種情意，只是我的心靈被覆蓋上了一層無知的帷幕。

我們要去獵取誰呢？獵取無辜的動物嗎？我們也是一種動物，我們也是一種飛禽啊！這是我們幻想的一面鏡子，其中照出了物質世界的一角，難道我們要傷害自己嗎？不行。你們去打獵吧！讓我沉浸於這種醉意和美感中享受樂趣吧！而且我還要給你們一句建議，最好避開打獵這種活動，生命是歡樂的寶藏，別傷害它。用自然景色來滿足自己心靈的眼睛吧！大自然的每一點一滴、每一朵花、每一片葉子都閃耀著歡樂的光芒，請不要傷害它，玷汙了這種不朽的歡樂源泉。」

這一番充滿哲理的演說感動了排長大人父子。

排長大人輕聲地對久努說：「年紀不大，但是學問多麼深啊！」

久努也表示了自己的敬意：「人的心因為有學問而覺悟，打獵是不好的行為。」

排長大人用大學者般的口氣說：「對！這是不好的行為。那我們回去吧！當每一件東西都閃耀著同樣的光芒時，那誰是獵取者，誰是被獵取者？今後我再也不打獵了。」

接著，他又對格津德爾・辛赫說：「孩子，你的勸告讓我們睜開了眼睛，我們發誓，從今以後再也不打獵了。」

這時候，格津德爾・辛赫仍然是一副如醉如痴的模樣。「對大神千恩萬謝吧！是祂給了你們理智。我自己以前有多麼酷愛打獵，簡直難以形容！無數的野豬、野鹿、山貓、羚羊和鱷魚被我打死了，有一次還打死了一隻豹子。可是，今天飲了理智的美酒，讓我連世界的存在都感覺不到了。」

2

潑水節放煙火的時間是夜裡九點，從八點開始，村子裡的男男女女、大人孩子都唱著歌，敲著鑼鼓，灑著五顏六色的水向放煙火的地方走去。排長大人也率領孩子們，陪客人一同去放煙火。

直到現在，格津德爾・辛赫還沒有見過大村子如何過潑水節。在他生活的城市裡，每一個街區都要燒幾塊大木頭，而且要連續燒個好幾天。而這裡的潑水節，燒的東西在一個大廣場上堆得像一座山，高得直上雲霄。當婆羅門念完經咒，歡迎新年的來臨後，就開始施放煙火了。男女老少、所有的人都放著鞭炮、煙花和火筒，有好幾個煙花從格津德爾・辛赫的頭上呼嘯而過。

每放一個鞭炮，可憐的他都會後退好幾步，並在心裡咒罵那些土包子：「這是多麼粗魯不文明的行為啊！火星如果迸到衣服上，一旦發生了什麼不測，那所有的惡作劇也就完蛋了，每天都發生這種不幸，可是這些土包子卻不懂得防範！在這裡，爺爺怎麼做的，孫子也要那麼做，不管合不合時代。」

突然，從近處響起了炸彈一樣的聲響，就好像天空響起了驚雷。格津德爾・辛赫嚇到跳了起來，蹦得離地面有六十公分高，他一生中可能從來都沒有跳得那麼高過。格津德爾・辛赫感覺自己彷彿站在大砲的砲筒面前，心臟怦怦跳個不止，他馬上用雙手捂住耳朵，接連後退了十來步。

久努說：「妹夫，你想放什麼，我就替你拿什麼來。」

木努說：「玩火筒吧！姊夫，很好玩，可以衝到天上去。」

久努說：「火筒是孩子玩的，他能玩嗎？妹夫，你還是玩炸炮吧！」

格津德爾・辛赫說：「大哥，我對這些東西沒興趣，我好奇的是連老年人放煙火也放得那麼開心！」

木努說：「那你至少得放幾個仙女棒。」

格津德爾・辛赫感覺仙女棒比較安全，在那紅的、綠的、金黃色的光輝面前，他潔白的面龐、美麗的頭髮和絲綢上衣會顯得更迷人。玩這種仙女棒又沒啥危險，只要高高興興地拿在手裡站著，讓花火一一往下落，所有人的目光勢必要集中到他身上來。他那充滿哲學意味的理智還未能從自我表現的慾望中解脫，所以總帶著一身冷漠而又難以理解的自豪。

可是，當他開始施放第一個仙女棒時，另一顆炸炮響了，這次連天空都為之震動。格津德爾・辛赫感到耳膜好像要被震破了，彷彿有顆手榴彈從頭上落下來，他的心突突直跳，手上的仙女棒也掉到地上。他還未從這聲巨響中恢復過來，又發生了一次巨響，這一次聲音大到好像天空都被炸裂了，整個天空都在發抖，鳥兒們驚叫著傾巢而出、四處飛逃，牲口也掙脫了繩索到處亂竄，格津德爾・辛赫抱著頭溜了，一路跑到家裡後，方才停下來喘了一口氣。

久努和木努非常緊張，排長大人則急得幾乎失去知覺，三個人上氣不接下氣地緊跟在格津德爾・辛赫後頭跑著。其他人看到他們沒命地跑，以為發生了什麼不幸事件，也不約而同地跟在後面跑了起來。在農村中，來了一位有名望的客人可不是一般的事，村子裡的女婿即使醜陋也還是值得一看，就算樣子很寒酸，也會受大家喜愛。於是大家彼此詢問著：「客人怎麼了？發生了什麼事？這些人為什麼跑呢？」

不一會兒，成百的人聚集到排長大人的門口打聽情況。

排長大人用顫抖的聲音說：「孩子，你為什麼從那裡跑回來了？」

格津德爾・辛赫哪知道跑回來的舉動竟引起這樣一番轟動？但他機靈的頭腦已經想好了答案，而且是那種能使他展現非凡見解，又可以讓村裡人敬畏的回答。

他說：「沒有什麼特別的原因，只是我心裡突然想到，我應該逃離那個地方。」

「不，一定有什麼事。」

「你們打聽了要做什麼呢？我不希望說出來後掃了你們的興。」

「孩子，你如果不講出來，我們便不能安心，全村子的人都跟著你緊張起來了。」

格津德爾・辛赫裝出一副蘇菲派[2]哲人的面孔，他閉上了眼睛，打著哈欠望了望天空說：「事情是這樣的，我一將仙女棒拿在手裡，就感覺到好似有人把它從我手中搶去扔掉了。我從來也沒有放過煙火，對這件事一直抱持著批判的態度。如今我做了違背自己良心的事，於是，出了點小差錯就會覺得良心好像正在責備我，讓我不好意思地低下了頭。就因為這樣，我從那裡跑回來了。你們原諒我吧！我不能參加你們的節日活動了。」

排長大人點點頭，好像現場除了他以外，沒有任何人懂得這位唯靈論者的奧祕。他的眼睛似乎在說：「你們懂他說的話嗎？可憐如你們能懂什麼？就連我也只懂一點點呢！」

潑水節放煙火的事按時進行完畢，不過許多煙火被投進了河裡。調皮的孩子們悄悄地留了一些下來，想等格津德爾・辛赫走後，再自由自在地放煙火。

希雅姆・杜拉利在沒人的時候對格津德爾・辛赫說：「你跑得可真快！」

格津德爾・辛赫帶點傲氣地說：「我為什麼要跑？根本沒有這回事。」

2：伊斯蘭教中的派別，產生於七、八世紀，提倡泛愛、苦修，這一派別在印度曾有較大影響。

「我嚇得連命也沒了，搞不清楚你是發生了什麼事，為了跟著你跑回來，把一籃子的煙火全都扔到水裡了。」

「這就是把錢往水裡扔。」

「在潑水節不放煙火，那要什麼時候放？這樣才叫過節呀！」

「在節日裡應該唱唱歌、演奏演奏樂器、做點好吃的東西吃、施捨點東西給人、會一會親戚朋友、和大家聯絡聯絡感情……亂放火藥可不能叫過節。」

3

晚上十二點過了，有人狠狠地用力推門。格津德爾・辛赫吃了一驚，問說：「是誰在推門？」

希雅姆・杜拉利毫不在意地說：「大概是貓吧！」

這時門外傳來了幾個人低聲說話的聲音，然後又開始推門。格津德爾・辛赫開始發抖了，他拿著燈從門縫裡向外一望，臉色大變。原來有幾個大鬍子穿著襯衫、圍著頭巾，肩上還扛著槍，正想方設法要破門而入。格津德爾・辛赫側耳聽了聽他們的對話。

「兩個人都睡了，把門砸破吧！東西都在櫃子裡。」

「如果兩人都醒來了呢？」

「女人能做什麼，把男的捆在床上好了。」

「聽說格津德爾・辛赫是個大力士。」

「不管是什麼大力士，在五個全副武裝的人面前也是無能為力的。」

格津德爾・辛赫嚇得全身血液都好似凝固了，他對希雅姆・杜拉利說：「看來是強盜，現在怎麼辦？我的手腳都在顫抖！」

「你大聲喊：『有賊！』所有人都會醒來的，到那時他們就自己跑了。不，不，還是我來叫吧！當賊的人，心是很虛的。」

「別，別，可千萬別這麼胡來，他們身上有槍！村子裡為什麼這麼靜悄悄的？家裡的人都怎麼了？」

「哥哥、木努和爸爸都到打穀場上去睡了，叔叔大概睡在大門邊，他這個人，就算有人在他耳邊放炮也不會醒的。」

「這房子好像連窗戶都沒有，聲音怎麼傳出去？到底是房子還是監獄？」

「我要喊了！」

「別，別，老婆，為什麼這麼不要命？我想，我們倆一聲不吭地躺著，把眼睛閉起來，暴徒們要拿走什麼東西，就讓他們拿好了，命是可以保住的。看，門在晃動，也許要裂了。唉！老天爺！到哪裡去了呢？在這困難關頭，只有祢能依靠了。我哪料想得到會有這樣的大禍臨頭，要不然我為什麼來呢？好，可別出聲了，如果他們要推要拉，也別換氣。」

「要我不出聲，只躺著，那可不行！」

「妳為什麼不把首飾摘下來？壞蛋們要的就是首飾。」

「首飾我是不會摘的，即使會發生什麼意外也一樣！」

「妳為什麼這麼不要命？」

「叫我主動高高興興地摘下首飾，我絕不做這種事！強迫我又是另一回事。」

「別出聲了，妳聽聽，他們在談些什麼。」

從外面傳來了放話聲：「把房門打開，不然，我們要破門而入了！」

格津德爾・辛赫向希雅姆・杜拉利請求說：「聽我的話吧！希雅姆，把首飾摘下來，我答應很快就打副新的給妳。」

此時，外面又傳來了喊話聲：「幹什麼？有什麼難解決的嗎？我們再給你一分鐘的時間，如果還不開門，就別想有好下場了！」

格津德爾・辛赫向希雅姆・杜拉利道：「我去開門？」

「好，請他們進來吧！他們不是你的兄弟嗎？他們從外面往裡推門，本來你至少應該從裡面把門向外頂著的！」

「要是門倒下來砸在我頭上呢？人家是五條年輕的漢子啊！」

「屋裡不是有木棒嗎？拿起木棒準備好！」

「妳發瘋了嗎？」

「如果有久努哥哥在，他一個人就可以獨自撂倒五個。」

「我不是舞棍弄棒的人。」

「那你去蒙著臉躺下吧！讓我來對付他們幾個。」

「他們見妳是女人，不會放過妳的，最後事情還是會落在我頭上。」

「那我還是呼救吧！」

「妳一定要我的命才甘心嗎？」

「我現在忍無可忍了，我來打開房門吧！」

她把房門打開了，五個強盜一擁而進。

其中一個對同伴說：「由我來抓住這個漢子，你把這女人的首飾全摘下來。」

另一個說：「這個傢伙把眼睛閉上了。喂！你為什麼不睜開眼睛？」

第三個說：「老兄，這個女人可真漂亮！」

第四個說：「聽到沒有？妳這女人！把首飾交出來，要不就把妳掐死。」

格津德爾・辛赫心裡氣得不得了，這個鬼女人為什麼不把首飾都摘下來？

希雅姆・杜拉利說：「掐死我也罷，用槍打死我也罷，我絕不摘首飾！」

第一個強盜說：「把她抬走好了，她是不會答應摘首飾的，廟裡有空地方。」

另一個說：「對，這樣好！喂！女人，跟我走嗎？」

希雅姆・杜拉利說：「我的答案會讓你們丟臉死的。」

第三個說：「妳不走，我們就把妳丈夫帶去賣掉。」

希雅姆・杜拉利說：「那我就讓你們一個個都戴上腳鐐手銬。」

第四個說：「妳為什麼這麼大發脾氣，夫人？為什麼不跟我們走？難道我們比妳丈夫還不如？要是我們把妳搶走，妳還能得到什麼呢？看來別想妳會老老實實答應了，可是要對妳這麼一個漂亮的女人下手，心裡又覺得不忍。」

第五個說：「要不就把首飾全部摘下來給我們，要不就跟著我們走。」

希雅姆‧杜拉利說：「等我叔叔來了，他要一個一個剝掉你們的皮！」

第一個對同伴們說：「她這樣是不會答應的，我們把她丈夫帶走，那她就會自動哀求我們了。」

兩個人用一條披肩把格津德爾‧辛赫的手腳捆了，他像一具殭屍一樣躺在那裡，氣也不敢出，但心裡卻正在生氣。唉！多麼忘恩負義的女人，連他們要打死我了，她也不肯交出首飾。好，要是幸運活下來，到時等著看吧！我再也不會理她了。

強盜把格津德爾‧辛赫抬到院子裡，這時希雅姆‧杜拉利站在門口說：「放了他，我跟你們走！」

第一位說：「為什麼不早點答應？就跟我們走吧！」

希雅姆‧杜拉利說：「跟你們走，我不是說了嗎？」

第三個說：「好，那妳走，我們把他放了。」

兩個強盜把格津德爾‧辛赫又抬到床上讓他躺下，然後把希雅姆‧杜拉利帶走了。房間裡靜了下來，格津德爾‧辛赫提心吊膽地睜開了眼睛，沒有看見任何人，他起來走到門邊向外一看，院子裡也沒有人。於是，他像箭一樣飛也似的衝到大門口，卻不敢走出去，他想叫醒排長大人，可是沒有喊出聲。

就在此時，他聽到了笑聲，五個婦女高高興興地走進了希雅姆‧杜拉利的房間，她們沒有在房裡看見格津德爾‧辛赫。

一個說：「他到哪裡去了？」

希雅姆‧杜拉利說：「可能到外邊去了。」

另一個說：「也許太不好意思了。」

第三個說：「由於害怕，他連呼吸都停止了呢！」

格津德爾・辛赫聽到說話的聲音，放了心。他以為是家裡的人都醒了，連忙走到房門口。他說：「找一找！希雅姆・杜拉利到哪裡去了？我睡得可真沉，連醒也沒有醒，趕快派人去找一下吧！」

忽然，他看到希雅姆・杜拉利正站在婦女們中間笑著，整個人大為驚訝。

五個女伴開始鼓掌大笑起來。

一個說：「好哇！姊夫，總算是看到你的勇氣了。」

希雅姆・杜拉利說：「妳們一個個都是壞蛋。」

第三個說：「妻子跟著強盜們走了，可你氣也沒有吭一聲！」

格津德爾・辛赫明白自己上了大當，可是他的嘴還很硬，很快就收拾了殘局。「我又能怎麼辦？難道叫我破壞妳們的表演嗎？我也正興致勃勃地從這場演出中獲得樂趣呢！如果我把妳們都抓起來，拔掉妳們的大鬍子，那妳們會有多不好意思！我才沒那麼狠心。」

所有的人都直盯盯地望著他，一句話也說不出來……

他一次又一次地用忿怒的眼光看著巴爾馬‧南德，而且不時地掂著自己手中的木棒。

騙局

全城的人都在讚賞雅雪達‧南德先生，不僅在本城，全省的人都在稱讚他。報紙上紛紛發表評論，朋友們所寫的頌揚信如雪片似的飛來，所有人都說，這才真正稱得上是服務社會，有崇高思想的人才能做到這樣。雅雪達‧南德先生使受過教育的知識分子大放光采，現在，又有誰敢說我們的領袖只是誇誇其談，卻不實際行動呢？

如果雅雪達‧南德先生願意的話，他本來至少可以從兒子的婚事中得到兩萬盧比的陪嫁，白白受到奉承還不用說，但是他有自己的原則，視錢財如糞土，他不要任何嫁妝，就同意了兒子的婚事。多棒啊！要說勇氣，這才是真正的勇氣！要說原則，這才是真正有原則！要說理想，這才是真正維護理想！好呀！真正的勇士，父母真正的好兒子，做出了從來沒人敢做的先例，我們深感驕傲地在你面前向你低頭致敬。

雅雪達‧南德先生有兩個兒子。大兒子大學畢業之後成了學者，現在正準備結婚。正如我們上面所說，在這場婚事中沒有要女方一分陪嫁。

今天是新郎點吉祥點[1]的日子，沙加汗布爾的斯瓦米・德亞爾先生要來給女婿點吉祥點。城裡一些有頭有臉的人物都受邀了，現在全已到齊。舉行儀式的地方都已布置好，宴會上的餐點也早就準備好了。一個出色的吉他演奏家正在表演他的技藝，人們聽得入神，朋友們則紛紛向雅雪達・南德先生致賀。

一位先生說：「老兄，你真的創造了一個奇蹟！」

另一位先生說：「奇蹟？與其說是創造了奇蹟，倒不如說樹立了一個典範。到今天為止，我們所看到的，都是一些在臺上喋喋不休發表演說的人，但真正要行動時，卻又都夾著尾巴溜走了。」

第三位先生說：「人們究竟是製造出多少藉口啊？比如說：『先生，我是非常討厭要嫁妝這種事，也違背我的原則，可是有什麼辦法呢？孩子他媽不答應啊！』也有人往自己的父親身上推，還有人往另外一個長者身上推。」

第四位先生說：「老兄，還有好多無恥之徒呢！他們乾脆就說：『我們讓孩子受教育所花的錢，現在應該回收了。』好像他們曾經存了一筆錢在銀行裡似的。」

第五位先生說：「我清楚知道，你們在諷刺我。過錯真的全都在男方？還是女方也有一些責任？」

第一位先生說：「女方有什麼過錯呢？真要說，只能說錯在他是女孩子的父親。」

第二位先生說：「全部過錯都是老天爺的，是祂讓人生了女孩子，對嗎？」

第五位先生插嘴了：「不能這麼說！過錯既不都是男方的，也不全是女方的，雙方都有過錯。如果女方一點東西都不給，男方沒有任何權利表示不滿，他能說什麼？『為什麼沒有送禮？』『為什麼沒有送漂亮的衣服？』『為什麼沒有吹吹打打熱熱鬧鬧地送來？』那可不能這麼說，請你們說說看。」

第四位先生也說：「對，你這個問題問得好，我覺得在這種情況下不該怨孩子的父親。」

1：印度人結婚前的一種儀式。

第五位先生又說了：「那就是說和嫁妝制度一樣，送禮物、首飾和衣服的制度也該廢棄，光廢棄嫁妝制度沒用。」

雅雪達・南德先生說：「這是空談，我是沒要嫁妝，但難道禮物和首飾我也沒有接受嗎？」

第一位先生說：「先生，你的情況特殊啊！你怎麼能把自己和我們這些俗人混為一談呢？你是屬於天神之列。」

第二位先生問：「你放棄了兩萬盧比，這是怎麼一回事？」

雅雪達・南德先生說：「我的看法是，我們應該始終堅持原則。和原則比起來，錢財沒有任何價值。關於嫁妝的惡習，我自己未曾公開發表過任何演說，也許連篇短文也沒有寫過。不過，在大會上，我同意過這種提案，因此我覺得自己受那個決議案的約束，即使想違背那個決議，良心也不允許我去做。說老實話，如果接受了那筆錢，那我精神上所遭受到的痛苦，也許會要了我的命。」

第五位先生喝采道：「下次的大會如果不推你當主席，那就太不公道了。」

雅雪達・南德先生說：「我履行了自己的義務，至於受不受到賞識，我才不放在心上。」

這時傳來了話，說斯瓦米・德亞爾先生到了。人們紛紛站起來向他致敬，讓他坐在椅子上。點吉祥點的儀式開始了，斯瓦米・德亞爾先生在一片紫鉚[2]葉子上擺上椰子、檳榔、大米和蒟醬葉等東西，然後放在新郎面前。婆羅門念了經文，祭過神，替新郎在額上抹上了吉祥點，緊接著家裡的婦女們開始唱吉祥的歌曲。這時，雅雪達・南德先生趁著人多站上了臺階中間，開始就嫁妝陋習發表演說——演說的講稿是原先就準備好的。

他追述了嫁妝的歷史淵源：「古時候連『嫁妝』這個詞也沒有，先生們，誰也不知道嫁妝或陪嫁是什

2：一種樹名，葉大，開紅花，印度教教徒認為是聖潔的樹。

麼東西。請相信，過去真的沒有誰知道陪嫁是什麼，是飛禽還是走獸的名字，是天上飛的還是地上走的，是吃的還是喝的東西。這個制度一直到伊斯蘭教皇帝統治的時代才形成，那時青年們去從軍，他們都是英雄，認為從軍是一件光榮的事，母親們親手替自己寵愛的兒子佩帶武器，送他們上戰場。如此一來，青年男子的數量開始減少，因此，為了找到青年男子，便開始討價還價了。現在，還到了這樣的地步——報紙上竟然對我如此微小、極端渺小的事情大加評論，好像我做了一件極不平凡的事。我要說，如果你們想活在這個世界上的話，就請立刻埋葬這個制度！」

有一個先生表示懷疑：「難道不消滅它，我們都會死嗎？」

雅雪達・南德先生回答說：「如果是這樣，那就太好了，人們得到了應得的懲罰，實際上應該要是這樣的才對。只是老天爺昏庸無道，才使得如此貪婪且愛財如命的人口販子、出賣自己兒女的下流人仍然活著，還是舒舒服服地活著！這些人口販子，社會竟不唾棄他們……」

演說很長，而且十分詼諧，人們一再為他叫好。雅雪達・南德先生結束了自己的演說後，就把七歲的小兒子巴爾馬・南德拉領到臺階上。他替孩子寫好了一篇簡單的演講稿，他想讓人看看，這個家庭的小孩子是多麼聰明乖巧！讓孩子在集會上演講本來就是一種風氣，所以誰也不感到奇怪。這孩子長得漂亮，笑容滿面，一副很有出息的樣子。他笑著走上臺階，從口袋裡掏出一張紙，洋洋得意地高聲朗讀起來：

親愛的親家：

您好！

從您的信中得知，您不信任我。我當著老天爺的面告訴您，決定了的款子我會神不知鬼不覺地送到您那裡。不過，在這裡，我想不客氣地問一個問題：由於祕密地進行這筆交易，您會得到很大的榮譽、威望和好處，而我在我的本族中卻會遭到嘲笑，對此，您將給我什麼好處呢？我誠懇地要求您從兩萬五千盧比中拿出五千盧比，公正地對待我……

雅雪達・南德先生已經進屋裡叫人擺宴去了，走出來時耳中聽到「從兩萬五千盧比中拿出五千盧比，公正地對待我……」的話，頓時大驚失色，連忙衝到孩子耳邊，從他的手中奪過稿子。「不中用的東西！你念這做什麼？這是一個打官司的人委託我辯護的信。你這是從哪裡拿來的？你這個小雜種，去，去把我寫給你的那張紙拿來！」

第一位先生說：「讓他念下去吧！其他任何演講都不像這份稿子有趣呢！」

第二位先生附和道：「真是鬼神附體了。」

第三位先生說：「現在宣布散會吧，我要走了。」

第四位先生也跟著表示：「我也要走了。」

雅雪達・南德先生想挽留大家。「請坐，請坐呀！宴席馬上要擺上了。」

第一位先生說：「巴爾馬・南德，我的孩子，到我這裡來，你從哪裡拿到這張紙的？」

巴爾馬・南德說：「是爸爸寫好了，放在桌子抽屜裡的。他對我說過，叫我念它，現在又無緣無故生我的氣。」

雅雪達・南德先生說：「蠢豬，哪是這張紙？我把演講稿放在桌子上，為什麼打開抽屜拿這張？」

巴爾馬・南德抗議道：「我在桌子上沒有找到。」

雅雪達・南德先生罵說：「為什麼不跟我說？為什麼開抽屜？我今天要狠狠治你，叫你夠受的！」

第一位先生說：「這是來自天上的聲音。」

第二位先生說：「就是這樣的人被稱作領袖，既要得到私利，又想要贏得好名聲。」

第三位先生說：「應該感到可恥，好名聲是從自我犧牲中得來的，而不是欺騙。」

第四位先生說：「已經快得到了，只有一毫之差！」

第五位先生說：「對那滿嘴仁義道德、一肚子男盜女娼的人，老天爺就是這麼懲罰的！」

人們就這樣邊議論邊起身。雅雪達・南德先生明白，事情業已敗露，再也無可挽回了。他一次又一次地用忿怒的眼光看著巴爾馬・南德，而且不時地掂著自己手中的木棒。就是這個蠢蛋讓贏到手的東西全都喪失了，面子更是丟光，抬不起頭了，他做的事情簡直相當一枚子彈。

在路上，朋友們一邊走一邊議論紛紛……

第一位先生說：「老天爺已經讓他丟盡了臉。如果他還有點廉恥的話，從今以後就不會見人了。」

第二位先生說：「像這樣一些有錢、有身分、有學問的人能夠墮落成這個樣子，我真是大惑不解。要接受人家陪嫁的錢財，那就公開地接受啊！有誰扯住他的手嗎？既要悄悄地把錢弄到手，又想賺得好名聲，這算什麼？」

第三位先生說：「騙子的臉是黑的！」

第四位先生說：「我真是可憐雅雪達・南德，這個可憐的傢伙製造了這一場騙局，結果還不是被戳破了？唉！真是只有一毫之差。」

醫學大師

醫生沒必要知道這過程中的任何一件事——
醫生的一小撮灰土就是藥！

1

有誰不知道婆羅門莫德拉姆・謝斯德利呢？他總是看長官臉色行事——在展開國貨運動[1]的那些日子裡，他激烈地反對這個運動；在獨立運動興起的日子裡，他從長官那裡獲得了忠於大英帝國的獎狀。可是，這樣表演一番之後，美夢還是沒有實現，他也未能從教學事務中脫身。最後，他想出了一個新辦法，他走進內室對妻子說：「教死書教得我的頭腦都麻木了，傳授知識這麼久得到了什麼好結果呢？這樣下去以後還會有什麼希望嗎？」

妻子擔心地說：「總該有個吃飯的依靠呀！」

莫德拉姆說：「不管是什麼時候，妳總是擔心肚皮。有哪一天，我們沒接到人家請吃飯的請柬呢？不管人家怎麼恥笑我，若沒帶上自己那份食物，我不會回家。難道今後施主們都會一個一個死光嗎？一輩子只是填飽肚皮，那這一生又算什麼呢？總該享受一點世界上的快樂才好，我現在決定當一名醫生。」

妻子吃驚地問：「怎麼當一名醫生？你讀過醫學的書嗎？」

1：指印度獨立運動時，由甘地發起的「不合作運動」，包括愛用國貨、拒買英國貨等。

莫德拉姆說：「讀了醫學書也沒什麼，在這世界上，學問的重要性遠不如智慧，反正醫術只有那麼簡單的幾手，此外別無其他。今天就在我的名字前面加上醫學大師幾個字，誰會來盤問我是不是醫學大師？難不成真的有人會來考我？我要做一塊大大的招牌，寫上『這裡專治男女隱疾』，買幾個錢的草藥、乾果仁等混合碾成粉末準備好，有這幾樣的東西，就足以行醫了。不過，得在報紙上登廣告，還要散發傳單，上面要印上從錫蘭、馬德拉斯、仰光和卡拉奇等遙遠地方的人士寫來的信件，這些人士將成為我高明醫術的見證，人們不會去查明那些地方到底有沒有這些人。到時妳看，我的醫道會如何地流行！」

妻子說：「不了解清楚就給藥，有什麼用呢？」

莫德拉姆說：「就算沒有用，又和我有什麼關係。醫生的工作就是給藥，他又不能給誰打戰勝死亡的包票，更何況，又不是生了病的人就一定都會死。我的看法是，那些不吃什麼藥的人，他們在疾病發作過後平息下來，身體也會自然而然好起來，醫生則將白白得到稱讚。五個病人中即使只有一個病癒，那我就可以得到他的讚揚，其餘四個人即使死了，他們也絕不會來責備我。我仔細思考後發現，再也沒有比這一行更好的工作了。我能寫文章，還會寫詩，我要在報刊上寫幾篇討論印度醫學重要性的文章，裡面還要加上幾首詩，語言要寫得生動有味，到時妳看，一定有許多人會上鉤。妳別以為我這麼久只是一味教死書，我一直在觀察成功醫生的手法，經過這麼久，我終於知道他們成功的根本祕訣。如果老天爺願意的話，總有那麼一天，妳從頭到腳都要戴滿金飾。」

妻子一面壓抑著自己內心的興奮，一面說：「我這樣的年紀還戴什麼首飾呢？而且我現在也沒有戴首飾的慾望。告訴我，你根本不會製藥，藥怎麼能製出來呢？水藥你怎麼煎呢？甚至連藥也不認得呀！」

莫德拉姆說：「親愛的，妳的的確確是一個大傻瓜。醫生沒必要知道這過程中的任何一件事——醫生的一小撮灰土就是藥！不過，講究一點是必要的。需要有一間大房間，鋪上地毯，櫥櫃裡要有八個、十個玻璃瓶子。除此之外就不需要其他東西了，所有的一切，『智慧』會自動想辦法的。我那種富有文學意味的文章會引起很大的影響，妳看著就是了。我對修辭是多麼在行，這妳也是知道的，今天在印度，還沒發現有誰在修辭方面能夠和我相提並論——我畢竟沒白活這麼多年！每天都會有八個、十個人為了討論詩歌到家裡來，他們將成為我的宣傳。通過他們，病人會來到我這裡的。我不用靠醫學知識，而是憑我掌握的『女主角』[2]知識大膽行醫，妳看著好了。」

妻子仍然不怎麼相信：「我害怕你連這些小學生也會失掉，結果是雞飛蛋打兩頭空。你的命裡注定就是教孩子們讀書，到處碰壁後還不是得重操舊業。」

莫德拉姆問說：「妳為什麼不相信我的能力呢？」

妻子說：「因為你的行醫是騙人的，我對這樣的做法無法認同。你根本就不是做那一行的，也不能做那一行，為什麼偏要冒充？你當不了官，結果頂多只是懊喪罷休而已，可你的欺詐行為卻偏偏可能成功，我介意的就是這一點。我希望你成為一位好人，過安分守己的生活，但你什麼時候聽過我的話？」

莫德拉姆說：「可我有關『女主角』的知識什麼時候用得上？」

妻子說：「為什麼不去伺候某一個有錢的貴族！你在那裡為他吟唱幾首詩，他會很高興，會賞錢給你，為什麼一定要打扮成騙人的醫生呢？」

莫德拉姆說：「我懂得不少祕方，那是連醫生的祖宗也不知道的。其他醫生都為了一、兩個盧比而東奔西跑，我要把我的出診費定成五個盧比，車馬費還不包括在內。人們會把我當成大醫生，要不出診費為什麼訂這麼高？」

2：指印度古代文學理論中的「女主角分類」，根據這一理論寫下來的作品大多是庸俗的豔情詩。

妻子現在有點信以為真了，她說：「你這才把話說到重點上了。不過你要明白，在這裡你不會吃香，你得到另外一個城市去。」

莫德拉姆笑了笑說：「難道我還不清楚？我會選勒克瑙作為基地。不出一年，我將聲威大震，而其他醫生個個都會變得微不足道。我還知道許多咒語呢！我不見幾次病人，根本不會替他治病，我會說：『當我還沒有摸透病人脾氣，是不能治療的。』妳說，這怎麼樣？」

聽到這裡，妻子也興奮了起來，她說：「現在我服你了，這樣行醫行得通，我不再懷疑了。不過，你可別對窮苦人要這一套，不然，會上當的。」

2

一年的時間過去了。

醫學大師婆羅門莫德拉姆•謝斯德利在勒克瑙聲威大震。他本來就有修辭學的知識，還能夠演唱和彈奏樂器，另外又是隱疾的專家。這一來，這些上流人士可走運了，莫德拉姆唱詩、說笑話給他們聽，讓他們吃強身的藥。在那些特別需要強身藥的富豪貴族之中，他受到異口同聲的稱讚。短短一年的時間裡，他就成了標準的大紅人。他是勒克瑙唯一治隱疾的醫生，他既公開地替人治病，也祕密地為人治病，那些守寡的風流王公夫人和耽於享受且目光短淺的貴族，開始對他頂禮膜拜了。

莫德拉姆呢？他誰也不放在眼裡。

另一方面，妻子卻一再告誡他要小心，別陷進王公夫人們的麻煩中去，不然以後會懊悔。

然而怎麼可能避免命中的注定呢？儘管千百次勸說也沒有用。莫德拉姆的崇拜者中有一個比爾哈爾地方的王公夫人，王公早已升天了，王公夫人不知害了什麼慢性病，莫德拉姆一天要到她那裡去五次。王公夫人希望他一刻也不離開她，要是他晚到一會兒，她便會心神不安，因此，經常有一輛小汽車停在他的大門口。現在的莫德拉姆已經完全改頭換面了，他穿著細布的上衣，頭上纏著貝拿勒斯產的頭巾，腳上穿的是講究的皮鞋，一些朋友也跟他坐上汽車盡情兜風。還有幾個朋友被安插在王公夫人的堂前服役，王公夫人難道還不能自己主宰意見嗎？

只是，命運車輪的駕馭者卻玩弄著另外一種計謀。有一天，莫德拉姆正把自己的手放在王公夫人雪白的手腕上切脈，另一支手放在她的胸脯上探測她心臟的跳動。這時，幾個人手裡拿著木棍闖了進來並把門也閂上了——莫德拉姆遭了一頓毒打。說來他也是一個身材結實的男人，而且手上經常攜帶一根手杖，可是他上了當，幾個人包圍了他，能有什麼辦法？他一會兒倒在這一個人腳下求饒，一會兒倒在另一個人腳下求饒，嘴裡不停地發出唉喲、唉喲的哀號聲，但那些狠心人一點也不同情他。

有一個人踢了他一腳。「把這個流氓的鼻子割下來。」

另一個人說：「把他嘴上塗上黑灰和石灰放掉好了。」

第三個人說：「怎麼樣，假扮醫生的婆羅門先生？你說說，想選哪一個啊？你是願意割掉鼻子，還是願意在臉上抹黑呢？」

莫德拉姆說：「唉喲！唉喲！我要死了。你們要怎麼辦就怎麼辦，可千萬別割鼻子！」

一個說：「今後不到這裡來了吧？」

莫德拉姆說：「死也不來了，先生。唉喲！快要死了！」

另一個說：「今天就從勒克瑙滾蛋，要不，不會有好下場的。」

莫德拉姆說：「先生，我今天就走。我拿我戴的聖線[3]發誓，今後你再也不會見到我的影子了。」

第三個說：「好，兄弟們，大家都踢他幾腳，讓他滾蛋吧！」

莫德拉姆說：「啊！先生，那我會死的，可憐可憐我吧！」

第四個說：「像你這樣的騙子不如死了好。好，現在開始吧！」

於是大家開始踢他，不斷發出噔噔的響聲，好像擂鼓的聲音一樣。隨著每一聲「噔」的聲響，就會傳出一聲「唉喲」，好像是它的回聲。

等每個人都踢了幾腳後，他們把莫德拉姆拖了出去，把他塞進汽車送回家。汽車開動時他們警告他，在明天天亮以前一定要滾蛋，否則，還有他受的。

3

莫德拉姆一瘸一拐，嘴裡哼哼唧唧，拄著拐杖回到了家裡，撲通一聲倒在床上。妻子慌了手腳，問說：「你怎麼啦？是怎麼一回事？欸，你的臉成了一副什麼樣子？」

莫德拉姆說：「唉喲！我的天，我要死了！」

妻子又問說：「你哪裡痛？我不是早說過，不要貪便宜，我給你拿點助消化的藥來好嗎？」

莫德拉姆說：「哎喲！壞蛋們幾乎把我打死了。就是因為那個卑鄙的妖婆，我才成了這副樣子。他們把我打得全身都散了！」

3：印度高等種姓人戴在脖子和腦間的一根線，表示聖潔吉祥。

妻子說：「你是說，挨了打回來了？看來真是挨了打。這一下可好了，你本來就是挨人拳打腳踢的貨色。我過去提醒過你，不要和王公夫人來往，可是你什麼時候聽過？」

莫德拉姆嚷道：「唉喲！唉喲！妳這鬼女人也趁這個時候詛咒我！看我這副慘樣子，妳卻在一旁說風涼話。妳找人去，要輛車子來，我們得趁夜逃離勒克瑙，要不，明天大清早就沒命了。」

妻子說：「不，現在你不是還沒有心滿意足嗎？再待幾天嚐嚐這裡的滋味吧？本來，以前教孩子念書多麼心情舒暢，可偏心血來潮，要當什麼醫生。這一下可好了，今後一輩子大概都不會忘了吧！你挨打的時候，王公夫人在哪裡呢？她就沒有保護你一下嗎？」

莫德拉姆說：「唉喲！唉喲！那個鬼女人早就跑了，都是因為她。我以前哪裡知道會是這個下場，要不，我怎麼會替她治病？」

妻子說：「只能怪你的命不好。本來，行醫已經比較順利了，可是你的行為又使一切都化為烏有，最後還不是不得不回去教書，命不好嘛！」

大清早，莫德拉姆的大門口停著一輛車。沒有任何朋友來送行，莫德拉姆正躺著呻吟，他的妻子忙著將行李放上車。

募捐演說家

里拉特爾像一具屍體似的躺在那裡，
只見他嘴邊蒼蠅不停飛舞，
頭上的頭髮結成了血塊……

1

婆羅門里拉特爾的舌頭有一種魔力，只要他站在講臺上，開始滔滔不絕地發表他那迷人的演說，聽眾總是會大受感動，心中頓時都充滿了愛國之情。其實，里拉特爾的演講中很少有實質性的內容，語句也組織得不怎麼出色，而且又一次一次地重複，但是這並沒有影響其吸引力和作用，而是像打雷一樣，聲音愈響，影響就愈大。

我其實不怎麼相信他演說的效果，聽眾都說他只背誦了一篇演講稿，在每次集會上，他只不過是用新的聲調把它再重複一遍罷了。他演說的主要特色是歌頌民族的光榮，一走上講臺，他就開始歌頌印度古代光榮的事蹟和祖先們的不朽功業，以吸引與會的聽眾。

他說：「先生們，聽了我們民族衰落的故事，有誰不傷心流淚呢？我們想到古代的光榮時會產生懷疑：我們仍然是過去那個民族，還是已經變了？過去我們敢和獅子交手，如今我們看到老鼠也要找躲避的地方，這樣墮落下去還有一個底嗎？不用說更早以前的事了，拿旃陀羅笈多大帝的時代來說吧！希臘博學的歷史學家寫道，那時這裡是夜不閉戶、路不拾遺，偷竊的事從沒聽過，通姦的事根本沒有；那時還沒有發明寫字據，只憑一張小條子就能成交幾十萬盧比的交易；那時司法機關的工作人員簡直沒什麼事情可做。先生們，那時沒有一個青少年夭折（掌聲）——是的！沒有一個青少年夭折，父親在世兒子就死去，前所未有，是不可能的，而今天有多少個父親心上留著死去年輕兒子的傷痕？現在印度已經不成印度了，印度已經成了地獄！」

這就是里拉特爾講的內容，他一唱出過去繁榮興旺與當前衰落淒慘對比的調子，就喚醒了人們的民族自豪感，憑著這一嘴功夫，他被列入領袖的名單裡，還被認為是印度教教徒大會的領袖。印度教教徒大會的追隨者當中，沒有任何人像他這麼積極、能幹，在政治上這麼靈活，或者換句話說，他已經把自己的全部心力都投入印度教教徒大會了。他沒有錢，至少人們是這麼看的，但是他有勇氣、耐心和智慧這些無價的財富，而他正好把這一切都獻給了印度教教徒大會。

清教的主張是他的理論核心——在他的思想中，清教是左右印度教民族興衰存亡的大關鍵，除了進行清教以外，再也沒有其他辦法可以復興印度教民族了。他深深相信，治療印度教民族的一切道義、肉體、精神、社會、經濟以及宗教等弊端，都將仰賴這個運動的成功，因此，他正盡一切努力來促進這個運動的開展。

里拉特爾很善於募捐，老天爺賜給了他這種能力，使他可以從石頭中榨出油來；對那些吝嗇的先生們，他可以愚弄得使他們一輩子也忘不了——關於這方面，婆羅門先生往往採取古代通行的四大策略，即勸說、利誘、懲罰、分裂來達到目的；他甚至認為為了民族的利益，搶劫和偷盜都是可以原諒的。

有一年夏季，里拉特爾正準備到一個涼爽的山區去，一方面可以旅行觀光和避暑，如果可能的話，還可以一面進行募捐。他想要去旅行的時候，通常會和朋友們組成一個代表團出發，如果他能募捐到一千盧比而把一半花在旅行上面，這對誰也沒有什麼壞處，反正印度教教徒大會一定能得到一些錢，如果他不做努力，連這點錢也得不到。里拉特爾這一次準備帶他全家去，自從清教運動展開以來，他原來很拮据的經濟狀況已經大為改善了。

但是，為民族利益而獻身的人又哪裡有坐享財富的運氣呢？他們的一生就是不停地東奔西跑，到處奔忙。當時傳來了消息，說在馬德拉斯省傳播伊斯蘭教的穆斯林發起了一個運動，一個一個村子的印度教教徒正不斷加入伊斯蘭教。毛拉們狂熱地進行宗教宣傳，如果印度教教徒大會再不採取措施阻止這股潮流，那麼印度教教徒便會在全省絕跡，到時候就看不到任何一個留辮子的人了[1]。

這個消息在印度教教徒大會中引起了恐慌，他們立刻召開特別會議，向領袖們提出這個問題，經過多方面的考慮，決定由里拉特爾負責處理，而且要求他馬上到馬德拉斯去，解救那些叛教的兄弟們。領袖們一開口，里拉特爾就應允下來，反正他為了服務印度教民族，早就已經把自己的一切貢獻出來了，他放棄到山區旅行的計畫，開始準備前往馬德拉斯。

印度教教徒大會的領導人含著眼淚向他哀告：「印度教的尊者，現在只有你能掌握這艘船了。大神給了你這樣大的能力，除了你以外，印度再也沒有第二個人可以在這嚴重困難的時刻挺身而出，你可憐可憐民族宗教的可悲處境吧！」里拉特爾拒絕不了他的要求，立刻組成了一個服務團，在他的率領下出發。印

1：印度教教徒的後腦勺留有一條幾寸長的細辮子。

度教教徒大會為他舉行了空前盛大的送別宴會；一個慷慨的富翁捐了一筆款子給他；成千上萬的人到火車站為他送行。

在這裡沒必要描繪他們旅途的經過了。他們在每一個大車站都受到衷心的歡迎，有幾個地方捐了款。勒德那姆地方的土邦送給了他們一頂帳篷；伯勞達地方送了一輛摩托車，以便服務者們不必受徒步旅行之苦。當他們快到馬德拉斯時，服務團除了有相當大的一筆款子外，還有不少的日常生活用具。他們在到達之後，選了遠離市區的一個空地搭起了印度教教徒大會的帳篷，帳篷上面升起了印度教民族的旗幟，服務者們一個個穿上了自己的制服。當地的富翁送來了吃的東西，還搭了幾個小帳篷……這樣，就顯得有點聲勢了，和一個王公出巡的營房差不多。

3

晚上八點鐘，汽油燈的光卻將夜晚照得如同白晝。在不可接觸的賤民[2]聚居地區附近的服務團帳篷旁邊，已經有幾千人集合在一起。他們為其中大部分的賤民鋪上了另外的席子，高等種姓的印度教教徒則坐在地毯上。婆羅門里拉特爾正發表著他那權威性的演說：「……你們也是那些聖人的子孫，他們能夠在世界上創造新的一切，今天整個世界對他們的公正、智慧和理智都佩服得五體投地……」

突然，有一個賤民的老者站起來問道：「那我們也是那些聖人的子孫嗎？」

里拉特爾說：「毫無疑問，你們的血管裡也流著那些聖人們的血液。雖然今天冷酷無情、愚昧而又狹隘的印度教社會用蔑視的眼光看你們，可是你們不低於任何印度教教徒，不管他把自己看得多麼高。」

2：印度的四大種姓之外，還有賤民階級，多由罪犯、戰俘或是跨種姓婚姻者及其後裔組成。賤民被視為不可接觸的人。

老者說：「你們印度教教徒大會為什麼就沒有想到我們？」

里拉特爾說：「印度教教徒大會成立的時間還不長，在這樣短的時間裡，它所做的工作是可以引以自豪的。印度教民族在千百年沉睡之後才驚醒過來，現在，在整個印度，任何一個印度教教徒將不會藐視其他印度教教徒，而是彼此把對方都當作兄弟。這樣的日子已經不遠了！羅摩曾經和尼沙陀擁抱過，他還吃過舍薄哩吃剩的棗子[3]……」

老者說：「你既然是這種聖人的子孫，為什麼還要分高低貴賤呢？」

里拉特爾說：「這是因為我們已經墮落了，我們陷於無知，背離了那些聖人。」

老者說：「那現在你已經清醒過來了，能不能和我們一起吃飯？」

里拉特爾說：「我並不反對。」

老者說：「你能讓你的女兒和我的兒子結婚嗎？」

里拉特爾說：「如果你們不改變你們生來的本性，不改變你們的生活習慣，那我們不可能和你們建立婚姻關係。你們不要吃肉，不要喝酒，並接受文化教育，才能加入印度教教徒高等種姓的行列。」

老者說：「我們知道很多的高等婆羅門也是日日夜夜沉醉不醒，他們除了肉以外，其他的一概不吃，還有很多婆羅門一個字也不認識，但我卻看到你和他們一起吃飯，你大概也不會拒絕和他們建立婚姻關係吧？你自己現在都還陷在無知之中，又怎麼能夠解救我們這些人呢？你的內心到現在為止還充滿了驕傲，請你回去吧！你還需要改造自己的靈魂。我們尋求的解脫要通過你來爭取是不行的，只要我們生活在印度教教徒的社會之中，就永遠洗不掉我們低人一等的恥辱。即使我們再聰明，即使我們的行為再高尚，你仍然把我們看得很低賤。印度教教徒的靈魂已經死亡了，驕傲已經取代了它的位置。我們現在正準備投靠的

3：史詩《羅摩衍那》中所描寫的情節，尼沙陀和舍薄哩都是低等種姓的人。

神，其信徒今天就打算和我們擁抱在一起，他們不會說：『等你改變了你天生的本性後再來吧！』不管我們是好是壞，他們就在現在的條件下歡迎我們。如果你認為自己高尚，那你就高尚你的吧！我們沒有高尚的必要。」

里拉特爾說：「聽到聖人的一個子孫從口裡說出這種話，我感到非常驚訝，種姓的高低區別是聖人制定下來的，你又怎能消滅它呢？」

老者說：「你不要敗壞聖人們的名譽了，這虛假的一套說詞都是你們這種人製造出來的。你說我們喝酒，可你卻拜倒在那些喝酒的人腳下；你恨我們吃肉，但是你卻哀求那些吃牛肉的人，原因不過是他們比你更有力量。如果今天我當上了國王，你還不是在我面前俯首聽命？在你的教義中誰有力量誰就高貴，誰軟弱誰就低賤，難道不是嗎？」

老者說完話後，就從那裡走開了，與此同時，其他人也跟起身離開了，臺上只剩下里拉特爾和同他來的服務者。像音樂歌舞會散場一樣，空氣中仍然嚮著爭辯的回聲……

4

伊斯蘭教的傳教者自從聽到里拉特爾到來的消息後，就忙著想方設法要把他們這一夥人從那裡趕走。里拉特爾很有名氣，他們知道，如果他在這裡穩固了定位，那之前全部的努力都將付諸東流。為了不讓他在這裡扎下根，毛拉們開始絞盡腦汁，經過反覆的討論爭辯和說理，最後他們決定要除掉這個異教徒。想建立這種功勳的人並不缺，天堂會因此為他開放，仙女們會因此而解除他的災難，天使會將他腳下的泥土拿來做裝飾，先知會把手放在他的頭上為他祝福，而大慈大悲的真主則會和他擁抱，並且對他說：「你是我親密的朋友。」結果，有兩個年輕人決定去完成這項任務。

晚上十點以後，印度教教徒大會的帳篷裡一片寂靜，只有里拉特爾坐在自己的小帳篷給印度教教徒大會的領導人寫信。他寫道：「這裡最需要的是錢。錢！錢！能夠寄多少錢，就寄多少錢來！請派代表團到外邊去募捐，讓有錢的富翁再掏一掏自己的腰包，必要時還可以去乞討。沒有錢就不能讓這些不幸的人解脫，如果不開辦學校、不成立醫務所、不建立圖書館，他們怎麼會相信印度教教徒大會正代表著他們的利益呢？伊斯蘭教的傳教者現在所花的錢，如果我有其中的一半，那印度教的教幡早就在空中飄揚了。光是發表演講沒用，憑祝福誰也活不了。」

突然，他聽到腳步聲，吃了一驚，抬頭看，只見兩個人站在面前。里拉特爾起了警覺心，問說：「你們是誰？來做什麼的？」

他們倆回答：「我們是閻王派來的使者，要來捉你靈魂，閻王可想念你啦！」

說來，里拉特爾是一個很結實有力的漢子，他能夠一下子撂倒兩個人。他每天早上要吃一斤多的點心、喝四斤牛奶，中午吃飯時要放半斤酥油到菜豆裡，下午要吃煉乳，還要放上兩斤牛奶皮和一斤巴旦杏，晚飯吃得很飽，因為之後一直到隔天早上，都不再吃什麼了。此外，他從來不用腳走路，遇上轎子，就理所當然地坐上去，就像睡在家裡的床上被抬飛起來一樣；即使沒有轎子和其他車子，也有兩輪馬車。雖然在貝拿勒斯可能找到幾個雙輪馬車的車夫，但看到他這麼大的塊頭，也會假託馬車沒空不願意拉他。像他這樣的漢子，就是在摔跤場上被壓在底下，也可以很快地把壓在上面的大力士弄得精疲力竭，只是，此刻該是表現機靈的時候，卻又笨拙得像沙地上爬行的烏龜一樣。

里拉特爾斜視了一下大門，在判斷出自己沒有逃掉的可能時，他的心裡倒產生了勇氣。害怕一旦到了頂點就會變成勇敢，他一邊用手去拿木棒，一邊厲聲說：「你們從這裡滾出去……」

話還沒有說完，兩根木棒就打到他的頭上，他當場倒在地上不省人事。敵人走近一看，只見他已經沒有聲息，看來是活不成了，以為已經達成目的。他們本來沒有想要搶什麼東西，不過既然沒有什麼人來干擾他們，順手牽羊拿點什麼也沒不打緊，於是就把能拿到手的東西統統拿走了。

5

大清早，早先那個賤民的老者走過這個地方，發現現場靜悄悄的不見一個人影，連大帳篷也不見了。他感到奇怪：「這是怎麼回事？只不過經過一個夜晚，許多東西就像神話故事中的王宮一樣無影無蹤了，那些尊者竟一個也不剩，而他們每天早上總是要大吃點心，到了下午還要吃煉乳哩！」他走上前去，看了一下里拉特爾住的帳篷，他突然楞住了，原來里拉特爾像一具屍體似的躺在那裡，只見他嘴邊蒼蠅不停飛舞，頭上的頭髮結成了血塊，就像畫家的畫筆塗上了顏色，全身的衣服血糊糊的一片。正當老者以為里拉特爾的伙伴們把他除掉後逃走之時，沒想到里拉特爾的嘴裡忽然發出了哼哼聲，這說明他還活著。老者很快跑到自己的村子裡帶來幾個人，把里拉特爾抬回自己家裡。

老者替他包紮了傷口，不分晝夜地坐在他身邊，家裡的其他人也都忙著服侍他，村子裡的一些人也盡量給予幫助。這位可憐的先生在這裡有什麼親人可以依靠呢？反正親人也好，外人也罷，現在也只有我們了。他是為了解脫我們而來的，要不，他有什麼必要到這裡來呢？

里拉特爾以前在自己家裡也生過幾次病，但是他家裡的人卻沒有這麼專心致志地服侍過他，然而在這裡，老者全家——不僅老者全家，幾乎全村的人都成了他的奴僕。殷勤招待客人是他們生活的一部分，文明社會自私自利的風氣還不曾扼殺這種精神，所以在他們這裡，在寒冬臘月烏雲滿天的夜晚，懂得治蛇咒語的農民為了念咒語治蛇傷欣然步行幾十里，不需要加倍的出診費，也不需要交通工具。老者親自為他端屎端尿，有時還要聽他說難聽話；老者從全村各家討來牛奶給他喝，臉上從來沒有不愉快的神色；如果老者到哪裡去了，而家裡的人對里拉特爾有所怠慢時，老者回來還要責怪他們。

一個月以後，里拉特爾可以走動了，他現在才明白，他們這些人幫了他多大的忙，正是這些人把他從死亡的邊緣搶救回來，要不，早就一命歸天了。他感受到，他以前認為低賤而又發誓要幫忙解脫的那些人比他自己要高尚得多。如果換作是他，在這種情況之下，也許他會把病人往醫院裡一送了事，並且會因自己履行了職責而感到驕傲，還會認為自己的所作所為發揚了德克吉和赫利謝金德爾[4]的光榮傳統呢！他打從心底裡為這些和神一樣的人祝福。

6

過了三個月，印度教教徒大會也沒有來打聽里拉特爾的下落，他的家人也是如此。大會的主要刊物對他的死亡表示哀悼，並讚揚他的工作，還為了建立紀念碑展開了募捐。家裡的人為他的死感到悲痛，可又有什麼辦法。

在這裡，里拉特爾喝了牛奶，吃了酥油，身體好起來了，臉頰恢復血色，身上也長了肌肉。農村裡

4：根據印度神話，德克吉曾將自己的骨骼貢獻給神王因陀羅作箭以消滅妖魔。赫利謝金德爾為傳說中的名王，以信守真理和天職聞名，他曾將自己所有一切，包括自己本人和妻兒施捨給修行者。

的氣候也大有助益，這是飽食牛奶皮和奶油也起不了的功效，雖然還沒有以前那麼結實，但卻比以前更機靈、更有精神，因為臃腫而造成的懶怠一點也沒有了——他已經開始了一種新的生活。

天氣開始涼起來了，里拉特爾準備回鄉。這時鼠疫開始流行，村子裡已經有三個人得了病，老者喬德里就是其中之一，他們家裡的人都扔下他逃走了，因為那裡的風俗是：凡是得到他們認為是由於神怒才罹患疾病的病人，都會被扔下不管。家裡的人都一走了事，要挽救病人等於與神作對，與神作對又有什麼出路呢？當神選定了某人得這種病，誰會有膽量從神的手裡把他奪過來？

人們本來也想把里拉特爾帶走，可是他沒有跟他們走，他決定留在村子裡保護那幾個病人。一個曾經從死亡的魔爪中把他拯救出來的人，里拉特爾怎麼能這樣扔下對方走掉呢？老者對他做的好事已經喚醒了他的良心。老者喬德里第三天醒過來時，看到里拉特爾還站在自己身邊，立刻驚訝地說：「先生，你怎麼還待在這裡？對我來說，神的旨意已經下來了，現在我怎麼也不能留下了。你為什麼要冒這個危險？就算是對我行行好，請你離開這裡吧！」

但是他的話對里拉特爾沒什麼用，他輪流到三個病人身邊去，有時用火替他們烤關節處，有時為他們講《往世書》[5]裡面的故事。他們三人的家裡，糧食、器皿等東西都仍像原來一樣放著，里拉特爾燒煮容易消化的食物給他們吃。晚上，病人們都入睡了，村子裡野獸發出號叫的聲音，有時里拉特爾甚至還會看到可怕的野獸，嚇得他渾身發抖，但即使如此，他仍從沒想要離開那裡，因為早已他下了決心，要不就把他們救活，要就是他自己為他們三人而犧牲。

接連三天替病人烤關節和捆綁繩子都沒有使病人有所好轉，這可把里拉特爾急壞了，他陷入困境。從那裡到城裡有幾十里路程，可是道路坎坷不平，又沒有交通工具，此外，他也擔心三個病人不知道還會發

5：《往事書》或稱《古事記》，大大小小有三十六種之多，皆為西元十世紀以前的著作，特別是十八部大的《往事書》被認為是宗教經典。這些著作的內容屬於宗教哲理方面的固然不少，但是更多的是神話故事。

生什麼情況。於是，第四天天未亮，他就獨自一人往城裡出發，大約在上午十點鐘的時候便到了城鎮。他到醫院取藥時遇到了很大的困難，醫院裡的人向來就跟農村來的人隨心所欲地索取藥錢習慣了，才不肯免費把藥給里拉特爾。醫生的助手對他說：「藥還沒有準備好。」

里拉特爾哀求他說：「先生，我從很遠的地方來。有幾個人病了，沒有藥，他們都會死的。」

醫生的助手生氣地說：「幹什麼找麻煩？我不是說藥還沒準備好嗎？而且也不可能這麼快做出來。」

里拉特爾用非常可憐的口氣說：「先生，我是婆羅門，我祝福你，願大神讓你的孩子們長命百歲。你行行好吧？祝願你永遠吉星高照！」

習慣於受賄的工作人員哪裡有同情心？他們的眼中只有錢。里拉特爾愈不斷對他說好話，他就愈是生氣。里拉特爾畢生從沒表現得這麼可憐過，他身邊現在連一塊錢也沒有，如果早知道取藥這麼困難，那他一定會設法從村子裡找點錢帶來。可憐的里拉特爾不知所措地站著，考慮著該怎麼辦。忽然，醫生從樓房中走了出來，里拉特爾趕上前去跪倒在他的腳邊，用很悲痛的口氣說：「慈善的醫生，我家有三個人得了鼠疫。我很窮，先生，請施捨點藥吧！」

醫生那裡經常有這樣的窮人來，所以跪倒在他的腳邊、在他面前哀告，對他來說都稀鬆平常見慣了，如果這樣就大發善心，就需會要很多藥，如此一來，怎麼能維持他的闊氣和氣派呢？但是，不管內心多麼壞，嘴裡卻說得很甜。他挪開他的腳說：「病人在哪裡？」

里拉特爾說：「先生，他們在家裡，這樣遠我怎麼能把他們帶來啊？」

醫生說：「病人在家裡，你卻來替病人取藥，這多麼有意思！不看病人的病又怎麼能給藥呢？」

里拉特爾覺得自己錯了。的確，不看到病人如何能診斷病情呢？但是，要把三個病人都帶來可不容易。如果村子裡的人幫他的忙，那還可以準備好擔架，可是那裡一切都得靠他自己，從村裡人那裡得不到幫助。別說幫助了，相反地，他現在還變成了他們的死對頭，他們害怕這個與天神作對的傢伙，不知道會給他們帶來什麼災難。如果是另外某一個人，那他早就被打死了，因為里拉特爾和他們之間已經有感情，所以才被放過。

聽了醫生的回答，里拉特爾再也不敢多說什麼了，不過他還是鼓起勇氣問：「醫生，難道現在什麼辦法都沒有了嗎？」

醫生說：「從醫院是取不到藥的，不過我們可以用自己個人的身分賣藥。」

里拉特爾說：「要多少錢，醫生？」

醫生說藥錢要十個盧比，還表示他的藥效要比醫院裡的藥好得多。他說：「醫院裡的藥都是舊藥。一些窮人來買藥，就賣給他們，會活的人吃了後就活了，會死的人吃了也就死了，死活與我們沒有什麼關係。不過，我給你的藥，那是貨真價實的好藥。」

十個盧比——對里拉特爾來說，這時十個盧比就等於十萬個盧比。以前，他一天光抽菸喝酒就得花掉十個盧比，可是現在他身邊連一塊錢也沒有。他哪裡都借不到錢，當然，如果去乞討，或許能討到一點，但是也不可能很快就弄到這麼多錢。他左右為難地站了半個小時，除了去乞討外，他想不出任何其他法子，可他又從來沒有乞討過。他過去募捐過，每次募捐總能得到幾千盧比，可是募捐是另一回事！宗教的庇護者、民族運動者、被壓迫人民的解放者這些身分，募捐是一項光榮的使命。

募捐時只要向捐款的人表示謝意，但是這會兒卻要像乞丐一樣伸出手去，向人家哀告，還要忍受人家的呵斥。有的人會說：「長得這麼魁梧，不自食其力卻要伸手乞討，不感到可恥嗎？」有的人會說：「你去割草，我多給你點工錢。」誰也不會相信他是婆羅門。如果這時他有絲綢上衣、絲織的頭巾、番紅花顏色的圍巾，那他還能裝一裝，可以打扮成一個看相的人去籠絡住某一個富翁，在這一方面他倒頗為內行，但現在他沒有這一套行頭，他的衣服已經給了別人，而在困難的處境中，他的頭腦也已經沒用了。如果他站在廣場上發表一下漂亮的演講，也許會有十個、八個支持者，不過他沒有多想。過去他都是在布置得很講究的會場上，在用鮮花裝飾起來的桌子旁邊，站在正規的講臺上表現自己的口才，如今在這種狼狽的處境中，還有誰來聽他的演講呢？人們還以為是一個瘋子在胡說八道哩！

眼看著時間已過晌午，沒有更多考慮的餘地了，要是拖到傍晚，夜裡就趕不回村子，到那時，病人不知會出現什麼情況。現在他不能再呆站著猶豫不決了，不管將受到多大的鄙視，不管會受到多大的侮辱，除了乞討之外別無其他辦法可行。

他走到市場的一家商店門口站住，但仍然沒有乞討的勇氣。

商店老闆問他：「你要買什麼？」

里拉特爾連忙隨便問一句：「大米賣什麼價錢？」就羞愧得頭也不回地走了。

當里拉特爾走到第二家商店門前時，他更為小心了。商店老闆正坐在軟墊上，他走到對方的面前，向對方朗誦了《薄伽梵歌》[6]的一節詩。他標準的發音和悅耳的聲音使商店老闆大為吃驚，於是開口問他：「你住在哪裡？」

里拉特爾回答：「我是從貝拿勒斯來的。」

說完他向店老闆解釋了宗教的十大標誌，並仔細地闡述了他朗誦的《薄伽梵歌》，這一切使得店老闆著了迷：「尊者，今天請你光臨我家吧！」

6：《薄伽梵歌》是史詩《摩訶婆羅多》中黑天對阿周那的談話錄，被認為是印度教經典。

如果只考慮自己，那他一定會高興地接受對方的邀請，但是里拉特爾急著要回村子裡去。他說：「先生，我沒有空。」

店老闆說：「尊者，你一定得接受我對你的敬意。」

當里拉特爾怎麼也不同意住下來時，店老闆有點沮喪地說：「那我能為你做些什麼呢？請你吩咐吧！你的高見我還沒有聽夠，以後如果路過這裡，請你一定光臨。」

里拉特爾說：「既然你對宗教這麼誠心，那我以後一定來。」

話說完，他就站起來離開了，不好意思的心情使他開不了口。他認為，自己之所以受到這種尊敬和接待，只是因為他掩蓋了心底所打的算盤，如果真的流露出來，對方就會改變態度，得到的即使不是無情的拒絕，對他尊敬的心意也就不再有了。他走出商店，在大街上站了一會兒，他開始想，現在到哪裡去呢？冬天的時間像一個紈褲子弟的錢一樣，飛快地流走了。時間不早了，他忍不住生自己的氣，不開口向人家乞討，有誰會給錢呢？難道有人知道我現在的心思嗎？有錢的人頂禮膜拜婆羅門的日子早已成為過去，不要妄想有某位先生會主動把錢放在我的手裡。

他慢慢地向前走著。突然，商店老闆從後面叫他：「婆羅門先生，請等一等。」

里拉特爾停下來了，他以為商店老闆是來請自己到他家裡去的。這個店老闆又不掏出十個盧比給我，把我一個勁兒地帶去他家做什麼呢？可是，當商店老闆真的拿出一個金幣放在他的腳前時，他感激得熱淚盈眶了。唉！現在世界上畢竟還有真正的聖者，要不，這個世界還不變成地獄嗎？如果此時，為了商店老闆的幸福，需要他把自己身上的血獻給對方一、兩斤，他也會高高興興地給他。他激動得斷斷續續說：「先生，我……可沒有為你做什麼事啊！我不是乞丐，我是你的……僕人。」

商店老闆帶著虔誠而又有禮貌的口吻說：「尊者，請你收下它吧！這不是施捨，這是禮物。我是會識人的人，有許多出家人、和尚、瑜伽修行者、民族和宗教的運動人士經常到我這裡來，但是不知為什麼，對他們任何人我心裡從沒有產生過敬佩的感情，我總是設法擺脫他們。我看出你的靦腆，我知道你不是從事這種職業。你很有學問，你是聖者，但是陷入了某種危難之中，請你接受這點微薄的禮物吧！請你為我祝福吧！」

7

里拉特爾取了藥往回走時，他的心因為高興、興奮和獲得成功而幾乎要跳出來了，也許哈奴曼取來起死回生的藥也沒有這麼高興過吧[7]！他從來沒有過這種衷心的愉快，他的心中也從來沒有產生過這麼純潔而又崇高的感情。

時候不早了，太陽以它那始終如一的進度飛快地向西奔去，難道它也是急於要為某個病人送藥嗎？它很快地跑進西邊的山巒躲起來了。里拉特爾加快速度向前趕路，好像他一心要把太陽抓住似的。

天眼看著就要黑下來了，天空中出現了兩、三顆星星。現在還剩下二十里路，正如家庭主婦看到頭頂上烏雲翻滾時連忙跑去收拾所曬的東西一樣，里拉特爾也開始奔跑起來。他不怕無人作伴同行，只怕在黑夜裡迷失方向；左右兩邊村子裡的房屋不斷往後移去，這時，里拉特爾對這些村子感到十分親切——村民們正高高興興地坐在篝火旁烤火。

突然，他發現，不知從哪裡鑽出來一條狗走在他前面的小路上，里拉特爾為之一怔，但他很快就認出

7：史詩《羅摩衍那》中〈戰鬥篇〉描寫的情節，哈奴曼為了取仙草搬走大山救活了羅什曼那。

那是老者喬德里養的、一隻叫莫蒂的狗。今天牠怎麼離開村子到這麼遠的地方來了？難道牠知道我買了藥正往回趕路嗎？牠擔心我迷路嗎？誰知道呢？里拉特爾叫了一聲莫蒂，狗搖了搖尾巴，但沒有站住，牠不想因為打招呼而浪費時間。里拉特爾感覺老天爺就和他在一起，老天爺在保護著他，現在他相信，他能順利地回到村子裡了。

快到晚上十點的時候，他回到了村子裡。

病人的病不是無藥可救，而里拉特爾命中注定要獲得好名聲。一星期後，三個病人都恢復了健康，里拉特爾的美名傳到了很遠很遠的地方。他和死神進行了一場殊死戰才救活了他們三人，他戰勝了死神，他讓不可能的事化為可能，他就是活生生的天神！人們從很遠很遠的地方來拜見他，但里拉特爾聽到對自己的讚揚，卻沒有他看到病人能來回走動時那麼高興。

喬德里說：「尊者，你就是具體的天神，你不來，我們早就沒救了。」

里拉特爾說：「我沒有做什麼，這一切都是出於老天爺的仁慈。」

喬德里說：「我們再也不會讓你走了，請你把妻小也接來吧！」

里拉特爾說：「是呀！我也正這麼想，現在我不能離開你們了。」

8

毛拉們看到障礙得以掃清，就在附近的村子裡大肆活動起來。整村整村的人加入了伊斯蘭教，而印度教教徒大會卻一點動靜也沒有，誰也沒有膽量敢到這裡來，他們躲在老遠的地方對穆斯林進行攻擊，他們當前最大的問題是如何報那次暗殺之仇，他們一次又一次地寫信給官員們要求調查這一事件，可是一次又一次得到凶手無從查獲的答覆。與此同時，為里拉特爾建立紀念碑籌措資金的工作正在進行中。

可是一道新的光輝使毛拉們大為遜色了。那裡有一位天神下凡了，他能起死回生，他為了自己信奉者的幸福，不惜犧牲自己的生命。毛拉們哪有這種功夫？他們當中哪有這種傑出的人物？哪有這種奇蹟？和這種高尚的道德比較，所謂天堂和兄弟情誼的空話怎麼站得住腳呢？里拉特爾現在已不再是為自己高貴種姓而驕傲的婆羅門了，他學會了尊重首陀羅種姓的人和賤民，現在他擁抱他們時再也不感到厭惡了。他們是因為自己家裡太黑暗才走近伊斯蘭的燈，而當他們自己的家裡已經有了燦爛的陽光時，那他們還有什麼必要到別人那裡去呢？

傳統的印度教取得了勝利，每一個村子都開始修廟，早上和傍晚都可以聽到從廟裡傳出來的法螺聲和鐘聲，人們自動改變自己的言行。里拉特爾並沒有淨化任何人，他現在一提到清教和淨化這兩個詞就感到羞愧。我怎麼能淨化他們呢？首先我要淨化我自己，我不能擺出一副淨化這些純潔和神聖靈魂的架勢來侮辱他們。

這種教義是他向那些賤民學到的，憑著它，他成功地維護了自己的宗教。

里拉特爾現在還活著，他全家的人都和那個地方的賤民生活在一起。

烈女

當朝霞的紅光從樹蔭背後開始透過來時，
她才從痴望中清醒過來，
她發現周圍什麼也沒有。

1

兩百多年的時間過去了，金達夫人的名字流傳至今，依舊沒有消失。在崩德拉地區一個山巒起伏的地方，仍然有成千上萬的男女每逢禮拜二就來朝拜金達夫人。每逢這樣的節日，在這杳無人煙的地方，優美的歌聲就會響徹雲霄，山崗和峽谷也會被年輕婦女五顏六色的衣裳點綴得異常美麗。

夫人的祠建立在一個很高的山崗上，從很遠很遠的地方就可以看見祠頂上飄揚著的紅幡。祠很小，只能勉強容下兩個人。裡面沒有任何雕像，只有一個小小的祭壇。從山下到祠裡，有石砌的臺階，為了避免把人擠得跌下山去，石階的兩邊還修了石牆——就是在這裡，金達夫人成了烈女。不過，一般的說法是，她並不曾和死去的丈夫一起坐上焚屍的柴堆。她的丈夫曾合掌站在她的面前，但她頭也沒有抬，望也沒有望他一眼。她不是和丈夫的遺體，而是和丈夫的靈魂一起自焚的。那焚屍堆上沒有她丈夫的遺體，丈夫的榮譽當時已經喪失殆盡了。

2

葉木納河邊有一座名叫迦爾比的小城，金達就是這座小城裡一個崩德拉英雄的女兒。她的母親在她童年時就去世了，撫育她的擔子於是落到了她父親的肩上。那是一個戰爭的年代，戰士們連鬆一鬆緊身腰帶的空閒也沒有，他們在馬上吃飯，伏在馬鞍上打盹。

金達的童年就跟著父親在戰場上輾轉度過，父親總是先把她藏在山洞裡或樹蔭背後，再去打仗。金達一點兒也不害怕，她坐在地上用泥土堆城堡，然後又攻破它；她做泥房子和不戴頭巾的泥姑娘，她做泥娃娃士兵，再把它們擺到戰場上打仗……就算有時她的父親一直到傍晚還回不來，或甚至得一個人在無人的地方又飢又渴地坐一整夜，金達依然毫不恐懼。她從來沒聽過什麼鬼狐的故事，她聽到的是自我犧牲的事蹟，而且是從戰士們的嘴裡聽來的，慢慢地，她成了一個有抱負的女孩子。

有一次，一連三天金達都沒有得到父親的消息。她坐在一個山洞裡，暗暗設計一個敵人無論如何也不能攻陷的城堡，她整天都在思索這種城堡的藍圖，甚至夜裡也做有關這種城堡的夢。第三天傍晚，她父親的幾個伙伴來到她面前哭了。金達奇怪地問：「我父親在哪裡？你們為什麼哭呢？」

他們誰也沒有回答，反而更加放聲大哭起來。於是金達明白，她的父親犧牲了。

這個十三歲女孩的眼裡沒有流下一滴淚，神色一點也沒有變，更沒有嘆一口氣。她笑著說：「如果他犧牲了，那你們為什麼哭呢？對一個戰士來說，還有什麼死法能比戰死更有價值呢？難道還能得到比英勇獻身更崇高的獎賞嗎？這不是哭泣的時候，而是值得慶賀的時候啊！」

其中一個戰士用不安的口氣說：「我們是擔心妳啊！今後，妳該到哪裡去呢？」

金達嚴肅地說：「你們一點也不必為此擔心。叔叔們，我是我父親的女兒，他所做的一切，都是我要學習的榜樣。他為了把祖國從敵人的魔爪裡拯救出來而獻出自己的生命，我也懷著同樣的理想。你們去整頓自己的人馬吧！另外，也請為我安排一匹馬和一些武器，若蒼天有靈，你們不會發現我落後於任何人。不過，如果你們看到我膽怯後退，就請用手裡的劍結束我的一生，這就是我對你們的請求。去吧！請不要耽誤了。」

戰士們對金達的這些豪言壯語一點也不感到意外，當然，他們還是會懷疑——這個柔弱女孩的決心能夠堅持到底嗎？

3

五年過去了，金達已經威震崩德拉地區。敵人節節敗退，她是活生生的勝利象徵。看到她大無畏地屹立在彈丸橫飛和漫天飛箭的陣前，戰士們個個都受到鼓舞。在金達面前，他們怎麼會往後退呢？看到這樣一名柔弱的女子在衝鋒陷陣，又有哪一個男人會往後退？在美麗的姑娘面前，戰士們的英雄氣概會變得更加無敵。一個女子犀利的言詞可以讓敵人倒戈，而一個會心的眼色也能激起怯弱者的英勇氣魄。

此外，金達的美貌也名聞千里，吸引了各地許多勇敢的壯士投軍到她的隊伍來，他們個個都猶如敢於獻身的黑蜂，從四面八方飛到金達這朵花上盤旋。

這些戰士中間有一個名叫勒登・辛哈的拉傑布德族青年。

一般來說，金達的戰士都是些武藝高強的人，他們有的是獻身精神，只要金達一示意，不論是上刀山下火海，他們都敢，甚至她命令他們從天上摘下星星，他們也一定馬上行動。可是，勒登・辛哈卻勝過任何人，金達也打從心裡愛著他。勒登・辛哈不像其他戰士那樣固執、饒舌和自以為了不起，那些人過分炫耀自己，老是喋喋不休地自我吹噓。他們所做的一切都是為了做給金達看的——他們的目標不是為了履行職責，而是為了金達。

不管做什麼事，勒登・辛哈都很冷靜，即使打死一頭獅子回來，他連提也不會提起，更不用說來一番自我吹捧了——他的謹慎和謙虛已經到了害羞的程度。其他人愛金達是為了歡愉，而勒登・辛哈的愛中卻包含著獻身精神和克制。別人都睡得很香甜，只有勒登・辛哈整夜都不能闔眼；其他人心裡都以為金達會屬於自己，惟有勒登・辛哈懷著失望的心情。他對別人既沒好感，也沒惡感，他看到他們在金達面前談笑風生，對他們的能說善道感到驚訝。漸漸地，他失望的情緒愈來愈嚴重，有時甚至會恨起自己的愚蠢，為什麼老天爺剝奪了他那能夠吸引少女心的本領呢？有誰理他呢？有誰知道他內心的痛苦呢？但是他只有暗暗生自己的氣，他不能裝出另一副樣子來。

大半夜已經過去了，金達正在自己的營帳裡歇息。戰士們才經過急行軍，於是吃過飯後便漫不經心地躺下來休息。前面是一座濃密的森林，森林那邊有一隊敵人安營駐紮，金達就是探知了敵人到來的消息，才急忙領兵趕到這裡的。她相信敵人不知道她到來的消息，所以決定第二天早上向敵人發動突擊，可是她估計錯了——她的部隊裡有人私通敵人，這邊的消息不斷地走漏到那邊。

敵人為了擺脫金達的威脅而策劃了一個陰謀，指派三個勇敢的士兵來暗殺她。這三個人像猛獸一樣悄悄地穿過森林，他們藏在樹蔭背後打量著哪一個是金達的營帳。整個部隊的戰士都毫無提防地在睡覺，所以他們頗有把握能達成任務。他們從樹蔭背後爬出來，像鱷魚一樣慢慢匍匐接近金達的營帳。

全體戰士都毫無警覺地熟睡著，站崗的戰士由於精疲力竭而沉入夢鄉。只有一個人坐在營帳的後面，冷得縮成一團，這個人就是勒登・辛哈。

他不是第一次這樣做，在宿營的地方，他一直是在金達的營帳後面這樣坐著度過的，早數不清有多少夜晚了。他一察覺到凶手的動靜就抽出寶劍，吃驚地站起身來一看，有三個人正彎著腰走過來。現在怎麼辦？如果大聲呼喊，就會在部隊裡造成一片混亂，在黑夜中，戰士們會動手互相殘殺。但另一方面，他又害怕獨自一人和三人交手，寡不敵眾而送命。

沒有時間多考慮了，他有戰士當機立斷的機智，馬上舉起寶劍向那三個人撲去。寶劍叮噹地響了好一陣，接著是一片沉寂。對方三個人都受傷倒下了，而他也由於多處受創而精疲力竭地昏了過去。

早上金達起來，發現有四個戰士倒在地上，她心裡大吃一驚。她走近去一看，三個來犯的敵人已經死了，但勒登・辛哈還有一口氣，剎那間，全部的事實真相她都明白了！女性的心畢竟勝過了巾幗英雄的本色，她在父親死時沒有掉過一滴淚，此刻淚水卻簌簌如雨而下。她扶著勒登・辛哈的頭靠在自己的腿上，在她心裡，已經決定選擇他做自己的丈夫。

4

整整有一個月的時間，勒登・辛哈都沒有睜開過雙眼，而金達也跟著沒有闔過眼睛。她一刻也沒從他身邊走開，既不擔心自己的地盤，也不擔憂敵人前來進攻——她已經把自己的一切完全都奉獻給勒登・辛哈了。

整整過了一個月，勒登・辛哈才睜開眼，見到自己躺在床上，而金達站在面前拿著扇子，他用微弱的聲音說：「金達，把扇子給我，妳受折磨了。」

此時，金達的心感受到一種非凡又無限的幸福。一個月前，她坐在這個遍體鱗傷的人的床頭，絕望地哭泣；如今能看見他說話，她感到無比的高興。她用充滿愛、柔和的聲音對他說：「我的主，如果說這是受折磨，那什麼才是幸福，我就真的不知道了。」

「我的主」，這個稱呼裡好像有一種奇特的魔力，勒登・辛哈的雙眼閃爍著光芒，衰弱的面孔閃閃發亮，每根血管裡都好像在傳送著新的生命活力。這是多麼振奮人心的生命啊！當中包含有多麼熾烈、甜蜜、欣喜而又愛憐的感情啊！

勒登・辛哈整個人心花怒放，他覺得自己的雙臂彷彿有了非凡的力量，似乎可以推動整個世界、劈開大山。在這一剎那，他感到十分心滿意足，好似自己所有的理想已經全部實現，而現在對任何人都沒要求了，也許就連看到濕婆神站在面前，他也會把頭扭向一邊，不屑要求任何恩賜——任何地位、任何東西，他都不貪求。他感到很驕傲，好像世界上再沒有任何男人比他更幸福和更幸運。

金達剛才還沒有把話講完，她接著說：「當然，你為了我，不得不忍受難以承受的痛苦。」

勒登・辛哈掙扎著想坐起來，他說：「不經過苦行是不能獲得成功的。」

金達溫柔地用手一邊扶他躺下一邊說：「為了成功你並沒有經過苦行，你怎麼不說真話呢？你只是在保衛一個女子。我相信如果當時不是我而是另外一個女人，你仍然會那樣不惜自己的生命去保護她。我跟你說真心話，我曾發誓一輩子不嫁人，但是你的自我犧牲卻打破了我的誓言。我在戰士的懷抱裡長大，我的心只能獻給那敢於冒生命危險、像獅子一樣的男子面前。在我的眼裡，風流人物的詼諧、江湖義士的豪邁、壯士好漢的氣概都是一文不值的，我把他們的表演都看成鬧劇。不過，我發現你的心中有真正的獻身精神，而我成了你的奴僕，不是今天才開始的，從許多日子以前起，我就是你的奴僕了。」

5

新婚的第一個夜晚，四周都很平靜，只有在這一對情人的心裡，各種理想起伏著。在充滿柔情的迷人月光愛撫下，新郎和新娘正情意綿綿。

突然間，前方傳來了消息，敵人的部隊正向城堡這方行軍。金達大吃一驚，勒登・辛哈站起身來，取下了掛在釘子上的寶劍。

金達用充滿愛又焦慮不安的目光朝他看了一眼。「派幾個人去就行了，你沒有必要去吧？」

勒登・辛哈一面把劍佩在腰間，一面說：「我怕這一次他們來的人數很多。」

金達說：「那我也去。」

「不，他們將望風而逃，我一次衝鋒就要把他們擊潰！老天一定是希望我們的新婚之夜也成為勝利的夜晚。」

「不知為什麼，我心裡總放不下心，不想讓你離開。」

勒登・辛哈被妻子這種直接又親膩的挽留感動了，他擁抱著金達說：「親愛的，我明天一早一定會回來的。」

金達雙手圈著丈夫的脖子，眼中滿是眼淚：「我怕得等上許多日子你才會回來，但我的心將和你在一起。你去吧！不過每天要捎信回來。求求你，一定要考慮好時機再進攻，你一看到敵人就按捺不住，總是冒險衝上去——這是你的壞習慣，我對你只有一個請求，就是掌握時機行事。去吧！正如你讓我看著你出發一樣，也一定要讓我看到你回來……」

金達的心裡很不安。過去，對她來說，取得勝利的願望就是一切；現在，享受夫婦之情的慾望卻占了上風。一個像獅子一樣大吼一聲就使敵人心驚膽戰的巾幗英雄，如今卻變得這麼脆弱。當勒登・辛哈騎上馬時，她竟暗自向女神許願祈禱他的安全；當他還沒有被樹蔭遮住時，她站著不停地望著他，後來，她還登上城堡最高的瞭望臺，向他離去的方向足足望了幾個小時，那裡什麼也沒有，群山早已把勒登・辛哈遮蓋住了，但是金達卻感覺到他好像還在繼續往前走。當朝霞的紅光從樹蔭背後開始透過來時，她才從痴望中清醒過來，並且發現周圍什麼也沒有。

她哭著從瞭望臺走下來，回到自己的床上後，更是蒙頭大哭了起來。

6

勒登・辛哈的伙伴雖然不足一百人，但個個訓練有素。他們既藐視攻擊敵人的時機，也不把敵眾我寡放在眼裡。他們個個視死如歸，滿懷豪情地唱著充滿英雄情調的歌曲策馬前進。

勇士！你的頭巾是寶刀，
一定要維護它的榮耀。

刀斧不管用，
盔甲和盾也是徒勞，
讓我們內心團結牢。
勇士！你的頭巾是寶刀，
一定要維護它的榮耀。

群山之間響徹著豪邁歌聲，馬蹄噠噠地為他們打著拍子。黑夜漸漸過去了，太陽放射出紅色的光芒，在這些勇士身上灑下金光。

就在那血紅色的光芒中，他們看見一座小山上駐紮著一隊敵軍。

勒登・辛哈低著頭，壓抑著內心的離愁別恨慢慢地走在隊伍的後面。他的身子雖然往前行，他的心卻在往後退。今天，苦惱的心情讓他此生第一次疑懼了起來。有誰知道這一仗的結局如何？為了來這裡，他放棄了那天堂般的快樂，現在一想起來他內心就難受；一憶起金達飽含淚珠的雙眼，就真想把馬的韁繩往回拉。他的鬥志時時刻刻不停地低落下去，突然間，一個士兵來到他身邊說：「兄弟，你看，敵人在高山上紮營。你的看法如何？我認為應該馬上向敵人進攻，現在他們沒有提防，一打就會敗逃。如果晚了，他們有準備了，事情就會變得棘手——敵軍大約不少於一千人。」

勒登・辛哈不安的眼光向敵營打量了一下後說：「對，看來是不少。」

士兵說：「那就展開突擊囉？」

勒登・辛哈說：「就照你的意思辦吧！不過敵人很多，也得考慮考慮。」

士兵說：「這根本沒什麼！我們曾經打敗過比這更多的敵軍。」

勒登•辛哈說：「那倒是事實，不過往火裡跳總是不妥當。」

士兵說：「兄弟，你這是說些什麼呀？兵士的一生就是為了往火裡跳呀！一旦你下達了命令，就能看到我們的威風啦！」

勒登•辛哈說：「現在我們夠疲勞了，還是多少休息一會兒好。」

士兵說：「不，兄弟，如果他們察覺到我們的動靜，那就糟了。」

勒登•辛哈說：「那就進攻吧！」

霎時，戰士們拉緊了馬的韁繩，拿著武器向敵軍衝去，但一登上山頭，他們就發現原先對敵軍的估計錯了：敵人不僅提防著，而且正準備出發進攻他們的城堡。看到敵軍迎面來，他們便驚覺失策了，但除了迎戰別無他法。當然，他們仍不感覺失望，和勒登•辛哈這樣英勇善戰的勇士在一起，他們是沒有任何疑懼的。在比現在更危難的場合，勒登•辛哈都曾以自己的機智獲勝，難道今天他不會把自己的本領顯示出來？所有人的眼睛都在尋找勒登•辛哈，但是哪裡也找不著他，他到哪裡去了呢？誰也不知道。

他哪裡也不會去，他不能把自己的伙伴們甩在這樣困難的情況下，完全不可能。他一定還在這裡，他也許在思考轉敗為勝的辦法。

剎那間，敵人逼近了。在眾多的敵軍面前，他們這一小批人能有什麼作用呢？四面八方都在呼喚著勒登•辛哈：「兄弟，你在哪裡？你要下什麼命令？敵人已經來到跟前了，你到現在還一聲不吭。到我們面前指揮我們吧！鼓舞我們的勇氣吧！」

敵軍已經來到跟前了，但勒登•辛哈還是沒露面。雙方開始揮劍交手，崩德拉人拚死戰鬥著。一對一當然綽綽有餘，但一個人要怎麼對付十個敵兵呢？這不是戰鬥，而是生命的賭博！崩德拉人的失望轉化成非凡的力量，他們勇猛戰鬥，誰也沒想過要後退一步。現下，他們是一點組織也沒有了，誰能夠往前進，就往前衝，至於結局是什麼，任何人都不擔心，有人甚至穿過敵人的隊伍衝到敵軍的將領面前，也有人在盡力登上敵軍將領騎的象時被打死……看到他們這種超人的勇猛精神，敵軍也不得不脫口稱讚。

不過，戰士獲得了名聲，卻沒有取得勝利。不到一個小時，舞臺的幕落下，演出結束了。猶如颳來的一陣暴風，把樹連根拔起後又很快過去了。如果有人指揮的話，這一小批人馬是可以打敗敵人的，但負責指揮的那個人卻不知道到哪裡去了。勝利的馬拉提人一個屍體一個屍體地注意觀察，勒登・辛哈是他們的眼中釘，是他們要除掉的對象，只要他還活著，他們就睡不安穩。他們把小山的岩石都翻遍了，可是沒有發現勒登・辛哈。雖然勝利了，但沒有取得完全的勝利。

7

今天，金達的心裡不知為什麼，一直有種惶惶不安的感覺，她從來沒有這麼脆弱過。崩德拉人會失敗嗎？她說不出會失敗的任何理由。無論如何，她都沒把這種疑懼從不安的內心流露在外。如果這個不幸的女子命裡注定能享受愛的幸福的話，那麼為什麼她母親在她童年時代就死去呢？為什麼她不得不和父親一起在叢林裡奔波呢？為什麼她得住在山洞裡呢？事實上，連這樣的依靠都從很久之前開始就不再存在，因為父親也離開她了。從那時起，她就從來沒有舒舒服服地生活過一天。

老天難道會讓自己導演的這幕悲劇從此收場嗎？這時，她脆弱的內心卻產生了一種奇怪的念頭——願老天爺今天能將她最親愛的人安全地送回來，她將會跟著他一起到很偏遠的村子裡住下來，她會服侍和拜倒在自己心愛的丈夫懷中，讓生活過得很幸福美滿——她將永遠避開這種戰鬥生活。今天在她心中，女性的感情第一次甦醒了。

已經傍晚了，太陽像一個打了敗仗的士兵一樣，低著頭找棲身之地。突然有一個士兵光著頭、光著腳，赤手空拳地來到她的面前。金達像是遭到了青天霹靂，有好一會兒一直難過地坐著不動，後來她惶恐地走到士兵身邊，用痛苦不安的聲音問：「誰還活著？」

士兵說：「一個也沒有。」

「一個也沒有？一個也沒有嗎？」

金達捂著頭坐在地上。

士兵接著又說：「馬拉提人已經來得很近了。」

「來得很近了？」

「很近很近了。」

「那馬上準備柴堆，沒有時間了。」

「我們這些寧可斷頭的人還在呀！」

「隨你的便，這是我最終的職責。」

「把城堡緊閉，我們還能抵抗幾個月。」

「那你們抵抗吧！我現在不和任何人打仗了。」

黑暗摧殘著光明降臨了，勝利的馬拉提人踐踏著田裡起伏的禾苗到來了。城堡裡正準備著柴堆，就在掌燈的時候，柴堆也點了火。烈女金達全副盛裝，顯示出無可比擬的光采，帶著微笑，正通過火的途徑向丈夫靈魂所在的天堂裡走去。

柴堆的周圍聚集著男男女女。敵人已經包圍了城堡，對此誰也不感到惶恐不安，他們每一個人都因悲哀和憂傷而滿臉愁容，一個個都低著頭。昨天，正是在這個院子裡，搭起了舉行婚禮的彩棚；而今天在這個地方卻正燃著燒屍的柴堆。昨天燃的是婚禮的祭火，那時這樣的火舌也同樣向上升起，人們也像今天一樣聚集在一起，可是今天和昨天的景象有著多大的差別啊！當然，從肉眼看來，是存在著差別，然而實際上，這是昨天婚禮上舉行的祭祀的補充，是昨天婚禮上始終不渝的誓言的實踐。

突然人們聽到了馬蹄聲，好像有一個戰士騎著馬飛奔急馳而來。剎時間，馬蹄的聲音停止了，有一個戰士跑到了院子裡。人們驚愕地發現，原來是勒登・辛哈。

勒登・辛哈走到燒屍堆旁邊，喘著氣說：「親愛的，我現在還活著，妳這是做什麼呀？」

燒屍堆上早已點著了火，火苗已經燒著了金達所穿的沙麗。勒登・辛哈像發狂似的衝進燒屍堆裡，拉著金達的手要她出來，人們則從四面八方衝上來開始搬開木柴，但是金達一眼也沒朝丈夫看去，只是用手示意要他走開。

勒登・辛哈捶打著頭說：「啊！親愛的，妳怎麼啦？妳為什麼不朝我看一看？我還活著呀！」

從燒屍堆裡發出來的聲音說：「你的名字叫勒登・辛哈，但你不是我的勒登・辛哈。」

「妳朝我看一看吧！我就是妳的僕人、妳的崇拜者、妳的丈夫。」

「我的丈夫已經獻身了。」

「唉！我怎麼向妳說清楚呢？啊！弟兄們，設法把火弄滅吧！我就是勒登・辛哈呀！親愛的，難道妳不認識我嗎？」

火舌已經竄到了金達的臉上了，金色的蓮花在火中開放了。金達用清清楚楚的聲音說：「我認清楚了，你不是我的勒登・辛哈。我的勒登・辛哈是真正的英雄，他不會為了自己，為了這個渺小的肉體活著而放棄自己身為剎帝利武士的職責。我所委託終身的那個男子，現在已經升入天堂。你不要汙辱勒登・辛哈，他是英勇的拉傑布德人，而不是從戰場上逃命的膽小鬼。」

她說出最後的一個字的時候，火焰已經燒到了她的頭上。不到片刻的時間，這個無比美麗的女子，理想英雄主義的崇拜者，真正的烈女消失在一片火海裡了。

勒登・辛哈一聲也不吭，像失去了知覺似的站著呆看這一幕景象，突然，他抽了一口冷氣，然後投身到那燒屍堆裡。

關於普列姆昌德

一天夜裡，我坐在自己的宿舍，縣法院的法官給我的指令來了，叫我馬上去見他。那時正是冬天，法官剛好出巡去了，我騎了自行車連夜趕了百來里，第二天見了法官，他前面放著一本《祖國的痛楚》，我感到不妙。

那時我以「納瓦布·拉伊」的筆名寫作，已經多少耳聞了一點風聲，祕密警察正在查找這本集子的作者，所以我明白了，他們已經查出我來了，而叫我來正是要和我算帳……

法官問我說：「這本書是你寫的？」我承認了。

法官問了我每一篇小說的意圖，最後他生氣地說：「你的小說中充滿了煽動性的言論。你要慶幸自己的命運，這事情是發生在英國政權管轄之下，如果是在莫臥兒王朝時代，你的兩隻手就要被砍掉了。你這些小說是片面性的，你侮辱了英國政府……」他做出的決定是：要我把《祖國的痛楚》全部都上交給政府，並要我今後沒經過法官的允許不得寫東西。我想，算了，好歹算脫身了。小說集印了一千冊，最多賣了三百冊，我從時代出版社的編輯部要來了剩下的七百冊交給了法官。

我以為麻煩的事過去了，但是官員並不是這麼容易就甘心的。後來我才知道，法官在這個問題上和縣裡的其他官員們商議過。警察局長、兩名副縣長，還有我的頂頭上司副檢查長曾經坐下來討論如何決定我的命運。有一名副縣長引用了小說中的話，證明小說自始至終除了煽動性的言論之外別無其他，並且還不是一般的煽動性言論，而是富有感人力量的煽動性言論。

警察局長大人說：「對這樣危險的人一定要嚴懲！」副檢查長先生對我頗有好感，他怕事情鬧大，建議他以朋友的身分來探一探我的政治思想，然後向他們幾個人組成的小組委員會提出報告。他的想法是勸一勸我，在報告中寫成「作者只是寫作時有點偏激，和政治運動沒有任何關係」。小組委員會同意了他的建議，雖然警察局的一些主事者繼續在變換手法。突然，一位副縣長問副檢查長說：「你是希望他將心裡話告訴你嗎？」

副檢查長說：「是，我和他比較親近。」

「你身為他的朋友，還想去刺探他的祕密，我認為這是卑鄙的行為。」

副檢查長感到臉上無光，結結巴巴地說：「我是奉你的命令……」副縣長打斷了他的話：「不，這不是我的命令。我不願意下這樣的命令！如果能夠證明書裡面確有煽動性的言論，那就公開向法院起訴。要不，就警告一番算了。我不喜歡口蜜腹劍那一套！」幾天以後，當副檢查長親自把這件事告訴我的時候，我問他：「你真想暗中刺探我嗎？」

他笑著說：「不可能的事！即使有人給我十萬盧比，我也不會做。我當時只想阻止採取向法院起訴的行動，幸好法律的行動算是阻止住了。事情一到法院裡，判刑是必然的，而這裡又沒有任何為你辯護的人。不過，那個副縣長倒是個正派的人。」

我同意他的看法：「他是一個很正派的人。」

納瓦布・拉伊——其實就是普列姆昌德，這是他第一次從英國殖民當局那裡吃到苦頭，所幸最後是有驚無險。當然，普列姆昌德並未因此而被嚇倒，往後，他照樣不斷有「煽動性」的作品問世……

普列姆昌德於一八八〇年七月三十一日出生於印度瓦拉那西（舊稱「貝拿勒斯」）附近的拉莫希村，父親為他命名叫藤伯德・拉伊・希利瓦斯德沃，但伯父也替他取了一個名字叫納瓦布・拉伊・希利瓦斯德沃。

他的家庭是一個普通的印度教農民之家，八歲時，他的母親去世了，便由祖母照顧。兩年後，父親再娶，但後母不怎麼喜歡他，在他心裡留下一些創傷，這也是他的創作中之所以有好幾篇小說寫後母性格的原點。

普列姆昌德從小學時就開始對文學產生濃厚的興趣，只要手邊拿得到當時幾個烏爾都語知名小說家的作品，上學這件事就會被他拋到腦後，不把小說讀完絕不罷休。此外，他也讀了一些翻譯小說。念八年級時，因為沒錢買書，他甚至會替書商在學校推薦一些適合青少年、兒童閱讀的書籍，藉以換取把小說帶回家看的優待，在這兩、三年內，他看了數百本的小說和故事書，也試著練習寫作，比方說，他就曾以遠房舅舅的風流韻事寫了劇本。

十六歲時，由於父親的收入不足以維持一家的生計，他每個月只能拿到五盧比的學費和生活費，不得已，他只好開始擔任業餘家庭教師賺取生活費。普列姆昌德於十七歲便奉父母之命成家，妻子是一個小地主的女兒，年紀比他大，脾氣怪，外表也不討他的喜歡，讓他感受到不自由的婚姻所帶來的困擾，這些在他後來一些以婚姻和愛情為主題的作品中都有反映。

婚後不久，普列姆昌德的父親便過世了，逼得他不得不擔起全家生計——妻子、後母加兩個弟弟——的重擔，所幸，他後來找到一個正式的小學教師當工作，一家子總算還過得下去，之後，一直到一九二一年為響應甘地對抗英國殖民統治的「不合作運動」辭去教師一職為止，他在教育界共服務了二十二年，或當小學、中學教師，或是擔任教育部門的副檢查員。往後十餘年間，他曾短期在家鄉私立學校教學，但大部分時間主要是從事創作、主編雜誌和經營出版社，也參加一些政治社會活動。

婚後第八年，普列姆昌德和妻子發生一次劇烈的爭吵，妻子氣得跑回娘家，他也不曾再將她接回，而改娶一個童年便守寡的女子西沃拉妮・德維為妻。普列姆昌德的第二次婚姻維持了三十年，夫妻感情甚篤，第二任妻子也在他的影響下開始寫作，其著作《普列姆昌德在家裡》提供了許多普列姆昌德日常生活中的大量文獻資料。

普列姆昌德中學畢業後，其實一直想進入大學就讀，但父親去世所帶來的經濟壓力，使得他推遲了兩年才參加大學入學考試，遺憾的是，由於成績未能達到可以免費入學的標準，他最後還是放棄了。但自一九〇一年起，他一邊從事教學工作，一邊於師範學院進修，兩年間通過烏爾都語、印地語、英語以及英國文學、波斯語、邏輯學等的考試，這段期間，也是普列姆昌德開始創作的重要時期。

一九〇三年，普列姆昌德開始寫小說，頭幾年發表過四部中篇作品（包括一部未完稿），但並沒有什麼顯著特色。一九〇八年起，他開始寫短篇小說，並發表了第一篇短篇小說集《祖國的痛楚》，當中的愛國思想被英國殖民當局認為是煽動性言論而遭到查禁和燒毀。《祖國的痛楚》的發表，標誌著他的創作進入了一個新的階段——對革新印度社會的主張、消除種姓差別、提高婦女地位、改善賤民的處境等理想，都可在普列姆昌德的短篇小說中找到蹤跡。由於納瓦布·拉伊這個名字愈來愈被英國當局注意，所以自一九一〇年起，他開始改用好友為他取的名字——普列姆昌德——發表作品。一九二八年至一九三六年，是普列姆昌德的創作高峰期，他在一九三〇年六月列了自己至今心中的得意之作：《沙倫塔夫人》、《鹽務官》、《首飾VS.美女》、《八卦的老太婆》、《烈女》等皆在其中。

不過，他還是不時會遇上政府當局的刁難：像是一九二九年，要他所待的兩個雜誌出版社分別交出一千盧比，否則就勒令停辦，後來經過一番周折，總算讓當局撤銷這個決定；又例如一九三三年，他新出版的小說集又被全數沒收，所幸這回沒像二十年前一樣遭到威脅……

從一九三〇年代開始，普列姆昌德便開始感到自己有體力不支的狀況，他的身體本來就不太好，還有慢性病纏身，再加上出版社的工作和一些社交活動、社會運動，讓他的健康每況愈下。一九三六年六月中旬，他生了一場大病，而且愈來愈嚴重，甚至幾次吐血不止，但即使如此，他仍然不忘寫作。在重病期間，他一九三四年便開始創作的長篇小說《牛祭》問世了，這部作品即使歷經數十年，仍被認為是印地語文中最優秀的小說作品，而且翻譯成十種語言流傳於世界。

只是，他的病情仍然不斷惡化，一九三六年十月八日，被後世譽為「小說之王」的普列姆昌德從此與世長辭……

普列姆昌德是印度現代最傑出的小說家。一生寫了十五部長、中篇小說（包括兩部未完稿），以及約三百篇的短篇小說。他的短篇小說和他的長、中篇小說一樣，在印度有很大的影響力，不只題材廣泛，寫法也相當多樣化，有的著重故事情節、有的著重人物刻劃、有的著重心理描寫，或是著重環境和氣氛的渲染……全都受到許多讀者的熱愛。

早期普列姆昌德用烏爾都語寫作，後來改用印地語；他秉持著批判現實主義的寫作風格，書寫出反映社會現實的大量優秀作品。文章中飽含愛國者的民族思想，導致殖民印度的英國當局不滿，一再遭受查禁；另一方面因為作品中時常反映印度種姓制度下人性的黑暗面與悲哀，亦造成許多高等種姓者的反彈。

在普列姆昌德之前，印度文學充滿了帝王傳說、神話力量，或是逃避現實的幻想作品，而他則帶領人們從幻想的世界回到人間和現實！普列姆昌德不僅只在印度備受推崇，事實上，他的許多作品已被翻譯成各國語言，如英文、俄文、中文等。

讀者回函卡

*必填

*姓名：	*生日：　年　月　日	性別：□男 □女
*電話：	*地址：	
*手機：	*e-mail：	
婚姻狀況： □單身 □已婚	職業：	教育程度： □高中及以下 □專科及大學 □研究所以上

您喜歡閱讀哪些類別的書籍：（可複選）
□01.小說 □02.文學 □03.勵志 □04.旅遊 □05.法律 □06.財經
□07.科學 □08.健康 □09.瘦身 □10.養生 □11.育兒 □12.中醫
□13.宗教 □14.其他__________

*得知本書消息的方式：
□電視__________ □廣播節目__________ □報紙__________
□網路__________（請填網站名稱）□書店__________（請填書店名稱）
□試讀本、文宣 □親友介紹 □其他__________

*在哪裡買到本書：
□金石堂 □誠品書店 □博客來 □量販店__________（請填量販店名稱）
□一般書店__________（請填書店名稱） □其他__________

*您選購本書的原因：（可複選）
□喜歡封面 □喜歡書名 □看過別人推薦 □覺得內文很棒 □其他__________

您對本書的意見：（請填數字，1非常滿意，2滿意，3普通，4待改進）
□內容 □編輯 □封面 □校對 □翻譯 □定價

您對本書的建議：

您的出書方向建議：

您對於柿子文化的書籍：□經常購買 □視主題或作者購買 □初次選購

將回函卡寄回或上網加入柿子文化會員，即可享有會員專屬優惠，
詳見柿子文化官網（http://www.persimmonbooks.com.tw）。

廣	告	回	信
台北郵局登記證			
台北廣字第4218號			
免	貼	郵	票

地址：11677台北市文山區羅斯福路五段158號2樓
電話：（02）8931-4903
郵撥：19822651 柿子文化事業有限公司

寄回這張回函卡，您可以——
・隨時收到最新消息與活動資料。
・享有會員專屬優惠。
當然也歡迎加入臉書（facebook）柿子文化的粉絲團，隨時接收第一手的資訊。

沿虛線對折裝訂後寄回

印度說故事大師——
普列姆昌德的天上人間

印度漂鳥

The Best Short Stories of Premchand 2

Story Gallery

Story Gallery